Aguapés

Jhumpa Lahiri

Aguapés

Tradução de Denise Bottmann

Copyright © 2013 by Jhumpa Lahiri
All rights reserved including the rights of reproduction in whole or in part in any form.
Copyright da tradução © 2014 Editora Globo S. A.

Todos os direitos reservados. Nenhuma parte desta edição pode ser utilizada ou reproduzida — em qualquer meio ou forma, seja mecânico ou eletrônico, fotocópia, gravação etc. — nem apropriada ou estocada em sistema de banco de dados sem a expressa autorização da editora.

Texto fixado conforme as regras do novo Acordo Ortográfico da Língua Portuguesa (Decreto Legislativo nº 54, de 1995).

Título original: *The Lowland*

Editor responsável: Ana Lima Cecilio
Editores assistentes: Erika Nogueira Vieira e Juliana de Araujo Rodrigues
Revisão: Maria Fernanda Alvares
Capa: Valeria Marchesoni
Diagramação: Jussara Fino
Foto da capa: Human Activity On Mother Earth/Getty Images
Foto da autora: Hindustan Times via Getty Images

CIP-BRASIL. CATALOGAÇÃO NA PUBLICAÇÃO
SINDICATO NACIONAL DOS EDITORES DE LIVROS, RJ

L185a
Lahiri, Jhumpa
    Aguapés / Jhumpa Lahiri ; tradução Denise Bottmann. - 1ª ed. - São Paulo : Globo, 2014.
    440 p. ; 21 cm.
    Tradução de: *The lowland*

ISBN 978-85-250-5666-5

1. Romance inglês. I. Bottmann, Denise. II. Título.

14-10082   CDD: 823
                               CDU: 821.111-3

Direitos exclusivos de edição em língua portuguesa, para o Brasil adquiridos por EDITORA GLOBO S. A.
Av. Jaguaré, 1485
São Paulo-SP 05346-902
www.globolivros.com.br

Para Carin, que acreditou desde o começo,
e Alberto, que me acompanhou até o final

lascia ch'io torni al mio paese sepolto
nell'erba come in un mare caldo e pesante

deixa-me voltar à minha terra sepulta
sob o mato qual denso e quente mar

Giorgio Bassani, "Saluto a Roma"

I

1.

A leste do Tolly Club, depois que a Deshapran Sashmal Road se divide em duas, há uma pequena mesquita. Passando a curva, chega-se a um enclave tranquilo. Um aglomerado de ruas estreitas e casas, na maioria, de classe média.

Antigamente, neste enclave, havia dois lagos, ovais, um ao lado do outro. Além deles, ficava uma baixada ocupando alguns acres.

Depois da monção, a água dos lagos subia e o aterro entre eles sumia de vista. A chuva também alagava a baixada, um metro, um metro e pouco de altura, e a água continuava ali uma parte do ano.

A planície inundada ficava coberta de aguapés. A vegetação flutuante crescia desenfreada. Por causa das folhas, parecia uma superfície sólida. Verde contrastando com o azul do céu.

Em volta distribuíam-se casebres simples, espalhados aqui e ali. Os pobres entravam na água para catar o que desse para comer. No outono chegavam as garças, penas brancas encardidas pela fuligem da cidade, imóveis no aguardo da presa.

No clima úmido de Calcutá, a evaporação demorava. Mas por fim o sol secava boa parte da água da enchente, expondo outra vez o solo enlameado.

Quantas e quantas vezes Subhash e Udayan tinham atravessado a baixada. Servia de atalho para um campo nos arrabaldes do bairro, onde iam jogar futebol. Evitando as poças, passando por cima dos aguapés entrançados que continuavam ali. Respirando o ar úmido e pesado.

Alguns animaizinhos botavam ovos capazes de enfrentar a estação da seca. Outros sobreviviam enterrando-se na lama, fazendo-se de mortos, esperando a volta das chuvas.

2.

Nunca tinham entrado no Tolly Club. Como a maioria dos vizinhos, passavam e repassavam pelo portão de madeira e pelos muros de tijolos, centenas de vezes.

Até meados dos anos 1940, o pai deles costumava assistir às corridas de cavalos na pista, pelo lado de fora do muro. Assistia da rua, entre os apostadores e outros espectadores que não tinham como comprar ingresso nem podiam entrar na área do clube. Mas depois da Segunda Guerra Mundial, mais ou menos na época em que Subhash e Udayan nasceram, o pessoal do clube aumentou a altura do muro e não dava mais para assistir de fora.

Bismillah, um vizinho, trabalhava como *caddy* no clube. Era um muçulmano que ficou em Tollygunge depois da Partilha. Por algumas *paisas*, vendia-lhes bolas de golfe que se tinham perdido ou ficaram abandonadas no campo. Algumas tinham cortes como se fossem talhos na carne, mostrando por dentro a borracha cor-de-rosa.

No começo, usavam um bastão para bater nas bolas amolgadas, lançando de um lado e do outro. Então Bismillah também lhes vendeu um taco de finalização com a haste levemente torta. Tinha sido um jogador irritado que estragou o taco, batendo com ele numa árvore.

Bismillah lhes mostrou como deviam se inclinar, onde deviam pôr as mãos. Determinando vagamente o objetivo do jogo, cavavam buracos no barro e tentavam acertar as bolas. Precisariam de outro taco para lançar a bola a distâncias maiores, mas usavam aquele de finalização mesmo. Só que golfe não era futebol nem críquete. A improvisação dos irmãos não saía muito a contento.

Bismillah desenhou um mapa do Tolly Club no barro da várzea. Contou-lhes que, mais perto da sede, havia uma piscina, estábulos, uma quadra de tênis. Restaurantes onde serviam chá em bules de prata, salas especiais para bilhar e bridge. Gramofones tocando música. Barmen de paletó branco que preparavam drinques chamados *pink lady* e *gin fizz*.

Pouco tempo antes, a gerência do clube tinha erguido mais muros cercando o terreno, para afastar os intrusos. Mas Bismillah disse que ainda havia algumas partes com cerca de arame no lado oeste, por onde dava para entrar.

Esperaram até quase anoitecer, quando os jogadores de golfe deixavam o campo para fugir dos mosquitos e iam tomar seus coquetéis na sede. Mantiveram o plano em segredo e não contaram a nenhum menino do bairro. Foram até a mesquita na esquina de casa, seus modestos minaretes vermelhos e brancos destacando-se das construções próximas. Viraram na estrada principal levando o taco e duas latas de querosene.

Atravessaram na frente do Technicians Studio. Tomaram a direção dos arrozais por onde antigamente corria o Adi Ganga. Um estuário do Ganges, ramificando-se na direção sudeste até a baía de Bengala.

Nesses dias era uma água estagnada, que seguia os assentamentos dos hindus que tinham fugido de Dhaka, de Rajshashi, de Chittagong. Uma população desenraizada que Calcutá recebia, mas ignorava. Desde a Partilha, dez anos antes, eles tinham se espraiado em algumas áreas de Tollygunge, como as chuvas da monção que escureciam a baixada.

Alguns funcionários do governo haviam recebido moradia no programa de intercâmbio. Mas na maioria eram refugiados, chegando em ondas, despejados de suas terras ancestrais. Antes um rápido fio d'água, depois uma enxurrada. Subhash e Udayan se lembravam deles. Uma procissão sinistra, uma manada humana. Bebês amarrados no peito dos pais, trouxas na cabeça.

Faziam abrigos de lona ou de palha, paredes de bambu trançado. Viviam sem banheiro, sem eletricidade. Em choupanas ao lado de montes de lixo, em qualquer espaço vago.

Era por isso que agora o Adi Ganga, a cujas margens ficava o Tolly Club, era um esgoto do sudoeste de Calcutá. Era por isso que o clube tinha erguido mais muros.

Subhash e Udayan não encontraram nenhuma cerca de arame. Pararam num lugar onde o muro não era tão alto e dava para escalar. Estavam de calção. Os bolsos cheios de bolas de golfe. Bismillah disse que encontrariam muitas mais dentro do clube, onde elas ficavam no chão, junto com as vagens que caíam dos tamarindeiros.

Udayan atirou o taco por cima do muro. Depois uma das latas de querosene. Subindo na outra lata, Subhash conseguiria impulso suficiente para trepar. Mas, naqueles dias, Udayan era alguns centímetros mais baixo.

Trance os dedos, disse Udayan.

Subhash juntou as mãos. Sentiu o peso do pé do irmão, a sola gasta da sandália, então o corpo todo, agachando-se por um instante. Udayan logo pegou impulso. Encavalou-se no muro.

Subhash perguntou:

Fico aqui de guarda enquanto você explora?

Que graça teria?

O que você está vendo?

Venha você mesmo ver.

Subhash empurrou a lata de querosene para mais perto do muro. Subiu em cima, sentindo a estrutura vazia oscilar por baixo dele.

Vamos, Subhash.

Udayan se endireitou e desceu, deixando visíveis apenas as pontas dos dedos. Então soltou as mãos e caiu. Subhash o ouviu, arfando pelo esforço.

Você está bem?

Claro. Agora você.

Subhash se agarrou ao muro, colando o peito, esfolando os joelhos. Como sempre, não sabia se estava mais irritado com Udayan e sua ousadia ou consigo mesmo por falta dela. Subhash tinha treze anos, quinze meses a mais. Mas não conseguia se imaginar sem Udayan. Desde suas primeiras lembranças, em todos os momentos, o irmão estava ali.

De repente não estavam mais em Tollygunge. Ouviam, mas não viam mais o trânsito na rua. Estavam rodeados por enormes maracarecuias e eucaliptos, calistemos e jasmins-manga.

Subhash nunca tinha visto um gramado daqueles, que parecia um tapete liso, acompanhando os contornos e as elevações do terreno. Ondulando como dunas no deserto ou os suaves altos e baixos no mar. Era tão bem aparada no *putting green* que, quando ele pressionava, parecia musgo. O terreno por baixo era liso como um crânio, a grama ali um pouquinho mais clara.

Nunca tinha visto tantas garças juntas, que levantaram voo quando ele se aproximou. As árvores lançavam sombras vespertinas no relvado. Olhando para cima, os troncos lisos se dividiam, como as zonas proibidas de um corpo de mulher.

Ambos estavam atordoados pela emoção de invadir, pelo medo de ser apanhados. Mas nenhum guarda a pé ou a cavalo, nenhum jardineiro os viu. Ninguém veio expulsá-los.

Começaram a relaxar, descobrindo uma sucessão de bandeirolas fincadas no campo. Os buracos pareciam umbigos na terra, enfeitada de orifícios, indicando onde as bolas deviam chegar. Aqui e ali havia covas rasas de areia. Poças na área central, de formatos estranhos, como gotas vistas a um microscópio.

Mantiveram-se longe da entrada principal, sem se arriscar para os lados da sede, por onde caminhavam casais estrangeiros de braços dados ou se sentavam em cadeiras de vime debaixo das árvores. Bismillah tinha dito que, de tempos em tempos, havia uma festa de aniversário para algum filho de uma família britânica ainda residente na Índia, com sorvetes e passeios a cavalo, um bolo com velinhas acesas. Nehru era o primeiro-ministro, mas era o retrato da nova rainha da Inglaterra, Elizabeth II, que decorava o salão principal.

Naquele canto esquecido, em companhia de um búfalo perdido por ali, Udayan se balançava vigorosamente. Erguendo os braços acima da cabeça, adotando poses, brandindo o taco como uma espada. Dilacerou a grama impecável, perdendo algumas bolas numa das poças d'água. Procuraram outras no mato em torno.

Subhash ficou de vigia, para escutar quando se aproximassem os cascos dos cavalos nas trilhas largas de terra vermelha. Ouviu as batidinhas de um pica-pau. O som leve de uma foice aparando uma área do gramado em algum outro lugar do clube.

Bandos de chacais se sentavam retos, a pelagem fulva mosqueada de cinzento. Diminuindo a luz, alguns começaram a procurar alimento, as silhuetas magras trotando em linha reta. Seus uivos tresloucados, ecoando dentro do clube, indicavam que era tarde, hora de voltarem para casa.

Os irmãos deixaram as duas latas de querosene, uma do lado de fora para marcar o local. Esconderam a outra dentro do clube, atrás de uma moita.

Nas visitas seguintes, Subhash catou penas e colheu amêndoas silvestres. Viu abutres se banhando nas poças, estendendo as asas para secar.

Uma vez encontrou um ovo que caíra, intacto, do ninho de um passarinho. Levou para casa com todo o cuidado, pondo num pote de doces feito de argila, cobrindo-o com gravetinhos. Cavando um buraco no jardim atrás de casa, ao pé da mangueira, onde o ovo não chocou.

Então numa noitinha, atirando o taco de golfe de dentro do clube, escalando o muro de volta, eles notaram que a lata de querosene do lado de fora não estava mais lá.

Alguém pegou, disse Udayan. Começou a procurar. Havia pouca luz.

É isso que vocês estavam procurando?

Era um policial, aparecendo do nada, patrulhando a área ao redor do clube.

Conseguiam enxergar sua altura, seu uniforme. Estava segurando a lata.

Avançou alguns passos até eles. Vendo o taco no chão, pegou-o, inspecionando. Pousou a lata e ligou um farolete, dirigindo a luz para o rosto deles e depois descendo pelo corpo.

Irmãos?

Subhash assentiu.

O que vocês têm nos bolsos?

Tiraram as bolas de golfe e lhe entregaram. Viram o policial colocá-las no bolso. Ficou com uma na mão, atirando para o alto e pegando de novo.

Como conseguiram estas?

Ficaram quietos.

Alguém convidou vocês para vir jogar no clube?

Abanaram a cabeça.

Nem preciso dizer que essa área é restrita, disse o policial. Encostou de leve a haste do taco no braço de Subhash.

Hoje foi a primeira visita de vocês?

Não.

Foi ideia sua? Não tem idade suficiente para saber que não podia?

Foi minha ideia, disse Udayan.

Você tem um irmão leal, disse o policial a Subhash. Querendo protegê-lo. Disposto a levar a culpa.

Desta vez, vou lhes fazer um favor, continuou ele. Não vou contar ao clube. Desde que vocês não tentem outra vez.

Não voltaremos, disse Subhash.

Muito bem. Vou precisar levá-los até a casa de vocês, ou encerramos nossa conversa por aqui?

Por aqui.

Então se vire. Só você.

Subhash ficou de frente para o muro.

Dê mais um passo.

Sentiu a haste de aço golpeando os quadris, então as pernas. A força da segunda pancada, um rápido instante de contato, o deixou de quatro. Levou alguns dias até os vergões sumirem.

Os pais nunca tinham batido neles. No começo, não sentiu nada, só um entorpecimento. Depois uma sensação que parecia água fervendo que lhe jogavam de uma panela.

Pare, Udayan gritou ao policial. Agachou-se ao lado de Subhash, passando um braço pelos ombros, tentando protegê-lo.

Juntos, apertados um no outro, firmaram-se. Estavam com a cabeça baixa, os olhos fechados, Subhash ainda cambaleando de dor. Mas não aconteceu mais nada. Ouviram o som do taco de golfe passando por cima do muro, aterrissando uma última vez dentro do clube. Então o policial, que não queria mais nada com eles, indo embora.

3.

Desde pequeno, Subhash era muito comportado. A mãe nunca precisava correr atrás dele. Ficava ao lado dela, olhando-a enquanto cozinhava no fogão a lenha ou bordava corpetes e sáris encomendados por um alfaiate feminino do bairro. Ajudava o pai a plantar dálias em vasos no quintal. As corolas, desabrochadas em violeta, laranja e rosa, às vezes tinham a ponta branca. As cores vibrantes contrastavam com os muros pardacentos do quintal.

Nos jogos tumultuados, esperava até acabarem. Os gritos, cessarem. Do que mais gostava era de ficar sozinho ou de se sentir sozinho. Deitado na cama de manhã, olhando a luz do sol esvoaçando como um pássaro incansável na parede.

Punha insetos sob uma redoma de tela para observá-los. Na beira dos lagos da vizinhança, onde a mãe às vezes lavava os pratos quando a empregada não aparecia, ele mergulhava as mãos em concha na água turva, procurando rãs. Ele vive em seu próprio mundo, às vezes diziam os parentes nas festas numerosas, sem conseguir lhe despertar nenhuma reação.

Enquanto Subhash sempre estava à vista, Udayan vivia desaparecendo: mesmo na casa de dois cômodos, quando menino, tinha mania de se esconder, debaixo da cama, atrás das portas, na canastra onde guardavam as mantas de inverno.

Fazia essa brincadeira sem avisar, sumindo de uma hora para outra, esgueirando-se para o jardim dos fundos, subindo numa árvore, obrigando a mãe, quando ela chamava e ele não respondia, a parar o que estava fazendo. Enquanto o procurava, enquanto entrava na brincadeira e o chamava, Subhash via o pânico momentâneo no rosto da mãe, o medo de talvez não o encontrar.

Quando atingiram idade suficiente, quando tiveram permissão de sair de casa, receberam a recomendação de não se perderem de vista. Juntos desciam pelas ruas sinuosas do enclave, passavam os lagos e atravessavam a baixada, até o campinho onde às vezes se encontravam com outros meninos. Iam até a mesquita na esquina, sentando-se no mármore frio dos degraus, às vezes ouvindo uma partida de futebol no rádio de alguém, e o vigia da mesquita nunca se importava.

Mais tarde tiveram permissão de sair do enclave e entrar na cidade. De andar aonde os pés os levassem, a tomar bonde e ônibus sozinhos. A mesquita na esquina, local de culto para os que tinham uma religião à parte, continuava a ser o ponto de referência de suas andanças diárias.

A certa altura, por sugestão de Udayan, começaram a ficar na frente do Technicians Studio, onde Satyajit Ray tinha filmado *Pather Panchali*, onde os artistas bengalis passavam seus dias. De vez em quando, algum conhecido que estivesse trabalhando no set de filmagem deixava-os entrar e lá ficavam em meio ao emaranhado de fios e cabos, aos refletores ofuscantes. Depois que se pedia silêncio, depois que se batia a plaqueta, eles observavam o diretor e a equipe filmando e refilmando a mesma cena, aperfeiçoando algumas falas. Um dia inteiro de trabalho, dedicado a um momento de entretenimento.

Viam de relance as belas atrizes que saíam do camarim, protegidas por óculos escuros, entrando nos carros à espera. Era Udayan que tinha coragem de lhes pedir autógrafos. Era cego a certas inibições, como aqueles animais incapazes de enxergar certas cores. Mas Subhash se esforçava em reduzir a própria existência, como outros animais que se camuflam em troncos ou matos.

Apesar de suas diferenças, os dois sempre se fundiam e assim, quando chamavam o nome de um, os dois respondiam. E às vezes era difícil saber quem havia respondido, pois as vozes eram praticamente iguais. Sentados na frente do tabuleiro de xadrez, pareciam imagens no espelho: uma perna dobrada, a outra esticada, o queixo apoiado no joelho.

Eram muito parecidos fisicamente, podendo usar as mesmas roupas. A cor da pele, de um leve acobreado que puxaram aos pais, era idêntica. Os dedos flexíveis, os traços definidos, o cabelo ondulado.

Subhash se perguntava se seus pais viam seu temperamento pacato como falta de criatividade, talvez até como defeito. Seus pais não precisavam se preocupar com ele, mas nem por isso era o preferido. Tomou como missão obedecê-los, já que surpreendê-los ou impressioná-los não era possível. Isso quem fazia era Udayan.

No quintal da casa da família ficava a marca mais permanente das transgressões de Udayan. Uma trilha de pegadas, criada no dia em que cimentaram o chão de terra. Dia em que tinham ordens de ficar dentro de casa até secar.

Passaram a manhã a olhar o pedreiro preparando o cimento num carrinho de mão, espalhando e alisando a massa úmida com suas ferramentas. Esperem vinte e quatro horas antes de sair, avisou-lhes o pedreiro.

Subhash ouviu. Ficou olhando pela janela, sem sair. Mas, quando a mãe deu as costas, Udayan desceu correndo pela tábua comprida posta ali temporariamente, como passagem da porta até a rua.

No meio da tábua ele se desequilibrou, e as provas de que saíra ficaram impressas com as solas dos pés, afinando-se no centro como ampulhetas, em separado as marcas dos artelhos.

No dia seguinte, chamaram o pedreiro outra vez. O piso já tinha secado e as marcas dos pés de Udayan eram permanentes. A única maneira de consertar a falha seria passando outra mão de cimento. Subhash se perguntou se, dessa vez, o irmão não tinha ido longe demais.

Mas o pai disse ao pedreiro: Deixe estar. Não por causa da despesa ou do trabalho, mas porque ele acreditava que seria errado apagar os passos dados pelo filho.

E assim a imperfeição se tornou uma marca de distinção da casa deles. Algo que as visitas notavam, a primeira anedota familiar que se contava.

Subhash podia ter começado a escola um ano antes. Mas, por uma questão de conveniência — e também porque Udayan protestou à ideia de Subhash ir sem ele —, os dois foram postos na mesma turma ao mesmo tempo. Uma escola média bengali para meninos de famílias comuns, além do terminal do bonde, passando o Cemitério Cristão.

Em cadernos iguais, resumiam a história da Índia, a fundação de Calcutá. Desenhavam mapas para aprender a geografia do mundo.

Aprenderam que Tollygunge fora construída sobre terras recuperadas. Séculos antes, quando a corrente da baía de Bengala era mais forte, a região era um manguezal. Os lagos, os campos alagadiços e a baixada eram seus remanescentes.

Como parte das aulas de ciências naturais, eles desenhavam a vegetação dos mangues. As raízes entrelaçadas acima da linha da água, os poros especiais para obter ar. Seus talos de multiplicação, chamados propágulos, tinham formato de charuto.

Aprenderam que os propágulos, quando desciam na maré baixa, se reproduziam junto com os pais, criando raízes no charco salobro. Mas, na maré alta, eles se afastavam da origem por até um ano, e iam amadurecer num ambiente propício.

Os ingleses começaram a limpar os manguezais, abrindo ruas. Em 1770, além dos limites meridionais de Calcutá, criaram uma área residencial cujos primeiros moradores eram mais europeus do que indianos. Um lugar por onde vagueavam cervos malhados e martins-pescadores atravessavam como flechas a linha do horizonte.

O major William Tolly, de quem a área recebeu o nome, cavou e assoreou uma parte do Adi Ganga, que também veio a ser conhecida como Tolly's Nullah. Possibilitou o tráfego fluvial entre Calcutá e Bengala Oriental.

O terreno do Tolly Club pertencia originalmente a Richard Johnson, um diretor do General Bank of India. Em 1785, construiu uma mansão em estilo paladiano. Importou árvores estrangeiras para o Tollygunge, vindas de todo o mundo subtropical.

No começo do século XIX, a Companhia Britânica das Índias Orientais aprisionou na propriedade de Johnson as esposas e filhos do sultão Tipu, governante de Mysore, que fora morto na Quarta Guerra Anglo-Mysore.

Os membros da família deposta vieram transferidos de Srirangapatna, no distante sudoeste da Índia. Depois que foram libertados, receberam lotes no Tollygunge para morar. E, como os ingleses começaram a voltar para o centro de Calcutá, Tollygunge passou a ser uma cidade majoritariamente muçulmana.

Embora os muçulmanos voltassem a ser minoria depois da Partilha, muitas ruas traziam nomes herdados da dinastia deposta de Tipu: Sultan Alam Road, Prince Bakhtiar Shah Road, Prince Golam Mohammad Shah Road, Prince Rahimuddin Lane.

Golam Mohammad construíra a grande mesquita de Dharmatala em memória do pai. Por algum tempo, teve autorização de morar na mansão de Johnson. Mas em 1895, quando William Cruickshank, um escocês que estava procurando a cavalo um cão que se perdera, passou por ali, o casarão estava abandonado, habitado por algálias, tomado pela hera.

Graças a Cruickshank, a mansão foi restaurada e ali se fundou um clube campestre. Cruickshank foi nomeado como primeiro presidente. Foi por causa dos britânicos que, no começo dos anos 1930, a linha do bonde foi estendida tão ao sul da cidade. Era para facilitar a ida até o Tolly Club, onde podiam escapar à agitação urbana e estar entre seus iguais.

No colégio, os irmãos estudavam ótica e física, a tabela periódica, as propriedades da luz e do som. Vieram a conhecer a descoberta de Hertz sobre as ondas eletromagnéticas e as experiências de Marconi com as transmissões sem fio. Jagadish Chandra Bose, um bengali, numa demonstração na prefeitura de Calcutá, mostrara que as ondas eletromagnéticas podiam servir de ignição para a pólvora e faziam um sino tocar à distância.

Todas as noites, os dois se sentavam um diante do outro a uma escrivaninha de metal, com seus livros, cadernos, lápis e borrachas, e um tabuleiro de xadrez com uma partida em andamento, que iam jogando enquanto estudavam. Ficavam acordados até tarde, lidando com fórmulas e equações. No silêncio da noite podiam ouvir os uivos dos chacais no Tolly Club. Às vezes ainda estavam acordados quando os corvos começavam a se altercar quase em uníssono, assinalando o começo de um novo dia.

Udayan não temia contradizer os professores a respeito de placas tectônicas e hidráulica. Gesticulava para ilustrar o que queria dizer, para frisar suas opiniões, o movimento das mãos sugerindo que dominava moléculas e partículas. Às vezes, os professores mandavam que saísse da classe, diziam que estava atrasando os colegas, quando na verdade ele é que estava mais adiantado.

A certa altura, os pais contrataram um professor particular para prepará-los para os exames de ingresso na universidade, a mãe tendo pegado serviços adicionais de costura para cobrir as despesas. Era um homem apático, de pálpebras paralisadas, que ficavam abertas com grampos nos óculos. De outra maneira não conseguia abri-las. Ia até a casa deles todos os serões, para rever a dualidade onda-partícula, as leis de refração e reflexão. Decoraram o princípio de Fermat: *A trajetória percorrida pela luz ao se propagar de um ponto ao outro é a que toma o menor tempo possível.*

Depois de estudar circuitos básicos, Udayan se familiarizou com o sistema elétrico da casa. Comprando um jogo de ferramentas, descobriu como consertar fios e interruptores com defeito, montar uma fiação elétrica, remover a ferrugem que comprometia os contatos do ventilador de mesa. Arreliava a mãe, que sempre envolvia o dedo no pano do sári, de pavor de encostar numa tomada com a pele desprotegida.

Quando um fusível queimava, Udayan, usando chinelos de borracha, intimorato, verificava os resistores e desaparafusava os fusíveis, enquanto Subhash, segurando a lanterna, ficava ao lado.

Um dia, chegando em casa com alguns metros de fiação, Udayan decidiu instalar uma campainha, para a comodidade das visitas. Montou um transformador na caixa de fusíveis e um botão preto de apertar junto à porta de entrada. Com um martelo, abriu um orifício na parede por onde passou a nova fiação.

Depois de instalar a campainha, Udayan disse que deviam usá-la para praticar o código Morse. Encontrando um livro sobre telegrafia numa biblioteca, ele copiou os pontos e traços correspondentes às letras do alfabeto em duas vias, uma para cada.

Um traço tinha a duração de três pontos. A cada ponto ou traço seguia-se uma pausa. Havia três pontos entre as letras e sete pontos entre as palavras. Os dois se identificavam apenas pelas iniciais. A letra s, que Marconi recebera do outro lado do oceano Atlântico, consistia em três pontos breves. O u consistia em dois pontos e um traço.

Ia cada um por vez, um junto à porta, outro dentro, trocando sinais, decifrando palavras. Adquiriram prática suficiente para enviar mensagens codificadas que os pais não entendessem. *Cinema*, sugeria um. *Não, terminal bonde, cigarros*.

Inventavam histórias, fazendo de conta que eram soldados ou espiões em apuros. Comunicando-se secretamente de um desfiladeiro na China, de uma floresta na Rússia, de um canavial em Cuba.

Pronto?

Livre.

Coordenadas?

Desconhecidas.

Sobreviventes?

Dois.

Baixas?

Apertando a campainha, diziam que estavam com fome, que deviam ir jogar futebol, que uma menina bonita acabava de passar na frente da casa. Era a dobradinha pessoal deles, como dois jogadores passando a bola um para o outro enquanto avançavam até o gol. Se um via o professor chegando, apertava sos. Três pontos, três traços, três pontos.

Foram admitidos em duas das melhores faculdades da cidade. Udayan foi cursar física em Presidency. Subhash foi fazer engenharia química em Jadavpur. Eram os únicos meninos do bairro, os únicos alunos do colégio medíocre do bairro a se saírem tão bem.

Para comemorar, o pai deles foi ao mercado e voltou com castanhas de caju e água de rosas para o *pulao*, meio quilo do camarão mais caro. O pai tinha começado a trabalhar aos dezenove anos, para ajudar no sustento da família. Seu único pesar era não ter feito faculdade. Trabalhava no escritório da Indian Railways. Espalhando-se a notícia do sucesso dos filhos, ele disse que não podia mais dar um passo fora de casa sem que o parassem e lhe dessem parabéns.

Respondia às pessoas que não era ele. Os filhos tinham se esforçado e se distinguiram por mérito próprio. O que conquistaram, conquistaram por si mesmos.

Quando lhes perguntaram o que queriam de presente, Subhash sugeriu um jogo de xadrez de mármore para substituir as peças velhas de madeira que tinham desde sempre. Mas Udayan quis um rádio de ondas curtas. Queria receber mais notícias do mundo do que as que chegavam pelo rádio de válvulas antiquado dos pais, embutido no móvel de madeira, ou do que as que eram publicadas pelo jornal diário de Bengali, que todas as manhãs, enrolado na finura de um graveto, o entregador atirava por cima do muro do quintal.

Eles mesmos montaram o aparelho, procurando no Mercado Novo, em lojas de materiais usados, encontrando partes dos excedentes do Exército Indiano. Seguiram um conjunto de instruções complicadas, um diagrama velho dos circuitos. Estenderam as peças na cama: a caixa, os capacitores, os vários resistores, o alto-falante. Soldando os fios, trabalhando juntos na mesma tarefa. Quando ficou pronto, parecia uma pequena maleta de mão, com uma alça de formato quadrado. Feito de metal, revestido de preto.

A recepção costumava ser melhor no inverno do que no verão. Geralmente melhor à noite. Era quando os fótons do sol não rompiam as moléculas na ionosfera. Quando as partículas positivas e negativas no ar se recombinavam rapidamente.

Eles se alternavam à janela, segurando o receptor na mão, em várias posições, ajustando a antena, manejando dois controles ao mesmo tempo. Girando o sintonizador o mais devagar possível, familiarizaram-se com as faixas de frequência.

Procuravam qualquer sinal estrangeiro. Noticiários da Rádio Moscou, da Voz da América, da Rádio Pequim, da BBC. Ouviam informações aleatórias, fragmentos a milhares de quilômetros de distância, emergindo de nuvens densas de interferências que jogavam como as águas de um oceano, que se agitavam como vendavais. Condições climáticas na Europa Central, músicas populares de Atenas, um discurso de Abdel Nasser. Notícias em línguas que mal conseguiam adivinhar: finlandês, turco, coreano, português.

Era 1964. A Resolução do Golfo de Tonquim autorizou os Estados Unidos a empregar força militar contra o Vietnã do Norte. Houve um golpe militar no Brasil.

Em Calcutá, *Charulata* foi lançado nos cinemas. Outra onda de distúrbios entre muçulmanos e hindus resultou na morte de mais de cem pessoas, depois do roubo de uma relíquia numa mesquita em Srinagar. Houve um racha entre os comunistas na Índia, por causa da guerra de fronteiras com a China, dois anos antes. Os dissidentes, simpáticos à China, adotaram o nome de Partido Comunista da Índia, Marxista: o PCI(M).

O Congresso ainda ocupava o governo central em Délhi. Depois que Nehru morreu de um ataque cardíaco naquela primavera, sua filha Indira entrou no gabinete ministerial. Em dois anos iria se tornar a primeira-ministra.

Agora que Subhash e Udayan tinham começado a se barbear, um segurava para o outro, de manhã no quintal, um espelho de mão e uma vasilha com água quente. Depois de comerem um prato fumegante de arroz com *dal* e batatas-palito, iam à mesquita da esquina, deixando o enclave para trás. Continuavam juntos pela estrada principal, até o terminal de bonde, e então tomavam ônibus diferentes para suas faculdades.

Em lados separados da cidade, fizeram diferentes amizades, conhecendo rapazes que tinham feito o curso médio em escolas inglesas. Embora alguns dos cursos de ciências fossem parecidos, eles faziam as provas em datas diferentes, estudando com professores diferentes, realizando experiências diferentes no laboratório.

Como o campus de Udayan ficava mais longe, ele demorava mais para chegar em casa. Como começou a fazer amizade com estudantes de Calcutá do Norte, o tabuleiro de xadrez ficava esquecido na mesa de estudos, e assim Subhash começou a jogar contra si mesmo. Ainda assim, cada dia da sua vida começava e terminava com Udayan a seu lado.

Numa noite de verão em 1966, no rádio de ondas curtas, eles acompanharam a partida da Inglaterra contra a Alemanha na Copa do Mundo em Wembley. Era a famosa final, o gol polêmico que seria tema de discussão por muitos anos. Eles anotaram a formação que foi anunciada, desenhando um diagrama numa folha de papel. Moviam o indicador imitando os passes e jogadas, como se a cama fosse o campo.

O primeiro gol foi da Alemanha, aos dezoito minutos veio o empate de Geoff Hurst. Quase no final do segundo tempo, a Inglaterra ganhando de dois a um, Udayan desligou o rádio.

O que você está fazendo?

Melhorando a transmissão.

Está bom assim. Vamos perder o final da partida.

Ainda não acabou.

Udayan procurou embaixo do colchão, que era onde guardavam seus cacarecos. Cadernos, réguas e compassos, lâminas para afiar os lápis, revistas de esportes. As instruções para montar o rádio. Algumas porcas e parafusos de reserva, a chave de fenda e o alicate de que precisavam para a tarefa.

Usando a chave de fenda, ele começou a desmontar o rádio.

Deve ser algum fio solto numa das bobinas ou das chaves, disse ele.

Precisa arrumar justo agora?

Ele não parou para responder. Já tinha tirado a caixa, os dedos ágeis soltando os parafusos.

A gente levou dias para montar, falou Subhash.

Sei o que estou fazendo.

Udayan isolou o chassi, endireitou alguns fios. Então remontou o aparelho.

O jogo ainda continuava, a interferência atrapalhava menos. Enquanto Udayan estava lidando com o rádio, a Alemanha tinha marcado um gol no final do segundo tempo, forçando a prorrogação.

Então eles ouviram Hurst marcando mais uma vez pela Inglaterra. A bola bateu no travessão e se chocou com o chão da meta. Quando o juiz validou o gol, a equipe alemã contestou na hora. Pararam tudo, enquanto o árbitro consultava o bandeirinha soviético. O gol ficou valendo.

A Inglaterra ganhou, disse Udayan.

Ainda restavam alguns minutos, a Alemanha desesperada para empatar. Mas Udayan tinha razão, Hurst ainda marcou um quarto gol no final da partida. E então a torcida inglesa, delirando antes mesmo do apito final, já invadia o campo.

4.

Em 1967, nos jornais e na All India Radio, eles começaram a ouvir falar de Naxalbari. Nunca tinham ouvido falar daquele lugar.

Era uma entre várias aldeias no distrito de Darjeeling, um corredor estreito no extremo norte de Bengala Ocidental. Encravada no sopé dos Himalaias, a mais de seiscentos quilômetros de Calcutá, mais perto do Tibete do que de Tollygunge.

Os habitantes eram, em sua maioria, camponeses tribais que trabalhavam em latifúndios e plantações de chá. Fazia muitas gerações que eles viviam num sistema feudal que não sofrera nenhuma grande mudança.

Eram manipulados pelos fazendeiros ricos. Eram expulsos dos campos que cultivavam, não recebiam pagamento pelo que plantavam. Caíam nas garras dos agiotas. Sem meios de subsistência, alguns morriam de fome.

Naquele mês de março, quando um meeiro em Naxalbari tentou arar uma terra de onde fora ilegalmente expulso, o fazendeiro mandou alguns capangas lhe darem uma surra. Pegaram o boi e o arado. A polícia não quis intervir.

Depois disso, vários meeiros passaram à retaliação. Começaram a queimar escrituras e documentos que os ludibriavam. Ocuparam terras à força.

Não era a primeira vez que os camponeses do distrito de Darjeeling se revoltavam. Mas agora agiam como militantes. Portando armas primitivas, carregando bandeiras vermelhas, gritando *Viva Mao Tsé-Tung*.

Dois comunistas bengalis, Charu Majumdar e Kanu Sanyal, estavam ajudando a organizar as coisas. Tinham sido criados em vilas que ficavam perto de Naxalbari. Conheceram-se na prisão. Eram mais jovens do que a maioria dos líderes comunistas da Índia, nascidos no final do século xix. Majumdar e Sanyal desprezavam esses líderes. Eram dissidentes do pci(m).

Estavam exigindo direitos de propriedade para os meeiros. Estavam dizendo aos camponeses para plantarem por conta própria.

Charu Majumdar era de uma família de fazendeiros, filho de advogado, e largara a faculdade. Nos jornais apareciam fotos de um homem frágil, com rosto magro, nariz adunco, cabelo basto. Era asmático, um teórico marxista-leninista. Alguns dos comunistas mais antigos diziam que era um lunático. Na época da revolta, estava com uma doença cardíaca, preso ao leito, embora não tivesse nem cinquenta anos.

Kanu Sanyal, na casa dos trinta, era discípulo de Majumdar. Era um brâmane que conhecia os dialetos tribais. Recusava ter qualquer propriedade privada. Dedicava-se ao campesinato pobre.

Quando a rebelião se espraiou, a polícia começou a patrulhar a área. Impondo toques de recolher sem aviso, fazendo prisões arbitrárias.

O governo estadual em Calcutá apelou a Sanyal. Esperava que ele conseguisse a rendição dos camponeses. De início, com a garantia de que não o prenderiam, ele se reuniu com o ministro da Fazenda Agrária. Prometeu uma negociação. No último minuto, ele deu para trás.

Em maio, saiu a notícia de que um grupo de camponeses, homens e mulheres, atacou e matou um inspetor da polícia com arcos e flechas. No dia seguinte, a polícia local enfrentou na rua uma multidão revoltada. Um dos policiais foi atingido por uma flecha no braço e a multidão recebeu ordens de se dispersar. Não se dispersou e a polícia começou a atirar. Onze pessoas foram mortas. Oito eram mulheres.

De noite, depois de ouvirem a rádio, Subhash e Udayan conversaram sobre os acontecimentos. Fumando escondidos, depois que os pais foram se deitar, sentados à mesa de estudos, com um cinzeiro entre eles.

Você acha que valeu a pena?, perguntou Subhash. O que os camponeses fizeram?

Claro que valeu. Eles se revoltaram. Arriscaram tudo. Gente que não tem nada. Gente que o poder não faz nada para proteger.

Mas vai fazer diferença? Do que adiantam arcos e flechas contra um estado moderno?

Udayan juntou as pontas dos dedos, como se pegasse alguns grãos de arroz. Se você nascesse e levasse uma vida assim, o que faria?

Como muitos, Udayan culpava a Frente Unida, a aliança de esquerda liderada por Ajoy Mukherjee, que agora governava Bengala Ocidental. No mesmo ano, meses antes, ele e Subhash haviam comemorado aquela vitória. Com ela, alguns comunistas tinham entrado no governo. A aliança prometera criar um governo de bases operárias e camponesas. Comprometera-se a abolir os latifúndios. Em Bengala Ocidental, pusera fim a quase vinte anos de liderança do Congresso.

Mas a Frente Unida não havia apoiado a rebelião. Pelo contrário, diante da dissidência, o ministro do Interior Jyoti Basu chamara a polícia. E agora Ajoy Mukherjee mancharia as mãos de sangue.

O *Diário do Povo* de Pequim acusou o governo de Bengala Ocidental de repressão sangrenta aos camponeses revolucionários. *Trovão da Primavera sobre a Índia*, dizia a manchete. Em Calcutá, todos os jornais publicaram a matéria. Explodiram manifestações nas ruas e nas universidades, defendendo os camponeses, protestando contra o massacre. Na Faculdade Presidency e em Jadavpur, Subhash e Udayan viram bandeiras em apoio a Naxalbari nas janelas de alguns edifícios. Ouviram discursos exigindo a renúncia de autoridades do governo.

Em Naxalbari, o conflito se acirrou. Havia notícias de saques e banditismos. Camponeses montando governos paralelos. Fazendeiros sendo sequestrados e mortos.

Em julho, o Governo Central proibiu o porte de arco e flecha em Naxalbari. Na mesma semana, com a autorização do gabinete ministerial de Bengala Ocidental, quinhentos soldados e oficiais deram uma batida na região. Revistaram as choças de barro dos aldeões mais pobres. Capturaram revoltosos desarmados, matando-os se não se rendessem. Impiedosamente, sistematicamente, liquidaram a rebelião.

Udayan saltou da cadeira onde estava sentado, empurrando desgostoso a pilha de livros e papéis que tinha diante de si. Desligou o rádio. Começou a percorrer o quarto, olhando o chão, passando os dedos pelo cabelo.

Você está bem?, perguntou Subhash.

Udayan parou. Abanando a cabeça, apoiando uma das mãos na cintura. Por um instante ficou sem fala. Os dois tinham ficado chocados com a notícia, mas Udayan estava reagindo como se fosse uma afronta pessoal, um golpe físico.

O povo está morrendo de fome, e esta é a solução deles, disse por fim. Convertem as vítimas em criminosos. Apontam armas para gente que não tem como se defender.

Destrancou a porta do quarto.
Aonde você vai?
Não sei. Preciso dar uma volta. Como as coisas chegaram a esse ponto?
Em todo caso, parece que acabou, disse Subhash.
Udayan parou. Pode ser apenas o começo, disse ele.
O começo do quê?
De algo maior. De outra coisa.
Udayan citou a previsão da imprensa chinesa: *A fagulha em Darjeeling ateará fogo ao campo e certamente incendiará as vastas extensões da Índia.*

No outono, Sanyal e Majumdar foram para a clandestinidade. No mesmo outono, Che Guevara foi executado na Bolívia, as mãos decepadas para provar que estava morto.

Na Índia, jornalistas começaram a publicar seus próprios periódicos. *Liberation* em inglês, *Deshabrati* em bengali. Reproduziam matérias de revistas comunistas chinesas. Udayan começou a levá-las para casa.

Essa retórica não é novidade nenhuma, disse o pai deles, folheando um exemplar. Nossa geração também lia Marx.

A geração de vocês não resolveu nada, disse Udayan.

Construímos uma nação. Somos independentes. O país é nosso.

Não basta. Aonde isso nos trouxe? A quem favoreceu?

Essas coisas demoram.

O pai deles não dava importância a Naxalbari. Disse que os jovens estavam se agitando por nada. Que a coisa toda tinha sido uma questão de cinquenta e dois dias.

Não, Baba. A Frente Unida pensa que ganhou, mas falhou. Veja o que está acontecendo.

O que está acontecendo?

O povo está reagindo. Naxalbari é uma inspiração. É um impulso para a transformação.

Já vivi a transformação neste país, disse o pai. Sei o quanto custa substituir um sistema por outro. Você não.

Mas Udayan insistiu. Começou a contestar o pai como costumava contestar os professores na escola. Se sentia tanto orgulho pela independência da Índia, por que não tinha protestado contra os britânicos na época? Por que nunca tinha se filiado a um sindicato? Já que votava nos comunistas nas eleições, por que nunca tinha tomado posição?

Subhash e Udayan sabiam a resposta. Por ser funcionário público, o pai deles não podia atuar num partido ou num sindicato. Durante a Independência, fora proibido de se manifestar; tais eram as condições do serviço. Embora alguns ignorassem as regras, o pai deles nunca correra esses riscos.

Foi por nossa causa. Estava sendo responsável, disse Subhash.

Mas Udayan não via as coisas dessa maneira.

Entre os textos de física de Udayan, agora havia outros livros que ele estudava. Estavam marcados com pedacinhos de papel entre as páginas. *Os condenados da terra*. *O que fazer?* Um livrinho encapado com plástico vermelho, pouco maior que um maço de baralho, com aforismos de Mao.

Quando Subhash perguntou onde ele andava arranjando dinheiro para comprar esses materiais, Udayan respondeu que eram de propriedade comunitária e circulavam entre um grupo de rapazes na Presidency, com os quais tinha feito amizade.

Udayan guardava debaixo do colchão alguns folhetos que conseguira, escritos por Charu Majumdar. Tinham sido escritos, na maioria, antes da revolta de Naxalbari, quando Majumdar estava na prisão. *Nossas tarefas na situação atual. Aproveitem a oportunidade. Quais as possibilidades indicadas pelo ano de 1965?*

Um dia, precisando dar uma pausa nos estudos, Subhash foi ao colchão. Os artigos eram breves, bombásticos. Majumdar dizia que a Índia se transformara numa nação de mendigos e estrangeiros. *O governo reacionário da Índia adota a tática de matar as massas; mata-as de fome, mata-as a tiros.*

Acusava a Índia de recorrer aos Estados Unidos para resolver seus problemas. Acusava os Estados Unidos de converter a Índia num títere seu. Acusava a União Soviética de dar apoio à classe dominante da Índia.

Convocava a formação de um partido secreto. Convocava quadros nas aldeias. Comparava o método da resistência ativa à luta pelos direitos civis nos Estados Unidos.

Ao longo dos ensaios, invocava o exemplo da China. *Se entendemos a verdade de que a revolução indiana adotará invariavelmente a forma de guerra civil, a única tática viável pode ser a da tomada de poder por áreas.*

Você acha que pode funcionar?, um dia Subhash perguntou a Udayan. Isso que Majumdar está propondo?

Tinham acabado de fazer o último exame na faculdade. Estavam atravessando o bairro para ir jogar futebol com alguns dos velhos amigos de escola.

Antes de tomarem a direção do campo, foram até a esquina, para Udayan comprar um jornal. Ele o dobrou na página de um artigo sobre Naxalbari, absorvendo-se na leitura enquanto andavam.

Seguiram pelos muros das ruelas sinuosas, passando por pessoas que os tinham visto crescer. A água dos dois lagos era estagnada e esverdeada. A baixada ainda estava inundada e então tiveram de contorná-la, em vez de atravessá-la.

A certo ponto Udayan parou, abarcando com a vista as choças miseráveis que rodeavam a baixada, os aguapés luzidios que proliferavam na superfície.

Já funcionou, respondeu ele. Mao transformou a China.

A Índia não é a China.

Não. Mas poderia ser, disse Udayan.

Agora, se passavam juntos pelo Tolly Club, indo ou voltando do terminal, Udayan dizia que era uma afronta. Havia favelas superpovoadas por toda a cidade; crianças nasciam e cresciam nas ruas. Por que cem acres cercados de muros para a diversão de uma pequena minoria?

Subhash lembrava as árvores importadas, os chacais, os alaridos das aves. As bolas de golfe pesando nos bolsos deles, o verde ondulante do campo. Lembrava Udayan sendo o primeiro a pular o muro, desafiando-o a vir também. Agachando-se no chão na última vez em que estiveram lá, tentando protegê-lo.

Mas Udayan dizia que golfe era passatempo da burguesia a serviço dos estrangeiros. Dizia que o Tolly Club era a prova de que a Índia ainda era um país semicolonial, agindo como se os britânicos nunca tivessem ido embora.

Comentava que Che, o qual fora *caddy* num campo de golfe na Argentina, chegara à mesma conclusão. Que, depois da revolução cubana, uma das primeiras coisas que Fidel fez, foi acabar com os campos de golfe.

5.

No começo de 1968, devido à oposição crescente, o governo da Frente Unida caiu e Bengala Ocidental ficou sob regime presidencial.

O sistema de ensino também estava em crise. Era uma pedagogia ultrapassada, destoando da realidade da Índia. Ensinava a juventude a ignorar as necessidades do povo. Esta era a mensagem que os estudantes radicais começaram a divulgar.

Reproduzindo Paris, reproduzindo Berkeley, boicotavam os exames por toda Calcutá, rasgavam os diplomas. Gritavam durante os discursos nas assembleias, atrapalhando os oradores. Diziam que as reitorias eram corruptas. Faziam barricadas mantendo os vice-reitores em suas salas, negando-lhes água e comida enquanto não atendessem a suas reivindicações.

Apesar dos tumultos, os dois irmãos, encorajados pelos professores, começaram a pós-graduação, Udayan na Universidade de Calcutá, Subhash continuando em Jadavpur. Esperava-se que desenvolvessem seus potenciais, para sustentar os pais no futuro.

Os horários de Udayan ficaram mais irregulares. Uma noite não voltou para o jantar e a mãe guardou sua refeição no canto da cozinha, sob um prato. Quando ela lhe perguntou, na manhã seguinte, por que não tinha se alimentado, ele respondeu que comera na casa de um amigo.

Quando ele estava fora, não se falava nada durante as refeições sobre a ampliação do movimento de Naxalbari para outras áreas de Bengala Ocidental e também para algumas outras áreas da Índia. Não se discutia nada sobre as guerrilhas ocorrendo em Bihar, em Andhra Pradesh. Subhash concluiu que agora Udayan se dava com outras pessoas, com quem podia conversar à vontade sobre essas coisas.

Sem Udayan, comiam em silêncio, sem discussões, como preferia o pai. Subhash sentia falta da companhia do irmão, mas às vezes era um alívio ficar sozinho à mesa de estudos.

Quando estava em casa, Udayan ligava o rádio de madrugada. Insatisfeito com as notícias oficiais, encontrou programas secretos de estações em Darjeeling, em Siliguri. Ouvia programas da Rádio Pequim. Uma vez, bem na hora em que nascia o sol, conseguiu trazer a Tollygunge a voz distorcida de Mao, interrompida por rajadas de estática, discursando para o povo chinês.

Como Udayan o convidou e como era curioso, Subhash foi uma noite com ele a uma reunião num bairro em Calcutá do Norte. A salinha enfumaçada estava repleta de gente, na maioria estudantes. Havia um retrato de Lênin forrado de plástico, pendurado numa parede verde vivo. Mas o clima na sala era contra Moscou, a favor de Pequim.

Subhash tinha imaginado um debate encarniçado. Mas a reunião foi ordeira, conduzida como uma sessão de estudos. Um estudante de medicina de cabelo esfarrapado, chamado Sinha, desempenhava o papel de professor. Os outros anotavam. Um a um, eram chamados para mostrar seus conhecimentos sobre os fatos da história chinesa, sobre os postulados de Mao.

Distribuíram os exemplares mais recentes de *Deshabrati* e *Liberation*. Havia uma atualização na revolta em Srikakulam. Cem aldeias ao longo de trezentos e vinte quilômetros entre montanhas, caindo sob a influência marxista.

Camponeses rebeldes estavam criando bastiões onde nenhum policial se atrevia a entrar. Fazendeiros fugiam. Havia notícias de famílias que morreram queimadas durante o sono, suas cabeças expostas em estacas. Slogans de vingança escritos com sangue.

Sinha falava baixo. Sentado a uma mesa, reflexivo, os dedos cruzados.

Passou-se um ano desde Naxalbari, e o PCI(M) continua a nos trair. Eles ultrajaram a bandeira vermelha. Mancharam o bom nome de Marx.

O PCI(M), as políticas da União Soviética, o governo reacionário da Índia, todos se equivalem. São lacaios dos Estados Unidos. Estas são as quatro montanhas que precisamos derrubar.

O objetivo do PCI(M) é manter o poder. Mas nosso objetivo é a formação de uma sociedade justa. A criação de um novo partido é fundamental. Para que a história avance, a política parlamentar de gabinete precisa acabar.

A sala estava em silêncio. Subhash viu como Udayan bebia as palavras de Sinha. Totalmente concentrado, como costumava ficar quando ouvia uma partida de futebol pelo rádio.

Embora estivesse ali presente, embora estivesse sentado ao lado de Udayan, Subhash se sentia invisível. Não acreditava que uma ideologia importada fosse capaz de resolver os problemas da Índia. Embora uma fagulha tivesse se acendido um ano atrás, não julgava que se seguiria necessariamente uma revolução.

Perguntava-se se era a falta de coragem ou de imaginação que o impedia de acreditar. Se eram os defeitos de que sempre tivera consciência que o impediam de partilhar a convicção política do irmão.

Lembrou os sinais bobos que ele e Udayan costumavam trocar entre si, apertando a campainha, um fazendo o outro rir. Não sabia como responder à mensagem que Sinha transmitia e que Udayan tão avidamente recebia.

Debaixo da cama de ambos, encostadas na parede, havia uma lata de tinta vermelha e uma brocha que antes não estavam lá. Sob o colchão, Subhash encontrou um papel dobrado com uma lista de slogans, copiados na letra de Udayan. *O dirigente da China é nosso dirigente! Abaixo as eleições! Nosso caminho é o caminho de Naxalbari!*

Os muros da cidade agora estavam forrados de pichações. As paredes dos edifícios no campus, os muros altos dos estúdios cinematográficos. Os muros mais baixos ladeando as ruas do enclave.

Uma noite, Subhash ouviu Udayan entrar em casa e ir direto ao banheiro. Ouviu o som de água pingando no chão. Subhash estava sentado à mesa de estudos. Udayan empurrou a lata de tinta para baixo da cama.

Subhash fechou o caderno, tampou a caneta. O que você estava fazendo agora há pouco?

Me lavando.

Udayan atravessou o quarto e se sentou numa cadeira ao lado da janela. Estava com um pijama de algodão branco. O corpo estava molhado, os pelos pretos úmidos no peito. Pôs um cigarro na boca e abriu uma caixa de fósforos. Teve de riscar o palito algumas vezes até acender.

Você estava pichando slogans?, perguntou Subhash.

A classe dominante espalha sua propaganda por todas as partes. Por que só ela, e ninguém mais, pode influenciar as pessoas?

E se a polícia te pegar?

Não vai pegar.

Ligou o rádio. Se não combatemos um problema, contribuímos para ele, Subhash.

Depois de uma pausa, acrescentou: Venha comigo amanhã, se quiser.

Subhash ficou outra vez como vigia. Outra vez alerta a qualquer som.

Atravessaram uma ponte de madeira que cobria uma parte estreita do Tolly's Nullah. Era um bairro considerado distante quando eram mais novos, e tinham a recomendação de não ir até lá.

Subhash segurava a lanterna. Iluminou uma parte do muro. Era quase meia-noite. Tinham dito aos pais que iam à última sessão de um filme.

Ficou perto. Prendeu a respiração. As rãs do lago coaxavam, monótonas, insistentes.

Observava enquanto Udayan mergulhava a brocha na lata. Estava escrevendo em inglês *Viva Naxalbari!*

Logo Udayan formou as letras do slogan. Mas a mão vacilava, aumentando a dificuldade. Subhash já tinha notado antes, nas últimas semanas — um tremor ocasional, quando o irmão sintonizava o rádio, quando gesticulava ao falar alguma coisa ou virava as folhas do jornal.

Subhash lembrou quando escalaram o muro do Tolly Club. Dessa vez, Subhash não estava com medo de ser apanhado. Talvez fosse bobagem de sua parte, mas algo lhe dizia que esse tipo de coisa só acontece uma vez. E tinha razão, ninguém percebeu o que faziam, ninguém os castigou e, alguns minutos depois, atravessavam de novo a ponte, depressa, fumando para se acalmarem.

Desta vez só Udayan foi estouvado. Só Udayan ficou orgulhoso pelo que tinham feito.

Subhash estava zangado consigo mesmo por ter ido. Por ainda precisar provar que era capaz.

Estava farto daquele medo que sempre surgia dentro de si: que deixaria de existir, que ele e Udayan deixariam de ser irmãos, se Subhash resistisse a ele.

Terminados os estudos, os irmãos se somaram a tantos outros de sua geração, altamente qualificados e desempregados. Começaram a dar aulas para ganhar alguns trocos e contribuir com as despesas de casa. Udayan conseguiu vaga para dar aulas de ciências numa escola técnica perto de Tollygunge. Parecia satisfeito com um emprego comum. Não fazia questão de seguir carreira.

Subhash resolveu se candidatar a alguns programas de doutorado nos Estados Unidos. As leis de imigração tinham mudado, facilitando a entrada de estudantes indianos. Na graduação, ele começara a se concentrar em pesquisas na área de química e meio ambiente. Os efeitos do petróleo e do nitrogênio nos oceanos, rios e lagos.

Achou que seria melhor comentar primeiro com Udayan, antes de contar aos pais. Esperava que o irmão entendesse. Sugeriu a Udayan que também fosse para o estrangeiro, onde havia mais empregos, onde as coisas podiam ser mais fáceis para ambos.

Ele mencionou as universidades famosas que tinham dado apoio aos cientistas mais dotados do mundo, MIT, Princeton, onde Einstein estivera.

Mas Udayan não se deixou impressionar. Como você pode se afastar do que anda acontecendo? Daqui, em primeiro lugar?

É um programa de doutoramento. Questão de poucos anos.

Udayan sacudiu a cabeça. Se você for, não vai voltar.

Como você sabe?

Porque te conheço. Porque você só pensa em si mesmo.

Subhash encarou o irmão. Estendido na cama, fumando, ocupado com os jornais.

Você acha que o que você está fazendo não é egoísta?

Udayan virou uma página do jornal, sem nem se importar em olhar para cima. Não acho que querer mudar as coisas seja egoísmo.

Não é brincadeira. E se a polícia vier aqui em casa? E se você for preso? O que a mãe e o pai vão pensar?

Existem mais coisas na vida do que eles pensam.

O que aconteceu com você, Udayan? Foram eles que te criaram. Que continuam a te alimentar e vestir. Você não seria nada se não fosse por eles.

Udayan se levantou e saiu do quarto. Voltou logo a seguir. Parou na frente de Subhash, de cabeça baixa. Sua raiva, que vinha rápido, já fora embora.

Você é minha outra metade, Subhash. Sem você, eu é que não sou nada. Não vá.

Foi a única vez em que ele admitiu uma coisa dessas. Falou com amor na voz. Com carência.

Mas Subhash tomou como uma ordem, uma das tantas a que tinha capitulado durante toda a vida. Mais uma exortação a fazer o que Udayan fazia, a segui-lo.

Então, de repente, foi Udayan quem foi embora. Saiu da cidade, não disse para onde ia. Foi num período em que a escola onde dava aulas estava fechada. Informou Subhash e os pais sobre seus planos na manhã da viagem.

Era como se fosse ficar fora apenas um dia, nada além de um saco de roupas a tiracolo. Dinheiro no bolso apenas para as passagens.

É algum passeio?, perguntou o pai. Combinou com os amigos?
É isso mesmo. Uma mudança de cenário.
Por que tão de repente?
Por que não?
Curvou-se para tocar a poeira nos pés dos pais, dizendo que não se preocupassem, prometendo voltar.

Não tiveram notícias suas enquanto ele esteve fora. Nenhuma carta, nenhuma maneira de saber se estava vivo ou morto. Subhash e os pais não comentavam nada, mas não acreditavam que Udayan tivesse ido a passeio. Mesmo assim, não fizeram nada para impedi-lo. Ele voltou depois de um mês, um pano amarrado na cintura, barba e bigode cobrindo o rosto sem disfarçar o quanto havia emagrecido.

O tremor nos dedos tinha piorado, às vezes, segurando a xícara de chá, a ponto de bater com ela no pires, e era perceptível quando abotoava a camisa ou pegava uma caneta. De manhã, o lençol em seu lado da cama estava gelado de suor, escurecido pela marca de seu corpo. Um dia em que levantou com o coração disparado, uma vermelhidão no pescoço, ele consultou um médico e fez um exame de sangue.

Estavam receosos que ele tivesse contraído uma doença no interior, malária ou meningite. Mas o resultado foi hiperatividade da glândula tiroide, possível de controlar com um remédio. O médico disse à família que podia levar algum tempo até fazer efeito. Que precisava ser tomado sistematicamente. Que a doença podia deixar a pessoa irritadiça e mal-humorada.

Udayan recuperou a saúde e morava com eles, mas uma parte dele estava em outro lugar. O que tinha visto ou aprendido fora da cidade, o que havia feito, não contou a ninguém.

Desistiu de dissuadir Subhash de ir para os Estados Unidos. Quando escutavam o rádio à noite, quando folheava os jornais, não demonstrava muita reação. Algo o dominara. Algo agora o ocupava, algo que não tinha nada a ver com Subhash, com nenhum deles.

Em 22 de abril de 1969, data do aniversário de Lênin, foi lançado em Calcutá um terceiro partido comunista. Os integrantes se denominavam naxalistas, em homenagem ao que ocorrera em Naxalbari. Charu Majumdar foi nomeado como secretário-geral e Kanu Sanyal como presidente do partido.

Em 1º de maio, uma grande procissão encheu as ruas. Dez mil pessoas marcharam para o centro da cidade. Reuniram-se no Maidan, sob as colunas brancas em cúpula de Shahid Minar.

Kanu Sanyal, recém-saído da prisão, subiu num palanque e discursou para a multidão esfuziante.

Com grande orgulho e enorme alegria, hoje desejo anunciar nesta manifestação que formamos um genuíno Partido Comunista. O nome oficial era Partido Comunista da Índia, Marxista-Leninista. O PCI(M).

Não expressou nenhum agradecimento aos políticos que o haviam libertado. Sua libertação fora determinada pela lei da história. Naxalbari havia sacudido toda a Índia, disse Sanyal.

A situação revolucionária estava madura, no país e no exterior, falou ao povo. Uma grande onda de revoluções estava se alastrando pelo mundo. Ao leme estava Mao Tsé-Tung.

Nacional e internacionalmente, os reacionários estão tão fracos que desmoronam quando os atingimos. Na aparência são fortes, mas na realidade não passam de gigantes feitos de barro, são verdadeiros tigres de papel.

A tarefa principal do novo partido era organizar o campesinato. A tática seria a de guerrilha. O inimigo era o estado indiano.

Era uma nova forma de comunismo, a do partido deles, declarou Sanyal. Iriam se instalar nos vilarejos. *Em 2000, ou seja, daqui a apenas trinta anos, os povos de todo o mundo estarão livres de todos os tipos de exploração do homem pelo homem e comemorarão a vitória mundial do marxismo, do leninismo, do pensamento de Mao Tsé-Tung.*

Charu Majumdar não esteve presente ao comício. Mas Sanyal declarou lealdade a ele, comparando-o a Mao em sua sabedoria, alertando contra os que contestavam a doutrina de Majumdar.

Certamente faremos brilhar um novo sol e uma nova lua no céu de nossa grande terra natal, disse ele, e suas palavras ressoaram a quilômetros de distância.

Os jornais publicaram fotos, tiradas de longe, da multidão reunida para ouvir o discurso de Sanyal, para fazer a Saudação Vermelha. Grito de batalha proferido, uma geração fascinada. Um pedaço de Calcutá imobilizado.

Era o retrato de uma cidade da qual Subhash não se sentia mais como parte integrante. Uma cidade à beira de algo; uma cidade que ele se preparava para deixar.

Subhash sabia que Udayan estivera lá. Não o acompanhou ao comício, nem Udayan lhe pediu para ir. Neste sentido, os dois já tinham se separado.

6.

Poucos meses depois, Subhash também foi para um vilarejo; *village* era a palavra que os americanos usavam. Uma palavra antiga, designando um povoado inicial, um lugar humilde. Mesmo assim, o vilarejo tivera outrora uma civilização: uma igreja, um tribunal, uma taverna, uma cadeia.

A universidade começara como escola agrícola. Uma faculdade em área concedida pelo governo, ainda cercada de estufas, pomares, trigais. Nos arrabaldes havia pastos verdejantes de capim cultivado cientificamente, irrigados, fertilizados e roçados periodicamente. Mais bonitos do que a grama que crescia entre os muros do Tolly Club.

Mas ele não estava mais em Tollygunge. Saíra de lá como tantas manhãs saíra dos sonhos, cuja realidade e lógica peculiar perdiam o significado à luz do dia.

Era tão extrema a diferença que ele não conseguia acomodar os dois lugares em sua mente. Neste novo país enorme, parecia não haver lugar para o país anterior. Não havia nenhuma ligação entre os dois; a única ligação era ele. Aqui a vida deixava de tolhê-lo ou de atacá-lo. Aqui a humanidade não estava sempre empurrando, forçando, correndo como que perseguida por um fogaréu.

E no entanto alguns aspectos físicos de Rhode Island — um estado tão pequeno no conjunto dos Estados Unidos que, em alguns mapas, o território vinha indicado apenas por uma flecha apontando sua localização — tinham certa correspondência com os de Calcutá, na Índia. Montanhas ao norte, oceano ao leste, a maior parte da área ao sul e ao oeste.

Os dois lugares ficavam quase no nível do mar, com estuários onde a água doce e a água salgada se misturavam. Assim como Tollygunge, numa era anterior, fora inundada pelo mar, outrora Rhode Island inteira estivera coberta de camadas de gelo. O avanço e o recuo dos glaciares, espalhando-se e se derretendo sobre a Nova Inglaterra, tinham movido o leito rochoso e o solo, deixando grandes rastros de destroços. Haviam criado mangues e baía, dunas e morenas. Moldaram a costa atual.

Ele encontrou alojamento numa casa branca de madeira, perto da rua principal do vilarejo, com venezianas pretas nas janelas. As venezianas eram decorativas, nunca se abrindo nem fechando como faziam no decorrer do dia em Calcutá, para manter os aposentos frescos ou secos, para proteger da chuva, deixar entrar uma brisa ou controlar a luminosidade.

Ele morava no alto da casa, dividindo uma cozinha e banheiro com outro estudante de doutorado chamado Richard Grifalconi. À noite, ouvia o tique-taque metódico de um despertador ao lado da cama. E ao fundo, como um alarme que tivesse disparado, o estrilo agudo dos grilos. Outras aves o despertavam de manhã, passarinhos com pipilos delicados que, mesmo assim, interrompiam o sono.

Richard, estudante de sociologia, escrevia editoriais para o jornal da universidade. Quando não estava trabalhando na tese, denunciava em parágrafos sucintos a recente demissão de um professor de zoologia que se manifestara contra o uso de napalm ou a decisão de construir uma piscina em vez de mais alojamentos no campus.

Ele vinha de uma família quacre no Wisconsin. Usava o cabelo escuro preso num rabo de cavalo e não se dava ao trabalho de aparar a barba. Examinava atentamente a folha de papel na máquina pelos óculos de aros de metal enquanto batucava seus editoriais com dois dedos, à mesa da cozinha, um cigarro aceso na boca.

Contou a Subhash que acabara de fazer trinta anos. Em favor da nova geração, decidiu que seria professor. Tinha ido ao sul, durante a graduação, para protestar contra a segregação no transporte público. Passara duas semanas numa cadeia do Mississippi.

Convidava Subhash para irem ao bar do campus, onde dividiam uma jarra de cerveja e assistiam às reportagens da tevê sobre o Vietnã. Richard era contra a guerra, mas não era comunista. Disse a Subhash que, para ele, Gandhi era um herói. Udayan teria escarnecido dele, dizendo que Gandhi se aliara a inimigos do povo. Que desarmara a Índia em nome da libertação.

Um dia, passando pela praça do campus, Subhash viu Richard no centro de um grupo de estudantes e professores. Usava uma faixa preta no braço, de pé no alto de uma van estacionada no gramado.

Com um megafone, Richard disse que o Vietnã era um erro e que o governo americano não tinha nenhum direito de intervir. Disse que havia inocentes sofrendo no Vietnã.

Alguns gritavam ou assobiavam, mas a maioria apenas ouvia e aplaudia, como se estivessem num teatro. Sentados no chão, apoiavam-se nos cotovelos, com o sol no rosto, ouvindo Richard protestar contra uma guerra travada a milhares de quilômetros dali.

Subhash era o único estrangeiro. Não havia por lá nenhum estudante de outras partes da Ásia. Era um comício totalmente diferente das manifestações que agora explodiam em Calcutá. Turbas desordenadas representando partidos comunistas rivais, correndo atabalhoadas pelas ruas. Salmodiando, sem parar. Eram manifestações que quase sempre descambavam para a violência.

Depois de ouvir Richard por alguns minutos, Subhash se afastou. Sabia o quanto Udayan zombaria dele naquele instante, por causa da vontade de se proteger.

Também não apoiava a guerra no Vietnã. Mas, como seu pai, sabia que precisava ter cuidado. Sabia que podia ser preso nos Estados Unidos por criticar o governo, talvez até por segurar um cartaz. Estava aqui neste país por cortesia, com visto de estudante, na universidade graças a uma bolsa. Era um convidado nos Estados Unidos, como hóspede de Nixon.

Aqui, ele lembrava todos os dias a sensação que lhe vinha naquelas noites em que entrava furtivamente com Udayan no Tolly Club. Desta vez, ele fora recebido oficialmente, mas continuava atento, na soleira de entrada. Sabia que a porta podia se fechar de modo tão arbitrário quanto se abrira. Sabia que podia ser mandado de volta para o local de onde viera e que havia uma fila de gente pronta para ocupar seu lugar.

Havia na universidade alguns outros indianos, na maioria solteiros como ele. Mas, até onde Subhash sabia, ele era o único de Calcutá. Conheceu um professor de economia chamado Narasimhan, de Madras. Era casado com uma americana e tinham dois filhos de tez morena e olhos claros, que não haviam puxado a nenhum dos pais.

Narasimhan tinha costeletas largas e usava jeans boca de sino. A esposa tinha um belo pescoço, cabelo ruivo curto e usava brincos de pingente. Subhash viu toda a família pela primeira vez na área verde do campus. Eram os únicos naquele sábado à tarde no gramado quadrangular que ficava no centro do campus, cercado de árvores.

Os meninos estavam jogando bola com o pai. Como Subhash e Udayan costumavam fazer, no campo do outro lado da baixada, embora o pai nunca tivesse ido com eles. A mulher estava deitada de lado numa manta estendida na grama, fumando, desenhando alguma coisa num caderno.

Era esta a moça com quem Narasimhan se casara, em vez de desposar alguma moça de Madras que a família escolhera para ele. Subhash se perguntou como a família teria reagido a ela. E se perguntou se ela teria ido alguma vez à Índia. Se tivesse ido, perguntou-se se teria gostado ou detestado. Só de olhar para ela, não dava para saber.

A bola correu na direção de Subhash; chutou de volta para eles, preparando-se para retomar o caminho.

Você deve ser o novo estudante de química dos oceanos, disse Narasimhan, andando em sua direção, apertando-lhe a mão. Subhash Mitra?

Eu mesmo.

De Calcutá?

Assentiu.

Em princípio, devo ficar de olho em você. Nasci em Calcutá, acrescentou Narasimhan, dizendo que ainda entendia uma ou duas palavras em bengali.

Subhash perguntou onde ele morava em Rhode Island, se era perto do campus.

Narasimhan abanou a cabeça. A casa deles ficava mais perto de Providence. A esposa, Kate, estudava na Escola de Desenho de Rhode Island.

E você? Onde sua família mora em Calcutá?

Em Tollygunge.

Ah, onde fica o clube de golfe.

Isso.

Você está na Casa Internacional?

Preferi um lugar com cozinha. Queria eu mesmo preparar minhas refeições.

E está se dando bem? Fez amigos?
Alguns.
Suportando bem o frio?
Até agora, sim.
Kate, por favor, anote nosso número de telefone para ele.

Ela foi para o final do caderno e arrancou uma página. Anotou o número e estendeu a Subhash.

Qualquer coisa que precisar, é só ligar, disse Narasimhan, dando-lhe um tapinha nas costas, voltando para os filhos.

Obrigado.

Um dia desses vou fazer meu arroz com iogurte para você, gritou Narasimhan.

Mas o convite nunca veio.

O campus de oceanografia, onde Subhash tinha a maioria das aulas, dava para a baía de Narragansett. Todos os dias de manhã ele deixava o vilarejo de ônibus, percorrendo uma estrada arborizada onde se enxergavam caixas de correio fincadas em estacas, mas muitas casas ficavam fora de vista. Passava por um semáforo e uma torre de observação de madeira, e depois descia a encosta até a baía.

O ônibus atravessava um estuário sinuoso até uma área que parecia mais isolada. Aqui o ar nunca era parado e as janelas do ônibus chacoalhavam. Aqui a qualidade da luz era outra.

Os prédios dos laboratórios pareciam pequenos hangares, estruturas metálicas de aço corrugado e chapas de cobertura. Ele estudava os gases dissolvidos na solução da água do mar, os isótopos encontrados nos sedimentos profundos. O iodo presente nas algas, o carbono no plâncton, o cobre no sangue dos caranguejos.

No sopé do campus, na base de um monte íngreme, havia uma pequena praia juncada de seixos cinzentos e amarelos, onde

Subhash gostava de comer seu almoço. Dava vista para a baía e as duas pontes que levavam às ilhas mais adiante. A ponte Jamestown se destacava, a ponte Newport, a alguns quilômetros de distância, se via menos. Nos dias nublados, o som de uma sirena de nevoeiro atravessava o ar a intervalos, tal como em Calcutá tocavam trompas para afastar o mal.

Algumas das ilhas menores, às quais só era possível chegar de barco, não tinham eletricidade nem água encanada. Condições em que alguns americanos ricos gostavam de passar o verão, segundo o que lhe disseram. Numa delas havia espaço apenas para um farol, nada mais. Todas as ilhas, por menores que fossem, tinham nome: Paciência e Prudência, Raposa e Bode, Coelho e Rosa, Esperança e Desespero.

No alto do morro, subindo da praia, havia uma igreja de tábuas brancas dispostas como uma colmeia. A parte central se afinava e subia em agulha. A pintura já não era nova, a madeira por baixo absorvendo muita maresia, enfrentando muitas tempestades que chegavam à costa de Rhode Island.

Uma tarde, ele ficou surpreso ao ver uma fila de carros na estrada que levava à igreja. Pela primeira vez viu que as portas da frente estavam abertas. Do lado de fora havia um grupo de adultos e crianças, cerca de vinte.

Viu de relance um casal de meia-idade, recém-casado. Um noivo grisalho com um cravo na lapela, uma mulher de casaco e saia azul-claro. Sorriam nos degraus da igreja, abaixando a cabeça enquanto os convidados jogavam arroz. Notou que mais pareciam pais dos noivos, mais próximos da geração de seus pais do que da dele mesmo.

Imaginou que fossem segundas núpcias. Duas pessoas trocando de cônjuge, dividindo-se em dois, conexões ao mesmo tempo cortadas e duplicadas, como células. Ou talvez fosse um casal de viúvos, ambos tendo perdido o cônjuge no meio da vida. Uma viúva e um viúvo com filhos crescidos, casando outra vez e seguindo em frente.

Por alguma razão, a igreja lhe lembrou a pequena mesquita que ficava na esquina da rua onde sua família morava em Tollygunge. Outro local de culto destinado a outros, que fora um marco em sua vida.

Um dia, quando a igreja estava vazia, Subhash subiu pela trilha de pedra até a entrada. Sentiu uma vontade estranha de abraçá-la, era de proporções tão estreitas e reduzidas que parecia quase caber na extensão de seus braços. A única entrada era a porta arredondada verde-escura, na frente. Por cima, as janelas, também arredondadas, pareciam fendas finas. Espaço onde cabia a mão, mas não um rosto.

A porta estava trancada e assim ele deu a volta, ficando na ponta dos pés e espiando pelas janelas. Algumas vidraças eram de vidro vermelho, intercaladas por outras claras.

Viu no interior bancos cinzentos com acabamento vermelho. Era um interior ao mesmo tempo antigo e vibrante, banhado de luz. Sentiu vontade de se sentar lá dentro, de sentir as paredes pálidas ao redor. Por cima o teto simples, de ângulos agudos.

Pensou no casal que vira, casando-se. Imaginou-os um ao lado do outro.

Pela primeira vez, pensou em seu próprio casamento. Pela primeira vez, talvez porque em Rhode Island sempre sentisse que lhe faltava uma parte de si, desejou companhia.

Perguntou-se que mulher os pais escolheriam para ele. Perguntou-se quando seria. Casar significaria voltar para Calcutá. Nesse sentido, ele não tinha nenhuma pressa.

Sentia orgulho por ter vindo sozinho para os Estados Unidos. Aprender a agir assim, como uma vez devia ter aprendido a ficar de pé, a andar e a falar. Quis tanto sair de Calcutá, não só por causa de seus estudos, mas também — agora podia admitir isso para si mesmo — para dar um passo que Udayan nunca daria.

No fundo, foi isso que o motivou. Mas a motivação não tinha feito nada para prepará-lo. Apesar da rotina que se formava, todos os dias pareciam incertos, improvisados. Aqui, neste local rodeado pelo mar, seguia à deriva afastando-se do ponto de origem. Aqui, separado de Udayan, ignorava muitas coisas.

Na maioria das vezes, Richard não estava em casa à noite na hora do jantar, mas, quando por acaso estava, ele aceitava o convite de Subhash para dividir a refeição, trazendo o cinzeiro e um maço de cigarros, oferecendo uma de suas cervejas enquanto Subhash preparava o caril e cozinhava uma panela de arroz. Em troca, Richard começou a levar Subhash de carro ao supermercado da cidade, uma vez por semana, dividindo as despesas.

Num final de semana, os dois precisando de um descanso nos estudos, Richard levou Subhash até um estacionamento vazio no campus e começou a ensiná-lo a trocar as marchas, para que Subhash pudesse tirar carteira de motorista e pegar o carro emprestado quando precisasse.

Quando Richard considerou que Subhash estava em condições, deixou que dirigisse pela cidade e fosse até Point Judith, o extremo de Rhode Island que dava em lugar nenhum. Foi emocionante dirigir, reduzir a velocidade no semáforo e depois acelerar na estrada deserta ao longo do mar.

Ele atravessou Galilee, por onde iam e vinham os barcos pesqueiros, ao lado dos mangues onde entravam homens de galochas para pegar mariscos. Ao lado de barracos fechados oferecendo frituras do mar em menus pintados como grafite na fachada. Chegaram a um farol numa colina verdejante. Pedras escuras cobertas de algas, uma bandeira que se retorcia como chama no ar.

Chegaram a tempo de ver o sol se pondo atrás do farol, a espuma branca das ondas se espalhando pelas pedras, a bandeira e a água azul encapelada coruscando. Saíram do carro para fumar um cigarro e sentir os borrifos do mar no rosto.

Falaram sobre My Lai. Os detalhes acabavam de vir à tona. Relatos de um massacre, corpos em valas, um tenente americano sob investigação.

Vai haver um protesto em Boston. Tenho uns amigos que podem nos hospedar à noite. Por que você não vem comigo?

Acho que não.

Você não fica com raiva da guerra?

Não me cabe objetar.

Subhash descobriu que podia ser sincero com Richard. Richard escutava, em vez de contradizer. Não tentava meramente convertê-lo.

Quando voltavam para o vilarejo, Richard perguntou sobre a Índia, o sistema de castas, a pobreza. De quem era a culpa?

Não sei. Hoje em dia todo mundo põe a culpa nos outros.

Mas tem solução? Qual a posição do governo?

Subhash não sabia descrever a um americano a política irascível, a sociedade complicada da Índia. Disse que era um lugar antigo que também era jovem, ainda lutando para conhecer a si mesmo. Você devia conversar com meu irmão, falou ele.

Você tem irmão?

Subhash assentiu.

Você nunca mencionou isso. Como ele se chama?

Depois de uma pausa, ele pronunciou o nome de Udayan pela primeira vez desde que chegara a Rhode Island.

Bom, o que Udayan diria?

Ele diria que o problema é uma economia agrária de bases feudais. Diria que o país precisa de uma estrutura mais igualitária. Reformas agrárias melhores.

Parece um modelo chinês.

E é. Ele apoia Naxalbari.

Naxalbari? O que é isso?

Alguns dias depois, em seu escaninho de correspondência no departamento, Subhash encontrou uma carta de Udayan. Texto em bengali, tinta azul-escura sobre o azul mais claro do aerograma. Tinha sido enviada em outubro; agora era novembro.

Se esta chegar a você, destrua. Não há por que comprometer nenhum de nós. Mas, como minha única chance de invadir os Estados Unidos é por carta, não pude resistir. Acabei de voltar de outra viagem pelo interior. Conheci o camarada Sanyal. Pude sentar com ele, falar com ele. Tive de usar uma venda nos olhos. Alguma hora te conto.

Por que você não tem escrito? Decerto ficou enfeitiçado pela flora e fauna da maior potência capitalista do mundo. Mas, se você conseguir se desprender de si mesmo, tente se tornar útil. Ouço dizer que o movimento pacifista aí está a todo vapor.

Aqui os desdobramentos são encorajadores. Um Exército Vermelho se está formando, indo aos vilarejos, divulgando citações de Mao Tsé-Tung. Nossa geração é a vanguarda; a luta estudantil faz parte da luta camponesa armada, diz Majumdar.

Você vai voltar para um país transformado, uma sociedade mais justa, tenho certeza disso. Uma casa reformada, também. Papai pegou um empréstimo. Estão aumentando o que já temos. Parecem achar que é necessário. Que não nos casaremos e criaremos família sob o mesmo teto, se a casa continuar como está.

Falei a eles que era um desperdício, uma extravagância, já que você nem mora aqui. Mas não me ouviram e agora é tarde demais, veio um arquiteto e o andaime está montado, dizem que vai ficar pronto em um ou dois anos.

Os dias sem você não têm graça. E mesmo que eu não o perdoe por não apoiar um movimento que somente trará melhorias à vida de milhões de pessoas, espero que você possa me perdoar por lhe dar preocupações. Você vai se apressar nisso aí que anda fazendo? Um abraço de seu irmão.

Terminava com uma citação. *A guerra trará a revolução; a revolução encerrará a guerra.*

Subhash releu a carta diversas vezes. Era como se Udayan estivesse ali, falando, espicaçando. Sentiu que a lealdade entre eles, o afeto mútuo se estendia por metade do mundo. Estendia-se a ponto de romper, devido a tudo o que agora se interpunha entre eles, mas ao mesmo tempo recusava-se a romper.

Talvez a carta ficasse em segurança entre seus pertences em Rhode Island. Estava escrita em bengali, Subhash gostaria de guardar. Mas sabia que Udayan tinha razão e que o conteúdo, a referência a Sanyal, caindo em mãos erradas, podia ameaçar a ambos. No dia seguinte, ele a levou para seu laboratório, ao final da sessão demorando-se sob algum pretexto, esperando ficar sozinho. Cerimoniosamente, colocou a carta na bancada de granito escuro, acendeu um fósforo, assistindo enquanto as beiradas enegreciam, as palavras do irmão desapareciam.

Tenho estudado processos químicos próprios dos estuários, sedimentos que oxidam na maré baixa. Faixas de bancos de areia correm paralelas à terra firme. O sulfeto de ferro deixa grandes manchas negras na areia.

> *Por estranho que pareça, quando o céu está carregado, quando as nuvens estão baixas, algo na paisagem costeira daqui, a água e a vegetação, o cheiro das bactérias quando visito os mangues, me levam de volta para casa. Penso na baixada, nos arrozais. Aqui não tem nenhum arroz, claro. Só mexilhões e amêijoas, que são os tipos de mariscos que os americanos gostam de comer.*
>
> *Eles chamam o capim-marinho de espartina. Hoje aprendi que ela tem glândulas especiais para excretar o sal, e por isso costuma estar coberta por um resíduo de cristais. Os caracóis sobem e descem pelos caules. Suas raízes estabilizam a orla. Sabia que ela se propaga espalhando rizomas? Parecido com os manguezais que cresciam antigamente em Tollygunge. Precisava te contar.*

Agora a área verde do campus estava como que forrada por um mar de ferrugem, as folhas mortas correndo e voando ao vento. Ele passou pelo amontoado, que lhe batia pelo tornozelo. As folhas às vezes se erguiam ao seu redor, como se houvesse alguma coisa viva submersa entre elas, ameaçando mostrar a face antes que se assentassem novamente.

Agora tinha carteira de motorista e estava com as chaves do carro de Richard. Richard havia pegado um ônibus para ir passar o Dia de Ação de Graças com a família. O campus estava fechado e não havia nenhum lugar para ir; por alguns dias, até a biblioteca e o centro acadêmico ficaram fechados.

Às tardes, ele pegava o carro e andava sem rumo certo. Atravessava a ponte até Jamestown, até Newport e voltava. No rádio, ouvia música pop, o boletim meteorológico na terra e no mar. *Ventos do norte, dez a quinze nós, virando para o nordeste na parte da tarde. Mares de dois a quatro pés. Visibilidade, uma a três milhas náuticas.*

Escurecia cedo, acendia os faróis às cinco. Uma noite, na hora do jantar, resolveu comer berinjela à parmegiana num restaurante italiano aonde às vezes ia com Richard. Sentou-se ao balcão, tomando cerveja, comendo o prato pesado, assistindo a um jogo de futebol americano na tevê. Era um dos poucos fregueses. Ao pagar a conta, avisaram-no que o restaurante fecharia no Dia de Ação de Graças.

Naquele dia as estradas estavam vazias, toda a cidade em descanso. Fosse qual fosse a ocasião, fosse qual fosse a comemoração, não se via nada. Nenhuma procissão, nenhum festejo público de que tivesse notícia. Tirando um grupo que se reunira para uma partida de futebol no campus, não havia nada para olhar.

Dirigiu pelos bairros residenciais, áreas onde moravam alguns professores. Viu fumaça saindo das chaminés, carros com placas de vários estados, estacionados nas ruas forradas de folhas.

Seguiu até a linha da praia em Charlestown, onde o capim-marinho agora estava castanho-claro. O sol já baixava, com um fulgor intenso. Aproximando-se de um lago salgado, ele parou no acostamento.

Entre a vegetação havia uma garça, tão próxima que Subhash podia ver o âmbar dos olhos, o corpo cor de ardósia tingido pela luz do entardecer. Estava com o pescoço curvado num S, o bico fino e comprido como o abridor de cartas de bronze que seus pais lhe deram quando saiu da Índia.

Subhash abriu o vidro da janela. A garça estava parada, mas então alongou e contraiu o pescoço em curva, como se percebesse o olhar de Subhash. As garças reais em Tollygunge, remexendo a lama em busca de alimento, eram mais magras. Nunca tão formosas, tão majestosas quanto esta.

Queria ficar no carro observando enquanto a ave estivesse lá, olhando o mar. Mas na estrada de terra estreita, normalmente vazia, veio um carro querendo passar, obrigando Subhash a seguir em frente. Quando fez o retorno, a garça já tinha ido embora.

Na tarde seguinte, ele voltou ao mesmo local. Percorreu a margem do pântano, procurando a ave. Ficou olhando o horizonte enquanto a luz se dourava e o sol começava a se pôr. Perguntou-se se a garça teria migrado por causa da estação. Então ouviu de repente um grasnido áspero e repetido.

Era a garça levantando voo sobre a água, batendo as grandes asas com vagar e decisão, parecendo ao mesmo tempo livre e tolhida. O pescoço comprido estava encolhido, as pernas escuras pendendo atrás. No céu baixo a silhueta era negra, nítidas as pontas das penas primárias, as patas em forquilha.

Ele voltou no terceiro dia, mas não conseguiu vê-la em parte alguma. Pela primeira vez na vida, sentiu um amor desesperançado.

Começou uma nova década: 1970. No inverno, quando as árvores estavam nuas, o solo duro coberto de neve, chegou uma segunda carta de Udayan, desta vez dentro de um envelope.

Subhash abriu e encontrou uma pequena foto em branco e preto de uma moça, em pé. Tinha os braços esguios cruzados sobre o peito.

Ela estava à vontade, mas parecia um pouco cética. Tinha a cabeça voltada um pouco de lado, de boca fechada, mas com lábios num leve sorriso oblíquo. Usava uma trança, que descia por um dos ombros. Tinha pele muito morena.

Era atraente sem ser bonita. Em nada se parecia com as moças sérias que a mãe costumava apontar a ele e a Udayan nos casamentos, quando estavam na faculdade. Era um retrato espontâneo, em algum lugar das ruas de Calcutá, na frente de um edifício que não soube identificar. Perguntou-se se Udayan teria tirado a foto. Se teria despertado aquela expressão de alegria em seu rosto.

Esta serve como apresentação formal, e é o anúncio mais formal que você receberá. Já é hora de você saber. Eu a conheço faz alguns anos. Deixamos a coisa quieta, mas você sabe como é. Ela se chama Gauri e está terminando o curso de filosofia na Presidency. Moça de Calcutá do Norte, da Cornwallis Street. Os pais morreram, ela mora com o irmão — amigo meu — e alguns parentes. Gosta mais de livros do que de joias e sáris. Pensa como eu.

Como o presidente Mao, rejeito a ideia de casamento arranjado. Esta é uma coisa, reconheço, que admiro no Ocidente. E assim me casei com ela. Não se preocupe, tirando o fato de termos fugido juntos, não há nenhum escândalo. Você não vai virar tio. Pelo menos não por enquanto. Há crianças demais que são vítimas de nossa estrutura social deficiente. Primeiro é preciso consertar isso.

Gostaria que você estivesse aqui, mas não perdeu nenhum tipo de comemoração. Foi um registro civil. Contei à Ma e ao Baba depois de consumado, como estou te contando agora. Falei para eles: ou vocês a aceitam e voltamos juntos para Tollygunge, ou vamos morar como marido e mulher em algum outro lugar.

Ainda estão em choque, bravos comigo e, sem nenhuma razão, também com Gauri, mas agora estamos com eles, aprendendo a viver juntos. Não suportam a ideia de te contar o que fiz. Então estou eu mesmo te contando.

No final da carta, ele pedia a Subhash que comprasse alguns livros para Gauri, dizendo que eram mais fáceis de encontrar nos Estados Unidos. *Nem se incomode em mandar pelo correio, pois se extraviarão ou serão roubados. Traga quando vier. Você vai aparecer para me dar parabéns num dia desses, não vai?*

Desta vez, ele não releu a carta. Uma vez só bastava.

Udayan tinha emprego, mas mal dava para sustentar a si mesmo, quem dirá a uma família. Não tinha nem vinte e cinco anos. A casa logo ficaria com espaço suficiente, mas para Subhash a decisão parecia impulsiva, uma imposição aos pais, prematura. E ficou surpreso que Udayan, tão devotado à sua política, tão desdenhoso das convenções, de repente se casasse.

Udayan não só se casara antes de Subhash, como se casara com uma mulher escolhida por ele mesmo. Por iniciativa própria, dera um passo que Subhash acreditava que cabia aos pais. Aí estava mais um exemplo de Udayan passando à frente de Subhash, negando que fosse o segundo. Mais um exemplo de fazer as coisas à sua maneira.

No verso da foto, a data estava anotada na letra de Udayan. Era de mais de um ano atrás, de 1968. Udayan a conhecera e se apaixonara por ela quando Subhash ainda estava em Calcutá. Durante todo aquele tempo, Udayan guardara Gauri só para si.

Mais uma vez Subhash destruiu a carta. A foto ele guardou, no final de um dos livros de curso, como prova do que Udayan havia feito.

De tempos em tempos, ele tirava a foto e olhava. Perguntava-se quando conheceria Gauri e o que pensaria a seu respeito, agora que tinham uma ligação. E uma parte de si, mais uma vez, sentia-se derrotada por Udayan, por ter encontrado uma moça como aquela.

II

1.

Normalmente, ela ficava na sacada, lendo, ou num quarto contíguo enquanto seu irmão e Udayan estudavam, fumavam e tomavam xícaras e xícaras de chá. Manash tinha feito amizade com ele na Universidade de Calcutá, onde os dois estudavam no departamento de física. Os livros sobre o comportamento dos líquidos e dos gases ficavam de lado boa parte do tempo, enquanto eles conversavam sobre as repercussões de Naxalbari e comentavam os fatos do dia.

As conversas passavam para as insurreições na Indochina e em países da América Latina. No caso de Cuba, frisava Udayan, nem se tratava de um movimento de massas. Apenas um grupo pequeno, atacando os alvos certos.

Por todo o mundo, os estudantes ganhavam força, levantando-se contra os sistemas exploradores. Era outro exemplo da segunda lei do movimento de Newton, brincava ele. Força igual massa vezes aceleração.

Manash era cético. O que eles, estudantes urbanos, podiam dizer a respeito da vida dos camponeses?

Nada, dizia Udayan. Precisamos aprender com eles.

Ela o via por uma porta aberta. Alto, mas de constituição esguia, vinte e três anos, mas parecendo um pouco mais. As roupas ficavam frouxas. Ele usava *kurtas*, mas também camisas de estilo europeu, com irreverência, a parte de cima desabotoada, fora das calças, as mangas enroladas até o cotovelo.

Ele se sentava no quarto onde ouviam rádio. Na cama que servia de sofá, onde Gauri dormia de noite. Seus braços eram finos, os dedos longos demais para as xicrinhas de porcelana em que a família dela servia o chá, que ele tomava em poucos goles. Tinha o cabelo ondulado, as sobrancelhas grossas, os olhos lânguidos e escuros.

Suas mãos pareciam um prolongamento da voz, sempre em movimento, embelezando as coisas que dizia. Mesmo quando discutia, vinha-lhe um sorriso fácil. Os dentes de cima eram levemente encavalados, como se tivesse um a mais. Desde o início, ali residia o atrativo.

Nunca dizia nada quando Gauri por acaso passava a seu lado. Nunca olhando, nunca reconhecendo que era a irmã mais nova de Manash, até o dia em que o criado estava fazendo um serviço de rua e Manash perguntou a Gauri se ela não se importaria em preparar o chá para eles.

Ela não encontrou bandeja para pôr as xícaras. Levou nas mãos, empurrando a porta da sala com o ombro. Fitando-a por um instante a mais do que o necessário, Udayan pegou sua xícara das mãos dela.

O sulco entre a boca e o nariz de Udayan era profundo. Bem barbeado. Ainda olhando para ela, ele fez sua primeira pergunta.

Onde você estuda?

Como ela estava na Presidency e a Universidade de Calcutá ficava logo ao lado, quando ia até lá com os amigos, procurava por ele na praça do campus, entre as bancas de livros e nas mesas da cantina. Algo lhe dizia que ele não frequentava as aulas com a mesma regularidade dela. Começou a procurar por ele pondo-se na ampla sacada que cercava os dois lados do apartamento de seus avós, dando para o cruzamento onde começava a Cornwallis Street. Tornou-se uma rotina.

Então, um dia ela o viu, surpresa por reconhecer sua cabeça entre centenas de outras. Ele estava na esquina em frente, comprando um maço de cigarros. Depois atravessou a rua, uma sacola de livros a tiracolo, olhando os dois lados da rua, dirigindo-se para o apartamento deles.

Ela se agachou sob o parapeito, sob as roupas secando no varal, temerosa que ele erguesse os olhos e a visse. Dois minutos depois, ela ouviu passos subindo pela escada e então a batida da aldraba de ferro na porta do apartamento. Ouviu abrirem a porta, o criado dizendo que entrasse.

Naquela tarde, por acaso, todos estavam fora, inclusive Manash, e ela ficara lendo sozinha. Perguntou-se se ele iria embora, já que Manash não estava. Mas, um instante depois, ele saiu à sacada.

Mais ninguém em casa?, perguntou ele.

Ela abanou a cabeça.

Então você conversa comigo?

A roupa estava úmida, algumas blusas e saias estavam penduradas no varal. O corte das blusas seguia o molde de seu tronco, de seus seios. Ele desprendeu uma das blusas e pendurou mais adiante no varal, para abrir espaço.

Fez isso devagar, um leve tremor nos dedos obrigando-o a se concentrar mais na tarefa do que faria outra pessoa. De pé a seu lado, ela percebia sua altura, a leve curvatura das costas, o ângulo em que mantinha o rosto. Ele riscou um fósforo e acendeu um cigarro, encobrindo toda a boca com a mão em concha ao dar uma tragada. O criado trouxe chá e biscoitos.

Olhavam o cruzamento, do quarto andar do prédio. Estavam lado a lado, os dois debruçados no parapeito. Juntos viam os edifícios de pedra, com sua grandiosidade decrépita, que se alinhavam nas calçadas. As colunas gastas, as cornijas esfareladas, as cores encardidas.

Ela apoiava a face na barreira discreta da mão. O braço dele pendia do parapeito, o cigarro aceso entre os dedos. As mangas de sua túnica estavam enroladas, expondo as veias que corriam do pulso até a dobra do cotovelo. Eram salientes, o sangue cinza esverdeado, como um arco em ogiva sob a pele.

Havia algo primordial em tantos seres humanos se movimentando ao mesmo tempo: caminhando, andando de ônibus e bondes, conduzindo ou sendo conduzidos em riquixás. Na outra calçada havia algumas ourivesarias de ouro e prata em sequência, com espelhos nas paredes e tetos. Sempre lotadas de famílias, refletidas interminavelmente, encomendando joias de casamento. Havia a tinturaria aonde levavam as roupas para passar. A loja onde Gauri comprava cadernos e tinta. Docerias estreitas, onde as bandejas de doces viviam cheias de moscas.

O *paanwallah* ficava sentado de pernas cruzadas numa das esquinas, sob a lâmpada nua, espalhando pasta de cal nas pilhas de folhas de betel. Um guarda de trânsito ficava no centro, com seu capacete e em cima de sua caixinha. Soprando um apito e sinalizando com os braços. O barulho de tantos motores, tantas lambretas, caminhonetes, ônibus, carros, era de encher os ouvidos.

Gosto dessa vista, ele disse.

Ela comentou que, a vida toda, observara o mundo dessa sacada. Passeatas políticas, desfiles oficiais, dignitários em visita. O enorme fluxo de veículos que começava todos os dias ao amanhecer. Os poetas e escritores da cidade passando após a morte, os cadáveres ocultos sob as flores. Pedestres atravessando as ruas com água pelos joelhos, durante a monção.

No outono vinham as efígies de Durga e no inverno as de Saraswati. As majestosas estátuas de barro recebiam as boas-vindas no centro da cidade, enquanto batiam os *dhak* e soavam as cornetas. Vinham na caçamba de caminhões e, das festas, eram levadas e mergulhadas no rio. Nesses dias, havia passeatas de estudantes vindo da College Street. Grupos em solidariedade com a revolta de Naxalbari, carregando bandeiras e cartazes, erguendo os punhos no ar.

Ele notou a espreguiçadeira onde antes ela estava sentada. O assento era feito de tecido listrado, que se encurvava como uma funda. Ao lado da cadeira, um livro largado. Um exemplar das *Meditações sobre a filosofia primeira*, de Descartes. Ele o apanhou.

Você lê aqui, com todo esse movimento?

Ajuda a me concentrar, ela respondeu.

Estava acostumada ao barulho enquanto estudava, enquanto dormia; era o acompanhamento constante de sua vida, de seus pensamentos, o alarido ininterrupto acalmava mais do que o silêncio. Dentro de casa, não tendo um quarto só para si, era mais difícil. A sacada sempre foi seu espaço próprio.

Contou a ele que, quando era pequena, às vezes saía tropeçando da cama à noite, e os avós iam encontrá-la de manhã, dormindo fundo na sacada, o rosto apoiado na grade decorada e pintada de preto, deitada no chão de pedra. Surda ao tráfego que roncava lá embaixo. Adorava acordar ao ar livre, sem a proteção de um teto e paredes. Na primeira vez, vendo que não estava na cama, pensaram que ela tinha sumido. Mandaram algumas pessoas à rua para procurá-la, chamando por ela aos gritos.

E aí?, perguntou Udayan.

Descobriram que eu estava aqui, ainda dormindo.

Seus avós proibiram que fizesse isso de novo?

Não. Desde que não estivesse chovendo ou fazendo frio demais, deixavam uma manta aqui fora, para mim.

Então esta é sua árvore *bodhi*, onde você alcança a iluminação.

Ela franziu as sobrancelhas.

O olhar dele caiu nas páginas que ela estivera lendo.

O que o sr. Descartes nos fala sobre o mundo?

Ela falou o que sabia. Sobre os limites da percepção e a experiência com um pedaço de cera. Aquecida a cera, sua essência permanecia, mesmo que seu aspecto físico mudasse. Era a mente, não os sentidos, que percebia isso.

Pensar é superior a ver?

Para Descartes, é.

Você leu alguma coisa de Marx?

Um pouco.

Por que você estuda filosofia?

Me ajuda a entender as coisas.

Mas a que se aplica?

Platão diz que a finalidade da filosofia é nos ensinar a morrer.

Só há algo a aprender se estivermos vivos. Na morte somos iguais. Ela tem essa vantagem em comparação à vida.

Ele lhe devolveu o livro, fechando-o e assim desmarcando o lugar onde ela tinha parado.

E agora um diploma perdeu qualquer sentido neste país.

Você está se formando em física, comentou ela.

Por causa de meus pais. Eu pessoalmente não me importo.

O que te importa?

Ele olhou a rua lá embaixo, fazendo um gesto. Esta nossa cidade impossível.

Ele mudou de assunto, perguntando sobre as outras pessoas que moravam com ela e Manash: dois tios, suas esposas, dois grupos de filhos. Os avós maternos, que antes eram os donos do apartamento, tinham morrido, e os pais dela também. As irmãs mais velhas moravam em outros lugares, espalhadas aqui e ali, agora que eram casadas.

Vocês todos cresceram aqui?

Ela negou com a cabeça. Tiveram vários lares em Bengala Oriental, em Khulna, em Faridpur, onde antigamente moravam os pais e as irmãs. Seu pai era juiz distrital, e era periodicamente transferido de uma cidade para outra, com sua mãe e irmãs, para belos bangalôs pagos pelo governo, em belos lugares do interior. As casas tinham cozinheiras e empregados que abriam as portas.

Manash tinha nascido numa dessas casas. Ele não lembrava quase nada, mas as irmãs ainda falavam daquela época da infância, do passado em família. Os professores que vinham lhes dar aulas de canto e dança, as mesas de mármore onde faziam as refeições, as varandas largas onde brincavam, um quarto da casa exclusivo para as bonecas.

Em 1946, esses cargos acabaram e a família voltou para Calcutá. Mas, depois de alguns meses, o pai disse que não queria passar a aposentadoria ali. Depois de passar toda uma existência fora da cidade, não tinha paciência com a vida urbana, especialmente agora quando o povo vivia se matando, bairros inteiros viviam se incendiando.

Um dia durante os tumultos, da mesma sacada onde naquele momento estavam Gauri e Udayan, os pais tinham presenciado uma cena: uma multidão cercando o muçulmano que vinha entregar o leite de bicicleta. A turba queria vingança; corria a notícia de que um primo do leiteiro se envolvera numa agressão a hindus em alguma outra parte da cidade. Viram um dos hindus cravando uma faca entre as costelas do leiteiro. Viram o leite que a família tomaria naquela manhã derramando-se na rua, ficando cor-de-rosa por causa do sangue.

Assim, a família se mudou para um povoado a oeste de Calcutá, a poucas horas de distância. Seus pais preferiram como domicílio final um lugar calmo, afastado dos parentes, ao abrigo dos tumultos. Havia um lago onde pescavam e nadavam, galinhas poedeiras, uma horta que seu pai gostava de cultivar. Só terra, estradas de barro, céu e árvores, nada mais. O cinema mais próximo ficava a mais de trinta quilômetros de distância. Uma vez por ano, havia uma feira com bancas de livros. À noite, a escuridão era completa.

Quando Gauri nasceu, em 1948, a mãe já andava ocupada arranjando os casamentos para suas irmãs mais velhas. As irmãs pertenciam quase a outra geração: adolescentes quando ela era bebê, moças quando era criança. Tinha sobrinhos que eram de sua idade.

Quanto tempo você morou no campo?

Até os cinco anos.

Sua mãe caiu de cama naquela época. Tinha tuberculose na medula. As irmãs mais velhas de Gauri eram solícitas, ajudando nas tarefas de casa, mas ela e Manash apenas atrapalhavam. Então foram mandados para a cidade, aos cuidados dos avós, em companhia dos tios e tias.

Depois que a mãe se recuperou, eles continuaram na cidade. Manash foi matriculado na escola de meninos de Calcutá e Gauri não quis deixar Manash. Quando chegou sua vez de ir para a escola, e como as escolas da cidade eram melhores, era natural que ficasse.

Sempre houve a opção de voltar ao vilarejo dos pais. Mas, embora fosse visitá-los de trem nos feriados, a vida rural não a atraía. Não julgava que tivesse algum ressentimento contra os pais, por não a terem criado. Era normal em muitas famílias numerosas e, dadas as circunstâncias, não era muito estranho. Na verdade, ela lhes agradecia por deixarem seguir seu próprio caminho.

Foi o presente deles para você, disse Udayan. A autonomia.

Um acidente de carro numa estrada da montanha causou a morte deles. Estavam viajando com mau tempo, indo passar alguns dias numa estação montanhosa, para mudar de paisagem. Gauri tinha dezesseis anos. A casa foi vendida, e não restou nenhum traço da família naquele lugar sossegado. Foi um golpe perdê-los assim de repente, mas ela ficou mais triste com a morte dos avós, falecidos algum tempo depois. Crescera na casa deles, dormira numa cama entre os dois. Convivera com eles dia após dia; observara enquanto adoeciam e se debilitavam. Foi o avô dela, que tinha sido professor na Faculdade de Sânscrito e morreu com um livro no peito, que lhe dera inspiração para estudar filosofia.

Ela notou que a modesta jornada de sua vida até o momento era fascinante para ele: o nascimento no campo, a disposição em viver longe dos pais, o afastamento da maior parte da família, sua independência a esse respeito.

Ele acendeu outro cigarro. Falou que sua infância foi diferente. Era apenas ele e um irmão. Apenas os dois e os pais, numa casa em Tollygunge.

O que seu irmão faz?

Está falando em ir para os Estados Unidos.

Você vai também?

Não. Virou-se para ela. E você? Vai sentir falta de tudo isso quando se casar?

Ela notou que sua boca nunca se fechava totalmente, que havia uma fresta em formato de diamante no centro.

Não vou me casar.

Seus parentes não fazem pressão?

Não sou responsabilidade deles. Eles têm seus próprios filhos para se preocupar.

O que você vai fazer, então?

Posso ensinar filosofia numa escola ou faculdade.

E ficar aqui?

Por que não?

É bom. Quer dizer, para você. Por que deixaria um lugar que lhe agrada, por que interromperia o que gosta de fazer, só por causa de um homem?

Estava flertando com ela. Gauri sentiu que, mesmo parado ali olhando para ela, conversando com ela, Udayan estava formando uma opinião a seu respeito. Um aspecto dela que ele já apreendera. Captara sem permissão, uma iniciativa que nenhum outro homem jamais tentara e à qual ela não podia objetar, porque era ele.

Passado um instante, ele disse apontando o cruzamento:

Se você se casasse com alguém que morasse numa dessas três outras esquinas, se tivesse apenas de se mudar para uma daquelas outras sacadas, então concordaria?

Ela não pôde se conter; sorriu, de início ocultando o sorriso com a mão. Depois riu, afastando o olhar.

Começaram a se encontrar no campus, ora no dele, ora no dela. Mas agora, mesmo quando não tinham combinado um encontro, continuavam se vendo. Ele atravessava os portões da Presidency, observando enquanto ela descia a grande escadaria depois da aula. Sentavam no pórtico, onde pendiam as bandeiras erguidas pela União dos Estudantes. Quando havia discursos na praça central do campus, sobre o aumento constante no preço dos alimentos, sobre a população que não parava de crescer, sobre o desemprego, ouviam juntos. Quando havia passeatas na College Street, ele ia com ela.

Começou a lhe dar coisas para ler. Nas bancas comprou para ela o *Manifesto* de Marx e as *Confissões* de Rousseau. O livro de Felix Greene sobre o Vietnã.

Ela viu que lhe causava impressão, não só por ler o que ele lhe dava, mas por conversar a respeito. Trocavam opiniões sobre os limites da liberdade política e se liberdade e poder eram sinônimos. Sobre o individualismo e as hierarquias. Sobre o que era a sociedade atual e o que podia vir a ser.

Ela sentiu que sua inteligência ficava mais afiada e mais concentrada. Debatendo-se com os mecanismos concretos do mundo, em vez de duvidar da existência dele. Sentia-se mais próxima de Udayan nos dias em que não o via, pensando nas coisas que o interessavam.

No começo, tentaram ocultar suas relações a Manash, mas descobriram que Manash andara planejando tudo aquilo em silêncio, na certeza de que os dois se dariam bem. Facilitava as coisas para que Gauri passasse algum tempo com Udayan, dando alguma explicação de seu paradeiro para a família.

As despedidas eram abruptas, ele parando de repente de lhe dar atenção pois tinha de ir a outro lugar. Alguma reunião, algum grupo de estudos, ele nunca explicava direito. Nunca se virava para lhe dar um último olhar, mas sempre parava num local onde ela podia enxergá-lo, erguendo a mão em despedida antes de arqueá-la em concha para acender um cigarro, e então ela via suas pernas compridas se afastarem, atravessando o campus ou atravessando a rua larga e movimentada.

Às vezes, ele falava em viajar, a ir a algum dos vilarejos onde ela poderia ter morado quando menina se não tivesse fugido. Onde depois de Naxalbari, depreendia ela, a vida não era mais tão tranquila.

Queria conhecer mais a Índia, disse ele, tal como Che havia viajado pela América do Sul. Queria entender as condições do povo. Queria algum dia ver a China.

Mencionou alguns amigos que já tinham saído de Calcutá, para morar entre os camponeses. Você entenderia se algum dia eu precisasse fazer algo assim?, perguntou-lhe Udayan.

Ela sabia que ele a estava testando. Que perderia o respeito por ela se se mostrasse sentimental, se não se dispusesse a enfrentar certos riscos. E assim, embora não querendo que ele se afastasse, não querendo que lhe acontecesse nenhum mal, ela respondeu que entenderia.

Sem ele, ela se lembrava novamente de si. Uma pessoa mais à vontade entre os livros, passando as tardes a preencher seus cadernos na sala de leituras, alta e fresca, da biblioteca da Presidency. Mas era uma pessoa que ela estava começando a questionar depois de conhecer Udayan. Uma pessoa que Udayan, com seus dedos vacilantes, estava empurrando de lado, afastando com firmeza. E assim ela começou a se enxergar com mais clareza, como se removesse uma fina película de pó de uma placa de vidro.

Na infância, sabendo que seu nascimento fora acidental, não sabia quem era, onde ou a quem pertencia. À exceção de Manash, não conseguira se definir em relação aos irmãos nem se enxergar como parte deles. Não tinha nenhuma lembrança de passar algum momento, qualquer que fosse, mesmo numa casa em local tão isolado, sozinha com a mãe ou com o pai. Sempre no final da fila, à sombra dos outros, ela acreditava que não era capaz de lançar sombra própria.

Entre os homens sentia-se invisível. Sabia que não era o tipo de beleza ao qual se viravam para olhar na rua ou que notavam na festa de casamento de algum primo. Ninguém pedia sua mão para se casar poucos meses depois, como acontecera com algumas irmãs. Nesse aspecto, era uma decepção para si mesma.

Tirando a cor da pele, morena a ponto de ser considerada um defeito, talvez não houvesse nada de errado com ela. Mesmo assim, sempre que parava para pensar em seu físico, levantava alguma objeção, achando que o rosto era comprido demais, que os traços eram severos demais. Querendo que fosse possível mudar de aparência, acreditando que qualquer outro rosto seria preferível.

Mas Udayan a olhava como se não existisse outra mulher na cidade. Quando estavam juntos, Gauri nunca duvidava que causava efeito nele. Que gostava de ficar ao lado dela, virando-se para fitá-la, nunca desviando o olhar. Ele percebeu quando ela passou a repartir o cabelo do outro lado, dizendo que lhe ficava bem.

Um dia, dentro de um dos livros que ele lhe dera, havia um bilhete pedindo que fosse encontrá-lo no cinema. Uma sessão da tarde — um cinema perto da Park Street.

Ela ficou com medo de ir, com medo de não ir. Uma coisa era conversarem no pórtico ou na cantina, ou irem até a praça da faculdade para olhar os nadadores na piscina. Ainda não tinham se afastado das vizinhanças mais próximas, onde eram simples colegas, onde sempre era natural que ali estivessem.

Na tarde do filme ela hesitou e acabou se atrasando tanto que só chegou na hora do intervalo, atarantada, preocupada que ele tivesse mudado de ideia ou desistido dela, quase o desafiando a isso. Mas ele a desafiara, ele também, a aparecer.

Estava lá, do lado de fora, fumando um cigarro, afastado das pessoas que já discutiam a primeira parte do filme. O sol batia forte e ele ergueu a mão enquanto ela se aproximava, inclinando a cabeça até a altura de seu rosto, formando um pequeno dossel sobre ambos. Àquele gesto, ela se sentiu a sós com ele, abrigada naquela grande multidão. Separada dos pedestres, flutuando na ondulação da cidade.

Ela não viu nenhum sinal de irritação ou impaciência no rosto dele, ao divisá-la. Viu apenas seu prazer em vê-la. Como se soubesse que ela viria; como se soubesse, até, que ia hesitar e chegaria ridiculamente atrasada como chegou. Quando lhe perguntou o que tinha acontecido no filme até aquele momento, ele abanou a cabeça.

Não sei, respondeu, estendendo o ingresso. Tinha ficado o tempo todo ali na calçada, esperando por ela. Esperando até estarem no escuro do cinema para pegar sua mão.

2.

No segundo ano do curso de doutorado, Subhash morava sozinho, pois agora Richard tinha ido embora, para trabalhar como professor em Chicago.

No semestre de primavera, ele passou três semanas a bordo de um navio de pesquisas, com um grupo de estudantes e professores. Enquanto o navio avançava, a água se abria num sulco espumarado que desaparecia enquanto ainda se estava formando. A linha costeira recuou, descansando calmamente como uma delgada serpente castanha acima da água. Ele observava enquanto a terra firme se encolhia e se apagava.

À luz do sol, quando pegaram velocidade, ele sentiu o vento no rosto, a turbulência violenta da atmosfera. Atracaram inicialmente na baía de Buzzards. Uma barcaça havia colidido contra as pedras na costa de Falmouth dois anos antes, encalhando numa noite de neblina, derramando quase duzentos mil galões de combustível. O vento impelira o óleo até Wild Harbor. Os hidrocarbonetos tinham matado a vegetação do mangue. Os uçás, não conseguindo se enterrar na lama, congelaram ali mesmo.

Fazia um ano e meio que não via a família. Não se sentava com eles para a refeição ao final do dia. Em Tollygunge, a família não tinha telefone. Enviara um telegrama para avisar que tinha chegado. Estava aprendendo a viver sem ouvir suas vozes, a receber notícias deles apenas por escrito.

As cartas de Udayan não mencionavam mais Naxalbari nem terminavam com palavras de ordem. Ele não comentava nada sobre política. Em vez disso, escrevia sobre partidas de futebol, sobre uma coisa ou outra no bairro — uma loja que estava fechando, uma família conhecida se mudando. O último filme de Mrinal Sem.

Perguntava a Subhash como iam os estudos e como passava os dias em Rhode Island. Queria saber quando Subhash voltaria a Calcutá e perguntou, numa das cartas, se pensava em se casar.

Subhash guardou algumas dessas cartas, pois já não parecia necessário destruí-las. Mas o tom de amenidade delas o intrigava. A caligrafia era a mesma, mas pareciam escritas por outra pessoa. Ele se perguntava o que estaria acontecendo em Calcutá, o que Udayan poderia estar dissimulando. Perguntava-se como estaria a relação entre ele e os pais.

As cartas dos pais se referiam a Gauri apenas indiretamente e apenas como exemplo do que não fazer. *Esperamos, quando chegar a hora, que você confie em nós para acertarmos seu futuro, para escolhermos sua esposa e estarmos presentes a seu casamento. Esperamos que você não desconsidere nossos desejos, como fez seu irmão.*

Ele respondia, assegurando à mãe e ao pai que eles arranjariam seu casamento. Mandava uma parte de seus vencimentos para ajudar a pagar a reforma da casa, escrevia dizendo que ansiava em revê-los. No entanto, dia após dia, longe deles, ignorava-os.

Udayan não estava sozinho; tinha ficado em Tollygunge, apegado ao lugar, ao modo de vida que sempre conhecera. Provocara os pais, mas continuava a ser protegido por eles. A única diferença era que estava casado e que Subhash não estava lá. E Subhash se perguntava se a moça, Gauri, já havia tomado seu lugar.

***

Num dia nublado de verão, ele foi à praia no final do campus. De início, não viu ninguém, exceto um pescador apanhando pargos na ponta do píer. Nada além de ondas baixas batendo nas pedras cinzentas e amarelas. Então viu uma mulher andando com uma criança e um cachorro bem preto.

A mulher estava catando gravetos na areia e atirando ao cachorro. Usava tênis sem meias, uma capa impermeável. Uma saia de algodão se enfunava na altura dos joelhos.

O menino segurava um balde, e Subhash ficou a observar enquanto desamarravam os tênis e andavam pelas pedras, entrando nas poças de água da maré. Procuravam estrelas-do-mar. O menino estava frustrado, reclamando que não encontrava nenhuma.

Subhash enrolou a barra das calças. Tirou os sapatos e entrou na água, sabendo onde elas ficavam escondidas. Arrancou uma de uma das pedras e deixou que descansasse, rígida, mas viva, na mão em concha. Virou a palma para mostrar o lado de baixo, apontando os ocelos nas extremidades.

Sabe o que acontece se eu puser no seu braço por um instante?

O menino abanou a cabeça.

Ela vai puxar seus pelinhos.

Dói?

Não, doer não dói. Deixa eu te mostrar.

De onde você é?, perguntou a mulher.

O rosto dela era simples, mas atraente, o azul-claro dos olhos como a beirada da concha de um mexilhão. Parecia um pouco mais velha do que Subhash. Tinha cabelo comprido, louro acastanhado, capim do brejo no inverno.

Da Índia. Calcutá.

Deve ser bem diferente.

É.

Você gosta daqui?

Ninguém lhe tinha perguntado até então. Ele fitou a água, as vigas de aço das duas pontes atravessando a baía: a parte central em cantiléver da primeira, mais baixa, e as torres altas de aço da segunda. A ondulação simétrica da Newport Bridge, recém-concluída, tinha cabos e portais em arco que se acendiam à noite.

Um dos professores lhe contara sobre a construção da ponte. Se estendessem os fios de todos os cabos suspensos, daria treze mil quilômetros de uma ponta a outra. Era a distância dos Estados Unidos até a Índia, a distância que agora o separava de sua família.

Ele viu o pequeno farol de formato quadrado, com três janelas, como três botões de uma camiseta polo, que ficava no extremo da Dutch Island. Havia um píer de madeira que terminava num abrigo coberto, com barcos atracados se projetando para um dos lados da praia. Havia alguns veleiros no mar, pontos brancos no azul-marinho da água.

Às vezes penso que encontrei o lugar mais lindo do mundo, disse.

Ele não era dali, mas talvez não tivesse importância. Queria dizer que esperara a vida toda encontrar Rhode Island. Que era ali, nesse cantinho pequeno mas majestoso do mundo, que podia respirar.

Ela se chamava Holly. O menino, Joshua, tinha nove anos e as férias de verão acabavam de começar. O cachorro se chamava Chester. Moravam em Matunuck, perto de um dos lagos salinos. Costumavam vir à praia do campus para passear com o cão. Tinham conhecido o local porque ali perto morava a mulher que cuidava de Joshua nos dias em que Holly trabalhava como enfermeira num pequeno hospital em East Greenwich.

Ela não comentou o que o marido fazia. Mas Joshua se referiu a ele à tarde, perguntando a Holly se o pai viria buscá-lo naquele final de semana para pescar. Subhash imaginou que, naquele horário, ele estivesse trabalhando em algum escritório.

Na vez seguinte em que viu o carro de Holly estacionado no local, Subhash se arriscou a cumprimentá-la. Ela parecia contente em vê-lo, acenando à distância, Chester saltando à sua frente, Joshua se arrastando atrás.

Começaram a caminhar juntos, devagar, enquanto conversavam, indo e voltando pela pequena extensão da praia. Havia algas espalhadas por toda parte, fucos com seus aerocistos que pareciam uvas alaranjadas de textura trançada, fragmentos solitários de alfaces-do-mar, emaranhados de laminariales cor de ferrugem entre as ondas. Uma água-viva tinha vogado desde o Caribe, aplastrada como um crisântemo achatado na areia firme.

Quando ele lhe perguntou sobre seu passado, ela contou que nascera em Massachusetts, que a família era franco-canadense, que morava em Rhode Island durante quase toda a vida. Era formada em enfermagem. Ela lhe perguntou de seus estudos e ele contou que, depois dos trabalhos de curso, teria de fazer um exame geral, desenvolver alguma pesquisa original, apresentar uma tese.

Quanto tempo tudo isso vai levar?

Uns três anos. Talvez mais.

Holly conhecia tudo sobre as aves marinhas. Mostrou-lhe como diferenciar patos-de-touca-branca e rabijuncos, gaivotas e andorinhas-do-mar. Apontou os maçaricos dando corridinhas até a praia e voltando ao mar. Quando ele descreveu a garça que vira em seu primeiro outono em Rhode Island, ela disse que era uma garça-azul-grande jovem e não emplumada.

Indo ao carro pegar um par de binóculos, ela lhe mostrou como aumentar o foco para ver um bando de mergansos, batendo as asas em formação constante por sobre a baía.

Você sabe o que os filhotes de tarambola fazem?

Não.

Eles se juntam todos no céu porque os adultos ficam se chamando entre si. Fazem todo o percurso da Nova Escócia até o Brasil, só descansando de vez em quando em cima das ondas.

Eles dormem no mar?

Eles percorrem o mundo melhor do que nós. Como se tivessem uma bússola embutida no cérebro.

Ela quis saber sobre as aves da Índia, e ele descreveu as que provavelmente lhe eram desconhecidas. Estorninhos nativos que faziam ninhos nas paredes, cucos indianos que gritavam por toda a cidade no começo da primavera. Corujinhas pintadas piando ao anoitecer em Tollygunge, estraçalhando gecos e camundongos.

E você?, perguntou ela. Vai voltar para Calcutá quando terminar?

Se conseguir emprego por lá.

Pois ela tinha razão; o que supunham, seus parentes, ele mesmo, era que sua vida aqui era temporária.

Do que você sente falta?

Foi lá que me criei.

Contou-lhe que tinha pais, um irmão um pouco mais novo. Contou que agora tinha uma cunhada, uma moça que ainda não conhecia.

Onde seu irmão e a mulher dele moram, agora que estão casados?

Com meus pais.

Explicou que as filhas, quando se casavam, iam morar com os sogros e os filhos ficavam em casa. Que as gerações não se separavam, como faziam aqui.

Ele sabia que, para Holly e provavelmente para qualquer americana, era impossível imaginar aquela vida. Mas ela refletiu no que ele havia dito.

Em certo sentido, parece melhor.

Uma tarde, Holly estendeu uma manta, desembrulhando sanduíches de queijos, cenouras e pepinos cortados em palito, amêndoas e frutas fatiadas. Dividiu com ele essa refeição simples e, como a luz foi diminuindo, aquele foi o jantar dos dois. Durante a conversa, enquanto Joshua brincava a alguma distância, ela comentou que era separada do pai de Joshua. Fazia quase um ano.

Ela fitou a água, as pernas dobradas, os joelhos curvados, enlaçando-os levemente com os dedos. Naquele dia, usava o cabelo como uma colegial, duas tranças descendo pelos ombros.

Ele não queria bisbilhotar. Mas, sem que perguntasse, ela disse: Agora ele está com outra.

Ele entendeu que ela estava deixando uma coisa muito clara. Que era mãe, mas não pertencia a mais ninguém.

Era a presença de Joshua, sempre com eles, sempre entre eles, que continuava a motivá-lo a procurar Holly. Mantinha a amizade dos dois sob controle. Sob o céu aberto, na praia com ela, ele esvaziava a mente. Até então, vinha trabalhando à noite e nos finais de semana sem interrupção. Como se os pais o vigiassem, monitorando seus progressos, e ele lhes provando que não estava desperdiçando seu tempo.

Num dia especialmente quente, quando ela estava apenas com uma camisa, ele viu o contorno de um dos lados de seu corpo. A curva da axila.

Quando ela desabotoou e tirou a blusa, revelando a parte de cima do biquíni que usava por baixo, ele notou a pele frouxa do ventre. Os seios redondos, muito separados, eram levemente voltados para fora. Os ombros eram pintalgados de sardas de muitos verões ao sol.

Ela se estendeu na praia enquanto ele brincava com Joshua na beira do mar. Joshua o chamava de Subhash, como Holly. Era um menino meigo, que só falava quando se dirigiam a ele, que se sentia atraído, mas também desconfiado de Subhash.

Formaram uma aliança provisória, atirando pedras e brincando com Chester, que cabriolava na água para se lavar, sacudindo o pelo, voltando aos saltos com uma bola de tênis na boca. De óculos escuros, Holly os observava deitada de bruços, às vezes fechando os olhos, cochilando um pouco.

Quando Subhash voltou, para enxugar a pele que se bronzeava depressa, ela não ergueu os olhos do livro que estava lendo, nem se afastou quando ele se ajeitou a seu lado na toalha, tão perto dela que seus ombros quase se encostavam.

Ele percebia os grandes abismos que os separavam. Não era apenas o fato de ser americana e talvez uns dez anos mais velha do que ele. Ele estava com vinte e sete anos e imaginava que ela teria uns trinta e cinco. Era que ela já se apaixonara, fora casada, tinha um filho e sofrera uma decepção amorosa. Ele ainda não passara por nenhuma dessas coisas.

Então, uma tarde, indo encontrá-la, ele viu que Joshua não estava lá. Era uma sexta-feira e o menino ia passar a noite com o pai. Era importante que Joshua mantivesse o contato com ele, disse ela.

Subhash ficou perturbado ao pensar em Holly falando com o pai de Joshua, combinando esses planos. Comportando-se sensatamente com um homem que a ferira. Talvez até chegando a vê-lo, quando deixava Joshua com ele.

Quando começou a cair uma garoa fina logo depois de estenderem a toalha, Holly o convidou para jantar em sua casa. Disse que tinha um guisado na geladeira que daria para os dois. E ele aceitou, não querendo se separar dela.

Enquanto a chuva engrossava, ele seguiu atrás dela para Matunuck, no carro de Richard. Ainda pensava assim, embora tivesse comprado o carro de Richard, quando ele se mudou para Chicago.

Depois da autoestrada, a paisagem ficava mais plana e vazia. Seguiu por uma estrada de terra ladeada de juncos. Então chegou a um cenário de poucas cores, areia, céu e mar.

Manobrou na entrada de carros atrás dela, o cascalho de conchas estralando sob os pneus enquanto reduzia a marcha e parava o carro. Os fundos do chalé davam para um lago salino. Não havia grama ou jardim na frente, apenas um trecho de cerca enviesada, as estacas unidas por arame enferrujado. Havia algumas outras casas térreas por ali, de construção simples.

Por que as janelas estão fechadas com tábuas?, ele perguntou observando a casa mais próxima da dela.

Por causa dos temporais. Não tem ninguém morando ali atualmente.

Ele olhou as outras casas que estavam à vista, todas dando para o mar. De quem são essas?

De gente rica. Eles vêm de Boston ou de Providence no final de semana, agora que é verão. Alguns passam uma ou duas semanas. Quando chega o outono, todos já foram embora.

Ninguém aluga, quando estão vazias?

Às vezes alguns estudantes, porque são baratas. Na primavera, eu era a única aqui.

O chalé de Holly era minúsculo: uma cozinha e uma saleta na frente, um banheiro e dois quartos no fundo, teto baixo. Mesmo a casa de sua família parecia mais espaçosa. Ela não precisou de chave para abrir a porta.

O rádio estava ligado, transmitindo a previsão do tempo enquanto eles entravam. Fortes pancadas ocasionais de chuva à noite. Chester os recebeu aos latidos, abanando o rabo e se esfregando nas pernas deles.

Você se esqueceu de desligar?, ele perguntou enquanto ela abaixava o volume do rádio.

Deixo ligado. Detesto voltar para uma casa em silêncio.

Ele lembrou o rádio de ondas curtas que tinha montado com Udayan, transmitindo notícias do mundo inteiro para outro local remoto e isolado. Percebeu que, em certo sentido, Holly era mais solitária do que ele. O isolamento dela, sem marido, sem vizinhos, parecia muito grande.

O telhado do chalé era fino como uma membrana, o tamborilar da chuva parecendo uma saraivada de granizo. Havia areia por toda parte, entre as almofadas do sofá, no chão, no tapete redondo em frente à lareira, onde Chester gostava de ficar.

Ela deu uma varrida rápida, tal como varriam a poeira duas vezes por dia em Calcutá, e fechou as janelas. A cornija da lareira estava coberta de pilhas de pedras e conchas, de destroços trazidos pelo mar; a decoração da casa parecia se resumir a isso.

Ele olhou pela janela, vendo o oceano coberto por nuvens carregadas de tempestade, a areia escura na beira do mar.

Por que se dar ao trabalho de ir à praia do campus, se você tem tudo isso aqui?

Para variar. Adoro chegar até o pé daquele monte.

Estava ocupada na cozinha. Ligando o forno, enchendo a pia de água, deixando as folhas de alface de molho.

Você acende o fogo?

Ele foi até a lareira e olhou. Havia lenha de um lado, um jogo de instrumentos de ferro. Algumas cinzas dentro. Ele retirou a proteção. Viu uma caixinha de fósforos na cornija.

Vou te mostrar, disse ela, já a seu lado sem que ele precisasse se virar e perguntar.

Ela abriu a passagem do cano da chaminé, então ajeitou a lenha mais grossa e os gravetos mais finos. Estendendo-lhe um dos ferros, disse a ele para cutucá-los quando o fogo pegasse. Ele se sentou de prontidão, mas ela tinha acendido o fogo com toda a perfeição. A única coisa a fazer era deixar que as chamas lhe aquecessem o rosto e as mãos enquanto Holly preparava a comida.

Ele se perguntou se seria aqui que ela morava com o pai de Joshua e se foi nesta casa que ele a abandonou. Algo lhe dizia que não. Só havia coisas de Holly e de Joshua. As duas capas de chuva e as jaquetas de verão nos ganchos atrás da porta, as botas e as sandálias alinhadas embaixo.

Você pode dar uma conferida na janela em cima da cama de Joshua? Acho que deixei aberta.

O quarto do menino parecia uma cabine de navio, baixo e apertado. Ele viu a cama sob a janela, coberta com uma manta xadrez, o travesseiro encharcado de chuva.

No chão, embaixo de uma estante, estava um quebra-cabeça inacabado, com cavalos pastando numa campina, como a moldura de uma imagem faltante. Ele se agachou e enfiou a mão dentro da caixa, revirando entre peças que pareciam idênticas e, no entanto, eram diferentes.

Ao levantar, notou um retrato em cima da cômoda de Joshua. Subhash viu na hora que era o pai de Joshua, o marido de Holly. Um homem de calção, descalço, em alguma praia, com uma versão menor de Joshua encarapitado nos ombros. Erguia o rosto para o filho, os dois rindo.

Holly o chamou para jantar. Comeram frango ao molho de vinho e cogumelos, tendo como acompanhamento fatias de pão aquecido no forno, em vez de arroz. O sabor era complexo, agradável, mas sem nada picante.

Ele retirou a folha de louro que ela colocara como tempero. Tem um loureiro atrás da casa de minha família, disse ele. Só que a folha tem o dobro do tamanho.

Quando for visitá-los, você me traz algumas?

Ele disse que traria, mas, na companhia dela, parecia irreal que algum dia voltasse a Tollygunge e à família. Ainda mais irreal que Holly fosse se incomodar em passar algum tempo com ele, quando voltasse.

Ela lhe contou que morava no chalé desde setembro passado. O pai de Joshua se prontificara a sair da casa onde moravam, perto da Ministerial Road, mas ela não quis ficar lá. O chalé era de seus avós. Quando menina, passava algum tempo aqui.

Depois do ensopado, vieram fatias de um bolo de maçã e canecas de chá de limão. Enquanto a chuva caía mais forte, açoitando as vidraças, Holly falou de Joshua. Sentia-se preocupada com os efeitos da separação sobre ele. Desde que o pai fora embora, disse ela, Joshua tinha se fechado, com medo de coisas que nunca o atemorizaram antes.

Que coisas?

Medo de dormir sozinho. Você vê como nossos quartos ficam perto um do outro. Mas à noite ele vem para minha cama. Fazia anos que não se comportava assim. Ele sempre adorou nadar, mas neste verão fica assustado na água, tem medo das ondas. E não quer voltar para a escola no outono.

No outro dia, ele nadou na praia.

Talvez porque você estivesse lá.

Chester começou a latir e Holly se levantou e prendeu a guia na coleira. Cobriu-se rapidamente com a capa de chuva e pegou uma sombrinha na entrada.

Você fica aqui que está seco. Volto em um ou dois minutos.

Enquanto esperava, ele foi até a pia e lavou os pratos. Estava admirado com a vida independente de Holly. E também levemente aflito por causa dela, morando sozinha num lugar tão afastado, sem se preocupar em trancar a porta. Não havia ninguém para ajudá-la, tirando a babá que cuidava de Joshua quando ela estava no trabalho. Embora os pais estivessem vivos, embora morassem perto, em outro lugar de Rhode Island, não tinham vindo cuidar da filha.

Apesar disso, ele não se sentia totalmente a sós aqui com ela. Havia Chester, havia as roupas e os brinquedos de Joshua. Havia até uma foto do homem que ela amara.

É a primeira noite em muito tempo que não preciso lavar a louça depois do jantar, disse ela voltando. Os pratos e copos tinham sido guardados, o pano de prato estava secando pendurado num gancho.

Não me incomoda.

Não vai ter problema, voltar para casa com esse tempo? Quer uma jaqueta?

Não, problema nenhum.

Vou te acompanhar até o carro com um guarda-chuva.

Ele pegou a maçaneta. Mas não queria ir; ainda não queria deixá-la. Enquanto estava ali vacilando, sentiu que ela comprimia o rosto de leve nas costas de sua camisa. Então a mão dela, em seu ombro. A voz dela, perguntando se queria ficar.

Seu quarto era igual ao de Joshua. Mas, como a cama era maior, não havia espaço para praticamente mais nada. Dentro desse quarto, ele pôde esquecer o que seus pais pensariam e as consequências do que estava para fazer. Esqueceu tudo o que não fosse o corpo da mulher na cama com ele, passando os dedos pela concavidade do pescoço, pela saliência das clavículas, descendo à pele mais macia dos seios.

A superfície de sua pele o fascinava. Todas as pequeninas marcas e imperfeições, os desenhos das sardas, pintas e sinais. A gama de tons e nuances que ela possuía, não só as partes em contraste com o bronzeado do corpo que via pela primeira vez, mas também uma mescla intrínseca, mais sutil, serenamente variegada como uma mancheia de areia, que só podia discernir agora, à luz da lâmpada.

Ela deixou que tocasse o ventre flácido, a moita áspera, mais escura que os cabelos, entre suas pernas. Quando ele parou, inseguro, ela o fitou incrédula.

Sério?

Ele virou o rosto. Eu devia ter dito.

Subhash, não faz mal. Não me importo.

Ele sentiu os dedos dela pegando o membro ereto, colocando-o no lugar, puxando-o para si. Ele estava constrangido, excitado. Sentia e fazia o que, até então, apenas imaginara. Movia-se dentro dela, contra ela, inconsciente e também consciente, com todos os nervos de seu ser, de suas origens.

A chuva tinha cessado. Ele ouviu o ruído da água, das folhas da árvore que se espraiava sobre o telhado da casa dela, um ruído que parecia uma sucessão salteada de aplausos. Estendeu-se ao lado dela, pretendendo voltar a seu apartamento antes de raiar o dia, mas, depois de alguns instantes, percebeu que Holly não estava apenas em silêncio. Sem dizer nada, tinha adormecido.

Parecia errado despertá-la ou sair sem avisar. Então ele ficou. Na cama aquecida com o calor dos corpos, de início não conseguiu dormir. A presença dela o distraía, apesar da intimidade que acabavam de partilhar.

De manhã, ele acordou ao som da respiração de Chester, ao cheiro de sua pelagem, as patas estalando suavemente ao redor dos três lados da cama. O cão aguardava paciente, arfando ao lado de Holly. O quarto estava claro e morno.

Ela tinha dormido de costas para Subhash, encaixando-se nele, nua. Levantou e pôs o jeans e a blusa que vestia na noite anterior.

Vou fazer café, disse ela.

Ele se vestiu às pressas. Saindo para ir ao banheiro, ele viu a porta aberta do quarto de Joshua. A ausência do menino permitira aquilo. Ele estava ali porque Joshua não estava.

Holly levou Chester lá para fora, voltou e sugeriu preparar um café da manhã. Mas Subhash disse que estava atrasado para o trabalho.

Te aviso quando Joshua for outra vez para a casa do pai?

Ele ficou em dúvida; viu que o ocorrido na noite anterior podia ser um começo, não um fim. Ao mesmo tempo, estava impaciente em vê-la novamente.

Se quiser.

Abrindo a porta, viu que a maré estava cheia. O céu límpido, o oceano calmo. Exceto pelas algas que pareciam ninhos vazios na areia, nenhum sinal da tempestade que caíra.

3.

Queria contar a Udayan. De algum modo, queria confessar ao irmão o grande passo que dera. Queria descrever Holly, quem era, como era, como vivia. Falar do conhecimento das mulheres que agora os dois tinham. Mas não era uma coisa que pudesse pôr numa carta ou num telegrama. Tampouco conseguia imaginar uma conversa pelo telefone, mesmo que houvesse linha.

Sextas-feiras de noite: era quando podia visitar Holly e passar a noite com ela no chalé. No resto do tempo, ele mantinha distância, às vezes se encontrando com ela na praia para comer um sanduíche, mas nada mais. Durante a maior parte da semana, ele conseguia fingir, se precisasse, que não a conhecia e que não ocorrera nenhuma mudança em sua vida.

Mas, ao anoitecer das sextas, ele ia até o chalé dela, na autopista virando na longa estrada arborizada que ia até o mangue salino. Passava o sábado e às vezes ficava até domingo de manhã. Ela nunca exigia nada, sempre à vontade com ele. Confiando, a cada vez que se separavam, que se encontrariam novamente.

Andavam pela praia, na areia firme com as marcas deixadas pela maré. Ele nadava com ela na água fria, sentindo o gosto de sal na boca. Parecia entrar em seu sangue, em todas as células, purificando-o, deixando areia em seu cabelo. Boiava de costas, sem peso, os braços estendidos, o mundo silenciado. Apenas o marulho profundo e o sol ardendo como brasa sob suas pálpebras.

Uma ou duas vezes, fizeram coisas comuns, como se fossem marido e mulher. Indo juntos ao supermercado, enchendo o carrinho de mantimentos, pondo as sacolas no bagageiro do carro dela. Coisas que não faria com uma mulher, em Calcutá, antes de se casar.

Em Calcutá, quando era estudante, já bastava sentir atração por certas mulheres. Era tímido demais para abordá-las. Não fazia galanteios a Holly, como tinha visto fazerem os colegas da universidade, tentando impressionar as moças que os interessavam, moças com as quais geralmente se casavam. Como Udayan certamente havia feito com Gauri. Não levava Holly ao cinema nem ao restaurante. Não lhe escrevia bilhetes que, para não despertar a desconfiança dos pais da garota, seriam entregues por um amigo, pedindo para se encontrar com ele em tal ou tal lugar.

Holly estava além dessas coisas. O único lugar onde fazia sentido se encontrarem era a casa dela, aonde era mais fácil de ir, onde ele gostava de ficar, onde ela provia às necessidades de ambos. As horas se passavam em longas conversas, falando de suas famílias, de seus passados, embora ela não falasse de seu casamento. Nunca se cansava de perguntar a ele sobre seu passado. Os detalhes mais corriqueiros de sua vida, que não teriam causado nenhuma impressão numa jovem de Calcutá, eram justamente o que o faziam especial para ela.

Um dia, ao anoitecer, quando voltavam juntos da mercearia onde tinham comprado milho e melão para comemorar o Quatro de Julho, Subhash contou como seu pai saía todas as manhãs para ir ao mercado, levando uma sacola de aniagem na mão. Comprando o que havia, o que estava ao seu alcance naquele dia. Se a mãe reclamava que as compras não eram suficientes, ele dizia: Melhor um pouco de peixe gostoso do que muito peixe insosso. Ele testemunhara uma fome de proporções devastadoras, e nunca tomava nenhum alimento como garantia líquida e certa.

Subhash lhe contou que, de vez em quando, ele e Udayan iam com o pai fazer compras ou pegar as quantidades racionadas de arroz e carvão. Esperavam com ele nas filas compridas, à sombra do guarda-chuva paterno quando o sol ficava muito forte.

Ajudavam a carregar o peixe e os legumes, as mangas que o pai cheirava e apertava, e às vezes guardava debaixo da cama para acabarem de amadurecer. Aos domingos, compravam carne, talhada da carcaça do bode pendurada no açougue, pesada na balança, embrulhada em folhas secas.

Você é próximo de seu pai?, Holly perguntou.

Por alguma razão, ele pensou na foto no quarto de Joshua, Joshua sentado nos ombros do pai. O pai de Subhash nunca se mostrara afetuoso, mas fora uma presença sólida e constante.

Eu o admiro, respondeu ele.

E seu irmão? Vocês se dão bem?

Ele fez uma pausa. Sim e não.

É, geralmente são as duas coisas mesmo, disse ela.

No quarto entulhado de Holly, deixando de lado o sentimento de culpa, ele cultivava uma atitude de desafio constante em relação às expectativas dos pais. Sabia que podia mantê-la, que era apenas por causa da enorme distância física que podia persistir na atitude de desafio.

Agora pensava em Narasimhan como um aliado, Narasimhan e sua esposa americana. Às vezes, imaginava como seria levar uma vida parecida com Holly. Passar o resto da vida nos Estados Unidos, desconsiderar os pais, criar sua própria família com ela.

Ao mesmo tempo, sabia que era impossível. Ser americana era o que menos pesava. A situação dela, o filho, a idade, o fato de ser tecnicamente esposa de outro homem, tudo isso seria impensável, inaceitável para seus pais. Iriam julgá-la por essas coisas.

Ele não queria submeter Holly a isso. Mas continuava a vê-la nas sextas-feiras, criando esse novo rumo clandestino.

Udayan entenderia. Talvez até o respeitasse por isso. Mas não havia nada que Udayan pudesse dizer e que Subhash já não soubesse: estava envolvido com uma mulher que não pretendia desposar. Uma mulher a cuja companhia estava se acostumando, mas a quem, talvez devido à própria ambivalência dele, não amava.

E assim ele não contou nada a ninguém sobre Holly. A relação se manteve oculta, inacessível. A desaprovação dos pais ameaçava corroer o que ele estava fazendo, instalada como uma sentinela silenciosa no fundo de sua mente. Mas, sem os pais ali, ele podia continuar a repelir as objeções deles, distanciando-se cada vez mais, como a promessa de um horizonte, pressentido num navio, que nunca se alcança.

Numa sexta-feira, ele não pôde encontrá-la; Holly telefonou para dizer que ocorrera uma mudança inesperada nos planos e Joshua não ia para a casa do pai. Subhash entendia que tais eram os termos. Mesmo assim, passou aquele final de semana querendo que os planos mudassem outra vez.

No final de semana seguinte, quando voltou a visitá-la, o telefone tocou quando estavam jantando. Ela começou a falar, puxando o fio até o sofá, onde podia ficar sozinha à vontade. Ele entendeu que era o pai de Joshua.

Joshua estava com febre e Holly estava dizendo ao marido que o pusesse na banheira com água morna. Explicando a dose de remédio que devia dar.

Subhash ficou surpreso, e também perturbado, que ela falasse com calma, sem azedume. A pessoa do outro lado da linha continuava a ser muito próxima. Ele viu que, por causa de Joshua, a vida dos dois, apesar da separação, continuava unida para sempre.

Ele estava sentado à mesa de costas para ela, sem comer, esperando o final da conversa. Olhou o calendário na parede, ao lado do telefone de Holly.

O dia seguinte seria 15 de agosto, data da Independência indiana. Feriado no país, luzes nos edifícios oficiais, hasteamento de bandeiras, desfiles. Aqui, um dia comum.

Holly desligou o telefone. Você parece inquieto, observou ela. Algo errado?

Só me lembrei de uma coisa.

O quê?

Era sua lembrança mais antiga, agosto de 1947, embora às vezes achasse que a memória lhe pregava uma peça, como uma espécie de consolo. Pois era uma noite que o país inteiro dizia lembrar e, se ele recordava, era apenas porque os pais repetiam o fato constantemente.

Só uma coisa ocupara o pensamento dos pais naquela noite, enquanto estouravam os fogos de artifício em Délhi, enquanto os ministros eram empossados. Enquanto Gandhi jejuava pela paz em Calcutá, enquanto nascia o país. Udayan tinha apenas dois anos, Subhash quase quatro. Lembrava o toque inusitado da mão de um médico em sua testa, as batidinhas leves nos braços, nas plantas dos pés. O peso das cobertas quando os dois foram acometidos pelos calafrios.

Lembrava que se virara para o irmão mais novo, os dois com tremedeira. Lembrava o olhar vidrado e perdido de Udayan, a vermelhidão no rosto, as coisas sem sentido que dizia.

Meus pais tinham medo que fosse febre tifoide, disse a Holly. Por alguns dias ficaram com medo que morrêssemos, como tinha acontecido pouco antes com outro menino do bairro. Mesmo agora, quando falam disso, o medo transparece na voz deles. Como se ainda estivessem esperando a febre ceder.

É o que acontece quando a gente tem filho, disse Holly. O tempo para quando há alguma ameaça. As coisas perdem o sentido.

4.

Num final de semana em setembro, quando Joshua estava visitando o pai, Holly sugeriu que fossem a um lugar de Rhode Island que ele não conhecia. Pegaram a balsa de Galilee até Block Island, atravessando mais de dezesseis quilômetros de mar, e a pé foram do porto até uma estalagem.

Uma reserva fora cancelada de última hora, e assim eles ficaram com um quarto no andar de cima, mais bonito do que o reservado por Holly, com vista para o oceano e uma cama de dossel. Tinham ido para ver os francelhos, que agora começavam a migração para o sul, voando sobre a ilha. Ao desfazer a bagagem para o fim de semana, ela lhe deu um presente: era um par de binóculos, numa caixa de couro marrom.

Não precisava, disse ele, admirando o presente.

Achei que era hora de parar de usarmos só o meu.

Ele lhe deu um beijo no ombro, na boca. Não tinha mais nada para retribuir. Examinou a pequena bússola entre as lentes e o pendurou no pescoço.

A ilha logo fecharia no final da temporada, os turistas desapareceriam, apenas um ou dois restaurantes continuariam a funcionar para os poucos moradores que nunca saíam. Os ásteres floriam, a hera se avermelhava. Mas o sol brilhava e o tempo estava sereno, um dia ideal de fim do verão.

Alugaram duas bicicletas e foram passear. Ele levou algum tempo até pegar o equilíbrio. Não subia numa bicicleta desde que era menino, desde que ele e Udayan aprenderam a pedalar nas alamedas tranquilas de Tollygunge. Lembrava que a roda da frente cambaleava, um deles no selim, o outro pedalando a bicicleta preta pesada que tinham conseguido dividir.

Trazia dobrada no bolso uma carta de Udayan. Chegara no dia anterior.

Hoje um pardal entrou na casa, no quarto que nós usávamos. As venezianas estavam abertas, ele deve ter passado entre as grades. Estava esvoaçando em torno quando o vi. E pensei em você, pensei em como você ficaria entusiasmado com essa amolação. Era como se você tivesse voltado. Claro que foi embora voando na hora em que entrei.

Estar com vinte e seis anos tem sido ótimo, até agora. E você, daqui a dois anos, vai fazer trinta. Uma nova fase da vida para nós dois, agora com mais de metade dos cinquenta!

Já virei um chato de galochas, ainda dando aulas e ensinando os alunos. Tomara que realizem coisas mais importantes do que eu. A melhor parte do dia é chegar em casa e estar com Gauri. Lemos juntos, ouvimos rádio e assim se passam os serões.

Você sabia que Castro estava com vinte e seis anos quando foi preso? Naquela altura, já tinha comandado o ataque ao Quartel de Moncada. E você sabia que o irmão estava junto com ele na prisão, ao mesmo tempo? Ficaram incomunicáveis, proibidos de se verem.

Falando em comunicação, outro dia eu estava lendo sobre Marconi. Tinha apenas vinte e sete anos quando estava na Terra Nova, ouvindo a letra S vinda lá da Cornualha. Parece que a estação radiofônica dele em Cape Cod é perto de onde você está. Fica num lugar chamado Wellfleet. Você esteve lá?

A carta consolou e também confundiu Subhash. Invocando códigos e sinais, brincadeiras do passado, a ligação exclusiva que tinham entre eles. Invocando Fidel, mas descrevendo serões tranquilos em casa com a esposa. Perguntou-se se Udayan trocara uma paixão pela outra e agora seu compromisso era com Gauri.

Ele seguiu Holly pelas estradas estreitas e sinuosas, passando pelo enorme lago salgado que cortava a ilha e as ravinas de gelo. Passando por campinas onduladas e propriedades encasteladas. As pastagens eram áridas, com matacães espalhados, parcialmente cercadas por muros de pedra. Ele notou que quase não havia árvores.

Logo chegaram ao extremo da ilha, menos de cinco quilômetros de largura. Os francelhos deslizavam sobre a ribanceira e seguiam para o mar, as asas imóveis, o corpo parecendo retroceder quando o vento soprava forte. Holly apontou para Montauk, na ponta de Long Island, que naquele dia se enxergava no outro lado do mar.

À tarde, entraram no mar para se refrescar, descendo por uma escadinha íngreme de degraus mambembes, despindo-se e ficando com suas roupas de banho, nadando entre as ondas bravas. Apesar do calor, os dias tinham começado a encurtar outra vez. Foram até outra praia para ver o sol se pôr como uma mancha escarlate se dissolvendo na água.

Voltando ao povoado, viram uma tartaruga-de-caixa que saíra para a beira da estrada. Pararam e Subhash a pegou, examinando seus desenhos, então levando-a de volta ao capim de onde viera.

Temos de contar a Joshua, disse Subhash.

Holly não respondeu nada. Pôs-se pensativa, o lusco-fusco tingindo seu rosto, com um estado de espírito estranho. Ele ficou imaginando se a menção a Joshua a teria perturbado. Ficou calada durante o jantar, comendo pouco, dizendo que estava com uma leve dor de cabeça por causa do dia que passaram ao sol.

Pela primeira vez, trocaram um beijo de boa noite e nada mais. Ele se deitou ao lado dela, ouvindo o marulho, fitando a lua crescente que subia no céu. Queria dormir, mas o sono não vinha; naquela noite, podia vadear, mas não nadar nas águas do repouso que buscava.

De manhã, ela parecia melhor, sentada à sua frente na mesa do desjejum, comendo com apetite as torradas, os ovos mexidos. Mas, enquanto aguardavam a balsa para voltar ao continente, ela lhe falou que tinha algo a dizer.

Gostei de conhecê-lo, Subhash. De passarmos esse tempo juntos.

Ele sentiu uma mudança instantânea. Era como se Holly pegasse os dois, removesse da trilha precária onde estavam, assim como ele removera a tartaruga da estrada no dia anterior. Retirando o relacionamento deles de um caminho que podia ferir.

Queria terminar bem com você, continuou ela. Creio que podemos.

Ele ficou ouvindo, enquanto ela dizia que andara conversando com o pai de Joshua e que iam tentar resolver as coisas entre si.

Ele te deixou.

Ele quer voltar. Eu o conheço faz doze anos, Subhash. É o pai de Joshua. Tenho trinta e seis anos de idade.

Por que viemos juntos para cá, se você não quer mais me ver?

Achei que ia te agradar. Você não imaginou que isso ia dar em alguma coisa, não é mesmo? Você e eu? Com Joshua?

Gosto de Joshua.

Você é jovem. Vai querer ter seus próprios filhos algum dia. Daqui a alguns anos, você volta para a Índia e vai morar com sua família. Você mesmo disse isso.

Ela o apanhou em sua própria teia, dizendo-lhe o que ele já sabia. Ele entendeu que nunca mais iria visitá-la em seu chalé.

O binóculo de presente, para não precisar mais usar o dela; entendeu a razão disso também.

Podemos continuar amigos, Subhash. Amigo é sempre uma coisa boa.

Ele respondeu que já tinha ouvido demais, que não estava interessado em continuarem amigos. Disse que, quando a balsa chegasse a Galilee, iria de ônibus para casa. Falou que não lhe telefonasse.

Na balsa sentaram separados. Ele retomou a carta de Udayan, leu mais uma vez. Mas, depois de terminar, de pé no convés, rasgou a carta e deixou que os pedaços voassem das mãos.

Começou seu terceiro outono em Rhode Island, 1971.

Mais uma vez, as folhas das árvores perderam a clorofila, substituída pelos tons que ele deixara para trás: todas as manhãs, cores vivas de pimenta caiena, açafrão-da-índia e gengibre dançavam com frescor pela cozinha, para temperar a comida que sua mãe preparava.

Mais uma vez, essas cores pareciam ter atravessado o mundo, aparecendo na copa das árvores que ladeavam sua trilha. As cores se tornaram mais intensas no correr de algumas semanas, até que as folhas começaram a minguar, agrupadas aqui e ali entre os galhos, como borboletas se alimentando na mesma fonte, antes de caírem no chão.

Ele pensou em Durga Pujo se aproximando mais uma vez em Calcutá. Quando estava começando a conhecer os Estados Unidos, a inexistência do feriado não o incomodara, mas agora sentiu vontade de voltar para casa. Nos dois anos anteriores, tinha recebido nessa época um pacote amarrotado dos pais, com presentes para ele. Túnicas leves demais para usar em Rhode Island na maior parte do tempo, sabonetes de sândalo, chá Darjeeling.

Ele pensou no Mahalaya tocando na All India Radio. Por Tollygunge inteira, em Calcutá e em toda a Bengala Ocidental, as pessoas acordavam de madrugada para ouvir o oratório enquanto a luz se espalhava aos poucos pelo céu, invocando Durga, que descia à terra com seus quatro filhos.

Os bengalis acreditavam que todos os anos, nessa época, ela vinha ficar com seu pai, Himalaia. Durante os dias do Pujo, ela deixava o marido, Shiva, e depois retornava à vida de casada. Os cânticos narravam a criação de Durga e descreviam as armas que foram concedidas a cada um de seus dez braços: espada e escudo, arco e flecha. Machado, clava, trompa e disco. O raio de Indra, o tridente de Shiva. Uma lança ardente, uma coroa de serpentes.

Neste ano, não chegou nenhum pacote da família. Apenas um telegrama. A mensagem consistia em duas frases, sem vida, atravessando um oceano.

Udayan morto. Volte se puder.

III

1.

Ele deixou os dias curtos de inverno, o local escuro onde pranteara sozinho a dor. Onde o Natal estava chegando, onde as entradas e janelas das lojas e das casas, em dezembro, eram enfeitadas com pequenas luzinhas.

Pegou um ônibus até Boston e tomou um voo noturno para a Europa. O segundo voo fazia escala no Oriente Médio. Esperou nos terminais, foi de uma plataforma de embarque para outra. Por fim aterrissou em Délhi. De lá embarcou num trem noturno até a estação Howrah.

Enquanto percorria metade da Índia, soube pelos companheiros de viagem algumas notícias sobre o que andara acontecendo em Calcutá no período em que esteve fora. Notícias que nem Udayan nem seus pais tinham mencionado nas cartas. Acontecimentos que Subhash não lera em nenhum jornal em Rhode Island nem ouvira na rádio AM do carro.

Disseram-lhe que, em 1970, as coisas tinham tomado outro rumo. Na época, os naxalistas estavam operando na clandestinidade. Os militantes só apareciam para realizar ataques de impacto.

Saqueavam escolas e faculdades por toda a cidade. No meio da noite incendiavam arquivos e desfiguravam retratos, erguendo bandeiras vermelhas. Encheram Calcutá com imagens de Mao.

Intimidavam os eleitores, na esperança de tumultuar as eleições. Disparavam armas de pressão nas ruas. Punham bombas em locais públicos, e as pessoas ficavam com medo de ir ao cinema ou de entrar numa fila de banco.

Depois os alvos se tornaram específicos. Guardas de trânsito desarmados nos cruzamentos mais movimentados. Empresários ricos, alguns pedagogos. Membros do partido rival, o PCI(M).

Os ataques eram sádicos, horrendos, com intenção de chocar. A esposa do cônsul francês foi assassinada enquanto dormia. Mataram Gopal Sem, o vice-reitor da Universidade de Jadavpur. Mataram-no no campus quando fazia sua caminhada ao anoitecer. Ele ia se aposentar no dia seguinte. Espancaram-no com barras de aço e lhe deram quatro facadas.

Assumiram o controle de alguns bairros, dando-lhes o nome de Zonas Vermelhas. Assumiram o controle de Tollygunge. Montaram hospitais improvisados, abrigos de segurança. O povo passou a evitar esses bairros. Os policiais começaram a portar carabinas.

Então foi aprovada uma nova legislação e voltaram a vigorar leis antigas. Leis que autorizavam a polícia e as forças paramilitares a entrar nas casas sem mandado, a prender rapazes sem provas. A legislação antiga fora criada pelos britânicos, para enfrentar a Independência, para enfraquecer suas forças.

Depois disso, a polícia começou a fechar e revistar os bairros da cidade. A bloquear as saídas, a bater nas portas, interrogando os jovens de Calcutá. A polícia matou Udayan. Isso Subhash conseguiu compreender.

Ele esquecera a possibilidade de tamanha aglomeração humana no mesmo espaço. O cheiro concentrado de tanta vida. Foi agradável a sensação do sol na pele, a ausência do frio cortante. Mas era inverno em Calcutá. Passageiros e cules que lotavam a plataforma, vagabundos que faziam da estação um simples abrigo, estavam embrulhados em xales e barretes de lã.

Apenas duas pessoas tinham vindo recebê-lo. Um primo mais novo de seu pai, Biren Kaka, e esposa. Estavam ao lado de um vendedor de frutas, sem conseguir sorrir quando o divisaram. Ele entendia essa recepção contida, mas não conseguia entender por que, depois de mais de dois dias de viagem, depois de mais de dois anos de ausência, seus pais não se dispuseram a cobrir sequer essa distância para acolher seu retorno. Quando saíra da Índia, a mãe lhe prometera uma acolhida de herói, uma guirlanda de flores no pescoço quando descesse do trem.

Foi aqui, na estação, que Subhash vira Udayan pela última vez. Ele chegara atrasado no dia da partida, não acompanhando Subhash, os pais e outros parentes que haviam formado uma pequena caravana desde Tollygunge, mas garantindo que iria encontrá-los na plataforma. Subhash já estava sentado no trem, já se despedira de todos, quando Udayan chegou à janela.

Estendeu a mão por entre as grades, alcançando e apertando o ombro de Subhash, então dando-lhe um leve tapinha no rosto. De alguma maneira, no último instante, os dois haviam se encontrado naquela enorme multidão.

Ele tirou da mochila algumas laranjas de casca verde, dando-as a Subhash para comer durante a viagem. Tente não nos esquecer totalmente, disse Udayan.

Você cuida deles, não?, perguntou Subhash, referindo-se aos pais. Me avise se acontecer alguma coisa, certo?

O que vai acontecer?

Bom, então, se você precisar de alguma coisa, certo?

Volte algum dia, só isso.

Udayan continuou perto, inclinando-se para ele, a mão no ombro de Subhash, sem dizer mais nada, até ligarem os motores. A mãe começou a chorar. Mesmo os olhos do pai estavam úmidos quando o trem se pôs em movimento. Mas Udayan se postou sorridente entre eles, a mão erguida, o olhar fixo, enquanto Subhash se afastava deles.

Quando cruzaram a ponte Howrah, o dia ainda não clareara. Do outro lado, os mercados acabavam de abrir. Alinhados nas calçadas, os cestos expunham as verduras e legumes da manhã. Passaram pelo grande centro da cidade, em direção a Dalhousie, além de Chowringhee. Uma cidade sem nada, uma cidade com tudo. Quando se aproximavam de Tollygunge, cruzando a Prince Anwar Shah Road, o dia brilhava e o movimento era intenso.

As ruas continuavam como ele lembrava. Cheias de riquixás puxados a bicicleta, o grasnido das buzinas soando a seus ouvidos como um bando de gansos alvoroçados. O congestionamento era de outra espécie, de um vilarejo, não de uma cidade. As construções mais baixas, mais espaçadas.

Viu aproximar-se o terminal, as bancas onde vendiam bolachas e biscoitos em frascos de vidro, onde ferviam chaleiras de alumínio. As paredes dos estúdios cinematográficos, do Tolly Clube, estavam cobertas de pichações. *Façamos dos anos 1970 a década da libertação. Os fuzis trazem a liberdade, e a liberdade está chegando.*

Quando viraram na frente da pequena mesquita, saindo da Baburam Ghosh Road, Subhash sentiu que sua longa jornada logo terminaria. O táxi mal cabia na rua, quase arranhando a lataria nas paredes dos dois lados. Foi assaltado pelo cheiro ácido, pútrido de seu bairro, de sua infância. O cheiro de água parada. O fedor de algas e esgotos a céu aberto.

Ao se aproximarem dos dois lagos, ele viu a casinha que deixara para trás, agora substituída por algo grande, desajeitado. Ainda havia alguns andaimes, mas a construção parecia pronta. Viu as palmeiras que se erguiam atrás da casa. Mas a mangueira que estendia as folhas e as ramagens escuras sobre o telhado original havia desaparecido.

Ele atravessou uma laje sobre a valeta que separava a propriedade da rua. Duas portas de mola davam para o pátio. O mofo recobria as paredes. Mas ainda era um espaço acolhedor, com um poço num dos cantos, vasos de barro com dálias, as cravinas e o manjericão que sua mãe usava nas preces. Naquela época do ano, a trepadeira de ramos amarelos entrelaçados estava em flor.

Aqui era onde ele e Udayan brincavam quando meninos. Onde desenhavam e faziam contas com pedaços de carvão ou cacos de argila. Aonde Udayan foi, no dia em que receberam ordens de não sair, escorregando da tábua antes que o cimento tivesse secado.

Subhash viu as pegadas e passou por elas. Olhou a parte de cima da casa, erguendo-se sobre o que havia antes. Varandas compridas, como corredores aéreos, davam a volta num dos lados. Eram fechadas por grades em desenhos de trevo. O verde-esmeralda da tinta era vivo e brilhante.

Por uma das grades ele viu os pais, sentados no andar de cima. Tentou ver a expressão deles, mas não conseguiu depreender nada. Agora que estava tão perto, uma parte de si sentia vontade de voltar ao táxi, que saía de ré lentamente. Sentia vontade de dizer ao motorista que o levasse a algum outro lugar.

Apertou a campainha que Udayan instalara. Ainda funcionava.

Os pais não se levantaram nem o chamaram pelo nome. Não desceram para vir cumprimentá-lo. Em vez disso, o pai baixou um barbante com a chave amarrada na ponta, passando pela grade. Subhash esperou que ela chegasse a seu alcance e abriu um cadeado pesado na lateral da casa. Por fim ouviu o pai pigarreando para limpar a garganta, parecendo soltar as secreções de um longo silêncio.

Tranque o portão antes de tirar a chave, disse a Subhash.

Subhash subiu uma escada de corrimão preto e liso e as paredes azul-celeste. Biren Kaka e a esposa vinham atrás. Quando viu os pais, juntos no terraço, curvou-se para tocar seus pés. Era filho único, experiência que não lhe deixara nenhuma marca nos primeiros quinze meses de vida. Ia começar a sério agora.

À primeira vista, seus pais não aparentavam nenhuma mudança. O brilho oleoso do cabelo da mãe, o tom pálido da pele. O físico esguio e encurvado do pai, o algodão simples da túnica. Os cantos dos lábios voltados para baixo, que podiam expressar alguma decepção, mas, pelo contrário, sugeriam uma afabilidade constante. A diferença estava nos olhos deles. Embotados pela dor, amortecidos por uma visão que nenhum pai ou mãe deveria ver.

Apesar da fotografia pendurada no quarto novo dos pais, que o levaram para conhecer, ele não conseguia acreditar que Udayan não se encontrava em lugar nenhum. Mas ali estava a prova. A foto fora tirada cerca de dez anos antes, por um parente que tinha uma máquina fotográfica, um dos únicos retratos existentes dos dois irmãos. Foi no dia em que receberam os resultados dos exames finais do ensino médio, o dia que o pai disse ser o de maior orgulho de sua vida.

Ele e Udayan tinham posado juntos no pátio. Subhash viu dois centímetros de seu ombro, encostado no de Udayan. O resto de sua imagem fora recortado, para fazerem o retrato da morte.

Ficou diante da imagem e chorou, a cabeça aninhada no braço, num estranho abraço de si mesmo. Mas os pais, passado o choque, observavam-no como se fosse um ator no palco, aguardando a cena terminar.

Do terraço ele tinha uma vista ampla do lugar onde crescera junto com Udayan. O topo das casas mais baixas revestido de telha ou chapa de alumínio, com os pés rasteiros das abóboras se espalhando por cima. No alto das paredes, manchas brancas, marcas de excrementos dos corvos. Dois lagos ovais do outro lado da aleia. A baixada, olhando para ele como um mangue na maré baixa.

Ele desceu a escada até o térreo, até a parte da casa que não fora reformada, até o quarto que dividia antigamente com Udayan. Ficou espantado como era escuro, como era pequeno o quarto. Havia a mesa de estudos sob a janela, as prateleiras embutidas na parede, o cabideiro simples onde colocavam as roupas dobradas. A cama onde dormiam juntos fora substituída por uma cama de vento. Udayan devia ter usado o quarto para dar aulas particulares. Viu livros escolares nas prateleiras, canetas e instrumentos de medição. Perguntou-se o que teria acontecido com o rádio. Todos os livros políticos tinham desaparecido.

Desfez a mala e tomou banho com a água que a bomba trazia duas vezes por dia do reservatório coletivo. A água, com excesso de ferro, tinha gosto de metal. Deixava o cabelo duro, a pele viscosa ao tato.

Disseram que subisse para almoçar. Era onde agora ficava a cozinha. No andar do dormitório dos pais, onde ficava o retrato de Udayan, estavam os pratos postos para o pai, para Biren Kaka e esposa, para Subhash. A mãe comeria depois de servi-los, como sempre fazia.

Ele se sentou de costas para o retrato. Não conseguiria olhá-lo outra vez.

Comeu com avidez a refeição simples: *dal* e fatias de melão-de-são-caetano frito, arroz e cozido de peixe. *Pabda*, peixe de água doce, seus olhos cozidos como seixos amarelos.

De novo as travessas largas de bronze. A liberdade de comer com os dedos. A água ficava numa bilha preta no canto da sala. O copo pesando na mão, a borda um pouco larga demais para a boca.

Onde ela está?, perguntou.
Quem?
Gauri.
A mãe lhe serviu uma concha de *dal* por cima do arroz. Ela come na cozinha, respondeu.
Por quê?
Prefere assim.
Ele não conseguia acreditar. Não falou o que lhe veio à mente. Que Udayan iria detestá-los por segregá-la, por seguirem esses costumes.
Ela está lá agora? Gostaria de conhecê-la.
Está descansando. Não está se sentindo bem hoje.
Chamaram um médico?
A mãe baixou os olhos, atenta à comida que servia aos demais.
Não há necessidade.
Está falando sério?
Finalmente a mãe explicou.
Ela está esperando um filho.

Depois do almoço, ele saiu, passando ao lado dos dois lagos. Havia algumas maçarocas de aguapés espalhadas na baixada e água ainda suficiente para formar poças aqui e ali.

Viu um pequeno marco de pedra que não estava lá antes. Foi até ele. Trazia o nome de Udayan. Embaixo, os anos de nascimento e morte: 1945-1971.

Era uma lápide comemorativa, erigida para mártires políticos. Aqui aonde a água vinha e ia, onde se empoçava e desaparecia, foi o lugar que os camaradas de partido escolheram para colocá-la.

Subhash lembrou uma tarde quando estava jogando futebol com Udayan e alguns meninos do bairro no campo adiante da baixada. Ele torceu o pé no meio da partida. Disse a Udayan que continuasse jogando, pois daria um jeito sozinho, mas Udayan insistiu em acompanhá-lo.

Lembrou que pusera o braço no ombro de Udayan, apoiando-se nele enquanto voltava para casa mancando, o tornozelo inchado e pesado de dor. Lembrou que mesmo naquela hora Udayan implicou com ele, por ser desajeitado e se machucar na hora em que o time deles estava ganhando. E ao mesmo tempo sustentando-o, levando-o para casa.

Voltou para casa, pensando em tirar um descanso rápido, mas caiu num sono profundo. Acordou tarde, depois do horário em que seus pais normalmente jantavam. Perdera a hora da refeição. O ventilador estava parado; acabara a energia elétrica. Encontrou uma lanterna embaixo do colchão, ligou e subiu a escada.

A porta do quarto dos pais estava fechada. Indo à cozinha para ver se havia algo para comer, ele viu Gauri sentada no chão, com uma vela acesa ao lado.

Reconheceu-a de imediato, pelo retrato que Udayan enviara. Mas não era mais a universitária descontraída que sorria para seu irmão. Aquele retrato era em branco e preto, mas agora a ausência de cor, mesmo à luz suave da vela, era mais acentuada.

O cabelo comprido estava preso e enrolado acima da nuca. Tinha a cabeça baixa, os braços sem pulseiras, um sári de um branco refulgente. Era magra, sem sinais da vida que carregava dentro de si. Usava óculos, detalhe que não aparecia na foto. Quando ergueu os olhos para ele, Subhash viu que, além dos óculos, o retrato deixara de mostrar outra coisa. A franca beleza de seus olhos.

Ele a fitou, mas não falou com ela, observando-a enquanto comia arroz e *dal*. Podia ser qualquer pessoa, uma desconhecida.

Mas agora fazia parte da família, a mãe do filho de Udayan. Com o indicador, puxava alguns grãos de sal do montinho na beirada do prato e misturava na comida. Ele notou que o peixe que lhe serviram no almoço não fora servido a ela.

Sou Subhash, ele disse.

Eu sei.

Não quero incomodá-la.

Tentaram acordá-lo para o jantar.

Agora estou bem desperto.

Ela começou a se levantar. Vou lhe preparar um prato.

Termine de comer. Eu mesmo pego.

Ele sentiu os olhos dela sobre si enquanto inspecionava as prateleiras com a lanterna, encontrava um prato, destampava as panelas e caçarolas que haviam deixado para ele.

Você fala como ele, disse.

Sentou-se ao lado dela, a vela entre ambos, fitando-a. Viu sua mão pousada no prato, as pontas dos dedos lambuzadas de comida.

É por causa de meus pais que você não está comendo peixe?

Ela ignorou a pergunta. Vocês têm a mesma voz, disse.

Logo ele adotou uma atitude passiva, acordando sob a tela branca do mosquiteiro. Esperando que lhe trouxessem o chá de manhã, esperando que lavassem e dobrassem as roupas que deixava no chão, que lhe servissem as refeições. Nunca enxaguava um copo ou um prato, sabendo que o criado viria retirá-los. O açúcar cristal cobria sua torrada matinal, que acompanhava com um chá doce demais, formiguinhas miúdas vindo carregar os farelos.

A planta da casa era desorientadora. A caiação ainda estava tão fresca que saía na mão quando encostava na parede. Apesar da reforma, a casa não parecia acolhedora. Havia mais espaço para se recolher, para dormir, para ficar sozinho. Mas não se projetara nenhum lugar para se reunirem, nenhuma mobília para receber convidados.

Era no terraço do último andar que seus pais preferiam ficar, a única parte da casa que parecia ser inteiramente deles. Era ali que, depois que o pai voltava do trabalho, tomavam o chá do final de tarde, num par de cadeiras simples de madeira. Naquela altura havia menos mosquitos e, quando acabava a energia, ainda havia alguma aragem. O pai não se dava ao trabalho de abrir o jornal. A mãe não tinha nenhuma peça de costura no colo. Por entre os desenhos da grade, olhavam a vizinhança até anoitecer; esse parecia ser o único passatempo deles.

Se o criado estivesse fazendo algum serviço de rua, era Gauri quem servia o chá. Mas nunca se juntava a eles. Depois de ajudar a sogra nas tarefas matinais, ficava em seu quarto, no segundo andar da casa. Ele percebeu que seus pais não falavam com ela, que mal davam notícia de sua presença quando ela aparecia.

Ele recebeu atrasado seus presentes de Durga Pujo. Tecido cinzento para calças, tecido listrado para camisas. Dois jogos de cada, pois também ganhou a parte de Udayan. Mais de uma vez, oferecendo-lhe um biscoito, perguntando se queria mais chá, a mãe o chamou de Udayan, em vez de Subhash. E mais de uma vez ele atendeu, sem a corrigir.

Empenhava-se em se relacionar com eles. Quando perguntou ao pai como eram os dias no escritório, o pai respondeu que eram como sempre. Quando perguntou à mãe se naquele ano havia recebido muitas encomendas para bordar sáris para o ateliê, ela disse que estava com a vista fraca.

Os pais não perguntaram nada sobre os Estados Unidos. A poucos centímetros de distância, evitavam olhá-lo. Subhash se perguntava se os pais iam lhe pedir para ficar em Calcutá, para deixar sua vida em Rhode Island. Mas não houve nenhuma menção a respeito.

Nem houve menção à possibilidade de lhe arranjarem uma esposa. Não estavam em condições de planejar um casamento, de pensar em seu futuro. Muitas vezes passavam uma hora sem trocar palavra. Eram envolvidos pelo silêncio compartilhado, que os unia mais do que qualquer conversa.

Mais uma vez o implícito era que ele não lhes pedisse muito, que de alguma maneira se virasse sozinho.

Ao cair da noite, sempre na mesma hora, a mãe colhia algumas flores nos vasos do pátio e saía. Do terraço, ele a via passando junto aos lagos.

Parava no marco de pedra à beira da baixada, lavando a lápide com água que tirava de uma anforazinha de bronze, a mesma que usara para dar banho nele e em Udayan quando eram pequenos, e então colocava as flores por cima da lápide. Não precisou perguntar: entendeu que esta era a hora, que tinha sido nesta hora do dia.

Ouviram no rádio da família que o Paquistão Oriental se tornara Bangladesh após treze dias de combates. Para os bengalis muçulmanos, era uma libertação, mas para Calcutá o conflito significava outra onda de refugiados cruzando a fronteira. Charu Majumdar ainda estava escondido. Era o homem mais procurado da Índia, com a cabeça a dez mil rúpias de recompensa.

Ouviram as notícias em silêncio, mas o pai parecia nem prestar atenção. As varreduras policiais tinham cessado, mas o pai ainda guardava a chave da casa embaixo do travesseiro enquanto dormia. Às vezes, ao acaso, sentado no alto da casa trancada com cadeado, acendia a lanterna pela grade, para ver se havia alguém lá.

Não falavam de Udayan. Passaram-se dias sem que dissessem seu nome.

Então, uma noite, Subhash perguntou: Como aconteceu?

O rosto do pai estava impassível, como se não tivesse escutado.

Pensei que ele tinha saído do partido, insistiu Subhash. Que tinha se afastado. Não foi?

Eu estava em casa, disse o pai sem responder à pergunta.

Quando você estava em casa?

Naquele dia. Abri o portão para eles. Deixei entrarem.

Eles quem?

A polícia.

Finalmente estava chegando a algum lugar. A alguma explicação, alguma admissão. Ao mesmo tempo sentiu-se pior, agora que suas suspeitas estavam confirmadas.

Por que não me disse que ele corria perigo?

Não faria diferença.

Bom, então me diga agora: por que o mataram?

Então a mãe reagiu com um olhar penetrante a Subhash. Tinha um rosto miúdo, com espaço justo para tudo o que continha. Ainda jovial, o cabelo escuro decorado com a faixa de vermelhão vivo, indicando que tinha marido.

Era seu irmão, disse ela. Como você pode perguntar uma coisa dessas?

Na manhã seguinte, ele procurou Gauri, batendo à porta de seu quarto. Tinha acabado de lavar o cabelo. Estava solto para secar.

Ele tinha na mão uma brochura que comprara para ela a pedido de Udayan. *O homem unidimensional*, de Herbert Marcuse. Entregou-lhe.

É para você. De Udayan. Ele tinha me pedido.

Ela olhou a capa e depois o verso. Abriu e foi ao começo. Por um instante parecia que ela já começara a ler, o rosto adquirindo uma expressão plácida de concentração, esquecendo que ele estava ali.

De pé à sua porta, ele se sentiu como se estivesse invadindo seu espaço. Virou-se para ir embora.

Gentil de sua parte em trazer, disse ela.

Não foi nenhum trabalho.

Queria conversar com ela. Mas não havia nenhum lugar na casa onde pudessem conversar a sós.

Vamos dar uma volta?

Agora não.

Ela se afastou de lado e apontou para uma cadeira no quarto.

Ele hesitou, e então entrou. O quarto estava na penumbra, até que Gauri abriu as venezianas das duas janelas, deixando entrar o fulgor branco do dia. A luz do sol bateu na cama, formando um quadrado, uma área calma e clara com as sombras verticais das barras da janela.

A cama era baixa, de colunas finas. Também havia uma cômoda e uma penteadeira pequena com banqueta. Em vez de pós e pentes, havia cadernos, canetas-tinteiro, frascos de tinta. O quarto tinha um cheiro forte de teca, vindo dos móveis. Ele sentia o perfume de seu cabelo recém-lavado.

A iluminação é boa, disse ele.

Só agora. Em poucos minutos, o sol estará alto demais e perde o ângulo de entrada.

Ele passou uma vista de olhos num conjunto de prateleiras embutidas numa das paredes, onde ela guardava seus livros. Entre eles estava o rádio de ondas curtas. Retirou-o dali, sem chegar a ligá-lo, mas mexendo instintivamente num dos botões.

Montamos juntos.

Ele me falou.

Você ouve?

Ele era o único que conseguia fazer o rádio funcionar. Quer de volta?

Ele abanou a cabeça e recolocou o aparelho na prateleira.

Ela sentou na beirada da cama. Ele viu outros livros abertos, voltados para baixo, encapados com papel pardo liso. Ela escrevera os títulos no centro, com sua letra. Ele ficou observando enquanto ela pegava uma folha de jornal velho e começava a encapar o livro que ganhara. Ele e Udayan costumavam fazer isso juntos, depois de comprar os livros escolares de cada ano.

Lá ninguém faz isso.

Por que não?

Não sei. Talvez as capas sejam mais duráveis. Ou talvez eles não se incomodem que pareçam velhos.

Foi difícil de achar?

Não.

Onde você comprou?

Na livraria do campus.

É longe de onde você mora?

Virando a esquina.

Dá para ir a pé?

Dá.

O papel parece diferente. Macio.

Ele assentiu.

Você fica numa pensão?

Tenho um quarto numa casa.

Tem refeitório?

Não.

Então quem cozinha para você?

Eu mesmo.

Você gosta de morar sozinho?

Inesperadamente, ele pensou em Holly e nos jantares à mesa da cozinha. Aquela breve turbulência em sua vida agora parecia trivial. Como os seixos que parava para apanhar em Rhode Island, que segurava um pouco e depois atirava de volta ao mar enquanto caminhava pela praia, ele deixara que ela se fosse.

Mesmo assim, agora ele se perguntava o que ela teria feito com essa casa tristonha e vazia, esse enclave pantanoso no sul de Calcutá, onde ele crescera. Perguntava-se o que ela teria feito com Gauri.

Perguntou a Gauri sobre seus estudos, e ela respondeu que tinha concluído a graduação em filosofia naquele ano mesmo. Levou mais tempo do que deveria. Tinha sido difícil, por causa dos distúrbios. Disse que estava pensando em fazer mestrado, antes do assassinato de Udayan. Antes de saber que estava grávida.

Udayan sabia que ia ser pai?

Não.

A cintura ainda estava fina. Mas o fantasma de Udayan era palpável dentro dela, preservado nesse quarto onde passava todo o seu tempo. Quando ela falava dele, era uma evocação. Não se fechara como os pais.

Quando nasce o bebê?

No verão.

Como você se sente aqui na casa? Com meus pais?

Ela não respondeu nada. Ele esperou, então percebeu que estava com os olhos cravados nela, absorto numa manchinha escura do lado do pescoço. Desviou o olhar.

Posso te levar a algum outro lugar, sugeriu ele. Quer visitar sua família? Tios e tias?

Ela abanou a cabeça.

Por que não?

Pela primeira vez quase surgiu um sorriso em seu rosto, o sorriso oblíquo que ele lembrava da fotografia, favorecendo levemente um dos cantos da boca. Porque fugi para me casar com seu irmão, disse ela.

Nem agora eles querem te ver?

Ela franziu as sobrancelhas. Estão bravos. Não os culpo. Eu poderia comprometer a segurança deles, e mesmo a segurança de seus pais, quem sabe?

Mas decerto alguém?

Meu irmão veio me ver depois do que aconteceu. Veio ao funeral. Ele e Udayan eram amigos. Mas não depende dele.

Você pode me contar mais alguma coisa?

O que você quer saber?

Quero saber o que aconteceu com meu irmão, respondeu ele.

2.

Foi na semana antes de Durga Pujo. O mês de Ashvin, a primeira fase da lua crescente.

No terminal do bonde, Gauri e a sogra pegaram um riquixá a bicicleta para voltar para casa. Sentaram-se no banco do riquixá, sacolas e pacotes no colo e aos pés. Estavam voltando das compras um pouco mais tarde do que pretendiam.

Os pacotes continham presentes para toda a família e também para elas mesmas. Sáris novos para Gauri e a sogra, punjabis e pijamas para o sogro, tecidos de camisas e calças para Udayan no ano seguinte. Lençóis novos para as camas, chinelos novos. Toalhas de banho, pentes de cabelo.

Quando se aproximavam da mesquita na esquina, a sogra disse ao condutor para ir mais devagar e virar à esquerda. Mas o homem parou de pedalar, dizendo que não queria sair da rua principal.

Apontando para todos os pacotes e sacolas, a sogra ofereceu mais dinheiro. Mas o condutor não quis. Abanou a cabeça, esperando descerem. Assim, elas terminaram o percurso a pé, carregando as coisas que tinham comprado.

A ruela fazia uma curva para a direita, passando o templo montado para a festa, os deuses enfeitados, mas vazio. Não havia nenhuma família por ali. Logo os dois lagos perto da casa se fizeram visíveis.

Na margem do primeiro lago, Gauri viu uma viatura da Polícia Militar. Havia alguns policiais e soldados espalhados, com seus capacetes e uniformes cáqui. Não muitos, mas suficientes para formar uma vaga constelação para onde ela olhasse.

Ninguém impediu que elas entrassem pelas portas de vaivém que davam para o pátio. Viram que o portão de ferro, situado no lado da casa, estava aberto. A chave pendia no cadeado, aberto às pressas.

Elas tiraram as sandálias e pousaram as bolsas e sacolas. Começaram a subir o primeiro lance de degraus. Na metade, Gauri viu o sogro descendo, as mãos levantadas acima da cabeça. Ele hesitava a cada passo, como se temesse perder o equilíbrio. Como se nunca tivesse descido uma escada.

Atrás dele ia um oficial. Estava com uma espingarda apontada em suas costas. Gauri e a sogra receberam ordens de se virar e descer a escada. Assim, não tiveram ocasião de entrar na casa, de ver os aposentos revirados. As roupas caídas dos varais estendidos no terraço, que elas tinham pendurado de manhã para secar, as portas dos armários escancaradas. Lençóis e travesseiros arrancados das camas, carvões despejados do cesto, lentilhas e cereais esparramados das latas pelo chão da cozinha. Como se procurassem algum pedaço de papel, não um homem.

Os três — o sogro, a sogra e Gauri — receberam ordens de sair da casa, atravessar o pátio, cruzar a lajota de pedra e voltar para a rua. Deviam andar em fila, passando os dois lagos, indo para a baixada. As chuvas tinham sido torrenciais, e a baixada estava inundada. Os aguapés recobriam a superfície como um manto roído por traças.

Gauri percebeu que os vizinhos acompanhavam os acontecimentos. Espreitando pelas frestas das venezianas, imóveis na penumbra dos aposentos.

Foram postos em fila. Estavam muito juntos, os ombros se tocando. A arma ainda apontava para o sogro.

Ela ouviu uma trompa tocando, um sino batendo. Os sons vinham de outro bairro. Em algum lugar, em alguma casa ou templo, alguém rezava e fazia oferendas ao final de mais um dia.

Temos ordens de encontrar e prender Udayan Mitra, disse o soldado que parecia comandar os demais. Falou usando um megafone. Se alguém nesta localidade souber onde ele está escondido, se alguém o estiver abrigando, que se apresente.

Ninguém disse nada.

Meu filho está nos Estados Unidos, disse a sogra baixinho. Mentira que também era verdade.

O oficial não lhe deu atenção. Acercou-se de Gauri. O castanho dos olhos era um pouco mais claro do que a cor da pele. Estudou-a, apontando a arma para ela, aproximando a arma a ponto de deixar de vê-la. Ela sentiu a ponta do cano, um pingente frio na base da garganta.

Você é a esposa desta família? A esposa de Udayan Mitra?

Sou.

Onde está seu marido?

Ela ficou sem voz. Incapaz de falar.

Sabemos que ele está aqui. Ele foi seguido. Revistamos a casa, bloqueamos as saídas. Ele está desperdiçando nosso tempo.

Gauri sentia uma corrente dolorosa subindo e descendo pela parte de trás das pernas.

Onde ele está?, repetiu o oficial, premindo um pouco mais a arma contra sua garganta.

Não sei, ela conseguiu dizer.

Acho que você está mentindo. Acho que você sabe onde ele está.

Além dos aguapés, na enchente da baixada: era lá, se houvesse uma batida no bairro, que Udayan lhe disse que se esconderia. Disse que havia ali um trecho onde a vegetação era mais densa.

Guardava uma lata de querosene atrás da casa, para ajudar a pular o muro dos fundos. Mesmo com a mão ferida, conseguiria. Tinha praticado algumas vezes, tarde da noite.

Achamos que ele pode estar escondido na água, continuou o soldado, sem afastar os olhos dela.

Não, disse ela consigo mesma. Ouviu a palavra mentalmente. Mas então percebeu que estava com a boca aberta, como uma idiota. Tinha dito alguma coisa? Sussurrado? Não tinha certeza.

O que você disse?

Não disse nada.

A ponta da arma continuava apertando sua garganta. Mas de repente ela se afastou, tendo o oficial indicado a baixada com a cabeça, afastando-se.

Ele está lá, disse aos outros.

O oficial voltou a falar pelo megafone.

Udayan Mitra, saia, renda-se, disse ele, as palavras ao mesmo tempo distorcidas e penetrantes, que se ouviam por todo o enclave. Estamos dispostos a eliminar os membros de sua família se você não obedecer.

Parou e então acrescentou: Um membro para cada passo em falso.

No começo não aconteceu nada. Apenas o som de sua respiração. Alguns soldados tinham entrado na água, com as espingardas apontadas. Um deles deu um tiro. Então, de algum ponto da baixada, ela ouviu quando a superfície de água se rompeu.

Udayan apareceu. Entre os aguapés, com água até a cintura. Curvado, tossindo, arfando.

Estava com a mão direita enfaixada, envolta em várias camadas de gaze. O cabelo estava grudado ao crânio, a camisa grudada à pele. Estava com a barba e o bigode por fazer. Levantou os braços para o alto.

Muito bem. Agora venha em nossa direção.

Ele avançou pela vegetação, saindo da água, ficando a poucos pés de distância. Tremia, lutava para respirar. Ela viu os lábios que nunca se fechavam direito, deixando no meio a pequena abertura em formato de diamante. Os lábios estavam arroxeados. Ela viu pedaços de algas que se aderiam ao pescoço, aos antebraços. Não sabia se o que escorria pela lateral das faces dele era água ou suor.

Mandaram que se inclinasse e tocasse os pés dos pais. Mandaram que lhes pedisse perdão. Teve de fazer isso com a mão esquerda. Pôs-se diante da mãe e se curvou. Perdoe-me, disse ele.

Quem somos nós para perdoar?, perguntou o sogro, a voz embargada, quando Udayan se curvou diante dele. Disse aos soldados: vocês estão cometendo um erro.

Seu filho traiu o país. Foi ele que cometeu o erro.

A corrente nas pernas de Gauri se intensificou, irradiando-se até os pés. Sentiu um formigamento que subia da nuca e atravessava o crânio. Pensou que as pernas iam ceder, sem força. Não sentia apoio nelas. Mas continuou de pé.

Amarraram as mãos dele com uma corda. Ela viu seu esgar, a mão machucada se crispando de dor.

Por aqui, disse o oficial, apontando com a arma.

Udayan parou e relanceou o olhar para ela. Fitou-a no rosto como sempre fazia, absorvendo os detalhes como se fosse a primeira vez.

Empurraram-no para dentro do furgão e bateram a porta. Gauri e os sogros receberam ordens de entrar na casa. Um dos soldados os escoltou. Ela se perguntava para qual prisão o levariam. O que fariam com ele lá.

Ouviram o motor de partida. Mas, em vez de manobrar e sair do enclave para a estrada principal, o furgão seguiu pelo mato úmido que margeava a baixada, deixando as marcas fundas dos pneus. Para o campo vazio que ficava do outro lado.

Em casa, eles foram até o terceiro andar, para o terraço. Podiam enxergar a viatura e Udayan de pé ao lado. Ninguém mais na vizinhança conseguiria acompanhar a cena. Mas o último andar da casa, recém-concluído, permitia a visão.

Eles viram um dos soldados desamarrando seus pulsos. Viram Udayan cruzando o campo, afastando-se dos policiais militares. Caminhava na direção da baixada, de volta para casa, as mãos erguidas ao alto.

Gauri lembrou todas as vezes que o vira na sacada do apartamento dos avós em Calcutá do Norte, atravessando a rua movimentada, indo visitá-la.

Por um instante, parecia que eles o deixavam ir. Mas então uma arma disparou, a bala mirando as costas. O som do disparo foi breve, inequívoco. Houve um segundo tiro, depois um terceiro.

Ela viu seus braços baixando, o corpo se projetando à frente, se reerguendo antes de cair no chão. Ao som nítido dos tiros seguiu-se o som dos corvos, gritando roucos, se dispersando.

Não era possível ver onde ele fora atingido, onde exatamente as balas tinham entrado. Longe demais para ver quanto sangue perdera.

Os soldados arrastaram o corpo pelas pernas e o jogaram na traseira da viatura.

Ouviram o bater das portas, o motor de partida ligado outra vez. A viatura indo embora com o corpo.

No quarto deles, debaixo do colchão, esquecido entre jornais dobrados que não se deram ao trabalho de jogar fora, havia um diário que a polícia descobriu. Tinha todas as provas de que precisavam. Entre as equações e notas sobre experiências e fórmulas de rotina, havia uma página de instruções para fazer um coquetel Molotov, um explosivo caseiro. Notas sobre as diferenças de efeito entre o metanol e a gasolina. Entre o clorato de potássio e o ácido nítrico. Entre fósforos de emergência e uma mecha de querosene.

No diário também havia um mapa da planta do Tolly Club, que Udayan desenhara. As posições e nomes dos edifícios, dos estábulos, do chalé do encarregado. O traçado da entrada de carros, a configuração das trilhas.

Estavam registrados certos horários do dia, um cronograma da ronda dos guardas, da entrada e saída dos funcionários. Da abertura e fechamento dos restaurantes e bares, do corte e rega dos gramados. Vários locais por onde era possível entrar e sair da área, alvos onde era possível atirar um explosivo ou deixar uma bomba-relógio.

Alguns meses antes, ele fora levado a interrogatório. Isso se tornara rotina na época entre os jovens da cidade. Na ocasião, acreditaram no que ele declarou. Que era professor de colégio, casado, morando em Tollygunge. Nenhuma ligação com o PCI(ML).

Perguntaram se sabia de algo sobre um episódio de vandalismo na biblioteca da escola: quem invadira o local uma noite para cortar os retratos de Tagore e Vidyasagar que havia nas paredes. Na ocasião, deram-se por satisfeitos com suas respostas. Concluindo que ele não tinha nada a ver com aquilo, não lhe perguntaram mais nada.

Então, numa noite, cerca de um mês antes de ser morto, ele não voltou para casa. Voltou na manhã seguinte, cedo, sem entrar pelo pátio, sem tocar a campainha. Fez a volta pelo fundo, subindo pelo muro que dava na altura do ombro.

Esperou no jardim, atrás do depósito de carvão e lenha para o forno. Ficou atirando cacos de um vaso de barro quebrado, até que Gauri abriu as venezianas do quarto e olhou lá embaixo.

Ele estava com a mão direita enfaixada, o braço numa tipoia. Com os colegas de equipe, tentara montar uma arma caseira de pressão, usando uma bombinha como explosivo. Não devia ter sido ele, com o ligeiro tremor que nunca abandonava totalmente seus dedos, a fazer a tentativa.

A explosão ocorreu num local afastado, num esconderijo seguro. Conseguira escapar.

Disse aos pais que tinha sido numa experiência de rotina na escola. Que caíra um pouco de hidróxido de sódio na pele. Disse para não se preocuparem, que em poucas semanas a mão estaria boa. Mas contou a Gauri o que realmente acontecera. Os dois camaradas que estavam ajudando recuaram em tempo, mas não Udayan, e sob a faixa agora havia um toco imprestável. Com o tempo tiraria a bandagem, mas tinha perdido os dedos.

Nesse meio-tempo, durante as batidas em Tollygunge, a polícia descobriu munição nos estúdios cinematográficos. Nos camarins, nas salas de edição. Faziam revistas ao acaso, parando rapazes nas ruas. Prendendo, torturando. Enchendo os necrotérios, os crematórios. De manhã, atirando cadáveres nas ruas, como advertência.

Udayan esteve fora por duas semanas. Disse aos pais que estava apenas tomando precauções, embora na época eles decerto já soubessem. E contou a Gauri que estava com medo, que o ferimento na mão chamava muito a atenção, que agora a polícia poderia juntar os fatos.

Gauri não sabia onde ele estava, se havia um ou mais esconderijos. De vez em quando havia um bilhete na papelaria da rua principal. Sinal de que ainda estava vivo, pedido de roupas limpas, comprimidos para a tireoide. No bairro ainda havia uma rede de ligações suficientes para isso. Ao final das duas semanas, como não havia outro lugar onde se abrigar, ele voltou ao enclave.

Estando de volta, não conseguia sair. Os pais, ansiosos com seu retorno, preferiam que ficasse em casa, em vez de ir para qualquer outro lugar. Tomaram providências para que ninguém o visse.

Nenhum vizinho, nenhum trabalhador, nenhuma visita na casa. O criado jurou segredo. Livraram-se das coisas dele, como se já tivesse morrido. Esconderam os livros, guardaram as roupas numa mala debaixo da cama.

Ele se restringia aos quartos dos fundos. Nunca mostrava o rosto no terraço ou à janela. Nunca falava senão em sussurros. Sua única liberdade era subir à laje do alto no meio na noite, debruçar-se no parapeito, fumar às estrelas. Por causa da mão, precisava de ajuda para tomar banho e se vestir. Era como uma criança, precisando que lhe dessem comida.

Estava com problemas de audição, pedindo a Gauri que repetisse. Um dos tímpanos fora lesado durante a explosão. Queixava-se de tontura, de um som agudo que nunca desaparecia. Dizia que não conseguia ouvir o rádio, que ela ouvia perfeitamente bem.

Receava não ouvir a campainha, se tocasse, ou a chegada de um jipe militar. Queixava-se de se sentir sozinho mesmo quando estavam juntos. De se sentir isolado da maneira mais radical.

Passou-se quase uma semana. Talvez a polícia não tivesse ligado os fatos, talvez tivesse perdido seus rastros. Talvez estivessem distraídos com o feriado que se aproximava, disse ele. Foi ele que convenceu Gauri e a mãe a passarem o dia fora, fazendo o que tinham deixado de lado. A se distraírem, a aparentarem normalidade para os vizinhos, a fazerem algumas compras para a festa.

O corpo não lhes foi devolvido. Nunca disseram onde foi cremado. Quando o sogro foi à delegacia, procurando informações, procurando explicações, negaram qualquer conhecimento do fato. Depois de levá-lo à vista de todos, os policiais não deixaram rastros.

Nos dez dias que se seguiram à sua morte, havia regras a observar. Ela não lavava suas roupas, não usava sandálias, não penteava o cabelo. Fechava a porta e as venezianas para preservar qualquer partícula invisível dele que estivesse flutuando na atmosfera. Dormia na cama, no travesseiro que Udayan usara e que ainda guardava seu cheiro, até ser substituído alguns dias depois por seu odor, pelo odor de seus cabelos e pele untuosa.

Ninguém a perturbava. Ela sentia o corpo muito empertigado, como se posasse para uma foto que nunca foi tirada. Apesar de empertigada, às vezes sentia como se estivesse caindo, a cama cedendo. Não conseguia chorar. Havia apenas lágrimas dissociadas do sentimento, que se acumulavam e às vezes escorriam pelo canto dos olhos de manhã cedo, ao acordar.

Os dias de Pujo chegaram e começaram a passar: Shashti, Saptami, Astmai, Navami. Dias de culto e celebração na cidade. De luto e reclusão dentro de casa. Removeu o vermelhão do cabelo, retirou o bracelete de ferro do pulso. A ausência desses adereços indicava sua viuvez. Estava com vinte e três anos de idade.

No décimo primeiro dia, veio um sacerdote para os ritos finais e uma cozinheira para a refeição cerimonial. Dentro de casa, colocaram o retrato de Udayan na parede, emoldurado, envidraçado, engrinaldado com tuberosas. Ela não conseguia fitar seu rosto na foto. Sentou-se para a cerimônia, os pulsos nus.

Se acontecer alguma coisa comigo, não deixe que eles desperdicem dinheiro com meu funeral, foi o que ele lhe disse uma vez. Mas houve o funeral, a casa cheia de pessoas que o conheciam, parentes e membros do partido que vieram prestar seus respeitos. Comer os alimentos preparados em sua homenagem, os pratos de que ele mais gostava.

Depois do período de luto, os sogros voltaram a comer carne e peixe, mas Gauri não. Recebeu sáris brancos para usar em lugar dos coloridos, e assim ficou parecida com as outras viúvas da família. Mulheres com o triplo de sua idade.

Chegou Dashami: o final de Pujo, o dia em que Durga volta a Shiva. À noite, as efígies que ficavam no pequeno templo armado no bairro foram levadas e mergulhadas na água do rio. Nesse ano, o ritual foi feito sem alarde, por respeito a Udayan.

Mas em Calcutá do Norte, sob a sacada onde tinham conversado pela primeira vez, as procissões se prolongaram por toda a noite. As pessoas se comprimiam nas calçadas para a última olhada, uma algazarra tão barulhenta que era impossível dormir. Ela voltará, ela voltará para nós, entoava o povo desfilando na rua, acompanhando a deusa até o rio, despedindo-se dela mais uma vez.

Uma manhã, passado o primeiro mês, ela não conseguiu ir à cozinha ajudar a sogra nos preparativos do dia, como se esperava que fizesse. Sentindo-se sem forças, com tonturas ao tentar levantar, ficou na cama.

Passaram-se cinco minutos, depois dez. A sogra entrou no quarto e falou que era tarde. Abriu as venezianas e olhou o rosto de Gauri. Estava com uma xícara de chá nas mãos, mas não ofereceu de imediato. Apenas ficou parada ali por um momento, fitando. Gauri se soergueu devagar, para pegar o chá.

Já subo num instante.

Não se incomode por hoje, disse a sogra.

Por que não?

Não será de nenhuma ajuda.

Ela abanou a cabeça confusa.

Uma moça inteligente. Foi o que ele nos disse depois de se casar com você. E no entanto incapaz de entender coisas simples.

O que eu não entendi?

A sogra já tinha se virado para sair. Parou na porta. A partir de agora, tenha cuidado para não escorregar no banheiro ou na escada.

A partir de agora?
Você vai ser mãe, Gauri ouviu a sogra dizer.

Desde o começo do casamento, uma vez por mês ele passava uma semana sem encostar nela. Pedira-lhe que anotasse o período da menstruação no diário, dizendo a ele quando era seguro.

Depois que a revolução vencesse, dissera ele, trariam filhos ao mundo. Só depois. Mas, nas últimas semanas antes da morte, quando estava escondido na casa, os dois tinham perdido a noção dos dias.

Ela nascera com um mapa do tempo impresso na mente. Também fazia a representação imaginária de outras abstrações, números e letras do alfabeto, tanto em inglês quanto em bengali. Números e letras eram elos de uma corrente. Os meses se dispunham como uma órbita no espaço.

Cada conceito existia em sua topografia própria, física, tridimensional. Assim, desde criança só conseguia fazer uma soma, soletrar uma palavra em dúvida, recuperar uma lembrança ou esperar alguma coisa nos meses vindouros se retirasse aquele elemento de um local específico da mente.

A imagem mais forte era, sempre foi a do tempo, passado e futuro; era um horizonte imediato, que a continha e a conduzia ao mesmo tempo. O breve período de sua vida se sobrepunha ao espectro ilimitado dos anos. À direita ficava o passado recente: o ano em que conhecera Udayan e, antes disso, todos os anos que vivera antes de conhecê-lo. Havia o ano de seu nascimento, 1948, antecedido por todos os anos e séculos precedentes.

À esquerda ficava o futuro, que tinha como ponto final sua morte, de data incerta, mas inevitável. Em menos de nove meses chegaria um bebê. Mas sua vida já começara, o coração já batendo, representada por uma linha que se insinuava em separado. Ela via a vida de Udayan, não mais acompanhando a sua, como supusera que acompanharia, mas cessando em outubro de 1971. Essa data se desenhava como um túmulo nos olhos de sua imaginação.

Apenas o presente, sem nenhuma perspectiva, escapava a seu controle. Era como um ponto cego, logo atrás das costas. Uma lacuna em seu campo de visão. Mas o futuro era visível, desenrolando-se aos poucos.

Ela queria fechar os olhos a ele. Queria que os dias e meses diante de si terminassem. Mas o resto de sua vida continuava a se apresentar, o tempo proliferando incessantemente. Era obrigada a prevê-lo contra a vontade.

Havia a ansiedade de que um dia não se sucedesse ao outro, junto com a certeza de que certamente se sucederia. Era como prender a respiração, como Udayan tentara fazer na baixada. E, no entanto, de alguma maneira ela estava respirando. Assim como o tempo ficava parado, mas também passava, alguma outra parte de seu corpo que lhe era inconsciente estava agora extraindo oxigênio, obrigando-a a continuar viva.

3.

No dia seguinte, depois de conversar com Gauri, Subhash foi sozinho à cidade pela primeira vez. Levou os tecidos que os pais lhe haviam dado, sua parte e a parte de Udayan, até a oficina de um alfaiate. Não precisava de calças e camisas novas, mas se sentia obrigado a isso, por não querer que os tecidos se desperdiçassem. A informação de que não havia nenhum lugar em Rhode Island onde se pudesse encomendar roupas, que as roupas americanas eram confecções prontas, causou surpresa a seus pais. Foi o primeiro detalhe de sua vida no exterior a que reagiam abertamente.

Ele pegou o bonde até Ballygunge, passando pelos camelôs que o chamavam. Encontrou a pequena alfaiataria que pertencia a parentes distantes, aonde ele e Udayan sempre iam juntos, uma vez por ano, para tirar as medidas. Um balcão comprido, um espaço para provar num dos cantos, uma haste onde ficava a roupa depois de pronta. Ele fez a encomenda, observando enquanto o alfaiate desenhava rapidamente os modelos num caderno, recortando um triângulo do tecido e grampeando no canto de cada registro de entrada.

Ele não precisava de mais nada, não queria mais nada na cidade. Depois de ouvir o que lhe contara Gauri, depois de imaginar as cenas, não conseguia se concentrar em outras coisas.

Pegou um ônibus, sem destino definido, descendo perto da Esplanada. Viu estrangeiros nas ruas, europeus com *kurtas* e colares de contas. Explorando, percorrendo Calcutá. Embora se parecesse com todos os outros bengalis, agora sentia afinidade com os estrangeiros. Dividia com eles o conhecimento de outros lugares. De outra vida a retomar. A possibilidade de sair.

Nessa parte da cidade havia hotéis onde poderia entrar, tomar um uísque ou uma cerveja, engatar uma conversa com desconhecidos. Esquecer como seus pais se comportavam, esquecer as coisas que Gauri contara.

Parou para acender um cigarro, Wills, a marca que Udayan fumava. Sentindo cansaço, parou na frente de uma loja que vendia xales bordados.

O que gostaria de ver?, perguntou o dono. Era de Caxemira, o rosto pálido, os olhos claros, um barrete de algodão na cabeça.

Nada.

Venha dar uma olhada. Tome uma xícara de chá.

Ele havia esquecido esses gestos de hospitalidade dos comerciantes. Entrou e sentou numa banqueta, observando enquanto o homem abria os xales de lá, um por um, por cima de uma grande almofada branca no chão. Comoveu-se com a generosidade do esforço, a fé implícita. Decidiu comprar um para a mãe, somente então percebendo que não lhe havia trazido nada dos Estados Unidos.

Levo este, disse ele, apontando um xale azul-marinho, pensando que ela gostaria da maciez da lã, da complexidade da trama.

O que mais?

Só, respondeu. Mas então pensou em Gauri. Lembrou seu perfil enquanto ela lhe contava sobre Udayan. A maneira como fitava em frente, com o olhar perdido, contando-lhe o que ele queria saber.

Era graças a Gauri que agora ele sabia o que havia acontecido: que ela e os pais tinham visto Udayan morrer. Agora ele sabia que seus pais tinham passado vergonha diante dos vizinhos. Incapazes de ajudar Udayan, incapazes de protegê-lo ao final. Perdendo o filho de uma maneira inconcebível.

Ele vasculhou as opções a seus pés. Marfim, cinzento, um castanho mais claro do que o chá que recebera para tomar. Agora eram considerados os adequados para ela. Mas um turquesa vivo com as beiradas bordadas em ponto miúdo prendeu seu olhar.

Imaginou-o em torno dos ombros dela, um dos lados pendendo para trás. Iluminando seu rosto.

Este também, disse ele.

Seus pais estavam no terraço, esperando. Perguntaram por que se demorara tanto. Disseram que ainda não era seguro ficar andando tão tarde pelas ruas.

A preocupação deles era razoável, mas Subhash se aborreceu. Não sou Udayan, sentiu vontade de dizer. Jamais colocaria vocês nessa situação.

Deu à mãe o xale que lhe comprara. Então mostrou o que daria a Gauri.

Gostaria de dar este a ela.

Você sabe que não deve, respondeu a mãe. Pare de tentar fazer amizade com ela.

Ele ficou em silêncio.

Ouvi vocês dois conversando ontem.

Não posso falar com ela?

O que ela contou?

Ele não disse. Mas perguntou: Por que você nunca fala com ela?

Desta vez foi a mãe que ficou em silêncio.

Você lhe tirou as roupas coloridas, o peixe e a carne das refeições.

São nossos costumes, disse a mãe.

É humilhante. Udayan jamais ia querer que ela vivesse dessa maneira.

Ele não tinha o costume de discutir com a mãe. Mas uma nova energia percorreu seu ser e ele não conseguiu se conter.

Não significa nada o fato de que ela lhe dará um neto?

Significa tudo. Foi a única coisa que ele nos deixou, disse a mãe.

E Gauri?

Ela tem um lugar aqui, se quiser.

Como assim, se quiser?

Ela pode ir a outro lugar, para continuar os estudos. Pode preferir assim.

E por que você pensa isso?

Ela é retraída demais, distanciada demais para ser mãe.

As têmporas dele latejavam. Você comentou alguma coisa a respeito com ela?

Não há por que incomodá-la sobre isso agora.

Ele viu que sua mãe, sentada no terraço, já planejara tudo, friamente. Mas ficou igualmente aterrado com o pai, por não dizer nada, por aceitar aquilo.

Você não pode separá-los. Por consideração a Udayan, aceite-a.

A mãe perdeu a paciência. Zangou-se com ele também. Cale a boca, disse em tom insultuoso. Não me diga como devo honrar meu próprio filho.

Naquela noite, sob o mosquiteiro, Subhash não conseguiu adormecer.

Talvez nunca viesse a saber totalmente o que Udayan havia feito. Gauri lhe apresentara sua versão e os pais se negavam a falar sobre o assunto.

Ele supunha que tinham sido lenientes com Udayan, como sempre haviam sido. Intuindo o que lhe passava pela cabeça, mas nunca o confrontando.

Udayan deu sua vida a um movimento que fora mal conduzido, que só causara danos, que já fora desmantelado. A única coisa que ele transformou foi a família.

Havia mantido Subhash, e provavelmente ainda mais os pais, no escuro, de propósito. Quanto mais intensificava seu envolvimento, mais evasivo se tornava. Escrevendo cartas como se o movimento não o interessasse mais. Esperando despistar Subhash enquanto montava bombas, enquanto desenhava mapas do Tolly Club. Enquanto perdia os dedos numa explosão.

Era em Gauri que ele confiava. Trouxera-a para a vida deles, apenas para deixá-la perdida ali.

Como a solução de uma equação que vai aparecendo aos poucos, Subhash começou a perceber um rumo possível para as coisas. Já estava ansioso em sair de Calcutá. Não havia nada que pudesse fazer pelos pais. Não conseguia consolá-los. Voltara para ficar com eles, mas no final sua vinda pouca importância tivera.

Gauri, porém, era diferente. Perto dela, sentia uma percepção da pessoa que ambos tinham amado.

Pensou em Gauri ficando com os pais dele, vivendo de acordo com suas regras. A frieza da mãe em relação a Gauri era insultante, mas a passividade do pai era igualmente cruel.

E não era apenas crueldade. O tratamento que ambos davam a ela era deliberado, calculado para afastá-la. Ele pensou em Gauri dando à luz, apenas para perder o controle do filho. Pensou no filho sendo criado numa casa sem alegria.

A única maneira de impedir isso era levar Gauri embora dali. Era só o que podia fazer por ela, a única alternativa que podia oferecer. E a única maneira de tirá-la dali era se casando com ela.

Ocupando o lugar do irmão, criando seu filho, vindo a amar Gauri como Udayan amara. Seguindo-o de uma maneira que parecia incorreta, que parecia necessária. Que parecia certa e errada ao mesmo tempo.

A data de sua partida se aproximava: logo estaria outra vez num avião. Não havia ninguém à sua espera em Rhode Island. Estava cansado de ficar sozinho.

Tentara negar a atração que sentia por Gauri. Mas era como a luz dos pirilampos que enchiam a casa à noite, pontos aleatórios que o rodeavam, brilhavam e depois sumiam sem deixar rastros.

Não comentou nada com os pais, sabendo que apenas tentariam dissuadi-lo. Sabia que a solução a que chegara seria aterradora para eles. Foi diretamente a ela. Antes sentira medo da reação que os pais teriam diante de Holly. Mas agora não estava mais com medo.

Isso é para você, disse de pé à porta, dando-lhe o xale.

Ela levantou a tampa da caixa e olhou.

Gostaria que você o colocasse.

Observou-a enquanto ela entrava no quarto e abria o guarda-roupa. Guardou o xale, ainda dobrado na caixa.

Quando se virou para olhá-lo, ele notou que um mosquito havia pousado no alto de sua testa, perto da linha dos cabelos. Sentiu vontade de estender a mão para espantá-lo, mas ela estava imóvel, imperturbável, talvez sem perceber.

Odeio como meus pais te tratam, disse ele.

Ela continuou em silêncio. Sentou à escrivaninha, diante do livro e do caderno aberto. Estava esperando que ele saísse.

Subhash perdeu o ânimo. A ideia era ridícula. Ela não ia usar o xale turquesa, nunca concordaria em se casar com ele e ir para Rhode Island. Estava de luto por Udayan, carregando um filho seu no ventre. Subhash sabia que não significava nada para ela.

Na tarde seguinte, numa hora em que não se esperava ninguém, a campainha soou. Subhash estava sentado no terraço, lendo os jornais. O pai estava no trabalho, a mãe tinha saído. Gauri estava em seu quarto.

Ele desceu a escada para atender. Encontrou três homens, do lado de fora do portão. Dois policiais armados e um investigador do Serviço Secreto. O investigador se apresentou. Queria falar com Gauri.

Ela está dormindo.

Vá acordá-la.

Ele destrancou o portão e levou os homens ao segundo andar. Pediu que esperassem no patamar da escada. Então foi pelo corredor até o quarto de Gauri.

Quando ela abriu a porta, estava sem óculos. Os olhos pareciam cansados. O cabelo estava despenteado, o tecido do sári amarrotado. A cama desfeita.

Avisou quem estava lá. Ficarei com você, disse ele.

Ela prendeu o cabelo e pôs os óculos. Arrumou a cama e disse que estava pronta. Estava serena, sem demonstrar nada do nervosismo que ele sentia.

O investigador foi o primeiro a entrar no quarto. Os policiais vieram atrás e pararam à porta. Estavam fumando, deixando as cinzas caírem no chão. Um deles era estrábico e parecia estar olhando Guari e Subhash ao mesmo tempo.

O investigador examinava as paredes, o forro, demorando-se em alguns detalhes. Pegou um dos livros da mesa de Gauri, folheando algumas páginas. Tirou uma caneta e um bloco de notas do bolso da camisa. Fez algumas anotações. Tinha a ponta dos dedos descolorida, como que manchada por algum alvejante.

Você é o irmão?, perguntou sem sequer olhar Subhash.

Sou.

O dos Estados Unidos?

Ele assentiu com a cabeça, mas o investigador já estava concentrado em Gauri.

Você conheceu seu marido em que ano?

1968.

Quando estudava na Presidency?

Sim.

Você simpatizava com as convicções dele?

No começo.

Atualmente você pertence a alguma organização política?

Não.

Quero mostrar algumas fotos. São pessoas que seu marido conhecia.

Tudo bem.

Ele tirou um envelope do bolso. Começou a lhe estender as fotos. Pequenos instantâneos que Subhash não conseguiu ver.

Você reconhece alguma dessas pessoas?

Não.

Nunca encontrou nenhuma delas? Seu marido nunca apresentou?

Não.

Olhe com atenção, por favor.

Olhei.

O investigador recolocou as fotos no envelope, tomando cuidado para não manchar.

Alguma vez ele mencionou alguém de nome Nirmal Dey?

Não.

Tem certeza?

Tenho.

Gopal Sinha.

Subhash engoliu em seco e olhou de relance para Gauri. Ela

estava mentindo. Até ele se lembrava de Sinha, o estudante de medicina, na reunião a que comparecera. Certamente Udayan o teria mencionado a Gauri.

Ou não? Talvez, para protegê-la, também tivesse sido desonesto com ela. Subhash não tinha como saber. Mesmo tendo descrito os últimos dias e momentos de Udayan com tanta vividez, alguns detalhes continuavam vagos.

O investigador tomou mais algumas notas, então enxugou o rosto com um lenço. Posso lhe pedir um pouco de água?

Subhash o serviu, pegando água da bilha no canto do quarto, estendendo a ele o copo de aço inoxidável que ficava ao lado, virado de borco. Observou enquanto o investigador esvaziava o copo e o colocava na mesa de Gauri.

Voltaremos se tivermos mais perguntas, disse o investigador.

Os policiais apagaram os cigarros com a ponta da bota e o grupo se encaminhou para a escada. Subhash seguiu atrás, acompanhando-os à saída da casa, trancando o portão.

Quando você volta para os Estados Unidos?, perguntou o investigador.

Daqui a algumas semanas.

Qual é sua área?

Química dos oceanos.

Você não se parece em nada com seu irmão, comentou e se virou para ir embora.

Ela esperava por ele no terraço, sentada em uma das cadeiras dobráveis.

Você está bem?, ele perguntou.

Estou.

Quanto tempo até voltarem?

Não vão voltar.

Como você sabe?

Ela ergueu a cabeça e depois os olhos. Porque não tenho mais nada a dizer para eles, respondeu.

Tem certeza?

Ela continuou olhando para ele, com expressão neutra, serena. Queria acreditar nela. Mas, mesmo que ela tivesse mais alguma coisa a dizer, ele entendeu que não havia mais nada que quisesse falar.

Você não está segura aqui, disse ele. Mesmo que a polícia te deixe em paz, meus pais não deixarão.

Como assim?

Depois de uma pausa, ele contou o que sabia.

Eles te querem fora daqui, Gauri. Não querem cuidar de você. Querem o neto para eles.

Depois que ela absorveu isso, ele disse as únicas coisas em que pôde pensar, os fatos mais óbvios: que nos Estados Unidos ninguém sabia do movimento, ninguém iria incomodá-la. Poderia continuar os estudos. Seria uma oportunidade para recomeçar.

Como ela não disse nada para interrompê-lo, ele prosseguiu, explicando que a criança precisava de um pai. Nos Estados Unidos, ela poderia crescer sem o peso do que acontecera.

Disse-lhe que sabia que ela ainda amava Udayan. Disse-lhe para não pensar no que os outros podiam dizer, na reação que seus pais teriam. Se ela fosse com ele para os Estados Unidos, garantiu-lhe, tudo isso perderia qualquer importância.

Ela tinha reconhecido a maioria das pessoas das fotos. Eram camaradas de Udayan, gente do bairro que pertencia ao partido. Lembrava-se de alguns deles de uma reunião a que tinha comparecido, antes de ficar perigoso demais. Reconheceu Chandra, uma mulher que trabalhava na alfaiataria, e também o homem da papelaria. Fingira que não.

Entre os nomes que o investigador citara, havia apenas um que Udayan nunca mencionou. Apenas um, realmente, que ela não conhecia. Nirmal Dey. Mesmo assim, algo lhe dizia que não ignorava esse homem.

Você não precisa fazer isso, disse ela a Subhash na manhã seguinte.

Não é só por você.

Ele não iria querer.

Entendo.

Não estou falando de nos casarmos.

Do quê, então?

No fim ele não queria uma família. Me falou na véspera de morrer. Mas...

Ela se interrompeu.

O quê?

Uma vez ele me disse que, como tinha se casado antes de você, queria que você fosse o primeiro a ter um filho.

IV

1.

Ele estava lá, esperando por ela atrás do cordão de desembarque no aeroporto. Seu cunhado, seu marido. O segundo homem com quem se casara em dois anos.

A mesma altura, um físico parecido. Parceiros, companheiros, embora ela nunca os tivesse visto juntos. Subhash era uma versão mais tênue. Seu rosto, comparado ao de Udayan, era como a impressão levemente falha do carimbo que o homem da Imigração acabava de bater em seu passaporte, marcando a chegada, carimbando por cima outra vez para reforçar.

Ele estava com calça de veludo cotelê, camisa xadrez, jaqueta de zíper, tênis esportivo. Os olhos que a saudaram eram bondosos, mas fracos; a fraqueza, desconfiava ela, que o levara a se casar com ela e a lhe fazer o favor que havia feito.

Ali estava ele para recebê-la, para acompanhá-la a partir daquele momento. Ele não havia mudado em nada; no fim da viagem, não havia nada para acolhê-la, a não ser a realidade da decisão que havia tomado.

Mas ela viu que ele notava a mudança evidente em seu corpo. Agora no quinto mês de gravidez, o rosto e os quadris mais cheios, a cintura grossa, a presença da criança evidente sob o xale turquesa que ele lhe dera, que usava para se aquecer.

Ela entrou no carro e se sentou ao lado dele, à sua direita, as duas malas com capas de lona no banco de trás. Esperou enquanto ele ligava o motor e deixava esquentar. Ele descascou uma banana e serviu chá de uma garrafa térmica. Ao lhe oferecer, ela pôs os lábios no outro lado do recipiente, engolindo um líquido quente e insosso, como madeira molhada.

Como você está?

Cansada.

De novo a voz, também de Udayan. Quase o mesmo tom e maneira de falar. Esta era a prova mais cabal e surpreendente da irmandade dos dois. Por um instante, ela se permitiu rememorar o aspecto isolado de Udayan, preservado e reproduzido nas cordas vocais de Subhash.

Como vão meus pais?

Como sempre.

Já está quente em Calcutá?

Mais ou menos.

E a situação geral?

Alguns diriam que está melhor. Outros, pior.

Esta era Boston, disse a ela. Rhode Island ficava ao sul. Saíram de um túnel que passava por baixo de um rio, costearam um porto e então a cidade ficou para trás. Ele dirigia mais rápido do que ela estava acostumada, mais constante do que os carros conseguiam andar nas ruas de Calcutá. O movimento contínuo lhe causava enjoos. Ela preferia estar no avião, acima da terra, a ilusão de estar imóvel.

A estrada era ladeada por árvores de tronco cinza e branco que pareciam incapazes de dar folhas ou frutos. Os ramos eram numerosos, mas finos, formando redes densas pelas quais podia enxergar. Algumas árvores ainda tinham algumas folhas. Ela se perguntou por que não haviam caído como as outras.

Entre as árvores, havia marcas esparsas de neve. Sempre lembraria o asfalto liso das estradas, os carros de formato quadrado e plano. E todo o espaço entre e ao redor das coisas — os carros andando nas duas mãos, as construções escassas. As árvores estéreis, mas de crescimento denso.

Ele a olhou de relance. É o que você esperava?

Não sabia o que esperar.

A criança estava de novo se mexendo e se movendo. Não tinha consciência do novo ambiente nem da distância assombrosa que percorrera. Seu mundo continuava a ser o corpo de Gauri. Ela se perguntou se o novo ambiente afetaria o bebê de alguma maneira. Se podia sentir o frio.

Era como se ela contivesse um fantasma, como era Udayan. O bebê era uma versão dele, tanto na presença quanto na ausência. Os dois dentro dela, e distantes. Via-o com uma espécie de incredulidade, assim como ainda não acreditava de fato que Udayan se fora, não só de Calcutá, mas de todos os outros lugares da terra que ela acabava de sobrevoar.

Quando o avião aterrissou em Boston, teve um medo súbito de que a criança se dissolvesse e a abandonasse. Teve medo de que percebesse, de alguma maneira, que era o pai errado que estava ali à espera para recebê-las. Que protestasse e parasse de se formar.

Depois de entrar em Rhode Island, imaginou que veria o oceano, mas a autopista simplesmente continuou. Aproximaram-se de uma cidadezinha chamada Providence. Viu a ladeira das ruas, a proximidade entre as casas, os telhados pontiagudos, uma cúpula branca enfeitada.

Era meio-dia, o sol a pino. Um céu azul brilhante, nuvens transparentes. Uma hora do dia a que faltava mistério, apenas uma afirmação do próprio dia. Como se o céu não fosse escurecer, o dia não fosse terminar.

Durante o voo, o tempo não fazia diferença, mas era também a única coisa que importava; era o tempo, não o espaço, que ela sentia percorrer. Sentara-se entre muitos passageiros, ali presos aguardando a chegada. Que, em sua maioria e como Gauri, seriam libertados numa atmosfera que não era a deles.

Subhash deixou o rádio ligado durante alguns minutos, ouvindo o noticiário local, a previsão do tempo. Ela recebera sua educação em inglês, estudara na Presidency, mas mesmo assim não conseguia entender quase nada do que dizia o locutor.

Por fim, viu cavalos pastando, vacas imóveis. Casas com as vidraças fechadas para não deixar o frio entrar. Muros baixos que dava para passar por cima, formando as divisas, feitos de pedras grandes e pequenas.

Chegaram a um semáforo suspenso num fio. Enquanto estavam parados, ele pôs o pisca-pisca para a esquerda. Ela viu uma torre de madeira, erguendo-se como uma escada interna de uma construção inexistente. À distância, por sobre o cimo dos pinheiros, por fim, havia uma linha fina e escura. O mar.

Meu campus fica para lá, disse ele.

Ela olhou a estrada cinza plana, com duas faixas contínuas no meio. Era ali que ela deixaria as coisas para trás. Ali nasceria o bebê, na ignorância e em segurança.

Ela achava que Subhash ia virar à esquerda, onde disse que ficava o campus. Mas, quando o sinal abriu e ele engatou a primeira, viraram à direita.

O apartamento ficava no térreo, dando para a frente: um pequeno gramado, uma trilha de entrada, uma faixa de asfalto. Do outro lado do asfalto, havia uma fila de prédios iguais, baixos, compridos, com fachada de tijolos à vista. Ambos pareciam dispostos como quartéis. No final da rua ficava a área onde Subhash estacionava o carro e deixava o lixo. Havia uma construção menor no terreno, que era a lavanderia.

As portas principais ficavam quase sempre abertas, presas com pedras grandes. As fechaduras nas portas dos apartamentos eram frágeis, botõezinhos nas maçanetas em vez de travas e cadeados. Mas ela estava num lugar onde ninguém tinha medo de sair, onde estudantes bêbados desciam a colina entre risadas e tropeções, voltando ao dormitório a qualquer hora da noite. No alto da colina ficava a delegacia do campus. Mas não havia toque de recolher nem bloqueios. Os estudantes iam e vinham, e faziam o que queriam.

Os vizinhos eram outros casais da pós-graduação, algumas famílias com filhos pequenos. Não deram sinal de notá-la. Ela ouviu apenas uma porta que se fechava, o toque abafado de um telefone, passos subindo as escadas.

Subhash lhe deu o quarto e disse que dormiria no sofá, que se desdobrava e virava uma cama. Pela porta fechada, ela ouvia sua rotina matinal. Os bips do despertador, o exaustor no banheiro. Quando o exaustor estava desligado, ela ouvia a água correndo suavemente, a lâmina da navalha no rosto dele.

Ninguém vinha preparar o chá, arrumar as camas, varrer ou tirar o pó dos cômodos. No fogão, ele preparava o café da manhã numa resistência que se avermelhava ao toque de um botão. Aveia em flocos e leite quente.

Quando terminava, ela ouvia a colher raspando metodicamente o fundo da panela, e então a água com que ele prontamente enxaguava para ficar mais fácil de lavar. O tinido da colher na tigela e ao mesmo tempo, numa panela separada, o chacoalhar do ovo que punha para ferver e levava para comer na hora do almoço.

Ela se sentia agradecida pela independência dele e, ao mesmo tempo, ficava perplexa. Udayan queria uma revolução, mas em casa esperava que o servissem; sua única contribuição para as refeições era sentar e aguardar que Gauri ou a mãe pusesse um prato diante dele.

Subhash também se sentia reconhecido pela independência dela. Deixava-lhe alguns dólares, o número do telefone de seu departamento anotado numa papeleta. Uma chave para a caixa de correio e uma segunda chave da porta. Alguns minutos depois, vinha o som que ela esperava antes de se levantar: a corrente do lado de dentro do apartamento, como um pedacinho feio de um colar quebrado, deslizando para abrir, e então a porta se fechando com firmeza.

Em certo sentido, tinha sido outro acordo, ainda mais bombástico, algo que talvez Udayan pudesse admirar. Quando fugiu com Udayan, ela se sentira audaciosa. Ao concordar em se casar com Subhash, ir para os Estados Unidos com ele, decisão refletida e ao mesmo tempo impulsiva, sentiu-se ainda mais radical.

No entanto, depois que Udayan se foi, qualquer coisa parecia possível. Os ligamentos que davam unidade à sua vida não existiam mais. A ausência deles permitiu que se casasse com Subhash, por mais prematuro, por mais desesperado que fosse. Ela queria sair de Tollygunge. Esquecer tudo o que tinha sido sua vida. E ele lhe oferecera a possibilidade. No fundo da mente, ela se dizia que algum dia poderia vir a amá-lo, quando menos por gratidão.

Os sogros acusaram Gauri, como sabia que fariam, de desgraçar a família. A sogra vociferou, dizendo que nunca fora digna de Udayan. Que talvez ele ainda estivesse vivo, se se tivesse casado com outro tipo de moça.

Também tinham acusado Subhash de tomar indevidamente o lugar de Udayan. Mas no final, depois de criticá-los, os sogros não tinham proibido. Não disseram não. Talvez lhes agradasse, como agradava a Gauri, o fato de não precisarem mais ser responsáveis por ela, de poderem se libertar mutuamente. E assim, embora em certo sentido tivesse se incrustado ainda mais dentro da família, em outro sentido ela obtivera a libertação.

Foi de novo um casamento no cartório, de novo no inverno. Manash compareceu. Seus sogros e o resto de sua família se negaram a ir. O partido também foi contrário. Tal como os sogros, os militantes esperavam que ela honrasse a memória, o martírio de Udayan. Sem saberem que estava gestando o filho de Udayan, Gauri não querendo que ninguém soubesse, tinham cortado os laços com ela. Consideraram o segundo casamento impuro.

Ela se casou com Subhash como forma de se manter ligada a Udayan. Mas, mesmo na ocasião, ela sabia que era inútil, assim como era inútil guardar um brinco quando se perdia o outro brinco que formava o par.

Usou um sári comum de seda estampada, tendo apenas o relógio de pulso e uma corrente simples. Ela mesma fez o penteado. Era a primeira vez que saía do bairro, a primeira vez desde que fora com a sogra às compras, que se sentia rodeada, revigorada pela energia da cidade.

Na segunda vez, não houve nenhum almoço depois. Nenhuma colcha de algodão como aquela sob a qual Udayan e ela tinham se deitado pela primeira vez como marido e mulher, na casa em Chetla, o frio da noite levando a se estreitarem entre si, o recato que refreara seu desejo cedendo rapidamente.

Depois do registro no cartório, Subhash a levou para tirar o passaporte e, depois, ao consulado americano para o visto.

O encarregado que recebeu a solicitação deu os parabéns, imaginando que estavam felizes.

Quando menino, eu passava o verão em Rhode Island, disse ele, depois de saber onde Subhash morava. Seu avô tinha sido professor de literatura na Universidade Brown, que também ficava em Rhode Island. Conversou com Subhash sobre as praias.

Você vai gostar muito de lá, disse a Gauri. Tentaria acelerar o pedido de Gauri. Desejou tudo de bom aos dois.

Poucos dias depois, Subhash partiu. Estava novamente sozinha com os sogros. Novamente moravam com ela sem lhe dirigir a palavra, já agindo como se ela não estivesse ali.

No dia da partida, ao anoitecer, Manash foi acompanhá-la ao aeroporto. Ela se curvou diante dos sogros e tirou o pó de seus sapatos. Estavam esperando que fosse embora. Saiu pelas portas de vaivém do pátio, passou pela valeta a céu aberto, entrou num táxi que Manash chamara na esquina.

Deixou Tollygunge, onde nunca se sentira bem recebida, para onde fora apenas por causa de Udayan. Os móveis, o conjunto de dormitório em teca, ficariam sem uso no pequeno quarto quadrado tão insolado de manhã, o quarto onde haviam involuntariamente gerado o filho.

Sua última vista de Calcutá foi a cidade tarde da noite. Passaram depressa pelo campus escuro onde ela estudara, as bancas de livros fechadas, as famílias que dormiam agasalhadas nas ruas naquelas horas. Deixou para trás o cruzamento deserto sob o apartamento de seus avós.

Enquanto se aproximavam do aeroporto, o nevoeiro começou a se adensar na VIP Road, tornando-se impenetrável. O motorista diminuiu a marcha e então parou, incapaz de prosseguir. Pareciam envoltos no fumo denso de um incêndio, mas sem calor, apenas o vapor condensado que os cercava.

Isso era a morte, pensou Gauri; esse vapor, imaterial, mas inflexível, obrigando tudo a parar. Tinha certeza de que era isso o que Udayan via e sentia agora.

Começou a entrar em pânico, pensando que nunca sairia. Avançavam centímetro a centímetro, o motorista com a mão na buzina para evitar uma batida, até que finalmente as luzes do aeroporto se fizeram visíveis. Ela abraçou e beijou Manash, dizendo que sentiria saudades dele, só dele, juntou suas coisas, apresentou seus documentos e embarcou no avião.

Nenhum policial ou soldado a deteve. Ninguém lhe perguntou sobre Udayan. Ninguém a incomodou por ter sido sua esposa. O nevoeiro se dissipou, o avião recebeu liberação para decolar. Ninguém a impediu de se erguer acima da cidade, num céu negro sem estrelas.

O calendário na parede da cozinha tinha a foto de uma ilha rochosa, com lugar para um farol e mais nada. Ela viu algo que se chamava Saint Patrick's Day. O dia 20 de março, data em que Udayan teria feito vinte e sete anos, era o início oficial da primavera.

Mas de manhã ainda fazia um frio rigoroso em Rhode Island, as vidraças parecendo placas de gelo quando tocava nelas, esbranquiçadas de geada.

Num sábado, Subhash a levou para fazer compras. Havia música tocando numa loja grande e muito iluminada. Ninguém se ofereceu para ajudá-los, ninguém parecia se importar se gastavam ou não. Ele lhe comprou um casaco, um par de botas. Meias grossas, cachecol de lã, gorro e luvas.

Mas essas coisas não foram usadas. Tirando aquele único dia em que foi à loja de departamento, ela não se arriscava a sair. Ficava dentro de casa, descansando, lendo o jornal do campus que Subhash trazia diariamente, às vezes ligando a televisão para assistir a seus programas insípidos. Moças entrevistando solteiros que queriam namorar. Marido e mulher fingindo brigar e depois cantando músicas românticas.

Ele sugeria coisas que podia fazer ali por perto: um filme no cinema do campus, uma palestra de um antropólogo famoso, uma feira internacional de artes e ofícios no centro acadêmico. Citou os melhores jornais que podia ler na biblioteca, os vários itens à venda na livraria. O número de indianos no campus aumentara um pouco desde sua primeira chegada. Algumas mulheres, esposas de outros estudantes, com quem podia fazer amizade. Quando se sentir pronta para isso, ele dizia.

Ao contrário de Udayan, as chegadas e saídas de Subhash eram previsíveis. Chegava todos os dias na mesma hora, ao final da tarde. Nas vezes em que ela ligava para o laboratório, para dizer que o leite ou o pão tinha acabado, era ele que atendia o telefone. Ele aprendera a preparar o jantar, e assim ela não interferia. De manhã, tirava os ingredientes do congelador, pacotes que descongelavam devagar e revelavam seu conteúdo no decorrer do dia.

Enquanto a comida era preparada, os cheiros não a incomodavam mais como em Calcutá, mas ela dizia que sim, pois era uma desculpa para ficar no quarto. Pois, embora esperasse o dia inteiro pela volta de Subhash, sentindo-se pouco à vontade quando ele não estava, quando chegava, ela o evitava. Com medo, agora que estavam casados, de vir a conhecê-lo, de que suas vidas se aproximassem, se juntassem.

Por fim ele batia à porta, dizendo seu nome para chamá-la à mesa. Estava tudo pronto: dois pratos, dois copos de água, duas porções de arroz macio acompanhado pelo que ele tivesse feito.

Enquanto comiam, assistiam ao jornal noturno de Walter Cronkite. Eram sempre notícias dos Estados Unidos, das preocupações e atividades dos Estados Unidos. As bombas que estavam soltando sobre Hanói, a nave que iam lançar no espaço. Campanhas para a eleição presidencial daquele ano.

Ela aprendeu os nomes dos candidatos: Muskie, McCloskey, McGovern. Os dois partidos, o Democrata e o Republicano. Havia o noticiário sobre Richard Nixon, que fora em visita à China no mês anterior, trocando um aperto de mãos com Mao para que o mundo inteiro visse. Nada sobre Calcutá. Aqui não se noticiava o que consumira a cidade, o que estraçalhara e alterara o curso de sua vida.

Uma manhã, pousando o livro que lia e virando a cabeça para a janela, ela viu o céu, cinzento e opaco. Chovia. A chuva caía monótona e constante. Ela passava o dia inteiro dentro de casa, mas era a primeira vez que se sentia confinada.

À tarde, depois de parar a chuva, vestiu o casaco de frio por cima do sári, calçou as botas, pôs gorro e luvas. Percorreu a calçada molhada, subindo a ladeira, virando na altura do centro acadêmico. Viu o movimento dos estudantes entrando e saindo, homens de jeans e jaqueta, mulheres de calças escuras justas e casacos curtos de lã, fumando, conversando.

Ela atravessou a área verde do campus, passando pelos postes de luz com suas lâmpadas brancas arredondadas em hastes de ferro. Não estava tão frio quanto esperava, sem necessidade de gorro e luvas, o ar fresco depois da chuva.

No outro lado do campus, ela entrou numa pequena mercearia ao lado da agência de correio. Entre os pacotes de manteiga e as caixas de ovos, encontrou algo chamado *cream cheese*, que vinha embalado num papel prateado, parecendo um sabonete. Comprou, achando que talvez fosse chocolate, dando a nota de cinco dólares que Subhash lhe deixava todos os dias, enchendo com o troco o bolso fundo do casaco.

Dentro da embalagem estava algo denso, frio, levemente ácido. Quebrou em pedacinhos e comeu puro, de pé no estacionamento da mercearia. Ignorando que se comia espalhado num biscoito ou numa fatia de pão, saboreando a textura e o gosto inesperado, lambendo o papel.

Começou a explorar outras partes do campus, passeando pelos vários edifícios dos departamentos reunidos em volta da praça central: as faculdades de farmácia, de línguas estrangeiras, de ciência política e história. Os prédios tinham nomes: Washburn, Roosevelt, Edwards. Qualquer um podia entrar.

Viu as salas de aulas e as salas dos professores ao longo dos corredores. Quadros de avisos anunciando palestras e conferências, mostruários com livros publicados por docentes da universidade. Não havia nenhum guarda a impedi-la, a interrogá-la. Nenhum soldado armado sentado num saco de areia, como houve por meses na frente do edifício central da Presidency.

No dia em que Robert McNamara fora visitar Calcutá, um ano depois da revolta de Naxalbari, manifestantes comunistas no aeroporto o obrigaram a ir de helicóptero até o centro da cidade. Não deixavam o carro passar. Naquele dia ela estava no campus. Quando o helicóptero sobrevoava a College Street, alguns estudantes haviam atirado pedras do alto de um dos prédios do campus. Tinham trancado o vice-reitor da Universidade de Calcutá em seu gabinete. Ela viu incendiarem bondes.

Um dia, encontrou o departamento de filosofia. Deparou-se com uma ampla sala de aulas, com os assentos em filas descendentes. As portas ainda estavam abertas, enquanto os estudantes continuavam a entrar. Ela se sentou bem no fundo, na fila mais alta, de onde via o topo da cabeça do professor. Perto da porta, caso precisasse sair de fininho. Mas depois da longa caminhada, sentindo o corpo pesado, ficou contente em poder se sentar.

Espiando o programa do estudante ao lado, viu que era um curso de graduação, uma introdução à filosofia ocidental da antiguidade. Heráclito, Parmênides, Platão, Aristóteles. Embora conhecesse a maior parte do assunto, ela acompanhou a aula inteira. Ouviu uma apresentação da doutrina da reminiscência de Platão, segundo a qual o aprendizado era uma redescoberta, o conhecimento uma forma de lembrança.

O professor usava roupas informais, jeans e suéter. Fumava enquanto falava. Tinha um grande bigode castanho, cabelo comprido como muitos dos rapazes na sala. Não se incomodou em fazer a chamada.

Os estudantes ao redor também fumavam ou tricotavam. Alguns estavam de olhos fechados. Havia um casal no fundo, de pernas encostadas, o rapaz abraçando a cintura da moça, afagando seu suéter. Mas Gauri se viu prestando atenção. A certa altura, querendo anotar, procurou papel e caneta dentro da bolsa. Não encontrando papel, fez suas anotações nas margens do jornal do campus que tinha consigo. Mais tarde, num bloco que encontrou no apartamento, transcreveu o que anotara.

Sub-repticiamente, ela começou a assistir às aulas duas vezes por semana. Anotava os títulos dos textos da bibliografia do curso e ia à biblioteca, pegando emprestado o cartão de Subhash para consultar alguns livros.

Queria continuar anônima, passar despercebida. Mas um dia, quando ouvia atenta a aula, ergueu a mão de repente. O professor estava falando sobre as regras de lógica formal de Aristóteles, sobre os silogismos utilizados para diferenciar afirmações válidas e inválidas.

E o raciocínio dialético? Que reconhecia a mudança e a contradição, em oposição a uma realidade dada? Aristóteles admitia?

Admitia. Mas ninguém prestou muita atenção a esses conceitos antes de Hegel, disse o professor.

Ele respondeu como se Gauri fosse uma aluna legítima do curso. E alterou espontaneamente o rumo da aula, explorando a questão que ela levantara, encaixando o aspecto que apontara.

Ela montou uma pequena rotina, seguindo a onda dos estudantes saindo ao final da aula, para comer na cantina do centro acadêmico, pedindo batatas fritas, pão com manteiga e chá, às vezes permitindo-se uma taça de sorvete.

Num dos lados da cantina, dominando o espaço, havia um relógio imenso embutido na parede de tijolo. Sem números, sem ponteiro dos segundos, apenas peças de metal sobrepostas na superfície, os ponteiros enormes das horas e dos minutos se juntando e se separando ao longo do dia.

Ela se mantinha reservada. Era esposa de Subhash, não de Udayan. Mesmo em Rhode Island, mesmo no campus onde ninguém a conhecia, estava preparada caso alguém viesse questioná-la, condená-la pelo que tinha feito.

Mesmo assim, gostava de passar o tempo com pessoas que a ignoravam, mas estavam a seu redor. Que iam ao terraço para esticar as pernas, conversar, fumar ao sol, ou que se reuniam nas salas de jogos e de descanso, vendo televisão ou jogando sinuca. Era quase como estar de novo numa cidade.

A área de descanso no banheiro feminino era um oásis: um enorme espaço privado acarpetado de branco, com colunas de espelhos e sofás para sentar ou até deitar, com cinzeiros de pé entre eles. Era como uma sala de espera numa estação de trem ou a recepção de um hotel, maior e mais confortável do que o apartamento onde morava com Subhash. Ali ia se sentar às vezes, descansando, folheando o jornal do campus, observando as americanas que vinham retocar o batom ou passar uma escova no cabelo.

Às vezes o jornal saía em edições especiais, dedicando-se a temas como o que significava ser negro, mulher ou homossexual nos Estados Unidos. Artigos extensos abordavam formas de exploração, identidades individuais. Ela se perguntava se Udayan não zombaria deles por serem indulgentes consigo mesmos. Por se interessarem menos em mudar a vida dos outros e mais em afirmar e melhorar a própria vida.

Para quando é o bebê?, perguntou-lhe um dia uma estudante sentada a seu lado, fumando na área de descanso.

Para logo, daqui a alguns meses.

Você está na minha turma de filosofia antiga, não é?

Ela assentiu.

Eu devia largar. É demais para mim.

A moça parecia tão à vontade, com longos brincos de prata, uma blusa de gaze, uma saia pelos joelhos. Não tinha no corpo, a estorvá-lo, os metros de seda que Gauri, todos os dias de manhã, enrolava, dobrava e prendia formando sua roupa. Eram os sáris que ela usava desde que deixara de usar túnica, aos quinze anos. Que usara quando estava casada com Udayan e continuava a usar agora.

Gosto da sua roupa, disse a moça, levantando para sair.

Obrigada.

Mas, olhando a moça se afastar, Gauri se sentiu desajeitada. Começou a ter vontade de parecer com as outras mulheres que via no campus, com uma mulher que Udayan nunca vira.

Chegou o mês de abril, os estudantes acolhendo o sol, reunindo-se na área verde do campus e no patamar de entrada do centro acadêmico, flores brancas cobrindo as árvores. Nas sextas à tarde, ela via os estudantes em fila na frente do centro acadêmico, com maletas ou mochilas, sacos de roupa suja. Entravam em enormes ônibus prateados que partiam para o final de semana. Iam para Boston, Hartford, Nova York. Ela imaginou que iam para casa ver os pais ou visitar namorados e namoradas, e ficavam fora até domingo à noite.

Embora não tivesse ninguém para se despedir, ela gostava de observar esse ritual de saída, olhando o motorista que guardava os volumes dos passageiros no bagageiro do ônibus, olhando os estudantes tomarem seus assentos. Perguntava-se como seriam os lugares para onde iam.

Vai subir?, um deles perguntou um dia, oferecendo-se para ajudá-la.

Ela abanou a cabeça, afastando-se da multidão.

O posto de saúde da universidade a encaminhou a um obstetra na cidade. Subhash a levou até lá, aguardando na sala de espera enquanto um homem de cabelo prateado chamado dr. Flynn a examinava. Tinha uma pele rosada, parecendo macia apesar da idade. Enquanto uma enfermeira se colocava no canto do consultório, ele examinou delicadamente seu interior.

Como se sente?

Bem.

Dorme à noite?

Sim.

Come por dois? Sente pontapés durante o dia?

Ela assentiu.

É só o começo do trabalho que darão, disse ele sorrindo, dizendo para voltar dali a um mês.

O que ele disse?, perguntou Subhash quando a consulta terminou e estavam de volta ao carro.

Ela repetiu o que dr. Flynn havia dito, que agora o bebê estava com trinta centímetros e pesava cerca de um quilo. As mãos tinham atividade, os olhos reagiam à luz. Os órgãos continuariam a se desenvolver: o cérebro, o coração, os pulmões, preparando-se para a vida fora do ventre.

Subhash dirigiu até o supermercado, dizendo que precisavam de algumas coisas. Perguntou se viria junto, mas ela disse que esperaria no carro. Ele deixou a chave na ignição, para que pudesse ouvir o rádio. Ela abriu o porta-luvas, curiosa em saber o que havia dentro.

Encontrou um mapa da Nova Inglaterra, uma lanterna, um raspador de gelo, um manual de instruções do carro. Então algo lhe prendeu a atenção. Era um elástico de cabelo de mulher, um anel flexível vermelho salpicado de dourado. Um elástico que não reconheceu como seu.

Entendeu que houvera alguém antes dela, uma americana. Uma mulher que ocupara o banco onde estava sentada agora.

Talvez não tivesse dado certo por alguma razão qualquer. Ou talvez Subhash continuasse a vê-la, a obter dela o que Gauri não lhe dava.

Deixou o elástico onde o encontrara. Não sentiu nenhum ímpeto de perguntar a ele.

Ficou aliviada por não ser a única mulher em sua vida. Por ser, ela também, uma substituição. Embora curiosa, não sentiu ciúmes. Pelo contrário, sentiu-se grata que ele fosse capaz de ocultar alguma coisa.

Isso validava o passo que ela havia dado ao se casar com ele. Era como uma nota alta depois de um exame difícil. Justificava a distância que continuava a manter em relação ao novo marido. Sugeria que, afinal, talvez não tivesse de amá-lo.

* * *

Num final de semana, ele a levou ao oceano, para lhe mostrar o que dera o eixo para sua vida aqui. Areia cinzenta, mais fina do que açúcar. Quando se curvou para tocá-la, a areia lhe escorreu imediatamente dos dedos. Parecia água, banhando áspera sua pele. Nas dunas cresciam alguns capins esparsos. Aves cinzentas e brancas andavam ao longo da praia rígidas como velhos ou saltitavam bamboleantes dentro do mar.

As ondas eram baixas, a água avermelhada onde se quebravam. Ela tirou os sapatos, como Subhash, andando em pedras duras e pisando em algas. Ele falou que a maré estava subindo. Apontou as pedras que se sobressaíam, as quais estariam submersas dali a uma hora.

Vamos andar um pouco, sugeriu ele.

Mas o vento se levantou soprando contra os dois, e ela parou depois de alguns passos, sentindo peso demais, frio demais para continuar.

Havia crianças espalhadas pela praia, embrulhadas em capotes, escalando as pedras, correndo na areia. Ainda fazia frio demais para nadar, mas elas cavavam trincheiras e crateras, deitadas de bruços, as pernas estendidas. Enfeitavam montes de lama com seixos. Ao olhá-las, ela se perguntava se o filho brincaria assim, faria essas coisas.

Já pensou em algum nome?, ele perguntou. Era como se lesse seus pensamentos.

Ela abanou a cabeça.

Gosta de Bela?

Ela se sentiu aborrecida não por causa do nome, mas pelo fato de sugerir. Mas era verdade, não tinha pensado em nenhum.

Pode ser, respondeu.

Não me ocorre nenhum nome de menino.

Não creio que seja menino.

Por que não?

Não consigo imaginar.

Isso ajuda, Gauri?

O quê?

Estar aqui. Tudo isso.

No começo ela não respondeu. Depois disse: Ajuda, estar longe ajuda.

Era seu irmão que devia estar aqui, acrescentou. Essa criança devia ser responsabilidade dele, quisesse ou não.

Vou adotar, Gauri. Já te prometi.

Ela era incapaz de expressar sua gratidão pelo que ele havia feito. Era incapaz de expor como ele era uma pessoa melhor do que Udayan em vários aspectos. Era incapaz de lhe dizer que ele a protegia, por razões que o levariam a olhá-la de outra maneira.

Ela se virou para olhar as pegadas que haviam deixado na areia úmida. Ao contrário das pegadas de Udayan na infância, que permaneciam no pátio em Tollygunge, as deles já estavam desaparecendo, lavadas pela maré que avançava.

2.

Ele começara o novo semestre com duas semanas de atraso, pondo-se em dia com as aulas, mudando para um apartamento mobiliado reservado para os estudantes casados e suas famílias. Comprara lençóis para o colchão de casal e, ligando para pessoas que anunciavam objetos à venda nos quadros de avisos, montara um lar para Gauri. Comprou mais alguns pratos e panelas, um vaso de árvore da amizade, uma televisão em branco e preto numa mesinha de rodas meio bamba.

A única coisa que ele via do corpo de Gauri eram rápidos relances quando ela saía do banheiro após a ducha. Depois de Richard, ele se acostumara a dividir o espaço com outra pessoa sem maiores problemas. Ao anoitecer ele pegava nas gavetas do quarto as roupas que ia usar no dia seguinte, para não precisar incomodá-la de manhã cedo.

De noite, às vezes ele ouvia a porta do quarto se abrindo. Ela ia ao banheiro, pegava um copo de água. Ele se mantinha imóvel enquanto o fluxo de urina corria. À luz do amanhecer, via seu cabelo solto, sem o coque usual, flexível, como uma serpente pendendo do galho de uma árvore. Ela atravessava a sala como se estivesse vazia, como se ele não estivesse ali.

Ele acreditava que as coisas mudariam depois do nascimento do bebê. Que a criança os aproximaria, primeiro como pais, depois como marido e mulher.

Uma vez, no meio da noite, ele ouviu que ela se debatia num pesadelo. Seu gemido animal o surpreendeu; era o som de um grito abafado entre os maxilares cerrados, a boca fechada. Uma fúria enunciada, mas sem palavras. Ele ficou deitado no sofá, ouvindo-a sofrer, ouvindo-a reviver a morte do irmão dele, talvez. Esperando o terror passar.

Por acaso encontrou Narasimhan e, visto que Narasimhan perguntou, ele contou as novidades. Que já tinha praticamente acabado o trabalho de curso, que nos próximos meses faria o exame de qualificação. Que o irmão morrera na Índia. Que agora estava casado e a esposa estava grávida. Não mencionou a ligação, não contou que havia se casado com a esposa do irmão.

Ele estava doente?
Ele foi morto.
Como?
Os paramilitares o mataram. Ele era um naxalista.
Meus pêsames. É uma perda terrível. Mas agora você vai ser pai.
É.
Ouça, já faz tempo. Por que você e sua esposa não vêm jantar conosco um dia desses?

Tinha o endereço escrito no verso de um envelope. Ficou um pouco perdido pelas estradas pouco conhecidas. A casa ficava num bosque, descendo por um caminho de terra sombreado, sem um gramado propriamente dito, sem nenhuma outra casa ao alcance da vista.

Havia vários outros casais indianos da universidade, que tinham sido convidados por Narasimhan e Kate. Alguns já tinham filhos, que saíram para brincar com os meninos de Narasimhan, correndo por um passadiço que rodeava dois lados da casa. Subhash e Gauri foram apresentados a outros casais, na maioria estudantes de pós-graduação em engenharia e matemática com suas esposas. Várias mulheres tinham trazido algum prato preparado por elas, *dals*, legumes, *samosas*, acompanhamentos saborosos para a lasanha e a salada que Kate servira.

Os convidados ocupavam uma ampla sala com lambris de madeira, de pé e sentados, conversando, segurando o prato na mão. As prateleiras estavam cheias de livros, do teto pendiam vasos de plantas em fios de sustentação trançados, havia pilhas de discos ao lado da vitrola. Nas janelas não havia cortinas, apenas a vista das árvores lá fora. Nas paredes havia quadros de pinturas abstratas, manchas de cores vivas feitas por Kate.

Ele ficou aliviado em ver Gauri se relacionando com as outras mulheres. Estava com um belo sári. A criança começava a pesar. Ele viu algumas mulheres pondo a mão em sua barriga. Ouviu enquanto falavam de filhos, receitas, de um festival Diwali que organizariam no ano seguinte no campus. Ficou satisfeito em ter vindo com ela e em saber que iria embora com ela. Que eram recebidos e considerados como uma unidade.

Ninguém perguntou se Gauri era sua esposa ou se logo se tornaria pai. O grupo lhes desejou felicidades e saíram com vários objetos que tinham sido usados pelos filhos de Narasimhan e que Kate havia guardado: um cercadinho dobrável, toalhas e cobertores, gorrinhos e pijamas que pareciam de boneca.

No carro, Gauri manteve silêncio enquanto Subhash refazia o caminho de volta. Na vinda, ela viera lendo um de seus livros. Mas, agora que estava escuro, não tinha nada para se distrair.

As mulheres pareciam simpáticas. Quem eram elas?

Não me lembro dos nomes, respondeu Gauri.

O entusiasmo que mostrara na companhia de terceiros desaparecera. Ela parecia cansada, talvez aborrecida. Ele se perguntou se ela teria mesmo se divertido ou se estivera apenas fingindo. Mas persistiu.

Vamos convidar algumas delas para nossa casa, alguma hora?

Você é que sabe.

Podem ajudar, depois que o bebê nascer.

Não preciso do conselho delas.

Eu quis dizer como companhia.

Não quero passar meu tempo com elas.

Por que não, Gauri?

Não tenho nada em comum com elas.

Alguns dias depois, ele chegou ao apartamento e não a viu sentada na sala de estar, como geralmente estava naquele horário, lendo um livro no sofá, fazendo anotações, tomando uma xícara de chá.

Ele bateu à porta do quarto, abrindo-a parcialmente quando não houve resposta. O quarto estava escuro, mas não a viu descansando na cama. Chamou por ela, perguntando-se se teria saído para um passeio, embora já fosse quase a hora do jantar, escurecendo, e ela não tivesse comentado nada quando ele telefonou algumas horas antes, para verificar se estava tudo bem.

Foi até o fogão para esquentar água para o chá. Perguntou-se se teria deixado um bilhete em algum lugar. Por um instante sentiu um leve pânico, perguntando-se se teria acontecido alguma coisa com o bebê. Verificou o banheiro. Voltou ao quarto, desta vez acendendo a luz.

Na penteadeira estava uma tesoura que ele costumava guardar na gaveta da cozinha, junto com mechas de cabelo. Num canto do quarto, todos os seus sáris, saias e blusas, estavam no chão em faixas e retalhos de vários formatos e tamanhos, como se um animal tivesse dilacerado o tecido com suas garras e presas. Ele abriu as gavetas e viu que estavam vazias. Ela tinha destruído tudo.

Alguns minutos depois, ele ouviu o barulho da chave na porta. O cabelo dela agora terminava de repente na altura do queixo, alterando drasticamente seu rosto. Estava de calça comprida e um suéter cinzento. As roupas cobriam o corpo, mas acentuavam o contorno dos seios, o volume firme do ventre. O feitio das coxas. Ele afastou os olhos, embora já tivesse se imprimido na retina a visão dos seios expostos.

Onde você estava?

Peguei um ônibus no centro acadêmico para a cidade. Comprei algumas coisas.

Por que cortou o cabelo?

Me cansei dele.

E as roupas?

Me cansei delas também.

Ele observou enquanto ela entrava no quarto, sem se desculpar pela tremenda bagunça que tinha feito, apenas deixando ali as roupas novas que havia comprado e depois enfiando as coisas velhas em sacos de lixo. Pela primeira vez, ele se zangou com ela. Mas não se atreveu a lhe dizer que havia feito algo devastador ou que considerava indesejável. Que esse comportamento destrutivo não podia ser bom para a criança.

Aquela noite, no sofá, foi a primeira vez que sonhou com Gauri. Estava de cabelo curto. Usava apenas saia e blusa. Estava com ela debaixo da mesa de jantar. Estava por cima dela, nu, fazendo amor como costumava fazer com Holly. Unindo seu corpo ao corpo dela no chão duro de piso cerâmico.

Ele acordou, confuso, ainda excitado. Estava sozinho no sofá da sala, Gauri dormindo no quarto fechado. Eram casados, ela agora era sua esposa, mas mesmo assim ficou com sentimento de culpa.

Sabia que ainda era cedo demais. Que era errado se aproximar dela enquanto o bebê não nascesse. Ele herdara a esposa do irmão; no verão herdaria seu filho. Mas a necessidade física que sentia por ela — despertando do sonho, no apartamento onde viviam juntos e separados, isso ele não podia mais negar que também herdara.

3.

Aproximando-se o verão, ela começou a passar mais tempo na biblioteca, que tinha ar-condicionado. Um lugar onde se esperava que fosse anônima e diligente, concentrando-se nas páginas diante de si, e nada mais.

Ao lado havia uma janela retangular comprida, do chão ao teto, dando para o campus. A luz do sol escoava por sobre as copas das árvores que, em questão de semanas, tinham se feito verdes e viçosas. De sua mesa, ela podia ver os campos e matas ao redor. Agora a praça central estava demarcada por uma longa extensão de corda branca, onde estavam dispondo filas de cadeiras dobráveis brancas para a cerimônia de formatura.

Em junho não havia ninguém. Depois do final das aulas, os estudantes desapareceram e mal se ouvia um som. Somente o toque melódico do relógio do campus em sua torre de pedra, lembrando-lhe que mais uma hora se passara. Na biblioteca, o rangido das rodas de borracha de um carrinho de madeira, parando aqui e ali para que um livro faltante fosse devolvido à sua prateleira.

Muitas vezes, ela tinha um andar inteiro da biblioteca só para ela. A atmosfera, em sua ordem e asseio, parecia a de um hospital, mas benigna. A escadaria subia pelo centro do edifício. Os degraus baixos, revestidos de borracha, fáceis de subir, pareciam separados uns dos outros, subindo até o alto.

Ela se sentava perto da seção de filosofia, percorrendo aleatoriamente a imensidade de livros, lendo Hobbes, Hannah Arendt, tomando notas, sempre devolvendo os volumes ao lugar onde ficavam. Sentia-se embalada pelo zunido quase inaudível das lâmpadas, os painéis fluorescentes por cima dela como versões agigantadas de uma travessa de cubos de gelo no congelador. Cercada da cintura para cima pelos três lados da baia de leitura, de frente para a divisória branca e nua, a madeira dura da cadeira pressionando o cóccix. O bebê aninhado dentro dela, fazendo companhia, mas sem incomodar.

Em julho, bastava sair no curto trajeto de volta para o apartamento e em poucos minutos estava coberta de suor, sentindo a criança descer para o centro do ventre. O ar pesava de umidade, o céu às vezes ameaçando chuva, mas sem chegar a chover. A pura intensidade do calor parecia silenciar outros sons.

Ela crescera num clima assim. Mas aqui, onde poucos meses antes fazia tanto frio que podia enxergar o vapor de sua respiração quando saía à rua, o calor vinha como um choque, como algo quase sobrenatural.

Como o semestre terminara, alguns edifícios do campus, alguns alojamentos estudantis e gabinetes administrativos estavam fechados. Muitas vezes acontecia que ela atravessava o campus inteiro, da biblioteca ao apartamento, sem cruzar com ninguém no caminho. Como se houvesse uma greve ou um toque de recolher. Ouvia o guincho mecânico dos gafanhotos que moravam nas árvores. O zumbido crescente parecia uma sirene intermitente, único elemento perturbador naquele local tranquilo.

As contrações começaram na biblioteca, três dias antes da data prevista pelo dr. Flynn. Uma pressão entre as pernas, a cabeça do bebê como uma bola de chumbo de repente pesando dez vezes mais. Voltou ao apartamento e preparou a sacola. Então esperou Subhash, sabendo que logo chegaria em casa.

Dobrava-se em dois com as contrações, agarrando a vareta de toalhas no banheiro a tal ponto que ameaçava soltá-la da parede. Quando ele chegou, pôs o braço em torno dela, escoltando-a até o carro, detendo-se a seu lado quando ela era obrigada a parar por causa de alguma contração, deixando que lhe apertasse a cintura com força.

Agarrando o painel como se fosse arrancá-lo; foi apenas assim que conseguiu aguentar o percurso até o hospital, o corpo ameaçando se dividir em dois a menos que ficasse naquela posição.

Então o céu despejou uma chuva de verão, quente e torrencial. Isso obrigou Subhash a reduzir a velocidade, sem conseguir enxergar mais do que um metro à sua frente, apesar dos limpadores do para-brisas se movendo sem parar. Ela imaginou o carro perdendo a direção, derrapando e entrando na pista dos carros que vinham em mão contrária.

Lembrou a cerração a caminho do aeroporto, na noite em que saiu de Calcutá. Naquela noite, estava desesperada em avançar, em sair do nevoeiro. Agora, apesar da dor, apesar da urgência, uma parte de si queria que o carro parasse. Uma parte de si queria que a gravidez continuasse, que a dor passasse, mas que o bebê não nascesse. Que atrasasse, pelo menos um pouco, sua chegada.

Mas Subhash se inclinou sobre a direção e continuou, os pneus do carro levantando e espirrando muita água, até que o pequeno hospital de tijolo à vista, no alto de uma colina, surgiu dentro do campo de visão.

Era uma menina, como ela tinha certeza. Ficou aliviada que suas esperanças se tivessem concretizado e não lhe tivesse voltado uma nova versão de Udayan. E em certo sentido era melhor dar à criança o nome que fora sugerido por Subhash, conceder-lhe esse direito.

    Enquanto fazia força, cerrou os dentes, teve espasmos, mas não gritou. Eram oito horas, ainda com luz lá fora, e não chovia mais. O cordão umbilical foi cortado e de repente a criança deixou de fazer parte de Gauri. Outros estavam enfaixando, limpando, pesando, aquecendo o bebê. Um pouco depois, quando chamaram Subhash na sala de espera, puseram-lhe Bela nos braços.

Sonhou com gaivotas na praia em Rhode Island, gritando e se atacando mutuamente, sangue e penas, asas destroçadas na areia. Havia de novo, desde a morte de Udayan, uma aguda noção do tempo, do futuro se avizinhando, se acelerando. A vida do bebê, tão incipiente, já se distanciando e indo mais rápido do que a dela. Esta era a lógica da maternidade.

    Depois de levá-la para casa, cuidaram dela, cada qual à sua maneira. No começo, uma parte de Gauri resistia em dividir Bela com Subhash, em incluí-lo na vivência que tinha sido exclusivamente sua. Uma coisa era ser seu marido, outra coisa era ser pai de Bela. Ter seu nome na certidão de nascimento, falsidade que ninguém questionou.

    Apenas procurando o leite da mãe, Bela descansava, aninhada aos seios de Gauri. Sua cabecinha de recém-nascida não continha nada. O coração era somente um instrumento para bombear o sangue.

    Exigia pouco, e mesmo assim exigia tudo. A consciência de sua presença consumia tudo. Absorvia todas as partículas, todos os nervos do corpo de Gauri. Mas a enfermeira no hospital tinha razão, ela não podia fazer tudo sozinha, e a cada vez que Subhash assumia o encargo, para que ela pudesse tirar um descanso, tomar um banho ou beber uma xícara de chá antes que esfriasse, a cada vez que ele erguia Bela quando chorava, para que Gauri não precisasse pegá-la, não podia negar o alívio que sentia por poder se afastar, por pouco que fosse.

Entre dois travesseiros, um de cada lado, Bela dormia. Quando acordava, virava o pescoço devagar e os olhos enevoados inspecionavam atentamente os cantos do quarto, como se já soubesse que faltava alguma coisa.

Quando dormia, respirava com todo o corpo, como um animal ou uma máquina. Isso fascinava, mas também preocupava Gauri: o esforço grandioso de cada inspiração, uma depois da outra pelo tempo que se estendesse sua vida, tomada ao ar compartilhado por todos os outros no mundo.

Durante a gravidez, sentira-se capaz. Mas agora Gauri percebia que o mais leve descuido de sua parte poderia causar a destruição de Bela. Saindo do hospital com o bebê no colo, pelo saguão que levava ao estacionamento, com um fluxo de gente andando depressa sem nem olhar, ela se sentira apavorada, percebendo que os Estados Unidos eram um local tão perigoso como qualquer outro. Percebendo que não havia ninguém, além de Subhash, para proteger Bela.

Começou a imaginar cenas, involuntárias, mas persistentes. Imagens grotescas com a cabeça de Bela virando de repente para trás, num estalo, o pescoço se partindo. Quando Bela adormecia em seu peito, Gauri imaginava que também adormeceria, esquecendo-se de tirá-la do bico do seio, ficando sem condições de respirar. À noite, sozinha com ela no quarto, Gauri começou a temer que Bela caísse no chão ou que ela própria rolasse por cima da filha, esmagando-a.

No dia em que foram caminhar pelo campus, Gauri ficou no terraço do grêmio, com Bela no colo, esperando Subhash que fora comprar algumas Coca-Colas. De início, ela estava na beira do terraço, mas depois recuou, com medo de perder o controle dos músculos, com medo de deixar a filha cair. Imóvel num dia abafado de final de verão, sem a mais leve brisa, mesmo assim ficou com medo que um vento repentino lhe arrancasse Bela.

Naquele dia, mais à noite, no apartamento, sabendo que não devia, querendo ver o que acontecia, afrouxou a pressão sempre tão leve por trás da nuca de Bela, relaxando os ombros. Mas o instinto de sobrevivência de Bela funcionava por reflexo. Imediatamente despertou de um sono profundo, protestando.

Só havia uma maneira de reduzir essas imagens, de livrar o espírito desses impulsos. Ficar menos com Bela, pedir a Subhash que segurasse o bebê.

Lembrou a si mesma que todas as mães precisavam de auxílio. Lembrou a si mesma que Bela era filha sua e de Udayan; que Subhash, apesar de toda a sua solicitude, apesar do papel que assumira habilmente, estava apenas desempenhando uma parte. Sou a mãe, disse a si mesma. Não preciso me esforçar tanto.

Agora ele entrava no quarto sem bater, no instante em que Bela acordava no meio da noite e chorava. Pegando-a, andando pelo apartamento com ela no colo. Surpreendia-o como ela era pequenina. Parecia que o peso era apenas da manta que a envolvia, nada mais.

Ela já parecia reconhecê-lo. Aceitá-lo e lhe permitir ignorar o fato de que era um tio, um impostor. Ela reagia ao som de sua voz quando se deitava no bercinho plano que ele fazia cruzando uma das pernas e apoiando o tornozelo no outro joelho. Naquele ninho de suas pernas, apoiada em sua coxa, ela ficava deitadinha contente, procurando-o com os olhos. Ele se sentia com alguma missão ao segurá-la, essencial para a vida que ela iniciara.

Uma noite, ele desligou a tevê e entrou no quarto com Bela. Gauri estava virada de costas para Subhash, dormindo. Ele se sentou no outro lado da cama, então se reclinou, colocando a cabecinha úmida escura de Bela sobre o peito, aquietando-a. Estendeu as pernas na cama, para que Bela pudesse se esticar.

Estava por cima da colcha, os olhos abertos no escuro. Embora Bela estivesse descansando sobre seu corpo, ele tinha uma percepção ainda maior da presença de Gauri, não mais grávida. Sua curiosidade, seu desejo por ela haviam se intensificado. Pois agora admirava-se como ela gerara a criança deitada junto a si, confiante, tranquila, com a bochechinha virada de lado.

Quando abriu os olhos, Bela não estava mais em seu peito, mas ao lado, nos braços de Gauri, mamando. O quarto estava escuro, as persianas baixadas. Ouviam-se os passarinhos chilreando. Tinha o corpo aquecido, ainda vestido.

Que horas são?

É de manhã.

Ele tinha adormecido; haviam passado a noite na mesma cama. Deitado ao lado dela por cima do mesmo lençol, com Bela entre os dois.

Quando se deu conta do que acontecera, pôs-se sentado, pedindo desculpas.

Gauri abanou a cabeça. Fitava Bela, mas então olhou para ele. Estendeu a mão, não para tocá-lo, mas para oferecê-la a ele.

Fique.

Ela lhe disse que tinha sido tranquilizador tê-lo a seu lado no quarto. Disse que estava pronta, que já se passara tempo suficiente.

Sua nova aparência facilitava: o cabelo curto, o rosto que voltava a se afinar depois do nascimento da criança, as calças e blusas que agora eram as únicas roupas que usava. E também os efeitos do nascimento de Bela, as olheiras, o cheiro de leite na pele, de forma que seu corpo estava marcado não tanto pela gravidez iniciada por Udayan e sim mais pelo bebê que agora os dois compartilhavam.

De início, ela não demonstrava nenhum desejo evidente, apenas aceitação. Mas essa mescla de indiferença e deliberação o excitava. Montavam o chiqueirinho para Bela e, quando ela estava ali, dormindo, a cama era deles.

Ela ficava de bruços ou de lado. De costas para ele, a cabeça virada, os olhos fechados. Ele suspendia a camisola até a cintura. Via como se estreitava. Via o longo vale reto dividindo suas costas.

Dentro dela, cercado por ela, temia que nunca o aceitasse, que nunca lhe pertencesse completamente, mesmo quando inspirava o perfume de seu cabelo e segurava seu seio na mão.

Sua pele era lisa, a cor uniforme. Sem marcas de bronzeado, sem pintas nem manchas como havia por todo o corpo de Holly. Nenhum arranhado por raspar as pernas, nenhum prurido que pensou que encontraria nas coxas e nádegas. Era de uma maciez quase perturbadora, como a pele sob o ventre que não deveria ser exposta.

Mesmo assim, não se machucava sob o peso dele, não inchava nem se avermelhava à pressão dos dentes ou das mãos dele. O cheiro levemente salgado entre suas pernas, que se transferia momentaneamente para os dedos dele quando sondava seus recônditos, no dia seguinte estava ausente, quando o procurava outra vez.

Ela não falava, mas, depois das primeiras vezes, começou a pegar a mão dele e a colocá-la onde precisava. Começou a se virar para ele, a se pôr de quatro na cama, a encará-lo. Atingia o clímax quando a respiração se acelerava e se fazia audível, a pele reluzindo, o corpo tenso e repuxado.

Era o único momento em que ele não sentia nenhuma resistência de sua parte. Ela ficava observando enquanto ele terminava fora dela, enxugando o que se espalhara pelo abdômen, ou enquanto ele coletava a prova do desejo na mão em concha. Sustentava seu peso quando ele caía derreado sobre ela, quando não tinha mais nada a dar.

4.

Aos quatro anos, Bela estava desenvolvendo uma memória. A palavra *ontem* entrou em seu vocabulário, embora com significado elástico, sinônimo de qualquer coisa que não fosse mais o caso. O passado se desfazia, sem nenhuma ordem, encerrado numa única palavra.

Ela usava a palavra em inglês, *yesterday*. Era em inglês que o passado era unilateral; em bengali, a palavra para ontem, *kal*, era a mesma para amanhã. Em bengali, era preciso um adjetivo ou um tempo verbal para distinguir entre o que já acontecera e o que viria a acontecer.

Para Bela, o tempo corria em sentido contrário. Às vezes dizia *o dia depois de ontem*.

Com uma pronúncia levemente diferente, o nome de Bela, nome de uma flor, também significava um período de tempo, uma parte do dia. *Shakal bela* significava manhã; *bikel bela*, tarde. *Ratrir bela* era noite.

O ontem de Bela era um receptáculo para qualquer coisa armazenada em sua cabeça. Qualquer experiência ou impressão que ocorrera antes. Tinha memória curta, de conteúdo limitado. Sem cronologia, reorganizada aleatoriamente.

Foi assim que um dia ela disse a Gauri, que estava desembaraçando com o pente um nó teimoso no cabelo denso de Bela:

Quero cabelo curto, como ontem.

O cabelo dela tinha estado curto muitos meses antes. E a princípio foi isso o que Gauri lhe disse. Explicou que o cabelo levava tempo para crescer, mais que um dia. Disse a Bela que seu cabelo estivera curto uns cem ontens atrás, não um ontem só.

Mas, para Bela, três meses atrás e o dia anterior eram a mesma coisa.

Ficou aborrecida que Gauri a contradissesse. A decepção passou como uma nuvem escura pelo rosto. Não tinha nenhum traço de Gauri nem de Udayan. De onde vinha sua testa levemente abaulada, os cantos internos dos olhos afundados? A posição dos olhos era distinta. Gauri percebia o contraste entre sua pele cor de caramelo e a pele mais clara de Bela, uma alvura cremosa que recebera da sogra de Gauri.

Onde está minha outra jaqueta?, Bela perguntou um dia, quando Gauri lhe estendeu uma nova. Estavam indo para a escola.

Qual?

A amarela de ontem.

De fato, havia uma amarela na primavera anterior, com um capuz com acabamento de pele. Pequena demais para ela agora, doada a uma igreja no campus que aceitava roupas usadas.

Aquela era a jaqueta do ano passado. Servia quando você tinha três anos.

Eu tinha três anos ontem.

Estava esperando que Bela parasse de andar de um lado e outro no corredor. Que ficasse quieta para que Gauri lhe vestisse a jaqueta, para poderem sair. Quando Bela resistiu, agarrou-a pelos ombros.

Machuca. Você me machuca.

Bela, estamos com pressa.

Agora estava de jaqueta, aberta. Bela queria fechar o zíper. A tentativa atrapalhada estava atrasando ainda mais as duas e, depois de um instante, Gauri não aguentou e afastou os dedos de Bela.

Baba me deixa fazer sozinha.

Seu pai não está aqui.

Ela puxou o zíper até o alto, junto à garganta de Bela, talvez com força um pouco excessiva, quase beliscando a pele. Repreendeu-se por ser impaciente. Perguntou-se quando a filha entenderia o pleno significado do que Gauri acabara de dizer.

Depois de deixar Bela na escola, comprou um café no grêmio. A cada verão e depois a cada inverno, no começo do semestre, centenas de estudantes faziam longas filas, matriculando-se nos cursos. De vez em quando, Gauri pegava um catálogo largado no chão. Olhava as disciplinas oferecidas pelo departamento de filosofia, fazendo um círculo nos cursos que a interessavam. Lembrava que frequentara secretamente o curso de filosofia antiga, pouco depois de chegar a Rhode Island.

Naquele semestre não havia nenhum curso durante o horário que Bela ficava na escola. Gauri foi até a biblioteca, para se sentar e ler. O esforço para concentrar-se eliminava, mesmo que apenas por uma ou duas horas, a obrigação de qualquer outra coisa. Eliminava sua percepção do transcurso daquelas horas.

Ela enxergava o tempo; agora procurava entendê-lo. Enchia cadernos com perguntas e observações. Ele existia de maneira independente, no mundo físico, ou apenas na apreensão da mente? Somente os seres humanos o percebiam? O que fazia com que certos momentos se avolumassem como horas e certos anos minguassem em poucos dias? Os animais tinham o senso de passagem do tempo, quando perdiam um companheiro ou matavam a presa?

Na filosofia hinduísta, dizia-se que os três tempos — passado, presente, futuro — existiam simultaneamente em Deus. Deus era atemporal, mas o tempo se personificava como o deus da morte.

Descartes, em sua Meditação Terceira, dizia que Deus recriava o corpo a cada instante sucessivo. Assim o tempo era uma forma de sustento.

Na terra, o tempo era marcado pelo sol e pela lua, pelas rotações que criavam a diferença entre dia e noite e haviam levado a relógios e calendários. O presente era um pontinho que ficava faiscando, brilhando e diminuindo, às vezes nem vivo nem morto. Quanto durava? Um segundo? Menos? Estava sempre em fluxo constante; ao se pensar nele, já havia passado.

Num de seus cadernos de Calcutá havia anotações na letra de Udayan, sobre as leis da física clássica. A teoria de Newton dizia que o tempo era uma entidade absoluta, um fluxo que corria em velocidade uniforme, por si só. A contribuição de Einstein dizia que o tempo e o espaço estavam inter-relacionados.

Ele descrevera em termos de partículas, velocidades. Um sistema de relações entre eventos instantâneos. Algo chamado invariância por reversão temporal, em que não havia nenhuma distinção fundamental entre frente e atrás, quando os movimentos das partículas eram definidos com precisão.

O futuro assombrava, mas mantinha-a viva; dava-lhe sustento e era também seu predador. Cada ano começava com um diário em branco. A versão de um relógio, impresso e encadernado. Ela nunca registrava suas impressões em seus diários. Usava-os para escrever rascunhos de textos ou para fazer contas. Mesmo quando criança, cada página do diário ainda por virar, com acontecimentos ainda por viver, enchia-a de apreensão. Como subir uma escada no escuro. Que provas existiam de que viria outro dezembro?

As pessoas em geral confiavam no futuro, supondo que ele viria em sua versão preferida. Fazendo planos às cegas, enxergando coisas que não eram o caso. Era a vontade operando. Era o que dava sentido e rumo ao mundo. Não o que existia, mas o que não existia.

Os gregos não tinham uma noção clara a respeito. Para eles, o futuro era indeterminável. Segundo Aristóteles, um homem nunca poderia afirmar com certeza se haveria uma batalha marítima no dia seguinte.

Antecipando deliberadamente, na ignorância e na esperança — era assim que as pessoas em geral viviam. Seus sogros tinham esperado que Subhash e Udayan vivessem na casa que haviam construído para eles. Tinham desejado que Subhash voltasse a Tollygunge e se casasse com outra pessoa. Udayan dera a vida pelo futuro, esperando que a própria sociedade mudasse. Gauri esperara ficar casada com ele, não por menos de dois anos, mas pela vida toda. Em Rhode Island, Subhash esperava viver com Gauri e Bela como uma família. Gauri como mãe de Bela e esposa dele.

Às vezes, Gauri extraía algum reconforto da versão da história de Bela. Segundo Bela, Udayan ainda podia estar vivo ontem e Gauri ainda podia estar casada com ele até ontem, quando na verdade haviam se passado quase cinco anos desde que fora morto. Fazia quase cinco anos que estava casada com Subhash.

O que ela vira do terraço, naquele final de tarde quando a polícia foi procurar Udayan, agora ocupava um vazio em sua visão. O espaço a protegia melhor do que o tempo: a grande distância entre Rhode Island e Tollygunge. Como se, para enxergar, o olhar tivesse de cobrir um oceano e se estender entre os continentes. Com isso, aqueles momentos haviam recuado, fizeram-se cada vez menos visíveis e depois invisíveis. Mas ela sabia que estavam lá. O que estava guardado na memória era diferente do que era deliberadamente relembrado, dizia santo Agostinho.

Por outro lado, para Gauri, o nascimento de Bela continuava a ser seu próprio ontem. Aquela noite de verão formava um quadro nítido que parecia ter acabado de acontecer. Lembrava a chuva a caminho do hospital, o rosto da enfermeira que estava a seu lado, a vista da paisagem marinha pela janela. A sensação da camisola do hospital sobre a pele, a agulha inserida no alto da mão. Parecia que tinha sido ontem que segurara e olhara Bela pela primeira vez. Lembrava o peso da gravidez, que desaparecera de súbito. Lembrava o assombro ao ver que surgira um ser específico, que passara tanto tempo encerrado dentro dela.

Ao meio-dia, voltou à escola maternal para pegar Bela, obrigação que era sempre sua, nunca de Subhash. Ele estava num pós-doutorado em New Bedford, a quase oitenta quilômetros dali. Estava tacitamente estabelecido que ele saía de casa a certa hora e voltava a certa hora, e que nesse meio-tempo Gauri era responsável por Bela em todas as horas.

Encontrava Bela sentada em seu cantinho, um cubículo que, a Gauri, parecia um caixãozinho posto na vertical. De jaqueta, esperando, em fila com os colegas. Não corria para os braços de Gauri como algumas das outras crianças, querendo elogios pelos desenhos ondulados que tinham feito, as folhas que tinham catado e colado em folhas de papel. Ela se aproximava, com passos medidos, perguntando o que Gauri lhe ia preparar para o almoço, às vezes perguntando por que Subhash não tinha vindo. As notícias sobre o que tinha feito na escola, os detalhes que transbordavam nos relatos dos coleguinhas tão logo viam os pais, ela guardava para si.

Juntas, voltavam ao prédio de apartamentos. No saguão, Gauri abria a caixa de correio em nome de Mitra, que ela e Subhash dividiam.

Em Calcutá, os nomes eram pintados em caixas de madeira com um pincel fino em toques cuidadosos. Mas aqui eram escritos às pressas, uma ou duas das caixinhas gastas de metal em branco. Ela pegou as contas, o exemplar de uma revista científica que Subhash assinava. Cupons de uma mercearia.

Raramente havia alguma coisa para ela. Apenas uma carta ocasional de Manash. Ela sentia resistência em ler, em vista do que tais cartas lhe recordavam. Manash e Udayan, estudando juntos no apartamento dos avós; Udayan e Gauri vindo a se conhecer por causa disso. Um tempo que esmagara entre os dedos, sem deixar restos, apenas um resíduo protetor na pele.

Por Manash e também pelos jornais internacionais que chegavam à biblioteca, ela recebia algumas notícias. No começo, tentava imaginar o que podia estar acontecendo. Mas os elementos eram fragmentários demais. Sangue de gente demais, cuja mancha se perdia.

Kanu Sanyal estava vivo, mas na prisão. Charu Majumdar fora detido em seu esconderijo, encarcerado em Lal Bazar. Morrera sob a custódia da polícia em Calcutá, no mesmo verão em que Bela nasceu.

Muitos camaradas de Udayan ainda estavam sendo torturados nas prisões. Siddharta Shankar Ray, o atual ministro chefe em Calcutá, tinha o apoio do Congresso. Recusava-se a instaurar inquéritos sobre a morte dos desaparecidos.

As notícias do movimento agora haviam atraído a atenção de alguns intelectuais importantes do Ocidente. Simone de Beauvoir e Noam Chomsky tinham enviado uma carta à filha de Nehru, exigindo a libertação dos prisioneiros. Mas, diante dos protestos crescentes contra a corrupção e contra as políticas fracassadas do governo, Indira Gandhi decretara estado de emergência. Censurando a imprensa, e assim não se noticiava o que estava acontecendo.

Ainda agora, uma parte de Gauri continuava a esperar alguma notícia de Udayan. Que conhecesse Bela e a família que podiam ter sido. No mínimo que soubesse que, cientes ou inscientes dele, tinham seguido suas vidas.

5.

Fazia dois anos que concluíra e defendera sua tese de doutorado, uma análise da eutrofização no Narrow River. Mil novecentos e setenta e seis, bicentenário da independência dos Estados Unidos. Sete anos desde que aqui chegara.

Em quase cinco anos, não fora a Calcutá. Os pais agora queriam conhecer Bela, mas Subhash lhes disse que ela era novinha demais para fazer uma viagem tão longa e que havia pressão demais em seus estudos. De vez em quando enviava fotos e ainda remetia dinheiro a eles, agora que o pai estava aposentado. Sentia que tinham se abrandado, mas não estava preparado para reencontrá-los. Nesse aspecto, ele e Gauri eram aliados.

Mas sua motivação era pessoal. Não queria ver as únicas outras pessoas do mundo que sabiam que não era o pai de Bela. Iriam lembrá-lo de seu lugar, iriam vê-lo como tio, nunca reconheceriam que era alguma coisa mais.

Estava concluindo seu pós-doutorado em New Bedford. Fora convidado a participar numa pesquisa ambiental. À noite, para ganhar um pouco mais, dava aulas de química numa faculdade comunitária em Providence.

Tinha pensado em se mudar para o sul de Massachusetts, para ficar mais perto do trabalho. Mas logo a bolsa terminaria e já encontrara um apartamento maior em Rhode Island, ainda a uma distância do campus principal que podia ser percorrida a pé. Havia a possibilidade de ser contratado por um laboratório em Narragansett. Agora que Bela estava no jardim de infância da universidade, agora que a vida lá se tornara mais familiar para ele, parecia mais simples ficar.

Levava cerca de uma hora para voltar, passando pelas fábricas e usinas em Fall River, passando por Tiverton, cruzando a sucessão de pontes sobre a baía. Chegava ao continente, e então eram mais uns dez minutos até o conjunto residencial tranquilo e frondoso, atrás de uma fila de repúblicas estudantis, onde moravam. A cada noite que via Bela, ela lhe parecia levemente diferente — ossatura e dentição mais sólidas, a voz vigorosa que se tornara mais enfática nas horas em que estava fora.

Ela começara a escrever o nome, a espalhar a manteiga na torrada. As pernas se encompridavam, mas a barriguinha continuava redonda. Tinha uma penugem suave nas costas, uma elegante linha de pelos ao longo da espinha. Formavam uma espiral perfeita no centro, como as curvas na ponta dos dedos ou no tronco de uma árvore. Quando a seguia com o dedo, ao dar banho em Bela na banheira com espuma, antes de dormir, os pelinhos se rearranjavam e o desenho se desfazia.

Tinha aprendido a amarrar os sapatos, mas não sabia distinguir o pé direito do pé esquerdo. Restavam outros gestos da primeira infância — o jeito que estendia, abria e fechava a mão quando queria alguma coisa. Um copo de água, por exemplo, que estivesse fora de alcance.

Tinha medo de trovão e, mesmo quando não havia nenhuma trovoada, às vezes despertava no meio da noite, chamando por ele, ou simplesmente indo ao quarto onde dormia com Gauri e aninhando-se ao lado dele na cama. De manhã, logo antes de acordar, ficava de bruços, as pernas dobradas, encolhida como uma rãzinha.

Toda noite, por insistência de Bela, Subhash se deitava a seu lado até que ela pegasse no sono. Era um lembrete da ligação entre ambos, uma ligação falsa e ao mesmo tempo verdadeira. E assim, noite após noite, depois de ajudá-la a escovar os dentes e vestir o pijama, ele desligava a luz e se deitava a seu lado. Bela dizia para ele se virar e olhar para ela, olhos nos olhos para unirem a respiração. Olhe para mim, Baba, murmurava com uma intensidade, uma inocência que o sobrepujavam. Às vezes ela segurava seu rosto entre as mãos.

Você me ama?

Amo, Bela.

Te amo mais.

Mais do que o quê?

Mais do que você me ama.

Impossível. Isso cabe a mim.

Mas te amo mais do que qualquer pessoa ama outra.

Ele se perguntava como emoções tão fortes, como essa devoção tão exagerada, podiam existir numa criança tão pequena. Paciente, esperava até que ela fechasse as pálpebras e ficasse imóvel. O corpo sempre se contraindo um pouco; era o sinal de que o sono profundo chegaria em poucos segundos.

Toda noite, embora se repetisse a mesma coisa, era um choque. Minutos antes, Bela estava saltando na cama, a risada enchendo o quarto. Mas, quando fechava os olhos, essa cessação da atividade era tão desconcertante, tão definitiva quanto a morte.

Algumas noites, ele também adormecia brevemente ao lado de Bela. Com cuidado, tirava suas mãozinhas do colarinho de sua camisa e ajeitava o lençol por cima dela. A cabeça afundada no travesseiro, numa posição de orgulho e rendição. Tal proximidade ele havia sentido somente com outra pessoa. Com Udayan. Todas as noites, ao se desvencilhar dela, seu coração parava por um instante, imaginando o que ela diria no dia em que soubesse a verdade sobre ele.

Aos sábados, ele e Bela iam ao supermercado; era o único momento que passavam a sós fora do apartamento, momento pelo qual ele mais ansiava durante a semana. Ela não cabia mais no assento que ficava na frente do carrinho, e agora ia atrás enquanto ele guiava, saltitando para ajudar a escolher as maçãs, uma caixa de cereais, um vidro de geleia.

Mais depressa, ela insistia, e às vezes, se o corredor estava vazio, ele atendia, acelerando, brincando. Nesse sentido, Udayan deixara suas marcas, legando uma exuberante réplica de si mesmo. E Subhash adorava isso nela, que houvesse um pródigo transbordamento de quem ela era.

De pé com ele no setor de frios, ela comia os cubinhos de queijo espetados em palitos, as colheradas de salada de batata servidas na bandeja, fatias rosadas de presunto. Havia uma lanchonete nos fundos do supermercado, e ali ele a levava para um cachorro-quente e um copo de refrigerante, uma porção de anéis de cebola empanada para dividirem.

Um dia, atravessando o estacionamento depois de terminarem as compras, empurrando o carrinho repleto de sacos de papel pardo, ele viu Holly.

Bela ainda se segurava na traseira do carrinho, de frente para ele. Era um dia frio de outono, o céu límpido, o vento do oceano soprando forte.

Fazia muitos anos que ele tinha cuidado em evitar os lugares onde pudesse cruzar com Holly, deixando de visitar o lago salino mais próximo à casa dela, certificando-se de que seu carro não estivesse estacionado na praia onde se encontraram pela primeira vez.

Mas agora ali estava ela, num lugar a que ele vinha infalivelmente todas as semanas. Estava acompanhada, não por Joshua, mas por um homem. Abraçava-a pela cintura.

O homem era o marido, o mesmo rosto da foto no quarto de Joshua. Agora mais velho, ficando grisalho, ganhando careca.

Ela parecia à vontade com esse homem que a abandonara uma vez, que a traíra. Não viu Subhash. Ele ouviu sua risada enquanto atravessavam o estacionamento, viu jogar a cabeça para trás. Ele estava na casa dos vinte quando a conheceu. Agora ela estava com mais de quarenta; Joshua devia estar com catorze, idade suficiente para ficar sozinho em casa enquanto o pai e a mãe iam às compras.

Subhash não se importara com a diferença de idade entre eles. Mas perguntava-se se ela teria terminado com ele por causa disso, por ser imaturo, sem condições de substituir o homem que agora estava mais uma vez a seu lado.

Começaram a se dirigir ao supermercado, Holly diminuindo o passo, vendo-o, agora acenando ao reconhecê-lo, ainda se aproximando. O cabelo loiro estava com outro corte, em camadas ao redor do rosto. De tamancos, calças largas, suéter com capuz, roupa para um dia mais frio. Afora isso, ela continuava igual.

O que você está olhando, Baba?

Nada.

Então vamos.

Ele não conseguiu se mover. E agora era tarde demais para evitá-la.

Bela desceu do carrinho e se pôs ao seu lado. Sentiu que ela se apoiava em seu quadril. Afagou seu cabelo e procurou o calorzinho sob o pescoço. O rostinho dela ainda cabia quase inteiro na concha de sua mão.

Subhash, disse Holly. Você tem uma menina.

Tenho.

Não fazia ideia. Este é Keith.

Esta é Bela.

Trocaram um aperto de mãos. Subhash se perguntou se Keith saberia da época em que estiveram juntos. Holly estava observando, admirando Bela.

Quando você se casou?

Uns cinco anos atrás.

Afinal você decidiu ficar aqui.

Decidi, sim. Como vai Joshua?

Batendo por aqui em mim, disse ela, mostrando a altura dele com a mão.

Ela estendeu a mão e lhe tocou o braço por um instante. Parecia genuinamente satisfeita em vê-lo, em conhecer Bela. Ele lembrou como ela gostava de ouvi-lo falar sobre sua infância, sobre Calcutá. O que ela teria lembrado? Ele nunca lhe contou sobre a morte de Udayan.

Bom te ver, Subhash. Cuide-se.

Não devia sentir ciúme, mas sentiu uma pontada quando os dois passaram por ele, enquanto empurrava o carrinho lotado de compras até o carro. Viu que não foi só por causa de Joshua que ela tinha perdoado o marido. Que os dois ainda se amavam.

Subhash e Gauri dividiam um leito à noite, tinham uma criança em comum. Haviam começado a jornada como marido e mulher quase cinco anos atrás, mas ele ainda aguardava chegar a algum lugar com ela. A um lugar onde não questionasse mais o resultado do que haviam feito.

Ela nunca manifestava nenhuma infelicidade, não se queixava. Mas a moça de ar despreocupado e sorridente da foto que Udayan enviara, ar que fora a primeira impressão que marcara Subhash e que ele também gostaria de despertar nela — essa parte sua ele nunca tinha visto.

E faltava mais uma coisa, algo que se sentia ainda mais incomodado em admitir. Detestava pensar naquilo. Detestava lembrar a previsão terrível que lhe fizera a mãe.

Mas de alguma maneira sua mãe antevira. Pois a ternura que Subhash sentia por Bela, impossível de conter ou reduzir, não era a mesma por parte de Gauri.

Embora cuidasse bem de Bela, lavasse, penteasse e alimentasse Bela, sempre parecia distraída. Raramente Subhash via Gauri sorrir quando olhava o rosto da menina. Raramente via Gauri lhe dar um beijo espontâneo. Pelo contrário, desde o começo, era como se tivesse invertido os papéis, como se Bela fosse não filha sua, mas de um parente.

Na praia com Bela, ele via as famílias que iam a Rhode Island para reforçar a intimidade. Para muitos, parecia ser um ritual sagrado.

Subhash e Gauri nunca tinham saído juntos, com Bela, nos feriados. Subhash nunca sugeriu, talvez porque soubesse que a ideia não agradaria a Gauri. No tempo livre, ele saía com Bela, indo de carro a um lugar e outro para passar o dia. Não conseguia imaginar os três explorando juntos um lugar novo ou dividindo o aluguel de um chalé com outra família, como faziam alguns colegas seus.

Subhash agora tinha esperança de que Gauri estivesse pronta para ter um filho com ele e dar a Bela uma companhia. Um dia chegara a sugerir isso a ela, dizendo que não queria negar um irmãozinho a Bela. Acreditava que, se fossem quatro em vez de três, isso corrigiria o desequilíbrio. Diminuiria a distância.

Ela respondeu que pensaria nisso dali a um ou dois anos; que ainda não tinha nem trinta anos, que ainda havia tempo para ter outro filho.

E assim ele continuou na esperança, embora todo mês, no armarinho de remédios, sempre houvesse uma nova cartela de anticoncepcionais.

Às vezes receava que seu único gesto de rebelião, casar-se com ela, já fracassara. Tinha esperado maior resistência dela na época, não agora. Às vezes se perguntava se ela se arrependia. Se a decisão tinha sido um erro, tomada às pressas.

Ela é a mulher de Udayan, nunca vai te amar, tinha dito a mãe, tentando dissuadi-lo. Na época, ele tomou o partido dela, na certeza de que poderia ser diferente, que poderia fazê-la feliz. Estava decidido a provar que sua mãe estava errada.

Para se casar com Gauri, tinha posto em risco suas relações com os pais, talvez para sempre, não sabia. Mas agora era pai. Não conseguia mais imaginar sua vida sem ter dado aquele passo.

6.

Brinque comigo, dizia Bela.

Se Subhash não estivesse, ela procurava a companhia de Gauri, dizendo para se sentar no chão de seu quarto. Queria que movesse peças num tabuleiro ou ajudasse a vestir e desvestir as bonecas, pondo e tirando as roupinhas daqueles membros duros de plástico. Espalhava dezenas de cartas idênticas, de cabeça para baixo, um jogo de memória em que tinham de encontrar o par de cartas.

Às vezes Gauri cedia, continuando com o livro que estava lendo, dando uma rápida espiada quando era a vez de Bela. Jogava, mas nunca era suficiente.

Você não está prestando atenção, reclamava Bela quando Gauri se distraía.

Ficava sentada no carpete, constrangida com a reclamação de Bela. Sabia que um irmão a aliviaria da responsabilidade de entreter Bela dessa maneira. Sabia que era isso que, em parte, motivava as pessoas a ter mais de um filho.

Não comentou com Subhash, quando ele levantou o assunto, o que ela já sabia: embora se tivesse casado uma segunda vez, tornar-se mãe outra vez era a única coisa na vida que queria evitar.

Dormia com ele porque o contrário dava mais trabalho. Queria pôr fim à expectativa que começara a sentir da parte dele. Também eliminar o fantasma de Udayan. Sufocar o que a assombrava.

Em suas relações sexuais, nada lhe lembrava Udayan, de forma que, ao fim, o fato de terem sido irmãos não ficava tão estranho. O foco era atingir o prazer e, depois de terminarem, o torpor que lhe removia da mente todos os pensamentos específicos. Resultava no sono profundo e sem sonhos que, de outra forma, lhe fugia.

O corpo dele era outro, mais hesitante, mas também mais atento. Com o tempo, ela veio a responder a ele, até a desejá-lo, tal como desejara estranhas misturas de alimentos durante a gravidez. Com Subhash, ela aprendeu que uma ação destinada a expressar amor não precisava ter nada a ver com amor. Que coração e corpo eram coisas diferentes.

No centro acadêmico, ela tinha visto anúncios de estudantes e mulheres de professores oferecendo-se como *baby-sitters*. Começou a anotar nomes e telefones.

Perguntou a Subhash se podia contratar alguém para que ela tivesse tempo de participar num grupo de estudos de filosofia alemã que se reunia duas vezes por semana. Embora Bela agora estivesse com cinco anos e frequentasse o jardim de infância, ainda ia à escola apenas por meio período. Gauri disse que seria uma boa solução, visto que Subhash era ocupado, visto que não conheciam mais ninguém que pudesse ajudar.

Ele disse que não. Não pelo dinheiro que custaria, mas por princípio, por não querer pagar um desconhecido para cuidar de Bela.

É comum por aqui, disse ela.

Você fica em casa com ela, Gauri.

Embora ele a tivesse incentivado a frequentar a biblioteca no tempo vago, a assistir de vez em quando a algum curso, ela percebeu que ele não considerava isso como um trabalho dela. Embora lhe tivesse dito, quando a pediu em casamento, que poderia prosseguir com os estudos nos Estados Unidos, agora ele lhe dizia que sua prioridade devia ser Bela.

Não é filha sua, sentiu vontade de dizer. De lhe lembrar a verdade.

Mas claro que não era verdade. Na apresentação de balé de Bela, algumas semanas antes, Gauri viu a mudança que se operou nela quando Subhash, chegando alguns minutos atrasado, sentou e lhe acenou; Bela contente ao perceber a presença dele, o queixo se afundando no ombro, dançando acanhada apenas para ele.

Alguns dias depois, ela retomou o assunto.

É importante para mim, disse ela.

Disposto a um acordo, ele lhe disse que tentaria adaptar sua agenda. Começou a sair mais cedo em algumas manhãs e, em alguns dias por semana, a voltar no final da tarde. Ela se matriculou no curso e foi à livraria, enchendo uma cesta de livros. *Genealogia da moral. Fenomenologia do espírito. O mundo como vontade e representação.* Comprou um jogo de canetas e um dicionário. Um caderno espiral com o selo da universidade.

Com Bela, ela sentia que o tempo não passava, mas que o céu, mesmo assim, escurecia ao final de mais um dia. Sentia o absoluto silêncio no apartamento, tomado pelo isolamento em que ela e Bela viviam. Quando estava com Bela, mesmo cada uma em seu canto, era como se fossem uma pessoa só, unidas por uma dependência que a prendia física e mentalmente. Às vezes assustava-se por se sentir tão entrelaçada e também tão sozinha.

Durante a semana, logo que pegava Bela no ponto do ônibus e a levava para casa, ia direto para a cozinha, lavando os pratos da manhã que deixara de lado, então começando a preparar o jantar. Media uma xícara exata de arroz, deixava de molho numa panela em cima da bancada. Descascava cebolas e batatas, escolhia as lentilhas e fazia o jantar de mais uma noite, e então dava de comer a Bela. Nunca conseguia entender por que essa série de tarefas relativamente fáceis parecia tão interminável. Quando acabava, não entendia por que se sentia esgotada.

Esperava que Subhash chegasse para poder sair, assistir à aula ou estudar na biblioteca. Pois não havia lugar no apartamento para trabalhar, não havia porta que pudesse fechar, não havia mesa onde pudesse manter suas coisas.

Invejava Subhash por estar fora trabalhando, por poder ir e vir e nada mais. Aborrecia-se com os poucos momentos em que ele brincava com Bela de manhã, antes de ir para seu laboratório.

Aborrecia-se com ele por se ausentar dois ou três dias, para ir a conferências sobre oceanografia ou fazer pesquisas no mar. Quando ele aparecia, e sem que tivesse feito nada, às vezes ela mal conseguia suportar a presença dele ou tolerar o som da voz que, no começo, lhe atraíra nele.

Ela começou a jantar cedo, com Bela, deixando a parte de Subhash em cima do fogão. Assim, tão logo ele chegava, Gauri podia preparar sua bolsa a tiracolo e sair. Sentia no rosto o ar fresco do anoitecer. Fresco e claro na primavera, frio e escuro no outono.

No começo, era apenas nas noites em que tinha aulas, mas depois começou a passar todas as noites da semana na biblioteca, longe deles. Feliz de ficar com Bela, Subhash deixava que ela fosse. E assim Gauri se sentia contrariada por um homem que não fazia nada para contrariá-la, e por Bela, que nem sequer sabia o sentido da palavra.

Mas seu pior castigo estava dentro de si. Não só sentia vergonha de seus sentimentos, mas também receava que a derradeira tarefa que Udayan lhe deixara, a longa tarefa de criar Bela, não estivesse trazendo significado à sua vida.

No começo, disse a si mesma que era como alguma coisa fora do lugar: uma caneta predileta que iria reaparecer dali a algumas semanas, enfiada entre as almofadas do sofá ou discretamente oculta atrás de um maço de papéis. Depois de encontrá-la, nunca mais se perderia de vista. Procurar algo que estivesse fora do lugar só pioraria as coisas. Se esperasse o suficiente, disse a si mesma, então apareceria.

Mas não estava aparecendo; depois de cinco anos, apesar de todo o tempo, de todas as horas que passava com Bela, o amor que antes sentira por Udayan se negava a se reconstituir. Em vez dele, crescia uma insensibilidade que a inibia, que a enfraquecia.

Estava falhando em algo que todas as outras mulheres do mundo faziam sem dificuldades. Não devia ser uma luta. Mesmo sua mãe, que não chegara a criá-la totalmente, sentira amor por ela; disso nunca houve dúvida. Mas Gauri receava que descera a uma tal fundura que não conseguiria mais subir até Bela, segurar-se nela.

E tampouco seu amor por Udayan continuava igual ou inalterado. Vinha sempre acompanhado pela raiva, ambos ziguezagueando por ela como um frenético casal de insetos na cópula. Raiva por ter morrido quando podia ter vivido. Por lhe trazer e depois lhe tirar a felicidade. Por confiar nela só para traí-la. Por acreditar no sacrifício só para ser egoísta no final.

Deixara de procurar sinais dele. A fugaz sensação de que ele podia estar num aposento, olhando por cima de seu ombro enquanto ela trabalhava à sua escrivaninha, deixara de ser um consolo. Em certos dias, era possível não pensar nele, não se lembrar dele. Nenhum aspecto seu viera até os Estados Unidos. Afora Bela, ele se recusara a vir encontrá-la aqui.

As mulheres no departamento de filosofia eram secretárias. O professor e os outros estudantes da turma eram homens. Era um grupo pequeno, sete incluindo o professor. Logo todos se conheciam pelo nome. Gostavam de discutir sobre o antipositivismo, sobre a práxis. Sobre a imanência e o absoluto. Nunca perguntavam a opinião de Gauri, mas, quando ela começou a contribuir para a discussão, ouviam, surpresos que ela soubesse o suficiente, às vezes, para provar que eles estavam errados.

O professor, Otto Weiss, era um homenzinho baixo, de sotaque carregado, fala vagarosa, óculos de aro de metal, cabelo crespo de cor de ferrugem. Usava roupas mais formais do que os outros professores. Sempre com sapatos de couro engraxados, paletó, alfinete na gravata. Nascera na Alemanha, levado a um campo de concentração quando menino.

Nunca penso nisso, disse ele à turma, comentando rapidamente o fato, depois que um dos estudantes lhe perguntou por que tinha deixado a Europa. Como que dizendo: Não sintam pena, embora o resto de sua família tivesse morrido antes da libertação, embora houvesse um número de identificação no antebraço, a tatuagem oculta sob a manga.

Tinha talvez uns dez anos a mais que Gauri, mas parecia de outra sensibilidade, de outra geração. Morara na Inglaterra antes de vir para os Estados Unidos. Fizera o doutorado em Chicago. Nunca voltaria à Alemanha, disse ele. Fazendo a chamada no primeiro dia de aula, ele leu o nome dela sem nenhuma hesitação. Ela não precisara corrigir a pronúncia, não precisara suportar a maneira como os americanos costumavam pronunciar seu nome de casada.

Ele não recorria a nenhuma anotação durante a aula. Guiava cuidadosamente os estudantes pelos textos que recomendara, mas parecia mais interessado no que eles tinham a dizer, tomando algumas notas em folhas de papel em branco enquanto falavam.

Tinha lido os Upanishades e falou sobre sua influência em Schopenhauer. Ela sentiu afinidade por esse homem. Queria agradá-lo, cumprimentá-lo de alguma maneira.

No final do semestre, depois de escrever um trabalho comparando os conceitos de tempo circular em Nietzsche e Schopenhauer, ela foi chamada à sala dele depois da aula. Tinha trabalhado no ensaio durante semanas, escrevendo à mão, depois datilografando o texto final na máquina de Subhash, à mesa da cozinha. Cercada de utensílios domésticos, o fio da lâmpada fluorescente por cima. Ficou acordada até o amanhecer para terminar a tarefa.

Ela viu inúmeras anotações às margens, comentários em linhas inclinadas que formavam uma espécie de moldura.

Material ambicioso. Alguém diria pretensioso.

Ela não soube o que responder.

Você acha que conseguiu?

Continuou sem saber o que responder.

Pedi um ensaio de dez páginas. Você escreveu quase quarenta. E mesmo assim falhou totalmente em provar o que queria dizer.

Desculpe.

Não se desculpe. Sempre fico satisfeito em ter um intelectual na sala. Tal compreensão de Hegel não encontrei em nenhum de meus estudantes aqui.

Ele examinou algumas partes do ensaio, o dedo seguindo as palavras na vertical. Precisa de uma revisão, disse ele.

Posso entregar na próxima semana?

Ele abanou a cabeça, passando uma mão pela outra, como se removesse algo. Terminei com essa turma. E sugiro que esqueça esse texto numa gaveta por alguns anos.

Gauri pensou que, com aquele gesto das mãos, ele estava terminando com ela também. Agradeceu o curso. Levantou-se para sair.

O que a traz da Índia para Rhode Island?

Meu marido.
O que ele faz?
Também estudou aqui.
Vocês se conheceram nos Estados Unidos?
Ela virou o rosto.
Perguntei algo que não devia?
Ele mostrava paciência, sentado, mantendo os olhos nela. Não pressionava. Mas parecia sentir que ela tinha mais a dizer.
Ela se virou outra vez. Olhou os livros atrás dele, os papéis empilhados na mesa. Olhou o tecido amarfanhado da camisa, os punhos encobrindo os pulsos onde as mangas do paletó terminavam. Pensou no que ele tinha vivido, ainda mais novo do que Bela.
Meu primeiro marido foi morto, disse ela. Assisti quando aconteceu. Casei com o irmão dele, para sair.
Weiss continuou a fitá-la. Não mudara de expressão. Depois de um instante, assentiu com a cabeça. Ela percebeu que dissera o suficiente.
Ele se ergueu e foi até a janela de sua sala. Levantou o vidro num estalo.
Você lê em francês ou alemão?
Não. Mas estudei sânscrito.
Vai precisar das duas línguas para continuar, mas para você vai ser fácil.
Continuar?
Seu lugar é no doutorado, sra. Mitra. Aqui não tem.
Ela abanou a cabeça. Tenho uma filha pequena, disse.
Ah, não sabia que era mãe. Precisa trazê-la para me visitar.
Ele girou um porta-retratos que havia na mesa e mostrou sua família. Estavam de pé, tendo ao fundo um vale no outono, com folhas flamejantes. Mulher, uma filha, dois filhos.
Com filhos, tudo recomeça. Esquecemos o que houve antes.

Ele voltou à mesa e anotou os nomes de alguns livros que recomendava, dizendo-lhe quais eram os capítulos mais importantes. Pegou na prateleira seus exemplares pessoais de Adorno e McTaggart, com suas anotações, e emprestou a ela. Deu-lhe números da *New German Critique*, indicando alguns artigos que devia ler.

Recomendou-lhe que continuasse a fazer cursos de nível mais avançado na universidade, dizendo que contariam para um mestrado. Depois disso, ele daria alguns telefonemas a programas de doutorado que se adequassem a ela, a universidades que não ficassem muito longe, dando para ir e voltar no mesmo dia. Providenciaria que fosse aceita. Significava que teria de viajar algumas vezes por semana durante alguns anos, mas poderia escrever a tese em qualquer lugar. Participaria de bom grado de sua banca, quando chegasse a hora.

Devolveu-lhe o ensaio e se ergueu para lhe apertar a mão.

7.

Na frente do conjunto residencial, havia um trecho largo de gramado em declive. O ônibus escolar parava do outro lado. Nos primeiros dias do primeiro ano de escola, Gauri atravessava o gramado com Bela, esperando juntas o ônibus, despedindo-se dela, então voltando à tarde para pegá-la.

Na semana seguinte, Bela quis ir sozinha, como faziam as outras crianças do conjunto. Havia uma ou duas mães que sempre iam e disseram a Gauri que ficavam contentes em garantir que todas as crianças entrassem a salvo no ônibus.

Mesmo assim, Gauri observava quando Bela descia pela entrada do prédio e atravessava o gramado. Afastava a mesa de refeições em que trabalhava junto à janela. O ônibus chegava sempre na mesma hora e esperava apenas uns cinco minutos. As lancheiras alinhadas na calçada marcavam os lugares das crianças na fila.

Ela gostou dessa pequena mudança na rotina matinal. Fazia diferença o fato de não precisar se vestir, não precisar sair do prédio e falar de amenidades com outras mães, antes de se sentar para estudar. Estava fazendo um curso independente com o professor Weiss, lendo Kant, começando a entendê-lo pela primeira vez.

Certa manhã, depois de uma noite de chuvas torrenciais, ainda caindo uma garoa, ela entregou a lancheira e despachou Bela. Estava ainda de camisola e penhoar. Tinha o dia para si até as três da tarde, quando terminava o horário de Bela na escola, o ônibus a deixava ali e ela voltava pela ladeira do gramado.

Mas hoje, um minuto depois, bateram à porta. Bela tinha voltado.

Esqueceu alguma coisa? Quer o chapéu de chuva?

Não.

Então o que é?

Venha ver.

Estou ocupada.

Bela a puxou pela mão. Mãe, você precisa vir ver.

Gauri tirou os chinelos e o penhoar e pôs botas e uma capa de chuva. Saiu lá fora, abrindo uma sombrinha.

O ar estava úmido, carregado de um cheiro forte e salobro. Bela apontou o pavimento do caminho. Estava forrado de minhocas mortas; tinham saído do solo encharcado para morrer. Não duas ou três, mas centenas. Algumas estavam enroladas, outras achatadas. O corpinho rosado, os cinco corações, estraçalhados.

Bela fechou os olhos com força. Retraiu-se à imagem, reclamou do cheiro. Disse que não queria pisar nelas. E tinha medo de atravessar o gramado de onde tinham vindo.

Por que são tantas?

Às vezes acontece. Saem para respirar quando a terra fica molhada demais.

Me leva no colo?

Você está grande demais.

Então posso ficar em casa?

Gauri olhou para onde estavam as outras crianças, de capuz e guarda-chuva. Parece que conseguiram, disse ela.

Por favor? A voz de Bela era um fiozinho. As lágrimas se formaram e então escorreram pelo rosto.

Outra mãe poderia concordar. Outra mãe poderia levá-la de volta, deixar que ficasse em casa, que faltasse um dia à escola. Outra mãe poderia achar que não era um desperdício passar o tempo com ela.

Gauri lembrou a felicidade de Subhash naqueles dias do inverno passado, quando tinha nevado muito e quase tudo estava fechado. Tinha passado uma semana inteira em casa com Bela, transformando os dias em férias. Jogando, lendo histórias, levando-a para brincar no campus, na neve.

Então lembrou outra coisa. Como, no auge da repressão, largavam os cadáveres dos membros do partido nos riachos, os campos perto de Tollygunge. Eram deixados pela polícia para chocar as pessoas, para lhes causar revolta. Para deixar claro que o partido não sobreviveria.

O ônibus escolar estava chegando.

Vamos.

Mas Bela abanou a cabeça. Não.

Se você não pegar o ônibus, vamos a pé até a escola. Passando por mais minhocas do que estas.

Bela continuava no lugar e Gauri agarrou sua mão com força, obrigando-a a andar, puxando-a pela grama. Agora Bela soluçava alto, desesperada.

As outras mães e crianças, reunidas no ponto de ônibus, tinham se virado para olhar. O ônibus parou, a porta se abriu, as crianças subiram. O motorista ficou esperando por elas.

Não faça cena, Bela. Não seja covarde.

Vi matarem seu pai na minha frente, poderia dizer.

Não gosto de você, gritou Bela, desvencilhando-se. Nunca vou gostar de você, pelo resto da vida.

E correu em frente. Largando a mãe, que corria atrás chamando por ela. Não querendo que Gauri a acompanhasse no resto do caminho.

Tinha sido uma explosão infantil, arrogante, grandiosa. À tarde, quando Bela chegou em casa, o episódio fora esquecido. Mas as palavras de Bela tinham atravessado Gauri como uma profecia.

Quero que ela saiba, disse a Subhash naquela noite, parando de datilografar um texto, estando Bela na cama. Subhash estava sentado à mesa da cozinha, verificando o talão de cheques, pagando contas.

Saiba o quê?

Quero contar sobre Udayan.

Subhash a fitou. Ela viu medo em seus olhos. Lembrou quando Udayan estava escondido nos aguapés e a arma na garganta dela. Percebeu que agora a arma estava em suas mãos. Ela podia tirar a ele tudo o que lhe importava.

É a verdade, continuou.

Ele abanou a cabeça. Sua expressão mudara. Levantou-se para encará-la.

Ela merece saber, Subhash.

É nova demais. Tem só seis anos.

Quando, então?

Quando ela estiver pronta. Agora faria mais mal do que bem.

Gauri se preparara para insistir no assunto, em remover a casca falsa da vida deles, mas sabia que ele tinha razão. Seria demais para Bela absorver. E talvez afetasse a aliança entre Subhash e Bela, da qual viera a depender. Faria com que Bela olhasse Subhash de outra maneira.

Está bem, então. Virou-se para sair.

Espere.

O que é?

Estamos de acordo?

Já falei que sim.

Então me prometa uma coisa.

O quê?

Prometa que não vai contar sozinha. Que contaremos juntos algum dia.

Ela prometeu, mas sentiu o peso daquilo, afundando-se dentro de si. Era o peso de manter a ilusão de que ele era o pai de Bela. Um peso que sempre afundava, em vez de aflorar.

Percebeu que esta era a única coisa que ele continuava a precisar dela. Que estava começando a desistir do resto.

Ela notou um homem que a olhava, virando levemente a cabeça quando ela passava. O olhar dele a acompanhava, embora nunca parasse para se apresentar — não havia razão para isso. Ela sabia que não havia muitas mulheres com sua aparência no campus. A maioria das outras indianas usava sári. Apesar da calça jeans, das botas e do cardigã com cinto, ou talvez por causa deles, Gauri sabia que se destacava.

No começo, ele lhe pareceu pouco atraente, fisicamente. Na casa dos cinquenta anos, imaginou ela, um pouco gordo na cintura. Os olhos eram miúdos, inescrutáveis. Cabelo claro um pouco espetado. Lábios finos, a pele do rosto sulcada, parecendo ressecada.

Ele usava paletó de veludo canelado marrom, com suéter por baixo. Levava na mão uma pasta velha de couro. Embora se cruzassem com uma previsibilidade cômica, reconhecendo-se em silêncio, ela nunca o viu sorrir.

Supôs que fosse um professor. Não fazia ideia a que departamento pertencia. Um dia, notou uma aliança no dedo dele. Via-o quando ia para as aulas de alemão, sempre no mesmo trecho do caminho.

Um dia, olhou para trás para vê-lo. Encarando-o, desafiando-o a parar, a dizer alguma coisa. Não tinha a menor ideia do que faria, mas começou a querer, a torcer que acontecesse. Sentia o corpo reagir ao vê-lo, o coração batendo mais rápido, os membros se retesando, uma umidade entre as pernas.

Procurando Subhash na cama, imaginava que estava com aquele homem, num quarto de hotel ou na casa dele. Sentindo sua boca, seu sexo encostando no dela.

Às quartas-feiras, os dias em que o via, ela começou a se arrumar para o encontro. A aula era de manhã, o que significava que daria tempo. Um pouco mais de uma hora, para ir com ele e voltar antes de ir pegar Bela. Nas terças, ela preparava um jantar maior para o dia seguinte, para compensar o eventual lapso em seu cronograma.

Mas, na outra vez, ela o viu numa segunda-feira à tarde, em outra parte do campus. Reconheceu-o de costas. Precisava pegar Bela dali a meia hora, estava indo à biblioteca para pegar um livro, mas mudou de rota e começou a segui-lo, apressando-se para acompanhá-lo, mas ao mesmo tempo mantendo alguma distância.

Seguiu-o ao centro acadêmico. Sentia suas inibições se dissolvendo. Iria até ele, olharia para ele. Por favor, diria.

Entrou atrás dele na sala de dois ambientes com sofás junto às paredes e televisões nos cantos. Ele parou para pegar um exemplar do jornal do campus, dando uma rápida olhada. Então viu que ele ia até um dos sofás, inclinava-se para beijar uma mulher que estava esperando. Tocava-lhe o joelho.

Ela se refugiou no único lugar que lhe ocorreu, o enorme banheiro feminina, empurrando a porta pesada, cruzando o tapete espesso da antessala, trancando-se num banheiro. Estava sozinha, não havia ninguém nos banheiros vizinhos e não conseguiu se conter, levou a mão ao seio, acariciando-o, a outra mão abrindo o zíper do jeans, encaixando os dedos na saliência do osso, a testa apoiada no metal frio da porta.

Levou apenas um instante para se acalmar, para terminar. Lavou as mãos na pia, alisou o cabelo, viu a cor que lhe subira ao rosto. Atravessou a sala a passos largos, sem parar para ver se o homem e sua companheira estavam lá.

Na quarta-feira seguinte, tomou outro caminho até a sala de aula. Garantiu que nunca mais iria topar com ele, tomando a direção oposta se o visse.

Uma tarde, Bela estava ocupada com uma tesoura e um livro de figurinhas de bonecas para recortar. Era julho, e a escola de Bela tinha fechado durante as férias; o campus estava parado. Subhash estava dando um curso de verão em Providence, passando o resto do tempo num laboratório em Narragansett. Gauri passava os dias com Bela, sem interrupção, sem carro para irem passear em algum lugar.

Gauri estava sentada com seu livro ao lado, a *Ética* de Espinosa, tentando ler uma seção até o final. Mas algo começava a mudar: vinha se tornando possível ler um livro e estar com Bela ao mesmo tempo. Possível estar juntas, fazendo coisas separadas.

A televisão estava desligada, o apartamento quieto exceto pelo som intermitente da tesoura de Bela, recortando devagar o papel grosso.

Indo à cozinha para fazer chá, Gauri viu que estavam sem leite. Voltou à sala. Viu a nuca de Bela, reclinada sobre sua tarefa.

Estava falando consigo mesma, criando um diálogo em várias vozes entre as bonecas de papel.

Calce os sapatos, Bela.

Por quê?

Vamos sair.

Estou ocupada, disse ela, de repente parecendo uma menina de doze e não de seis anos. Como se, com uma tesourada, tivesse cortado sua necessidade de Gauri, eliminando-a.

Surgiu a ideia. A loja ficava logo atrás do prédio, a dois minutos de caminhada, Dava para enxergá-la pela janela da cozinha, passando a caçamba de lixo, a máquina de refrigerantes e os carros estacionados no fundo.

Vou descer para pegar a correspondência.

Sem parar para refletir muito, ela saiu, trancando a porta. Desceu a escada, atravessou o estacionamento, entrou no dia quente e frondoso.

Mais corria do que andava. Os pés estavam leves e ligeiros. Na loja, sentiu-se como uma criminosa, preocupada que o senhor no caixa, sempre gentil com Bela, pensasse que Gauri estava roubando o leite que fora comprar.

Onde está sua filha hoje?

Com uma amiga.

Ele sorriu e lhe deu uma bala de hortelã do frasco que ficava ao lado da máquina registradora. Diga que fui eu.

Ela contou o troco depressa, mas com cuidado. A transação era demais para ela, como na primeira vez em que estivera lá. Lembrou-se de agradecer. Jogou a bala fora antes de entrar no prédio, escondendo o leite na sacola a tiracolo.

No dia seguinte, arrumou as coisas para Bela à mesa do café na frente da televisão. Pensou em todos os detalhes: um copo de água se ela sentisse sede, um prato generoso de uvas e biscoitos.

Alguns lápis de reserva, caso se quebrasse a ponta do que ela estava usando para desenhar. Meia hora de preparativos cuidadosos para cinco minutos de ausência.

Os cinco minutos viraram dez, às vezes mais. Quinze minutos para ficar sozinha, para desanuviar a cabeça. Era o tempo de atravessar correndo a praça central do campus para ir até a biblioteca e devolver um livro, tarefa simples que podia fazer a qualquer hora, mas que decidira fazer naquele momento. Tempo de ir à agência de correio e mandar uma carta, pedindo para se matricular num dos programas de doutorado que Otto Weiss sugerira. Tempo de pensar que, sem Bela ou Subhash, sua vida podia ser diferente.

Tornou-se um desafio, um quebra-cabeças para resolver, para manter o espírito aguçado. Uma maratona pessoal que se sentia obrigada a correr constantemente, crendo que, se parasse, perderia a capacidade de realizá-la. Antes de sair, verificava se o fogão estava desligado, as janelas fechadas, as facas fora de alcance. Não que Bela fosse daquele tipo de criança.

Assim começou de tarde. Não todas as tardes, mas várias, até demais. Desorientada com o senso de liberdade, devorando a sensação como um mendigo devora a comida.

Às vezes, ia simplesmente até a loja e voltava, sem comprar nada. Às vezes realmente pegava a correspondência, sentava num banco do campus e verificava. Ou ia até o centro acadêmico para pegar um exemplar do jornal do campus. Então voltava, correndo escada acima, ao mesmo tempo triunfante e aterrada consigo mesma. Destrancava a porta, e lá estava Bela, tal como a havia deixado. Nunca suspeitando, nunca perguntado aonde ela tinha ido.

Então, num dia daquele verão, Subhash voltou mais cedo do que o habitual, pretendendo aproveitar o final dos dias quentes e levar Bela à praia.

Encontrou Bela escondida debaixo de uma das tendas que às vezes fazia com as mantas que tirava da cama, pondo por cima do sofá e da mesa de café na sala. Ficava contente dentro dessa estrutura, brincando sozinha.

Disse a ele que a mãe tinha ido buscar a correspondência. Mas Gauri não estava no térreo do prédio. Subhash sabia disso, pois ele mesmo acabara de pegar a correspondência e subira as escadas.

Dez minutos depois, Gauri voltou com um jornal. Não tinha percebido o carro de Subhash no estacionamento. Como ele não telefonara para avisar que estava saindo mais cedo, não havia por que pensar que já estivesse em casa.

Aí está ela, disse Bela quando Gauri entrou. Viu, eu disse que ela sempre volta.

Mas Subhash, que estava de pé junto à janela, de costas para a sala, levou vários minutos antes de se virar.

De início, ele não lhe fez nenhuma censura. Durante uma semana, seu único castigo foi se recusar a falar, se recusar a reconhecer sua presença, tal como seus sogros a tinham ignorado depois da morte de Udayan. Convivendo no apartamento como se ela fosse invisível, como se apenas Bela estivesse ali, a fúria contida. No dia em que rompeu o silêncio, ele disse:

Minha mãe tinha razão. Você não merece ter filhos. Com você, esse privilégio foi um desperdício.

Ela se desculpou, disse que aquilo nunca mais se repetiria. Embora o odiasse por insultá-la, sabia que a reação dele era justificada e que nunca a perdoaria pelo que tinha feito.

Embora continuassem a viver na mesma casa, ele se afastou dela, tal como ela tinha se afastado dele. O amplo espaço para si que ela queria no casamento, agora ele lhe dava de bom grado. Não queria mais tocar nela na cama, não aventava mais a possibilidade de um segundo filho.

Quando ela foi aceita na primavera seguinte num programa de doutorado em Boston, quando lhe ofereceram pagar as despesas de transporte, ele não fez nenhuma objeção. Não disse nada quando ela começou a pegar o ônibus para Boston duas vezes por semana ou quando combinou com estudantes da graduação para cuidar de Bela nos dias em que estivesse ausente. Não a criticou por tumultuar a rotina nem por querer passar aquele tempo fora.

Por causa de Bela, estava excluída a possibilidade de uma separação. O cerne do casamento era Bela e, apesar dos incômodos criados por Gauri, apesar de sua nova programação, suas idas e vindas, o fato de Bela permanecia.

Além disso, era uma estudante, sem renda. Como Bela, Gauri não sobreviveria sem ele.

V

1.

A cada dia diminui: um pouco menos de água que se vê pela grade do terraço. Bijoli nota como as duas lagoas na frente da casa e a baixada atrás delas estão atravancadas de lixo. Roupas velhas, trapos, jornais. Embalagens vazias de Mother Dairy. Vidros de Horlick, latas de Bournvita e talco. Papel de embrulho roxo dos chocolates Cadbury. Xícaras de barro quebradas em que antigamente, na beira da estrada, serviam chá e iogurte adoçado.

O entulho vai se adensando como uma margem à beira d'água. Esbranquiçado de longe, colorido de perto. Até seu lixo foi parar ali: o papel de embalagem dos pacotes de biscoito ou de manteiga. Mais um tubo achatado de Boroline. As maçarocas dos fios de cabelo que lhe caem da cabeça, removidos do pente.

Sempre jogaram restos e refugos nessas áreas de água. Mas agora o acúmulo é deliberado. Uma prática ilegal ocorrendo em lagos, em arrozais, por toda Calcutá. Estão sendo entulhados por imobiliárias, para que a terra pantanosa da cidade se torne terreno firme, para que se possam formar novos setores, construir novas casas. Criar novas gerações.

Isso se dera em escala maciça no norte, em Bidhannagar. Ela tinha lido a respeito nos jornais, os engenheiros holandeses pondo tubulações para trazer lodo do Hooghly, fechando os lagos, transformando água em terra. Tinham criado no local uma cidade planejada, Salt Lake.

Muito tempo atrás, quando tinham vindo para Tollygunge, a água era límpida. Nos dias de muito calor, Subhash e Udayan se refrescavam nos lagos. Os pobres tomavam banho ali. Depois das chuvas, as águas da cheia transformavam a baixada num belo local, com aves aquáticas, uma superfície clara que refletia o luar.

A água que sobrou agora se reduz a um círculo verde no centro, um verde opaco que lhe lembra os veículos militares. Dias de inverno, quando o calor do sol é intenso, quando a maior parte da baixada já voltou a ser lama, ela vê a água de algumas poças se evaporando diante de seus olhos, subindo do solo como vapor.

Apesar do lixo, o aguapé ainda cresce, de raízes teimosas. Os construtores que querem essa área terão de fazer uma queimada para erradicá-lo ou removê-lo com máquinas.

Numa certa hora, ela se levanta da cadeira. Desce até o pátio para colher alguns jasmins e cravinas, que abriga na concha da mão. As dálias de seu marido ainda estão floridas neste inverno, gente espiando por cima do muro para admirá-las.

Ela passa pelos lagos e vai até o começo da baixada. Seu andar mudou. Perdeu a coordenação necessária para pôr um pé na frente do outro. Move o corpo primeiro de um lado, depois do outro, inclinando o ombro, o pé procurando o solo.

Aquele anoitecer ocorreu faz tanto tempo que já surgiram muitas histórias. As crianças do bairro, que nasceram depois da morte de Udayan, ficam quietas quando a veem com as flores e a pequena urna de bronze.

Lava a lápide e troca as flores, tirando as do dia anterior, já murchas. Em outubro passado, fez doze anos. Ela enfia a mão numa poça, aspergindo as flores com a água dos dedos, para mantê-las úmidas durante a noite.

Bijoli sabe que mete medo às crianças; que também é para elas uma espécie de fantasma no bairro, um espectro que as observa do terraço, sempre saindo todos os dias à mesma hora. Sente vontade de dizer que estão certas, e que o fantasma de Udayan realmente está espreitando por ali, dentro de casa, em volta de casa, em volta do enclave.

Alguns dias, contaria Bijoli às crianças se perguntassem, ela o vê se aproximar, chegando em casa depois de um longo dia na faculdade. Ele atravessa as portas de vaivém e entra no pátio, uma sacola de livros ao ombro. Ainda bem barbeado, concentrado nos estudos, ansioso em se sentar à escrivaninha. Dizendo-lhe que está com fome, com sede, perguntando por que ainda não pôs a água do chá para ferver.

Ela ouve seus passos na escada, o ventilador girando em seu quarto. O barulho da estática no rádio que parou de funcionar anos atrás. O som rápido do fósforo estalando, a chama acendendo e então diminuindo, quando chega na beirada da caixa.

Como desgraça final para a família, seu corpo nunca foi devolvido. Não tiveram sequer o consolo de honrar o cadáver crivado de balas. Não puderam ungi-lo, envolvê-lo com flores. Não fora transportado nos ombros dos camaradas, saindo do enclave e conduzido ao próximo mundo aos gritos de *hari bol*.

Depois de sua morte, não havia como recorrer à lei. Fora a lei, na época, que permitira que a polícia o matasse. Durante algum tempo, ela e o marido procuraram o nome dele nos jornais. Precisando de provas mesmo depois do que tinham visto. Mas não saiu nenhuma notícia. Nenhuma admissão do que fora feito. A pequena lápide de pedra, erguida por decisão de seus camaradas de partido, é o único reconhecimento.

Tinham-lhe dado o nome do sol. Aquele que doa a vida sem receber nada em troca.

***

No ano após a morte de Udayan, no ano em que Subhash levou Gauri para os Estados Unidos, o marido de Bijoli se aposentou. Acordava antes de clarear e tomava o primeiro bonde para o norte, até Babu Ghat, onde se banhava no Ganges. No resto do dia, depois do desjejum, isolava-se no quarto e lia. Para o almoço não queria arroz e dizia a ela que cortasse alguma fruta, esquentasse uma tigela de leite.

Essa rotina, essas pequenas privações estruturavam o dia dele. Deixara de ler os jornais. Deixara de se sentar com Bijoli no terraço, reclamando que a brisa era úmida demais, que pegava no peito. Lia o *Mahabharata* traduzido para o bengali, algumas páginas por vez. Perdendo-se em velhos contos, em conflitos antigos que não os tinham envolvido. Quando começou a ter problema na vista, com os olhos toldados pela catarata, não se deu ao trabalho de se consultar. Passou a usar uma lente de aumento.

A certa altura, sugeriu que vendessem a casa e se mudassem de Tollygunge, deixando Calcutá para trás. Talvez se mudando para algum outro lugar da Índia, para alguma vila tranquila na montanha. Ou talvez pedindo visto e indo para os Estados Unidos, para ficar com Subhash e Gauri. Nada os prendia ali, disse ele. A casa ficava praticamente vazia. Um arremedo zombeteiro do futuro que imaginaram que teriam.

Por algum tempo ela considerou a ideia. Viajar, fazer as pazes com Subhash, aceitar Gauri, conhecer a filha de Udayan.

Mas para Bijoli era impossível abandonar a casa onde Udayan vivera desde o nascimento, o bairro onde morrera. O terraço de onde ela o vira pela última vez, à distância. O campo adiante da baixada, onde o tinham apanhado.

O campo não era mais deserto. Agora há um conjunto de casas novas, os telhados cheios de antenas de televisão. De manhã, ali perto, há um mercado novo, onde Deepa diz que os preços dos vegetais são melhores.

Um mês atrás, antes de ir se deitar, seu marido prendeu o mosquiteiro nos pregos da parede e deu corda no relógio para marcar as horas do dia seguinte. De manhã, Bijoli percebeu que a porta do quarto dele, contíguo ao dela, ainda estava fechada. Que ele não tinha saído para seu banho.

Não bateu à porta dele. Foi ao terraço, para sentar, olhar o céu e bebericar seu chá. Havia algumas nuvens no céu, mas nada de chuva. Disse a Deepa para levar chá ao marido, para acordá-lo.

Alguns minutos depois, quando Deepa entrou no quarto, Bijoli ouviu o barulho do pires e da xícara se quebrando no chão. Antes que Deepa voltasse ao terraço, para lhe dizer que ele morrera durante o sono, Bijoli já sabia.

Enviuvou, como enviuvara Gauri. Agora Bijoli usa sáris brancos, sem estampas nem bordados. Retirou os braceletes e parou de comer peixe. Já não tem o vermelhão marcando o repartido do cabelo.

Mas Gauri se casou outra vez, com Subhash, uma guinada que ainda a deixa estupefata. Em alguns aspectos, era menos esperado, mais chocante do que a morte de Udayan. Em alguns aspectos, igualmente devastador.

Deepa agora faz tudo. Adolescente capaz, cuja família mora fora da cidade, com cinco irmãos para ajudar a sustentar. Bijoli deu a Deepa suas bijuterias e coisas coloridas e as chaves da casa. Deepa lava e penteia o cabelo de Bijoli, arrumando-o de uma maneira que as partes mais ralas não apareçam tanto. À noite, dorme na casa com Bijoli, no quarto de orações onde Bijoli não ora mais.

Lida com o dinheiro, vai ao mercado, prepara as refeições, pega a correspondência. De manhã, tira a água potável do poço. De noite, verifica se o portão está trancado.

Se precisa fazer alguma bainha, usa a máquina de costura que Udayan costumava azeitar, que consertava com suas ferramentas e assim Bijoli nunca precisou levá-la a uma oficina. Bijoli diz a Deepa que pode usar a máquina de costura o quanto quiser, e agora se tornou uma fonte de renda adicional para ela, como costumava ser para Bijoli, costurando túnicas e calças, aceitando ou oferecendo blusas para as mulheres do bairro.

De tarde, no terraço, Deepa lê artigos do jornal para Bijoli. Nunca a matéria inteira, só algumas linhas, pulando as palavras difíceis. Conta-lhe que um artista de cinema é presidente dos Estados Unidos. Que o PCI(M) está governando de novo Bengala Ocidental. Que Jyoti Basu, que Udayan costumava insultar, é o ministro.

Deepa substituiu todos: o marido, a nora, os filhos de Bijoli. Ela crê que foi Udayan que organizou tudo isso.

Lembra-se dele sentado com um pedaço de giz no pátio, ensinando os meninos e meninas que costumavam trabalhar para eles, que não tinham frequentado a escola, a ler e escrever. Era amigo dessas crianças, comendo com elas, chamando-as para brincar, dando-lhes carne do próprio prato se Bijoli não tivesse separado o suficiente. Vinha em defesa delas, quando levavam alguma reprimenda.

Depois, mais velho, juntava coisas usadas, lençóis, vasilhas e panelas para distribuir entre as famílias que moravam em colônias, em cortiços. Acompanhava uma criada até a casa dela, nas partes mais pobres da cidade, para levar remédios. Para chamar um médico se alguém da família dela estivesse doente, para assistir a um funeral se alguém morresse.

Mas a polícia tinha dito que ele era um infiel, um extremista. Membro de um partido político clandestino. Um garoto que não distinguia entre o certo e o errado.

Ela vive da pensão do marido e da renda dos aposentos do térreo, que começaram a alugar a outra família depois que Gauri foi embora. De vez em quando, chega um cheque em dólares de Subhash, que leva meses até ser compensado. Ela não lhe pede ajuda, mas não está em condições de recusar.

Somando tudo, é suficiente para comprar comida e pagar Deepa, até para comprar uma pequena geladeira e para instalar uma linha telefônica. As linhas são imprevisíveis, mas, na primeira tentativa, ela pegou o aparelho, discou o número de Subhash e sua voz chegou até os Estados Unidos, dando a notícia de que o marido morrera. Foi alguns dias depois do fato. Foi uma surpresa, claro, mas até que ponto a afetara?

Viviam em quartos separados fazia mais de uma década. Fazia mais de uma década que o marido não falava do que acontecera a Udayan. Negava-se a falar do assunto com Bijoli, com qualquer pessoa. Todo dia de manhã, depois de se banhar no rio, comprava frutas no mercado, na volta parando para conversar sobre uma coisa e outra com os vizinhos. Juntos, sempre em silêncio, os dois jantavam sentados no chão sob o retrato fúnebre de Udayan, nunca reconhecendo o fato.

Tinham amado a casa, o local onde moravam; em certo sentido, foi o primeiro filho deles. Orgulhavam-se de todos os detalhes, cuidando juntos, entusiasmados a cada modificação.

Quando foi construída inicialmente, quando tinha apenas dois aposentos, a energia elétrica estava começando a chegar ao bairro, candeeiros acesos para preparar o jantar. O poste de ferro com o lampião na rua, elegante exemplo do planejamento urbano britânico, ainda não fora convertido. Todos os dias, antes do pôr do sol e depois ao romper do dia, vinha alguém da empresa, subindo numa escadinha, ligando e desligando o gás à mão.

O terreno tinha 7,60 metros de frente por 18,20 de fundo. A casa em si era estreita, não chegando a cinco metros de largura. Havia uma passagem obrigatória de 1,20 m de cada lado e o muro da divisa.

Bijoli contribuíra com seu único recurso. Vendeu o ouro que recebera em dote ao se casar. Pois o marido tinha insistido, antes mesmo de terem filhos, que construir uma casa para a família, ter uma propriedade em Calcutá, por simples que fosse, era mais importante. Acreditava que não havia segurança maior.

Originalmente, a casa era coberta com telhas de argila seca, mais tarde substituídas por placas de asbesto corrugado. Numa época, Subhash e Udayan dormiam num quarto sem grades nas janelas. De noite colocavam aniagem nas aberturas porque ainda não tinham instalado as venezianas. Às vezes entrava chuva.

Ela lembra o marido polindo trincos e dobradiças com retalhos de algum sári velho. Batendo os colchões para tirar a poeira. Uma vez por semana, depois que construíram um banheiro particular, ele limpava antes de se lavar, despejando desinfetante nos cantos e tirando as teias de aranha logo que se formavam.

Nos cômodos, todos os dias Bijoli fazia um inventário meticuloso de tudo o que tinham. Levantando, desempoeirando, colocando de volta no lugar. Sabendo exatamente onde ficava cada coisa. Sob sua vigilância, os lençóis eram muito bem esticados. O espelho sem uma manchinha. As xícaras de chá sem nenhuma marca por dentro.

Sahib Mejo, o segundo dos três irmãos Nawab, era o dono da área que formava o enclave e lhes vendera o terreno. Descendia do sultão Tipu, que fora morto pelos ingleses, cujo reino fora dividido, cujos filhos ficaram reclusos algum tempo no Tolly Club. Quem visitasse a Inglaterra, pelo que Bijoli ouviu dizer um dia, podia ver a espada e as chinelas de Tipu, partes de seu torno e tenda, expostas como troféus de conquista numa das residências da rainha Elizabeth.

Nos primeiros anos de vida de Subhash e Udayan, quando ainda não estava claro se Calcutá pertenceria à Índia ou ao Paquistão, essas famílias de sangue real moravam entre eles. Tinham sido gentis com Bijoli, convidando-a a sair da rua e entrar em suas casas de colunas, oferecendo-lhe refresco de frutas. Subhash e Udayan tinham acariciado os coelhos de estimação que criavam em gaiolas no pátio. Tinham brincado num balanço feito com tábua de madeira, embaixo de um caramanchão de buganvílias.

Em 1946, ela e o marido ficaram receosos que a violência chegasse a Tollygunge e que talvez os vizinhos muçulmanos se virassem contra eles. Pensaram em juntar as coisas e sair da casa por algum tempo, indo morar em outra parte da cidade, onde os hindus eram maioria. Mas um sobrinho de *Sahib* Mejo fora muito franco. Saíra em defesa deles. Quem entrar neste enclave para ameaçar um hindu terá de me matar antes, disse ele.

Mas, depois da Partilha, a família de *Sahib* Mejo e muitas outras fugiram. O solo natal se tornava corrosivo, como água salgada atingindo as raízes de uma planta. Abandonaram suas casas elegantes, na maioria ocupadas ou destruídas.

É assim também que agora parece a casa de Bijoli, abandonada, o curso desviado. Udayan não viveu para herdá-la, Subhash se recusa a voltar. Devia ser um consolo; o único filho que restou depois de lhe tirarem o outro. Mas ela não conseguia amar um sem o outro. Ele apenas aumentava a perda.

Quando ele voltou após a morte de Udayan, quando se pôs diante deles, ela só sentiu raiva. Raiva de Subhash por lhe lembrar tanto Udayan, por ter a voz parecida, por ser uma versão sobressalente dele. Entreouvira Subhash conversando com Gauri, dando-lhe atenção, sendo gentil.

Ela lhe falou, quando anunciou que ia se casar com Gauri, que a decisão não cabia a ele. Quando insistiu, ela disse que estava pondo tudo em risco e que nunca entrariam naquela casa como marido e mulher.

Falou isso para feri-los. Falou isso porque uma moça da qual, para começar, não gostava, não queria em sua família, ia se tornar sua nora pela segunda vez. Falou isso porque era Gauri, não Bijoli, que trazia no ventre uma parte de Udayan.

Não era sua intenção falar tudo aquilo. Mas durante doze anos Subhash e Gauri tinham mantido sua posição. Não voltaram, nem juntos nem separados, a Tollygunge; ficaram longe, na distância. E assim ela sente a maior vergonha que pode sentir uma mãe: não só sobreviver a um filho, mas perder outro, ainda vivo.

Quarenta e um anos antes, Bijoli desejara muito conceber Subhash, mais do que qualquer outra coisa que desejara na vida. Fazia quase cinco anos que estava casada antes de acontecer, já nos meados da casa de seus vinte anos, começando a pensar que talvez não pudesse ter filhos, que talvez ela e o marido não pudessem ter uma família. Que tinham investido na propriedade e construído a casa à toa.

Mas no final de 1943 ele nasceu. Naquela época, Tollygunge era um município independente. A nova ponte Howrah estava aberta ao trânsito, mas ainda eram charretes a cavalo que levavam as pessoas à estação de trem. Gandhi estivera em jejum em protesto contra os britânicos, e os britânicos estavam em guerra com os países do Eixo, de forma que as árvores de Tollygunge ficavam repletas de soldados estrangeiros, prontos para abater aviões japoneses.

No verão em que ficou grávida, começou a chegar uma avalanche de gente do campo na estação de Ballygunge. Esqueléticos, quase enlouquecidos. Eram camponeses, pescadores. Gente que outrora produzira e fornecera alimento para os outros, agora morrendo por falta de comida. Ficavam deitados nas ruas de Calcutá do Sul, à sombra das árvores.

Um ciclone no ano anterior destruíra os arrozais ao longo da costa. Mas todos sabiam que a fome que se seguira era uma calamidade criada por mão humana. O governo ocupado com problemas militares, a distribuição afetada, o custo da guerra tornando o preço do arroz proibitivo.

Ela lembra os cadáveres fedendo ao sol, cobertos de moscas, apodrecendo nas estradas até virem as carroças para retirá-los. Ela lembra os braços de algumas mulheres tão magros que tinham de puxar os braceletes de casamento, seus únicos enfeites, acima do cotovelo para que não caíssem.

Os que ainda tinham alguma energia abordavam as pessoas na rua, batendo no ombro de estranhos para mendigar a água turva de amido que escorria quando drenavam a panela de arroz e que normalmente jogavam fora. *Phen*.

Bijoli costumava separar essa água, dando a magotes de gente delirante que se aglomerava na hora das refeições diante das portas de vaivém de sua casa. Subhash pesando-lhe na barriga, ela ia aos centros de voluntários para servir tigelas de mingau. À noite, ouviam-se os rogos dos pedintes, como o balido intermitente de um animal. Como os chacais no Tolly Club, que a assustavam da mesma forma.

Nos lagos além da casa e nas águas da baixada inundada, ela via gente em busca de alimento. Comendo insetos, comendo terra, comendo larvas que rastejavam no chão. Foi naquele ano de sofrimento ubíquo que, pela primeira vez, ela trouxe vida ao mundo.

Quinze meses depois, não muito antes do final da guerra e da rendição do Japão, chegou Udayan. Em sua lembrança, tinha sido uma só e longa gravidez. Um após o outro ocuparam o corpo de

Bijoli, as células de Udayan começando a se dividir e se multiplicar antes que Subhash desse o primeiro passo, antes que recebesse um nome próprio. Em essência, o que parecia separá-los eram os três meses entre os respectivos aniversários, e não os quinze que haviam transcorrido na realidade.

Alimentara-os a mão, arroz e *dal* misturados no mesmo prato. Tirara os espinhos de um mesmo pedaço de peixe, enfileirando-os ao lado do prato como um jogo de suas agulhas de costura.

Desde o começo, Udayan era mais exigente. Por alguma razão, não se sentia seguro do amor dela por ele. Chorando, protestando, desde o instante em que nasceu. Chorando se ela o entregava ao colo de outra pessoa ou saía do quarto por um momento. O trabalho de acalmá-lo criara união. Embora a exasperasse, era evidente que necessitava dela.

Talvez seja por isso que ainda agora se sente mais próxima de Udayan do que de Subhash. Ambos a desafiaram, escapando e se cansando com Gauri. No caso de Udayan, a princípio ela tentara aceitar. Tinha esperanças de que se assentaria tendo esposa, que se afastaria da política. Ela vai continuar com seus estudos, dissera ele aos pais. Não a transformem numa dona de casa. Não se intrometam no caminho dela.

Chegava em casa com presentes para Gauri, levava-a a restaurantes e cinemas, iam juntos visitar os amigos dele. Quando Bijoli e o marido souberam o que os estudantes andavam fazendo depois de Naxalbari, o que andavam destruindo, quem andavam matando, pensaram consigo mesmos que Udayan estava casado. Que tinha um futuro a pensar, uma família a formar. Que não ia se misturar a eles.

Sem comentar nada, tinham se preparado para escondê-lo, para mentir à polícia, caso aparecesse. Imaginavam que era uma simples questão de protegê-lo.

Sem perguntar aonde ele ia à noite, sem saber com quem ele se encontrava, estavam preparados para perdoá-lo. Eram seus pais. Não estavam preparados, naquela noite, para deixar de serem seus pais.

Ela não consegue mais rever a cena na imaginação. Nem consegue imaginar a vida que Subhash e Gauri levam nos Estados Unidos, no lugar chamado Rhode Island. A criança, chamada Bela, que estão criando como marido e mulher. Mas agora Subhash perdeu o pai. Pela segunda vez desde que saiu da Índia, por causa de uma segunda morte, ele é obrigado a encará-la.

Certa manhã, olhando a vista do terraço, Bijoli tem uma ideia. Desde a escada e atravessa as portas do pátio, vai para o enclave e então segue até a rua. Passam escolares de uniforme, de meias brancas e sapatos pretos, as malinhas a tiracolo carregadas de livros. Saia azul-celeste para as meninas, calção e gravata para os meninos.

Estão rindo, até que a veem e se afastam. Seu sári está manchado e os ossos ficaram frágeis, os dentes já bambos nas gengivas. Não lembra a idade que tem, mas sabe, sem precisar parar para pensar, que Udayan teria feito 39 anos nesta primavera.

Carrega uma cesta larga e baixa, usada para guardar carvão de reserva. Anda até a baixada, erguendo o sári e pondo à mostra as panturrilhas, com pintas que lembram alguns ovos, como se tivessem sido borrifadas com uma leve camada castanha. Entra numa poça e se encurva, remexendo as coisas com uma vareta. Depois, com as mãos, começa a retirar objetos da água verde-escura. Um pouco por vez, alguns minutos por dia; este é seu plano, manter limpa a área em volta da lápide de Udayan.

Ela amontoa os refugos na cesta, esvazia a cesta um pouco adiante e então volta a enchê-la. Com as mãos nuas, separa os frascos vazios de Dettol, de xampu Sunsilk. Coisas que os ratos não comem, que os corvos não pegam. Maços de cigarro jogados por gente de passagem. Um absorvente higiênico ensanguentado.

Sabe que nunca vai conseguir remover tudo. Mas todos os dias vai e enche a cesta, uma vez, e depois mais algumas vezes. Não se importa quando alguns, parando para ver o que ela está fazendo, dizem que é inútil. Que é repulsivo, abaixo de sua dignidade. Que pode lhe causar algum tipo de doença. Está acostumada com vizinhos que não a entendem. Está acostumada a ignorá-los.

Todos os dias, remove uma pequena parcela das coisas indesejadas de vidas alheias, embora tudo aquilo, pensa ela, tenha sido outrora útil e desejado. Sente o sol queimando a nuca. O calor está agora no auge; as chuvas ainda vão demorar alguns meses para chegar. Sente-se satisfeita com a tarefa. Ocupa o tempo.

Um dia, aparecem alguns objetos inesperados, amontoados perto da lápide de Udayan. Folhas de bananeira sujas, com manchas de comida. Guardanapos de papel usados, com o nome de um fornecedor, cálices quebrados onde os convivas tomaram chá e água filtrada. Grinaldas de flores murchas, usadas para enfeitar a entrada de uma casa.

São os restos de uma festa de casamento em algum lugar do bairro. Sinais de uma união auspiciosa, uma comemoração. Uma mistura de coisas que lhe causa repulsa, que não quer tocar nem limpar.

Nenhum dos filhos se casou dessa maneira. Não tinham comemorado, não houve convidados para festejar. Foi somente no funeral de Udayan que serviram alimento aos presentes na casa, folhas de bananeira com montinhos de sal e fatias de limão arrumadas no andar de cima, parentes e camaradas esperando em fila no patamar, até a vez de subir a escada e comer a refeição.

Ela se pergunta qual seria a família que casou um filho ou uma filha. O bairro anda crescendo: não sabe mais onde começa e onde acaba. Antigamente, teria batido à porta deles, seria reconhecida, bem-vinda, convidada a tomar uma xícara de chá. Teria recebido um convite para o casamento, insistiriam que fosse. Mas agora há casas novas, pessoas novas que preferem suas televisões, que nunca falam com ela.

Quer saber quem fez aquilo. Quem profanou este local? Quem insultou a memória de Udayan desta forma?

Ela brada aos vizinhos. Quem foi responsável? Por que não se apresentam? Já esqueceram o que aconteceu? Ou não sabiam que foi aqui que seu filho estava escondido? E logo ali, onde antes era um campo vazio, foi onde o mataram?

Suplica, com as mãos em concha, como faziam os mendigos com fome, entrando no enclave, pedindo comida. Tinha feito por eles o que podia. Tirara o amido da panela de arroz e dera a eles. Mas ninguém dá atenção a Bijoli.

Apresentem-se, grita aos que estão olhando pelas janelas ou do alto das casas. Lembra a voz do paramilitar, falando pelo megafone. *Caminhe devagar. Mostre o rosto.*

Espera que Udayan apareça entre os aguapés e venha até ela. Agora está seguro, diz a ele. A polícia foi embora. Ninguém vai te levar. Volte depressa para casa. Você deve estar com fome. O jantar está pronto. Logo vai escurecer. Teu irmão se casou com Gauri. Agora estou sozinha. Você tem uma filha nos Estados Unidos. Teu pai morreu.

Espera, na certeza de que ele está ali, de que está a ouvi-la. Ela fala sozinha, para si, para ninguém. Cansada de esperar, espera mais um pouco. Mas a única pessoa que aparece é Deepa. Lava as mãos sujas e os pés enlameados de Bijoli com água fresca. Envolve seus ombros num xale e passa o braço por sua cintura.

Venha tomar chá, diz Deepa, adulando-a, levando-a para casa.

No terraço, junto com o prato de biscoitos e a xícara de chá, Deepa lhe estende mais uma coisa.

O que é isso?

Uma carta, Mamoni. Estava hoje na caixa de correio.

É dos Estados Unidos, de Subhash. Ele confirma os planos de visitá-la neste verão, informando a data da chegada. Até lá, terão transcorrido quase três meses desde a morte do pai.

Ele diz que não é possível chegar antes. Diz que vai trazer a filha de Udayan, mas que Gauri não pode vir. Cita algumas palestras que pretende dar em Calcutá. Diz que ficarão seis semanas. *Ela me considera seu pai*, diz sobre a menina a que deram o nome de Bela. *Ela não sabe de nada.*

O ar está parado. Os prédios do governo, construídos recentemente atrás da casa, vedam a passagem da aragem vinda do sul, que costumava percorrer toda a extensão do terraço. Ela devolve a carta a Deepa. Como um saquinho de chá sobressalente que não vai usar agora, ela põe a informação de lado e volta os pensamentos para outras coisas.

2.

Chegaram no começo das monções. Em bengali, dizia-se *barsha kaal*. Todo ano, mais ou menos nessa época, disse-lhe o pai, a direção do vento mudava, soprando do mar para a terra, e não da terra para o mar. Ele lhe mostrou num mapa como as nuvens iam da baía de Bengala, passando pela terra quente até as montanhas ao norte. Subindo e esfriando, sem conseguir reter a umidade, presas na Índia por causa da altura dos Himalaias.

Quando vinham as chuvas, disse ele a Bela, os afluentes do delta mudavam o curso. Os rios transbordavam e as ruas da cidade se alagavam; para a lavoura, podia ser bom ou uma calamidade. Apontando do terraço da casa de sua avó, ele lhe disse que os dois lagos lá adiante transbordavam e se juntavam num só. Além dos lagos, o excesso de chuva se acumulava na baixada, durante algum tempo a água chegando a bater na altura do ombro de Bela.

De tarde, depois das manhãs de sol forte, vinham as trovoadas, como grandes folhas de alumínio ondulado. Chegavam as nuvens de linhas escuras. Bela olhava enquanto elas baixavam depressa, como uma imensa cortina cinzenta, encobrindo a luz do dia. Às vezes, como desafio, a luz do sol persistia, um disco pálido, de tal forma encerrado num contorno ardente que parecia sólido, fazendo lembrar uma lua cheia.

O interior da casa escurecia e as nuvens começavam a explodir. A água entrava, passando pelos parapeitos, pelas grades, encharcando os trapos sob as venezianas que tinham de fechar a toda a pressa. Uma criada chamada Deepa entrava correndo para enxugar a água que escorria pelo chão.

Do terraço, Bela olhava os troncos finos das palmeiras que se curvavam sem se quebrar ao vento marinho. As folhas pontiagudas batiam como penas de aves gigantescas, como velhas pás de moinhos que revolviam o céu.

A avó não estava no aeroporto para recebê-los. Em Tollygunge, no terraço onde se sentava, no andar de cima da casa onde seu pai crescera, Bela ganhou um colarzinho. As bolinhas minúsculas de ouro, como enfeites de doces de festa, ficavam bem juntas e apertadas. A avó se inclinou até ela. Sem dizer nada, fechou o colar no pescoço de Bela e então o girou para que o fecho ficasse na parte de trás.

A avó tinha cabelos grisalhos, mas as mãos tinham pele lisa e macia. O sári enrolado no corpo, de algodão branco, era simples como um lençol. Suas pupilas não eram negras, eram leitosas e de um azul-escuro. Os olhos da avó, pousando nela, iam de Bela para o pai, como se seguissem um filamento entre os dois.

Observando enquanto abriam as malas, a avó ficou decepcionada que não tivessem trazido nenhum presente especial para Deepa. Deepa usava um sári e uma pedrinha preciosa na narina, e chamava Bela de *Memsahib*. Seu rosto tinha o formato de um coração. Apesar do corpo magro, dos braços finos, tinha força suficiente para ajudar o pai de Bela a carregar as malas pesadas ao segundo andar.

Deepa dormia no quarto pegado ao da avó. Um quarto que parecia um armário grande, subindo meio lance de degraus, de teto tão baixo que não dava para ficar de pé. Era ali que Deepa desenrolava um colchão estreito no final do dia.

A avó deu as loções e sabonetes americanos que a mãe de Bela escolhera, o jogo de lençol e fronha de estampa florida. Disse a Deepa que os usasse. Pôs de lado os carretéis de linhas coloridas, o bastidor de bordar, a almofadinha redonda para alfinetes, dizendo que agora era Deepa que costurava. A bolsa de couro negro em formato de envelope grande, que fechava de um estalo só e que Bela ajudara a mãe a escolher em Rhode Island, no Warwick Mall, também foi para Deepa.

No dia posterior à chegada, seu pai esteve numa cerimônia em honra ao avô dela, que tinha morrido alguns meses antes. Um sacerdote cuidava de um pequeno fogo que ardia no centro do aposento. Havia frutas empilhadas ao lado, em bandejas e pratos de bronze.

No chão, apoiado contra a parede, havia um retrato grande do rosto do avô e, do lado, a foto de um menino, um adolescente sorrindo, numa moldura encardida de madeira clara. Ardia incenso na frente dessas imagens, flores brancas perfumadas postas como colares grossos na frente do vidro.

Antes da cerimônia, veio um barbeiro à casa e raspou a cabeça e as faces de seu pai no pátio, que ficou com o rosto miúdo e diferente. Bela recebeu instrução de estender as mãos e, sem nenhum aviso, as unhas das mãos e, depois, dos pés foram aparadas com uma lâmina.

Ao anoitecer, Deepa acendia espirais para afastar os mosquitos. Lagartixas escamadas apareciam dentro de casa, ficando perto da linha onde a parede e o teto se encontravam. À noite, ela dormia no mesmo quarto, na mesma cama com o pai. Entre eles ficava um travesseiro comprido, de rolo. O travesseiro para a cabeça parecia um saco de farinha. A tela do mosquiteiro era azul.

Toda noite, montada a fina barricada em torno deles, vedada a entrada de qualquer outro ser vivo, ela sentia alívio. Quando seu pai ficava de costas para ela, dormindo, sem cabelo, sem camisa, ele parecia quase outra pessoa. Acordava antes dela, o mosquiteiro erguido e enrolado como um enorme ninho suspenso num dos cantos do quarto. O pai já tinha tomado banho e se vestido, e comia uma manga, mordendo diretamente a fruta. Nada daquilo era novidade para ele.

Como desjejum, davam-lhe pão tostado diretamente no fogo, iogurte doce, uma banana pequena de casca verde. A avó recomendava a Deepa, antes de sair para o mercado, que não comprasse um certo tipo de peixe, dizendo que as espinhas eram trabalhosas demais para tirar.

Observando Bela, que tentava pegar o arroz e a lentilha com os dedos, a avó disse a Deepa que trouxesse uma colher. Quando Deepa serviu a Bela um pouco de água da bilha que ficava numa pequena banqueta, no canto da sala, a avó lhe chamou a atenção.

Dessa água não. Dê água fervida. Ela não é acostumada a viver aqui.

Depois da primeira semana, o pai começou a sair durante o dia. Explicou que ia dar algumas palestras em universidades próximas e se encontrar com cientistas que o estavam ajudando num projeto. No começo, ela se aborreceu, por ficar na casa com a avó e Deepa. Pela grade do terraço, observava-o ao sair, levando uma sombrinha para proteger a cabeça raspada dos raios de sol.

Ficava nervosa até ele voltar, até ele apertar a campainha, e então baixavam uma chave, ele destrancava o portão e ali estava diante dela outra vez. Preocupava-se com ele, tragado pela cidade, grande e confusa, que tinha visto pela janela do táxi que os trouxera a Tollygunge. Não gostava de imaginá-lo tendo de lidar com a cidade, de cair de certa forma como presa sua.

Um dia, Deepa chamou Bela para irem juntas ao mercado e passearem um pouco pelas ruas estreitas do bairro. Passaram por janelas pequenas com barras verticais. Pedaços de pano, estendidos em arames, serviam de cortina. Passaram pelos lagos, rodeados de lixo, entupidos de folhas verdes reluzentes.

Nas ruas calmas, com paredes dando logo na calçada, davam alguns passos e logo alguém as detinha, perguntando a Deepa quem era Bela, por que estava ali.

A neta da família Mitra.

A menina do irmão mais velho?

Sim.

A mãe veio?

Não.

Você entende o que estamos dizendo? Fala bengali?, uma mulher perguntou a Bela. Ela perscrutou seu rosto. Tinha um olhar duro, os dentes manchados e irregulares.

Um pouco.

Está gostando daqui?

Naquele dia, Bela estava doida para sair de casa, para ir com Deepa ao mercado, explorar o lugar que viera de tão longe para conhecer. Mas agora queria voltar para dentro. Não estava gostando, enquanto refaziam o caminho de volta, do jeito como alguns vizinhos puxavam as cortinas para olhá-la.

Além da água que ferviam e resfriavam para ela tomar, todos os dias de manhã aqueciam água para seu banho. A avó dizia que, do contrário, Bela podia pegar um resfriado, apesar do tempo tão quente. A água quente do banho era misturada com água fresca que, em certas horas do dia, vinha por uma mangueira fina de borracha, bombeada até um tanque no pátio ao lado da cozinha.

Deepa a levava ao pátio, estendia-lhe uma caneca de metal, dizendo o que devia fazer. Devia amornar a seu gosto a água quente com a água fria da mangueira, despejar sobre o corpo, então se ensaboar com um pedaço de sabão escuro e depois se enxaguar. Não se podia desperdiçar a água corrente. Era coletada num balde e o que sobrasse ia para o tanque.

Bela bem que queria ficar dentro do tanque, que parecia uma banheira de bordas altas, mas era proibido. E assim tomava banho ao ar livre em vez de ter a privacidade de um banheiro ou sequer a proteção da uma banheira, entre os pratos e panelas que também precisavam ser lavados. Supervisionada por Deepa, cercada por palmeiras e bananeiras, observada por corvos.

Vocês deviam ter vindo mais tarde, não agora, disse Deepa enxugando as pernas de Bela com uma toalha xadrez fina. Era áspera, como um pano de prato.

Por quê?

É quando vem Durga Pujo. Agora só chove.

Estou aqui por causa do meu aniversário, disse Bela.

Deepa falou que tinha dezesseis ou dezessete anos. Quando Bela perguntou quando fazia aniversário, ela respondeu que não sabia direito.

Você não sabe quando nasceu?

Em Basanta Kal.

E quando é isso?

Quando o *kokil* começa a cantar.

Mas em que dia você comemora?

Nunca comemorei.

Num trecho ensolarado do terraço, a avó passou um óleo de perfume adocicado, que ficava num vidro, pelas pernas, braços e cabeça de Bela. Bela estava de calcinha, como se ainda fosse menina pequena. Os braços moles, as pernas abertas.

A avó penteou Bela, às vezes usando os dedos quando os nós estavam muito embaraçados. Segurava e examinava seus cabelos.

Sua mãe não lhe ensinou a usar o cabelo preso?

Ela abanou a cabeça.

Não há uma regra na escola para isso?

Não.

Você tem de usar trança. Principalmente de noite. Agora duas, uma de cada lado. Quando for mais velha, uma só, no meio, atrás.

Sua mãe nunca lhe tinha dito aquilo. Sua mãe usava cabelo curto, como homem.

O cabelo de seu pai era a mesma coisa. Nunca ficava assentado nesse clima. Nunca me deixava encostar num fio. Mesmo no retrato você pode ver como ficava descabelado.

Bela almoçava no quarto onde dormia a avó. Estava acostumada a comer arroz, mas aqui o cheiro era penetrante, os grãos não tão brancos. Às vezes mordia uma pedrinha que sobrara depois de Deepa escolher o arroz, e o barulho, ao ser triturada nos molares, parecia explodir nos ouvidos.

Não havia mesa de jantar. No chão ficava um tecido bordado, como uma espécie de toalhinha de jogo americano, mas grande, para se sentar. A avó se acocorava nas plantas dos pés, com os ombros curvados, os braços rodeando os joelhos, a observá-la.

No alto da parede estavam as duas fotografias perante as quais seu pai se sentara durante a cerimônia. Os retratos do avô morto e do adolescente que era seu pai, pelo que disse a avó, sorrindo, o rosto ligeiramente inclinado de lado. Bela nunca tinha visto uma imagem do pai tão jovem. Era tão jovem, no retrato, que podia ser um irmão mais velho. Nunca tinha visto nada dele antes de seu nascimento.

Embaixo dessas imagens, sempre farfalhando de leve à brisa do ventilador, havia um maço de recibos domésticos e fichas de rações, perfurado e fixado num prego. Por cima desses pedaços de papel empalados, o rosto de seu pai adolescente ficava a observá-la comendo arroz de colher, com ar divertido, enquanto o avô, fitando em frente com o olhar cansado, as sobrancelhas ralas, parecia não notar que ela estava ali.

Exceto pelas duas fotos e o maço de recibos, não havia nada para olhar nas paredes. Nenhum livro, nenhuma lembrança de viagem, nada que indicasse como a avó gostava de passar o tempo. Ela ficava horas sentada no terraço, de costas para o resto da casa, olhando pela grade.

Todo dia, a certa hora, Deepa levava a avó até o pátio, onde ela arrancava as corolas de algumas das flores nos vasos e ao longo das trepadeiras que subiam pelo muro, colocando-as dentro de uma pequena urna de bronze.

Saía de casa, junto com Deepa, passando pelos lagos até o começo da baixada inundada. Ia até um local determinado, ficava ali e depois de alguns minutos voltava. Quando a avó entrava no pátio, a urna das flores estava vazia.

O que você faz lá?, um dia Bela perguntou.

A avó estava sentada na espreguiçadeira, as mãos dobradas, sem chegar a se fechar, inspecionando a superfície sulcada das unhas. Sem erguer os olhos, ela disse: Converso um pouco com seu pai.

Meu pai está em casa.

A avó olhou para ela, arregalando os olhos azuis. Está?

Ele voltou agora há pouco.
Onde?
Em nosso quarto, Dida.
O que ele está fazendo?
Está deitado. Falou que ficou cansado depois de ir à agência do American Express.
Oh. A avó desviou o olhar.
A luz diminuiu. Ia chover outra vez. Deepa foi correndo ao topo da casa, para recolher as roupas do varal. Bela foi atrás, querendo ajudar.
Tem chuva assim lá em Rhode Island?, perguntou Deepa.
Era difícil explicar em bengali. Mas uma de suas primeiras lembranças era um furacão em Rhode Island. Não lembrava o temporal em si, só a preparação e o resultado. Lembrava a banheira cheia de água. O supermercado lotado, as prateleiras vazias. Tinha ajudado o pai a pôr fita adesiva nas janelas, cujas marcas ficaram por muito tempo depois de tirarem a fita.
No dia seguinte, foi com o pai ao campus, vendo galhos arrancados e espalhados na praça, as ruas forradas de folhas verdes. Encontraram uma árvore de tronco grosso que tinha caído, as raízes entrelaçadas expostas. Viram o terreno encharcado que havia cedido. A árvore parecia mais imponente estendida ali no chão. De proporções assustadoras, agora que estava morta.

O pai tinha trazido fotos para mostrar à avó. A maioria era da casa onde agora Bela e os pais moravam. Tinham se mudado para lá dois verões antes, o verão em que Bela fez dez anos de idade. Ficava mais perto da baía, não muito longe da faculdade de oceanografia onde seu pai tinha estudado. Era conveniente, perto do laboratório onde seu pai trabalhava. Mas ficava mais longe do campus maior onde Bela crescera, aonde agora a mãe ia duas vezes por semana, para dar um curso de filosofia.

Bela ficara decepcionada pois, embora a casa ficasse a um quilômetro e meio da praia, não dava para ver o mar pelas janelas. Só de vez em quando, ao ficar lá fora, vinha um leve cheiro, a maresia perceptível no ar.

Havia fotos da mesa de jantar, da lareira, da vista no terraço onde tomavam sol. Coisas que ela conhecia. As pedras grandes formando uma divisa com o terreno atrás do deles, que às vezes Bela escalava. Fotos da frente da casa no outono, quando as folhas ficavam vermelhas e douradas, e fotos no inverno, os galhos nus cobertos de gelo. Uma foto de Bela ao lado de um pequeno bordo japonês que o pai plantara na primavera.

Viu a si mesma na pequena praia em quarto crescente em Jamestown, aonde gostavam de ir nas manhãs de domingo, o pai levando café e bolinhos. Era onde as duas pontas da ilha se encontravam, onde ele a ensinou a nadar, onde ela podia ver os rebanhos pastando numa campina enquanto boiava no mar.

Notou que a avó observava as fotos como se todas fossem iguais.
Onde está Gauri?

Ela não gosta de tirar retrato, disse o pai. Anda ocupada, dando seu primeiro curso. E está terminando a tese. Vai entregar logo.

A mãe passava os dias, mesmo os sábados e domingos, no quarto de hóspedes que lhe servia de escritório, trabalhando de porta fechada. Era seu escritório, disse-lhe a mãe, e quando estivesse lá Bela devia se comportar como se ela não estivesse em casa.

Bela não se incomodava. Estava contente que a mãe ficasse em casa em vez de passar uma parte da semana em Boston. Durante três anos, a mãe ia até uma universidade de lá, para assistir às aulas do curso que estava fazendo. Saindo de manhã cedo, voltando quando Bela já estava dormindo.

Mas agora, tirando as noites em que dava aulas, a mãe quase não saía de casa. Passavam-se horas, a porta sem se abrir, a mãe sem aparecer. De vez em quando uma tosse, uma cadeira rangendo, um livro caindo no chão.

Às vezes, a mãe perguntava se Bela ouvia a máquina de escrever à noite, se o barulho incomodava, e Bela dizia que não, embora ouvisse muito bem. Às vezes, Bela brincava de apostar consigo mesma quanto tempo duraria o silêncio até ser novamente rompido pelo som das teclas.

Era com a mãe que ela passava a maior parte do tempo durante a semana, mas não havia nenhuma foto só das duas juntas. Nenhum sinal de Bela assistindo à tevê na parte da tarde ou fazendo um trabalho da escola à mesa da cozinha, enquanto a mãe preparava o jantar ou lia uma pilha de exames com uma caneta na mão. Nenhum sinal das duas indo de vez em quando à grande biblioteca da universidade, para devolver os livros emprestados, deixando-os numa caixa.

Não havia nada documentando as viagens a Boston que ela e a mãe faziam vez por outra, durante as férias na escola. Pegavam o ônibus, depois um trólebus, até um campus no meio da cidade, espremido entre o rio Charles e uma estrada comprida e movimentada. Nenhum sinal dos dias em que Bela seguira a mãe em vários prédios onde ia encontrar alguns professores ou da vez em que Bela foi levada ao Quincy Market como forma de agrado.

Olhe ela ali, disse Bela quando a avó passou para a foto seguinte.

A mãe aparecia ali sem querer. Era um retrato de Bela de muitos anos atrás, posando para a câmera no apartamento antigo, com linóleo no chão. Estava fantasiada de Chapeuzinho Vermelho para o Halloween, segurando uma vasilha cheia de doces para distribuir.

Mais no fundo estava a mãe, levemente inclinada sobre a mesa da cozinha, tirando os pratos do jantar, de calças e túnica marrom.

Tão elegante, disse Deepa, olhando por cima do ombro da avó.
A avó entregou as fotos ao pai.
Fique com elas, mãe. Tirei para você.
Mas a avó devolveu, afrouxando a mão a ponto de caírem algumas fotos no chão.
Já vi, disse ela.

Nos últimos anos, Bela tinha ouvido a palavra *tese* e não fazia ideia do que era. Então um dia, na casa nova, a mãe lhe disse: Estou escrevendo um trabalho. Como os que você escreve para a escola, só que mais comprido. Algum dia pode virar um livro.

A explicação deixou Bela desapontada. Até então, achava que era uma espécie de segredo, uma experiência que a mãe estava fazendo enquanto Bela dormia, como as experiências que o pai monitorava nos mangues. Aonde às vezes ele a levava para ver os límulos na lama, sumindo nos buracos, desovando na maré cheia. Em vez disso, soube que a mãe, que passava os dias fechada num quarto cheio de livros, estava apenas escrevendo mais um trabalho.

Às vezes, quando sabia que a mãe não estava em casa ou estava no banho, Bela entrava no escritório para dar uma espiada. Os óculos da mãe estavam ali abandonados na escrivaninha. Quando Bela pegou e olhou por eles, as lentes embaçadas deixaram as coisas borradas.

Xícaras com restos de chá ou café frio, algumas criando delicados desenhos de bolor, se espalhavam aqui e ali, esquecidas nas prateleiras. Encontrou folhas amassadas no cesto, cobertas de coisas ilegíveis. Todos os livros eram encapados com papel pardo, com títulos que a mãe tinha anotado nas lombadas, para identificá-los: *A natureza da existência, Eclipse da razão, Lições para uma fenomenologia da consciência interna do tempo*.

Pouco tempo atrás, a mãe tinha começado a se referir à tese como um manuscrito. Uma noite, ao jantar, falou dela como falaria de um bebê, dizendo ao pai que estava preocupada que as páginas voassem por alguma janela aberta ou fossem consumidas por algum incêndio. Disse que às vezes ficava preocupada em deixá-las sozinhas em casa.

Num final de semana, parando numa liquidação que estavam fazendo no jardim de uma casa, Bela e o pai encontraram um arquivo de metal pintado de marrom entre as coisas à venda. O pai conferiu se as gavetas abriam e fechavam sem problemas e então comprou a peça. Carregou do porta-malas do carro até o escritório da mãe, batendo à porta para lhe dar o presente de surpresa.

Ela estava à máquina de escrever, olhando para eles com o rosto apoiado na mão como sempre fazia quando estava concentrada. Os cotovelos na mesa, o queixo apoiado na palma da mão, o dedo médio e o indicador em V, pressionando a maçã do rosto e formando um triângulo parcial a emoldurar o olho.

O pai lhe estendeu uma chavinha miúda que balançava de um aro como se fosse um brinco.

A mãe se levantou, tirando as coisas do chão para que Bela e o pai pudessem entrar com mais facilidade. Onde você quer que ele fique?, perguntou o pai, e a mãe respondeu que o melhor seria no canto.

Para surpresa de Bela, naquele dia a mãe não ficou brava com a interrupção. Perguntou se estavam com fome, saiu do escritório e preparou um almoço para eles.

Todos os dias, Bela ouvia as gavetas abrindo e fechando, guardando as páginas que a mãe datilografava. Uma noite, sonhou que tinha voltado da escola e encontrara a casa totalmente queimada, restando somente o esqueleto da estrutura, como as casas que ela construía com palitos de picolé quando era menor, e apenas o arquivo incólume na grama.

***

Um dia em Tollygunge, brincando de subir e descer as escadas, ela notou duas pequenas argolas aparafusadas nos dois lados do patamar. Argolas de ferro negro. Deepa estava lavando a escada. Torcendo um trapo num balde de água, trabalhando ajoelhada.

O que é isso?, perguntou Bela puxando com os dedos uma das argolas.

É para ela não sair quando não estou aqui.

Quem?

Sua avó.

Como funciona?

Passo uma corrente.

Por quê?

Senão ela pode se perder.

Tal como a avó, Bela não podia sair sozinha da casa em Tollygunge. Não podia nem andar pela casa à vontade, ir ao pátio ou subir à cobertura sem permissão.

Não podia ir brincar com as crianças que às vezes via brincando na rua nem entrar na cozinha para pegar alguma coisa para comer. Se quisesse tomar um copo da água fervida e resfriada em sua moringa, precisava pedir.

Mas em Rhode Island, desde o terceiro ano escolar, a mãe deixava que ela passeasse pelo campus à tarde. Ia com Alice, outra menina de sua idade, que também morava no conjunto deles. A recomendação era que ficassem no campus, e só. Mas para ela o campus era enorme, tendo de atravessar ruas, prestar atenção nos carros. Ela e Alice podiam se perder facilmente.

As duas brincavam no campus como outras crianças fariam num parque, entretendo-se em subir e descer degraus, em apostar corrida na praça diante do prédio de belas-artes, em brincar de pega-pega na área verde. Paravam na biblioteca, onde a mãe de Alice trabalhava.

Iam até a mesa dela, sentavam nos cubículos vazios. Girando nas cadeiras, comendo miudezas que a mãe de Alice guardava na gaveta da mesa. Tomavam água gelada no bebedouro e se escondiam entre as estantes dos livros.

Alguns minutos depois já estavam lá fora outra vez. Gostavam de ir à estufa ao lado do prédio de botânica, rodeada por um jardim florido cheio de borboletas. Nos dias de chuva, brincavam no centro acadêmico.

Bela sentia orgulho de não ser supervisionada, de encontrar o caminho para casa sem precisar perguntar. Deviam ouvir o toque do relógio, para voltar às quatro e meia no inverno.

Ela não comentara nada sobre esses passeios ao pai. Sabendo que ele ficaria preocupado, guardava-os em segredo. E assim, até a época em que se mudaram de lá, essas tardes foram um vínculo entre Bela e a mãe, uma intimidade baseada no fato de que passavam aquele tempo separadas. Dera à mãe aquelas horas para si mesma, sem querer estragar, sem querer ameaçar esse vínculo.

Agora Bela tinha idade suficiente para se levantar sozinha, para pegar de manhã a caixa de flocos de cereal na bancada, as mãos firmes o suficiente para se servir de leite. Quando estava pronta para sair, ia sozinha até o ponto de ônibus. O pai saía cedo. A mãe, ficando acordada em seu escritório à noite, gostava de dormir até tarde.

Não havia ninguém para ver se comia torradas ou flocos de cereais, se terminava tudo ou não, embora sempre terminasse, tomando até a última colherada do leite adoçado, pondo a tigela usada dentro da pia, deixando correr um pouco de água para ficar mais fácil de lavar. Depois da escola, se a mãe estava fora, na universidade, tinha agora idade suficiente para pegar uma chave que o pai deixava num comedouro vazio e entrava.

Toda manhã ela subia a escada, ia até o final do pequeno corredor, batia à porta do quarto dos pais para avisar à mãe que estava indo, sem querer incomodá-la, mas também esperando que ela ouvisse.

Então, num dia de manhã, precisando de um clipe para prender duas páginas de resumo de um livro, ela entrou no escritório da mãe. Viu a mãe virada de costas para a porta, dormindo no sofá, um braço acima da cabeça. Começou a entender que o quarto que a mãe chamava de escritório era também seu dormitório. E que o pai dormia no outro quarto, sozinho.

Que idade você tinha naquele retrato?, perguntou ao pai quando estavam deitados juntos na cama, sob o mosquiteiro, antes de se iniciar um novo dia.
Que retrato?
O do quarto da Dida, onde comemos. O retrato ao lado do de Dadu, que ela fica olhando o tempo inteiro.
O pai estava deitado de costas. Ela o viu fechar os olhos. Era meu irmão, disse ele.
Você tem irmão?
Tinha. Morreu.
Quando?
Antes de você nascer.
Por quê?
Ficou doente.
Do quê?
Uma infecção. Os médicos não conseguiram curar.
Era meu tio?
Era, Bela.
Você se lembra dele?
Ele se virou para fitá-la. Acariciou sua cabeça. Ele faz parte de mim. Cresci com ele.
Sente falta dele?
Sinto.

Dida diz que é você no retrato.
Ela está ficando velha, Bela. Às vezes confunde as coisas.

Ele começou a levá-la quando saía. Iam até a mesquita na esquina para pegar um táxi ou um riquixá. Às vezes iam a pé até o terminal e pegavam um bonde. Se tinha algum encontro com um colega, levava-a junto, deixando-a sentada numa cadeira num corredor com pé-direito alto, dando-lhe gibis indianos para ler.

Levava-a para almoçar em restaurantes chineses imersos na penumbra, onde comiam *chow mein*. A bancas onde ela podia comprar braceletes de vidro colorido, papel de desenho, fitas para o cabelo. Cadernos bonitos para escrever e desenhar, borrachas translúcidas com cheiro de fruta.

Levou-a ao zoológico para ver os tigres brancos que cochilavam nas pedras. Nas calçadas cheias de gente, ele parava na frente dos mendigos que apontavam o estômago e punha algumas moedas no prato.

Um dia, foram a uma loja de roupas para comprar sáris para a avó e Deepa. Brancos para a avó, coloridos para Deepa. Eram de algodão, enrolados nas prateleiras como bobinas grossas de papel que o vendedor sacudia e desdobrava para lhes mostrar. Na vitrine da loja havia outros mais bonitos, de seda, enrolados em manequins.

Podemos comprar um para a mamãe?, perguntou Bela.
Ela nunca usa, Bela.
Mas podia.
O vendedor começou a mostrar o sári de tecido mais fino, mas o pai abanou a cabeça. Vamos achar outra coisa para sua mãe.

Foram até uma joalheria, onde Bela escolheu um colar de contas de olho de tigre. E compraram a única coisa que a mãe tinha pedido, um par de chinelas de couro vermelho-claro, o pai dizendo ao vendedor, no último minuto, que ia levar dois pares em vez de um.

Nos táxis enfrentavam o trânsito, a poluição entupindo seu peito, cobrindo a pele de seus braços com uma fina fuligem escura. Ela ouvia o estrépito dos bondes e a buzina dos carros, as sinetas dos riquixás coloridos puxados à mão. Ônibus barulhentos com os motoristas batendo na lataria, anunciando o itinerário, gritando para os passageiros subirem.

Às vezes ela e o pai ficavam presos no congestionamento um tempo enorme, que pareciam horas. O pai se irritava, com vontade de parar o taxímetro, descer e ir a pé. Mas Bela ainda preferia isso a ficar enfiada na casa da avó.

Passando numa rua com várias bancas de livros enfileiradas, o pai comentou que foi ali que a mãe tinha frequentado a faculdade. Bela ficou imaginando se ela se pareceria com as estudantes que via na calçada, entrando e saindo pelo portão. Moças de sári, o cabelo longo enrolado em trança, com um lenço na frente do rosto, sacolas de pano cheias de livros.

Notou nas ruas alguns prédios enfeitados, que se destacavam dos demais. Era agosto, mas estavam decorados com luzes de Natal, as fachadas cobertas com panos coloridos. Um dia, de táxi, pararam perto de um desses prédios, atrás de uma fila de carros. Havia um tapete vermelho fino na entrada, para receber os convidados. Havia música tocando, gente de roupas bonitas entrando.

O que está acontecendo ali?
Um casamento. Vê aquele carro ali na frente, coberto de flores?
Vejo.
O noivo vai sair dali.
E a noiva?
Está esperando lá dentro.

Você e a mãe se casaram assim?
Não, Bela.
Por que não?
Eu tinha de voltar para Rhode Island. Não havia tempo para grandes comemorações.
Também não quero grandes comemorações.
Você ainda tem muito tempo pela frente antes de pensar nisso.
A mãe me disse um dia que vocês não se conheciam quando casaram.
Esse casal também talvez não se conheça muito bem.
E se um não gostar do outro?
Vão tentar.
Quem decide os casamentos?
Às vezes são os pais. Às vezes os próprios noivos.
Vocês mesmos é que decidiram?
Foi. Nós é que decidimos.

Passaram a tarde de seu aniversário de doze anos num clube não muito longe da casa dos avós. Um conhecido do pai dela, amigo do tempo de faculdade, era sócio e convidou para irem lá.

Havia uma piscina para nadar. Um maiô que apareceu por mágica, pois a mãe não tinha posto nenhum na bagagem. Mesas com comes e bebes, dando para a área aberta.

Havia outras crianças para brincar na piscina e no parquinho, para conversar em inglês. Havia muitas crianças indianas, na maioria vindas de fora em visita ao país, como Bela, e algumas europeias. Sentiu-se animada em falar com elas, e se apresentou. Ganhou um passeio a cavalo. Para comer depois, havia sanduíches de queijo e pepino e sopa de tomate condimentado. Um bloco de sorvete se derretendo num prato.

O pai e o amigo ficaram conversando, tomando chá e depois cerveja a uma das mesas ao ar livre, e então ela e o pai foram caminhar por trilhas que cobriam os sapatos de poeira vermelha, ao longo de um campo de golfe, passando por vasos de flores, entre árvores cheias de passarinhos cantando.

O pai parou para olhar os jogadores. Detiveram-se sob um enorme fícus indiano. O pai explicou que era uma árvore que nascia presa a outra, brotando na copa. A massa de tentáculos retorcidos, descendo como cordas, eram raízes aéreas cercando a árvore hospedeira. Com o tempo, elas se juntavam, formando troncos adicionais, contornando um centro vazio caso a hospedeira morresse.

Postando-a na frente da árvore, o pai tirou seu retrato. Quando se sentaram num banco, o pai tirou do bolso da camisa um pacotinho embrulhado em jornal. Era um par de pulseiras de espelhinhos que um dia ela admirara no mercado e que ele voltou para comprar.

Está se divertindo?

Ela assentiu. Viu que ele se inclinava e lhe dava um beijo no alto da cabeça.

Estou contente por termos vindo hoje. A chuva parou. Diferente do dia em que você nasceu.

Continuaram a andar, afastando-se da sede do clube, passando por clareiras onde descansavam bandos de chacais. Começou a sentir os mosquitos lhe picando os tornozelos e as pernas.

Aonde estamos indo?

Havia uma área mais adiante onde eu brincava com meu irmão.

Vocês vinham aqui quando eram meninos?

Ele hesitou e então admitiu que uma ou duas vezes ele e o irmão tinham entrado escondidos, pelos fundos do terreno.

Por que tiveram de entrar escondidos?

Não podíamos.

Por que não?

As coisas naquela época eram diferentes.

Ele percebeu alguma coisa um pouco afastada, no gramado, e foi até lá pegar. Era uma bola de golfe. Continuaram a andar.

Quem teve a ideia de entrar escondido?

Udayan. Era ele o corajoso.

Pegaram vocês?

Acabaram pegando.

O pai parou. Atirou a bola longe. Olhava para os dois lados e então para cima, para as árvores. Parecia confuso.

Vamos voltar, Baba?

Vamos, é melhor.

Ela queria ficar no clube, correr pelo gramado e apanhar os pirilampos que as outras crianças de lá diziam que apareciam à noite. Queria dormir num dos quartos de hóspedes, tomar um banho quente de banheira e passar o dia seguinte como passara o de hoje, nadando na piscina e visitando a sala de leitura cheia de livros e revistas em inglês.

Mas o pai falou que era hora de ir. O maiô foi devolvido, foi chamado um riquixá a bicicleta com o coche de metal e um banco azul safira, para levá-los de volta à casa da avó.

Não conseguia imaginar a avó no clube de onde acabavam de vir, entre as pessoas sentadas à mesa, rindo, com cigarros e copos de cerveja. Homens pedindo coquetéis, as esposas bem vestidas. Não conseguia imaginar a avó em nenhum lugar que não fosse o terraço da casa em Tollygunge, com uma corrente na escada quando Deepa não estava, ou fazendo seu curto passeio até a beira da baixada, onde só havia lixo e água suja.

Bela sentiu uma saudade súbita da mãe. Nunca tinha passado um aniversário longe dela. De manhã, ficou na esperança de receber um telefonema, mas o pai falou que estavam sem linha.

Podemos tentar agora?

A linha ainda não voltou, Bela. Logo você vai revê-la.

Bela visualizou a mãe deitada no sofá de seu escritório. Livros e papéis espalhados pelo tapete, o zumbido de um ventilador embutido na janela. A luz do dia começando a se infiltrar.

Em Rhode Island, no dia do aniversário, Bela acordava com o aroma do leite esquentando devagar no fogão. Lá, sem ser molestado, ia se adensando. A mãe saía do escritório para conferir, para acrescentar o açúcar e o arroz.

À tarde, depois que era vertido numa travessa e esfriava um pouco, a mãe chamava Bela para provar o arroz-doce cremoso, cor de pêssego. Deixava que ela raspasse a parte mais gostosa, o leite condensado que ficava no fundo da panela.

Baba?

Diga, Bela.

Podemos voltar ao clube outro dia?

Talvez na próxima vinda, disse o pai.

Falou que ela devia descansar, que era uma longa viagem de volta para Rhode Island. Tinham-se passado cinco das seis semanas na Índia. O cabelo do pai já começava a crescer outra vez.

O riquixá acelerou, passando pelas choças e bancas que se alinhavam na estrada, vendendo flores, vendendo doces, vendendo cigarros e refrigerantes. Quando se aproximavam da mesquita, o riquixá reduziu a velocidade. Tocavam um chifre de sopro, anunciando o começo da noite.

Pare aqui, disse o pai ao condutor, procurando a carteira, dizendo que fariam o resto do caminho a pé.

3.

Tomaram um ônibus do Aeroporto Logan para Providence, e então um táxi até a casa. Bela estava com as pulseiras de espelhinho no pulso. Tinha o rosto e os braços bronzeados. As tranças apertadas que a avó tinha feito na noite da partida chegavam pelo meio das costas.

Estava tudo como tinham deixado. O azul intenso do céu, as ruas e as casas. A baía à distância, cheia de veleiros. As praias cheias de gente. O som de um cortador de grama. O ar salino, as folhas nas árvores.

Ao se aproximarem de casa, ela viu que a grama tinha crescido quase até a altura do ombro. O mato, de espécies variadas, despontava como trigo, como palha. Chegava a bater na caixa de correspondência, a esconder os arbustos nas laterais da porta de entrada. Daquele tamanho, nem era mais verde, algumas partes se avermelhando por falta de água. As plumas pálidas na ponta pareciam soltas, presas a nada. Como bandos de insetos minúsculos que não se moviam.

Pelo jeito vocês ficaram fora um bom tempo, disse o motorista de táxi.

Manobrou até a entrada, ajudando o pai a tirar a bagagem do porta-malas, a levar até a porta.

Bela mergulhou entre o mato como se fosse mar, o corpo sumindo alguns instantes. Abrindo caminho, os braços bem abertos. As pontas emplumadas do capim cintilavam ao sol. Roçavam de leve o rosto, a parte de trás das pernas. Ela tocou a campainha, esperando a mãe abrir a porta.

A porta não se abriu e o pai teve de usar sua chave para destrancar. Dentro de casa, chamaram em voz alta. Não havia comida na geladeira. Apesar do dia quente, as janelas estavam fechadas e trancadas. Os aposentos no escuro, as cortinas puxadas, a terra dos vasos de casa seca.

No começo, Bela reagiu como se fosse um jogo, uma brincadeira. Pois era a única brincadeira que a mãe gostava de fazer com ela, quando pequena. Esconder-se atrás da cortina do chuveiro, agachar-se dentro de um armário, ocultar-se atrás de uma porta. Nunca cedendo, nunca dando uma tossidela se passassem alguns minutos e Bela não a encontrasse, nunca lhe oferecendo pista nenhuma.

Ela andou como detetive pela casa. Desceu até a sala e a cozinha, subiu até os quartos, onde o corredor era acarpetado com o mesmo material verde-oliva de trama cerrada, unindo os quartos como um musgo que se alastrava de uma porta a outra.

Abriu as portas e encontrou algumas coisas: grampos de bobs no banheiro, um grampeador na escrivaninha da mãe, sandália baixa no armário. Uns poucos livros nas prateleiras.

O pai estava sentado no sofá, sem notar quando Bela se aproximou, nem mesmo quando ela parou a alguns passos dele. Seu rosto parecia diferente, como se os ossos tivessem mudado de lugar. Como se alguns tivessem desaparecido.

Baba?

Na mesa ao lado havia uma folha de papel. Uma carta.

Ele estendeu a mão, procurando a dela.

Não tomei essa decisão às pressas. Na verdade, demorei tempo demais pensando nisso. Você se empenhou ao máximo. Eu também, mas nem tanto. Tentamos acreditar que seríamos companheiros.

Com Bela, sinto-me apenas lembrada como falhei com ela, de todas as maneiras. Em certo sentido, gostaria que ela fosse bem novinha para simplesmente me esquecer. Agora ela vai me odiar. Se ela quiser falar comigo ou me ver alguma hora, tentarei ao máximo combinar alguma coisa.

Diga a ela o que lhe parecer menos doloroso para ouvir, mas espero que você lhe conte a verdade. Que não morri nem desapareci, mas me mudei para a Califórnia, pois fui contratada por uma faculdade para dar aulas. Embora não seja de nenhum consolo para ela, diga-lhe que vou sentir saudades.

Quanto a Udayan, como você sabe, por muitos anos fiquei pensando como e quando poderíamos contar a ela, qual seria a idade adequada, mas agora não tem mais importância. Você é o pai dela. Como você disse muito tempo atrás e vim a aceitar faz tempo, você se demonstrou um pai melhor do que sou como mãe. E acredito que é um pai melhor do que Udayan teria sido. Em vista de minha decisão, não faz nenhum sentido que a ligação entre vocês sofra alguma alteração.

Não tenho endereço certo, mas você pode me contatar por meio da universidade. Não vou lhe pedir mais nada; o pagamento que me oferecem é suficiente. Certamente você está furioso comigo. Entenderei se não quiser se comunicar. Espero que, com o tempo, minha ausência torne as coisas mais fáceis, não mais difíceis, para você e Bela. Acredito nisso. Boa sorte, Subhash, e adeus. Em troca de tudo o que você fez por mim, deixo Bela para você.

A carta tinha sido escrita em bengali, e assim não havia o risco de que Bela decifrasse o conteúdo. Ele lhe passou uma versão da notícia, conseguindo de alguma maneira fitar seu rostinho confuso.

Ela já tinha idade para saber a que distância ficava a Califórnia. Quando perguntou quando Gauri voltaria, ele respondeu que não sabia.

Ele estava preparado para acalmá-la, para amortecer o choque. Mas foi ela que o reconfortou naquele momento, abraçando-o, abraçando o corpo esbelto e forte que transpirava preocupação. Apertando-o forte, como se do contrário ele fosse boiar à deriva, para longe dela. Nunca vou me afastar de você, Baba.

Ele sabia que o casamento, o qual fora escolha de ambos, havia se transformado num arranjo forçado, dia após dia. Mas nunca houve nenhuma conversa em que ela manifestasse o desejo de ir embora.

Algumas vezes, lá no fundo, chegara a pensar que, depois que Bela entrasse na faculdade, depois que saísse de casa, ele e Gauri poderiam começar a viver separados. Que uma nova fase poderia se iniciar quando Bela fosse mais independente, quando não fosse mais precisar tanto deles.

Tinha imaginado que Gauri, por causa de Bela, iria por ora aguentar o casamento, como ele vinha aguentando. Nunca pensou que faltaria a ela a paciência de esperar.

Das três mulheres na vida de Subhash — a mãe, Gauri, Bela —, só restava uma. A mãe agora estava com a mente desarranjada. Uma selva, sem forma, sem clareira. Tinha sido tomada pelo mato, crescendo descontrolado. A morte de Udayan a transformara para sempre.

Aquela selva era sua única liberdade. Vivia trancada dentro de casa, podendo sair apenas uma vez por dia. Deepa impedia que ela se pusesse em risco, que se atrapalhasse, que fizesse mais cenas.

Mas a mente de Gauri a salvara. Permitira-lhe se recompor. Abrira-lhe um caminho. Preparara-a para partir.

O que mais a mãe tinha deixado? No braço direito de Bela, logo acima do cotovelo, num lugar que, para enxergar, precisava virar o braço, uma constelação pintalgada com a cor mais escura da mãe, uma mancha quase sólida ao mesmo tempo discreta e evidente. Um vestígio da outra cor que ela podia ter tido. No anular da mão direita, logo abaixo da articulação, havia só um ponto daquela mesma cor.

Na casa em Rhode Island, em seu quarto, começou a se revelar outro resquício da mãe: uma sombra que logo ocupou uma parte da parede, num dos cantos, relembrando a Bela o perfil da mãe. Foi uma associação que ela notou somente depois que a mãe foi embora, e a partir daí não conseguiu mais desfazer.

Nessa sombra, ela via a testa e a linha do nariz da mãe. A boca e o queixo. Não sabia de onde vinha. Algum ramo, alguma saliência do telhado que refratava a luz, não sabia bem.

A cada dia, a imagem desaparecia conforme o sol percorria a casa; a cada manhã, voltava ao lugar que a mãe abandonara. Ela nunca viu quando se formava ou se desfazia.

Nessa aparição, todas as manhãs, Bela reconhecia a mãe e se sentia visitada por ela. Era o tipo de associação espontânea que se pode fazer olhando uma nuvem que passa. Mas, nesse caso, nunca se rompendo, nunca se transformando em outra coisa.

4.

O esforço de viver com ela desapareceu. No lugar, uma paternidade que era exclusiva, um vínculo que não teria de ser revisto ou desfeito. Tinha sua filha; só ele sabia que não era sua. Os elementos reduzidos de sua vida ficavam pouco à vontade, um ao lado do outro. Não era uma vitória nem uma derrota.

Ela passou para o sétimo ano. Estava aprendendo espanhol, ecologia, álgebra. Ele esperava que o novo prédio, os novos professores e cursos, a rotina de ir de uma sala para outra, iriam distraí-la. No começo, assim pareceu. Viu como ela organizava um fichário de três argolas, escrevendo os nomes das disciplinas nos marcadores, pregando com fita adesiva o horário dos cursos dentro do fichário.

Ele reorganizou seu horário de trabalho, deixando de ir tão cedo, fazendo questão de estar em casa de manhã para preparar o desjejum dela e vê-la sair. Observava diariamente enquanto ela ia até o ponto de ônibus, a mochila nas costas, cheia de livros escolares.

Um dia, ele percebeu que, sob a camiseta, sob o pulôver, a superfície do peito deixara de ser plana. Ela passara por alguma transformação em Tollygunge. Estava à beira de um novo tipo de beleza. Florescendo, apesar de espezinhada.

Ficou mais magra, mais calada, fechando-se em si mesma nos finais de semana. Comportando-se como Gauri costumava fazer.

Não o procurava mais, querendo passear aos domingos. Dizia que tinha tarefas da escola para fazer. Esse estado de ânimo veio rápido, sem aviso, como um céu de outono de onde a luz desaparece de repente. Ele não perguntou qual era o problema, sabendo qual seria a resposta.

Estava criando uma existência à parte dele. Este foi o verdadeiro choque. Ele pensava que seria ele a protegê-la, a dar-lhe segurança. Mas sentia-se posto de lado, acusado junto com Gauri. Tinha medo de exercer sua autoridade, sua confiança paterna abalada, agora que estava sozinho.

Ela perguntou se podia mudar de quarto e usar o escritório de Gauri. Embora abalado, ele deixou, dizendo a si mesmo que era um impulso natural. Ajudou-a a arrumar o cômodo, passando um dia inteiro a transferir as coisas dela para lá, pendurando as roupas no armário, recolocando seus cartazes nas paredes. Pôs a lâmpada de Bela na escrivaninha de Gauri, os livros de Bela nas prateleiras de Gauri. Mas, depois de uma semana, ela concluiu que preferia seu quarto antigo e queria mudar de volta para lá.

Só falava com ele quando necessário. Em certos dias, simplesmente nem falava. Ele se perguntava se ela teria contado aos amigos o que acontecera. Mas ela não lhe pedia permissão para visitá-los, e ninguém vinha visitá-la em casa. Perguntava-se se teria sido melhor se ainda morassem perto do campus, num conjunto residencial cheio de professores e pós-graduandos e respectivas famílias, em vez de estarem nessa parte isolada da cidade. Censurava-se por tê-la levado a Tollygunge, por ter dado a Gauri chance de fugir. Perguntava-se o que ela teria pensado da avó, das coisas que ouvira sobre Udayan. Embora Bela nunca os mencionasse, ele se perguntava o que ela teria percebido.

Em dezembro, ele fez quarenta e um anos. Normalmente, Bela gostava de comemorar seu aniversário. Conseguia que Gauri lhe desse algum dinheiro para lhe comprar algum frasco de Old Spice na drogaria ou um novo par de meias. No ano anterior, chegou a fazer um bolo simples para ele, uma torta gelada. Neste ano, quando voltou do trabalho, encontrou-a no quarto como de hábito. Depois de terminarem o jantar, não houve nenhum cartão, nenhuma pequena surpresa. O afastamento, a nova indiferença dela eram grandes demais.

Um dia, quando estava no trabalho, a orientadora pedagógica de Bela telefonou. Seu desempenho na escola era preocupante. Segundo seus professores, ela era despreparada, distraída. Por recomendação da professora do sexto ano, fora colocada em cursos mais avançados, mas não estava conseguindo acompanhar.

Coloque-a em outros cursos, então.

Mas não era só isso. Ela parecia não ter mais contato com os outros alunos, disse a orientadora. Na cantina, ela se sentava sozinha à mesa. Não tinha se inscrito em nenhuma agremiação. Depois da escola, tinham visto que ela saía andando sozinha.

Ela vai de ônibus de casa para a escola. Volta e faz as lições de casa. Quando eu volto, ela está sempre lá.

Mas avisaram-no que ela fora vista, mais de uma vez, vagueando em várias partes da cidade.

Bela sempre gostou de passear comigo. Talvez se sinta mais relaxada, espairecendo um pouco.

Havia estradas onde os carros andavam em alta velocidade, disse a orientadora. Uma pequena autoestrada que não serve para pedestres. Não é a interestadual, mas mesmo assim é uma autoestrada. Foi lá que viram Bela na última vez. Equilibrando-se na amurada, os braços erguidos.

Ela aceitou uma carona para casa de um desconhecido que parou para perguntar se estava tudo bem. Felizmente, era uma pessoa responsável. Outro pai aqui da escola.

A orientadora solicitou uma reunião. Pediu que Subhash e Gauri comparecessem.

Ele sentiu o estômago se revirar. A mãe dela não mora mais conosco, conseguiu dizer.

Desde quando?

Desde o verão.

O senhor devia nos ter avisado, sr. Mitra. O senhor e sua esposa conversaram com Bela antes de se separarem? Prepararam Bela?

Ele largou o telefone. Queria ligar para Gauri e gritar com ela. Mas não tinha o número, apenas o endereço da universidade onde dava aulas. Recusava-se a escrever para ela. Obstinado, queria guardar apenas para si a maneira como a ausência de Gauri estava afetando Bela. Você a deixou comigo, e mesmo assim levou-a embora, era o que lhe queria dizer.

Ele começou a levar Bela uma vez por semana a uma psicóloga que fora sugerida pela orientadora pedagógica, no mesmo conjunto de consultórios onde ficava seu oftalmologista. De início, ele resistiu, dizendo que falaria com Bela, que não seria necessário. Mas a orientadora foi categórica.

Ela disse que já tinha conversado com Bela sobre isso e que Bela não fizera nenhuma objeção. Disse-lhe que Bela precisava de um tipo de auxílio que ele não poderia fornecer. Era como se ela tivesse fraturado um osso do corpo, explicou a orientadora. Não era uma simples questão de tempo até sarar, e nem era possível que ele conseguisse curar.

Pensou outra vez em Gauri. Tentara ajudá-la, mas falhara. Agora estava apavorado que Bela se fechasse para sempre e que o rejeitasse da mesma forma.

E assim preencheu um cheque no nome da psicóloga, dra. Emily Grant, e pôs dentro de um envelope, como faria com outra conta qualquer. As contas vinham datilografadas em papeletas, que lhe chegavam pelo correio no final do mês. As datas de cada sessão, separadas por vírgulas, eram escritas à mão. Depois de pagar, ele jogava fora as contas. Odiava escrever o nome da dra. Grant no canhoto do talão.

Bela comparecia às sessões sozinha. Ele se perguntava o que ela dizia à dra. Grant, se contava a uma desconhecida as coisas que não lhe contava mais. Perguntava-se se a doutora seria uma pessoa bondosa ou não.

Lembrou quando soube pela primeira vez que Udayan tinha se casado com Gauri e se sentiu substituído por ela. Agora sentia-se substituído pela segunda vez.

Na única vez que viu a dra. Grant, fora impossível formar uma opinião a respeito dela. Uma porta se abriu e ele se levantou para apertar a mão de uma mulher. Era mais jovem do que ele esperava, baixa, uma grenha castanha revolta. Rosto sério e pálido, malha preta lisa e justa, panturrilhas roliças, sapato baixo de couro. Como uma adolescente com as roupas da mãe, a jaqueta um pouco grande demais, um pouco comprida demais, embora pela porta aberta do consultório ele visse a sucessão de títulos emoldurados e expostos na parede. Como uma mulher de aparência tão desconjuntada poderia ajudar Bela?

A dra. Grant não manifestou nenhum interesse nele. Encarara-os nos olhos por um instante, um olhar firme, mas impenetrável. Fez Bela entrar no consultório e fechou a porta diante dele.

Aquele olhar, experiente, reservado, o desanimou. Era como qualquer outro médico inteligente, examinando o paciente e já sabendo qual era a doença. Durante as sessões, teria intuído o segredo que ele guardava de Bela? Saberia que ele não era o pai verdadeiro? Que mentia a ela a esse respeito, dia após dia?

Nunca foi convidado a entrar no consultório. Durante alguns meses, não recebeu nenhuma notícia sobre os progressos de Bela. Ficar ali sentado na sala de espera, vendo a porta atrás da qual estavam Bela e a dra. Grant, só o fazia se sentir pior. Aproveitava o tempo para fazer as compras da semana. Calculava as sessões e esperava por ela no estacionamento, dentro do carro. Quando acabava, ela entrava no carro, batendo a porta.

Como foi hoje, Bela?
Bem.
Ainda te ajuda?
Ela deu de ombros.
Quer jantar num restaurante?
Estou sem fome.
Ela se desviava, como Gauri. A cabeça em outro lugar, o rosto virado para o outro lado. Castigando-o, porque Gauri não estava ali para ser castigada.
Quer escrever uma carta a ela? Tentar falar por telefone?
Ela abanou a cabeça. Curvada para baixo, a testa franzida. Os ombros caídos e retraídos, enquanto corriam as lágrimas.

De pé à porta de seu quarto à noite, observando-a no sono, ele lembrou a menina pequena de tempos atrás. Na praia com ela, quando tinha seis ou sete anos. A praia quase vazia, sua hora preferida. O sol se pondo deita nas águas um feixe de luz, mais largo junto ao horizonte, estreitando-se na direção da terra.

As pernas e braços de Bela ficam rosados, reluzentes. Em nenhum outro lugar parece tão cheia de vida, o corpo solitário equilibrando-se audaz na imensidão do mar.

Ele lhe ensina a identificar coisas, brincam de jogar: um ponto pelo mexilhão, dois pela vieira, três pelo siri. As tarambolas, arremetendo feito flechas das dunas para as ondas, valem cinco. O primeiro a falar o nome ganha os pontos.

Ela segue atrás, a alguma distância, volta e meia parando para apontar alguma coisa no chão. Pisa com cuidado nas partes com pedras. Cantarola uma musiquinha, uma parte do cabelo para trás da orelha. Um chama o outro, conferindo a pontuação.

Ele para, espera, mas então ela tem um súbito rompante de energia e passa correndo. Corre e corre, livre e desimpedida, erguendo os calcanhares na beira da água. O cabelo negro vem para a frente, despenteado pelo vento, escurecendo o rosto. Bem na hora em que ele pensa que ela terá energia de correr para sempre, de escapar à sua visão, ela para. Virando-se, ofegando, a mão na cintura, conferindo se ele está ali.

No ano seguinte, aos poucos, uma libertação do que acontecera. Uma vividez nova no olhar, uma serenidade no rosto. Mais expansiva, mais extrovertida. Outra atitude, não mais caminhando contra o vento, mas com o vento às costas, impelindo-a para o mundo.

Em vez de estar sempre em casa, agora nunca estava. No oitavo ano, ao anoitecer o telefone tocava sem parar, várias pessoas, meninas e garotos, querendo falar com ela. De porta fechada, às vezes durante horas, conversava com colegas.

As notas melhoraram, o apetite voltou. Não largava mais o garfo depois de dois bocados, dizendo que estava satisfeita. Entrou na banda, aprendendo a tocar músicas patrióticas ao clarinete, montando o instrumento depois do jantar e praticando as escalas.

No Dia dos Veteranos, ele se postou numa calçada no centro da cidade para assistir enquanto ela desfilava. De uniforme, suportando o frio do outono, concentrada na folha da partitura pendurada no peito. Num outro dia, esvaziando a lixeira do banheiro, ele viu a embalagem de um absorvente higiênico e se deu conta de que ela tinha começado a menstruar. Não lhe tinha dito nada. Comprara os artigos, guardara escondido, amadurecendo sozinha.

No colégio, entrou no grupo de estudos da natureza, ajudando o professor de biologia a classificar tartarugas e a dissecar aves, indo a praias para limpar as áreas de nidificação. Foi estudar as focas-comuns no Maine e as borboletas-monarcas em Cape May. Começou a se dedicar a outras atividades às quais ele não podia objetar: ir com algum colega de porta em porta, pedindo assinaturas a petições para a reciclagem de garrafas ou para o aumento do salário mínimo.

Quando teve permissão de seu instrutor, começou a ir de carro a restaurantes locais, recolhendo restos de comida e entregando aos albergues. No verão, trabalhava em serviços temporários ao ar livre, regando plantas numa creche ou ajudando em acampamentos infantis. Não era consumista, não se interessava em comprar coisas.

No verão após o último ano do ensino médio, não o acompanhou na viagem, quando Deepa avisou que a mãe dele tinha sofrido um derrame. Disse que queria ficar em Rhode Island, ficar com as amigas que logo perderia de vista. Ele providenciou que ela ficasse na casa de uma delas. E ainda que não lhe agradasse a ideia de passar algumas semanas tão longe de Bela, em certo sentido era um alívio não precisar levá-la outra vez a Tollygunge.

Subhash não sabia com certeza até que ponto a mãe o reconheceu. Ela lhe falava em fragmentos, às vezes como se ele fosse Udayan ou se os dois ainda fossem meninos. Dizia-lhe para não enlamear os sapatos na baixada, para não ficar brincando lá fora até muito tarde.

Viu que a mãe vivia num tempo diferente, numa realidade mais suportável. As pernas tinham perdido a coordenação motora, e assim não era mais necessário passar a corrente na escada. Estava confinada ao terraço, no topo da casa, para sempre.

Percebeu que ele talvez não existisse mais na mente da mãe, que ela já se afastara. Ele a desafiara ao casar com Gauri; evitara-a durante anos, levando a vida num lugar que ela nunca vira. E no entanto, quando menino, tinha passado inúmeras horas sentado a seu lado.

Mas agora a distância entre os dois não era meramente física ou mesmo emocional. Era intransponível. Desencadeou uma explosão retardada, um acesso de responsabilidade em Subhash. Uma tentativa, agora que não fazia mais diferença, de estar presente. Nos três anos seguintes, ele foi a Calcutá na época do inverno, para visitá-la. Sentava-se a seu lado, lendo jornais, tomando chá junto com ela. Sentindo-se tão apartado quanto Bela devia ter se sentido em relação a Gauri.

Ficava em Tollygunge como se fosse outra vez um menino, nunca indo além da mesquita na esquina. Apenas passeando pelo enclave de vez em quando, sempre parando diante do memorial de Udayan, então voltando. O resto da cidade, viva, alvoroçada, não tinha nenhum sentido para ele. Era apenas um caminho de passagem entre o aeroporto e a casa. Ele se afastara de Calcutá tal como Gauri se afastara de Bela. E agora se passara tempo demais.

Durante sua última visita, a mãe teve de ser hospitalizada. O coração estava fraco demais, ela precisava de oxigênio. Ele passava os dias inteiros a seu lado, chegando de manhã cedo ao hospital para lhe segurar a mão. O fim estava chegando e os médicos lhe disseram que ele tinha vindo em boa hora. Mas o ataque aconteceu tarde da noite.

Bijoli não morreu em Tollygunge, na casa a que se apegara. E embora Subhash tivesse voltado de tão longe para ficar junto com ela, naquela última manhã no hospital chegou tarde demais. Ela morrera sozinha, num quarto com desconhecidos, negando-lhe a oportunidade de acompanhar seu passamento.

Para a universidade, Bela escolheu uma pequena faculdade de artes liberais no Centro-Oeste. Ele a levou até lá, atravessando a Pensilvânia, Ohio e Indiana, de vez em quando deixando que ela dirigisse. Conheceu sua colega de quarto, a mãe e o pai de sua colega de quarto, e então deixou-a lá. A faculdade tinha um currículo alternativo, sem exames nem notas. O método atípico se adequava bem a ela. Segundo as longas cartas de avaliação que seus professores escreviam no final do ano letivo, ela estava indo bem. Como área de concentração, escolheu ciência ambiental. Para o trabalho de conclusão de curso, estudou os efeitos negativos dos resíduos de pesticida num rio local.

Mas a pós-graduação, que ele esperava que seria seu próximo passo, não tinha nenhum interesse para ela. Disse a ele que não queria passar a vida dentro de uma universidade, pesquisando coisas. Já tinha aprendido o suficiente em livros e laboratórios. Não queria acabar assim.

Disse-lhe aquilo com certo desdém. Foi o mais perto que chegou de uma rejeição daquilo que Subhash e Gauri faziam na vida. E ele lembrou Udayan, com sua súbita indiferença pelos estudos, tal como Bela agora.

Às vezes falava no Corpo da Paz, querendo ir a outros lugares do mundo. Ele se perguntava se ela entraria, se gostaria talvez de voltar à Índia. Estava com 21 anos, idade suficiente para tomar tais decisões. Mas, depois de se formar, ela se mudou para Massachusetts Ocidental, não muito longe dele, onde conseguiu emprego numa propriedade rural.

De início, ele pensou que ela estava lá num trabalho de pesquisa, para fazer análises do solo ou ajudar a desenvolver uma variedade nova. Mas não; estava lá como aprendiz braçal, na lavoura. Montando as linhas de irrigação, carpindo e colhendo, limpando currais. Preparando as caixas para vender os produtos, pesando os vegetais para fregueses na beira da estrada.

Quando vinha para casa nos finais de semana, ele via que o formato e a textura das mãos estavam mudando por causa das tarefas que fazia. Notou calos nas palmas, as unhas sujas. Tinha cheiro de terra. A nuca, os ombros, o rosto de um castanho mais carregado. Usava macacão de brim, botas pesadas e enlameadas, um lenço de algodão na cabeça. Levantava às quatro da manhã. Camiseta masculina com as mangas arregaçadas até o ombro, tiras de couro escuro amarradas no pulso em vez de braceletes.

A cada vez aparecia com alguma novidade. Uma tatuagem que parecia uma algema aberta no tornozelo. Uma mecha oxigenada no cabelo. Uma argola de prata no nariz.

Esta passou a ser sua vida: uma sucessão de empregos em propriedades agrícolas por todo o país, algumas perto, outras longe. Estado de Washington, Arizona, Kentucky, Missouri. Vilarejos que ele tinha de procurar no mapa, vilarejos onde, às vezes dizia ela, não havia painéis luminosos num raio de muitos quilômetros. Ela ia na época do plantio ou no período de reprodução, plantando pessegueiros ou cuidando de colmeias, criando galinhas ou cabras.

Disse a ele que morava nos alojamentos do local de trabalho, muitas vezes sem receber salário, tendo como pagamento a comida e o abrigo que forneciam. Tinha morado com grupos que faziam um fundo comum de tudo o que recebiam. Morou alguns meses em tenda, em Montana. Arranjava bicos quando precisava, pulverizando pomares, cuidando de jardins. Vivia sem seguro, sem preocupação pelo futuro. Sem endereço fixo.

Às vezes lhe enviava um cartão-postal dizendo onde estava ou mandava uma caixa de papelão com maços de brócolis ou algumas peras embrulhadas em jornal. Pimentas vermelhas secas, formando uma guirlanda. Ele se perguntava se teria ido alguma vez trabalhar na Califórnia, onde Gauri continuava a morar, ou se evitava o local.

Ele não tinha contato com Gauri. Apenas uma caixa postal para onde, nos primeiros anos, encaminhara as declarações de imposto de renda, até começarem a preencher separadamente. Afora essa correspondência oficial, nunca a procurara.

Cada qual vivia num dos extremos do país enorme, Bela vagueando entre eles. Não tinham se dado ao trabalho de formalizar o divórcio. Gauri não pedira e Subhash não se importara. Continuar casado era melhor do que ter de negociar com ela outra vez. Ficava horrorizado que ela nunca tivesse contatado Bela, nunca tivesse enviado sequer um bilhete. Que pudesse ter um coração tão frio. Ao mesmo tempo, sentia-se agradecido que o rompimento fosse claro.

De vez em quando, num jantar na casa de algum colega americano ou de alguma das famílias indianas locais com que mantinha laços de cordialidade, conhecia alguém, uma viúva ou uma solteira. Uma ou duas vezes, ligou para elas ou elas ligaram para ele, convidando-o para assistir a uma peça ou a um concerto de música clássica em Providence.

Embora não se interessasse muito por tais programas, ele tinha ido; em algumas ocasiões, ansiando por companhia, tinha passado algumas noites na cama de uma mulher. Mas não tinha nenhum interesse num relacionamento. Estava na casa dos cinquenta anos, tarde demais para formar outra família. Tinha dado um passo grande demais com Gauri. Não conseguia nem de longe imaginar que algum dia fosse querer dar novamente aquele passo.

A única companhia que queria era a de Bela. Mas ela era arisca e ele nunca sabia quando a veria outra vez. Costumava voltar no verão, tirando uma ou duas semanas de folga na época de seu aniversário, para visitar as praias e nadar no mar, na região onde ele a criara. Vez por outra, aparecia no Natal. Uma ou duas vezes, prometendo que iria, depois dizendo que tinha surgido alguma coisa de última hora, acabou não aparecendo.

Quando estava lá, dormia em sua velha cama. Esfregava pomada canforada nas pernas e braços e se afundava na banheira. Deixava que ele cozinhasse para ela, cuidasse dela por algum tempo, dessa maneira simples. Assistia com ele a filmes antigos na tevê e iam caminhar em volta do lago Ninigret ou pelas áreas cheias de azáleas em Hope Valley, como costumavam fazer quando ela era criança.

No entanto, exigia algum tempo para si, de modo que, mesmo durante suas visitas, ela continuava acordada até tarde, depois que ele ia se deitar, assando pães de abobrinha ou pegando o carro dele para um passeio, sem o convidar. Ele sabia, mesmo quando ela voltava, que uma parte sua lhe estava vedada. Que ela tinha uma sólida noção dos limites. E, embora parecendo que ela se encontrara, ele temia que ainda estivesse perdida.

Ao final de cada visita, ela fechava o zíper da mala e saía, nunca dizendo quando voltaria. Desaparecia, como Gauri desaparecera, tendo como prioridade sua vocação. Que a definia, dirigia seus rumos.

Com os anos, seu trabalho começou a se fundir com uma certa ideologia. Ele viu que havia um espírito de oposição nas coisas que ela fazia.

Agora ficava em cidades, em áreas degradadas de Baltimore e Detroit. Ajudava a converter terrenos abandonados em hortas comunitárias. Ensinava famílias de baixa renda a plantar verduras e legumes no quintal, para não precisarem depender totalmente das organizações de caridade. Desconsiderava quando Subhash elogiava suas iniciativas. Era necessário, dizia ela.

Em Rhode Island, ela verificou a geladeira e o repreendeu por continuar a comprar maçãs no supermercado. Era contrária ao consumo de alimentos que precisavam ser transportados de longas distâncias. Ao patenteamento de sementes. Comentava por que as pessoas ainda morriam de desnutrição, por que os agricultores ainda passavam fome. Criticava a desigualdade na distribuição da riqueza.

Criticava Subhash por jogar fora as cascas dos legumes em vez de fazer compostagem. Uma vez, durante uma de suas visitas, ela foi a uma loja de ferragens para comprar pregos e uma placa de compensado, fazendo uma caixa no quintal, mostrando como revirar o monte quando resfriava.

O que consumimos é o que defendemos, ela disse, acrescentando que ele precisava fazer sua parte. Podia ser dogmática, como Udayan tinha sido.

Às vezes ele se preocupava que ela tivesse ideais tão ardorosos. Mesmo assim, quando ela foi embora, e mesmo sendo mais rápido e mais barato fazer as compras no supermercado, ele começou a ir à banca de um sítio nos sábados de manhã, para comprar frutas, legumes e ovos para a semana.

O pessoal que trabalhava lá, que pesava os produtos na balança e punha em sua sacola de lona, que fazia as contas com um toco de lápis em vez de usar uma calculadora, lembrava-lhe Bela. Recordava-lhe sua simplicidade pragmática. Graças a Bela, passou a comer os produtos da estação, os produtos disponíveis. O que, quando menino, considerava a coisa mais natural do mundo.

O empenho de Bela em querer melhorar o mundo, imaginava ele, era algo que poderia motivá-la durante toda a vida. Mesmo assim, não conseguia deixar de lado sua preocupação. Ela fugira da estabilidade que ele se empenhara em lhe dar. Ela criara um rumo sem raízes, que a ele parecia precário. Que o excluía. Mas, como com Gauri, deixou que seguisse sua vida.

Um grupo informal de amigos, pessoas de quem ela falava com afeto, mas nunca apresentou ao pai, proporcionava-lhe uma espécie de família alternativa. Comentava os casamentos desses amigos, a que tinha ido. Tricotava suéteres para os filhos deles ou fazia bonecas de pano, que enviava como presentes de surpresa. Se havia outra companhia em sua vida, algum laço romântico, ele não sabia. Quando ela vinha, eram sempre eles dois, apenas.

Ele aprendeu a aceitá-la como era, a aprovar o rumo que tomara. Às vezes, o segundo nascimento de Bela parecia um milagre maior do que o primeiro. Para ele, era um milagre que ela tivesse encontrado um significado em sua vida. Que pudesse ser resistente, diante do que Gauri havia feito. Que, com o tempo, tivesse renovado, senão recuperado totalmente, o afeto que sentia por ele.

No entanto, às vezes sentia-se ameaçado, certo de que era uma inspiração de Udayan, que a influência de Udayan era maior. Gauri os deixara e Subhash confiava que ela se manteria distante. Mas, algumas vezes, Subhash acreditava que Udayan iria voltar, reivindicando seu lugar, do túmulo reivindicando Bela para si.

VI

1.

No quarto que ocupam em Tollygunge, ela solta e penteia o cabelo antes de deitar. A trava da porta está puxada, as venezianas fechadas. Udayan está deitado sob o mosquiteiro, com o rádio de ondas curtas sobre o peito. Uma perna dobrada, o tornozelo apoiado no outro joelho. Na colcha, ao lado, um cinzeirinho de metal, uma caixa de fósforos, um maço de Wills.

É 1971, o segundo ano de casamento deles. Quase dois anos desde a declaração do partido. Um ano desde as batidas policiais nas redações do *Deshabrati* e *Liberation*. Os números que Udayan continua a ler são publicados e distribuídos clandestinamente. Esconde-os embaixo do colchão. O conteúdo é considerado subversivo e agora ter algum exemplar pode ser usado como prova de crime.

Ranjit Gupta é o novo chefe de polícia e as prisões estão aumentando. A polícia pega os camaradas em casa, na universidade, nos esconderijos. Isolam-nos em cárceres espalhados por toda a cidade, arrancando confissões. Alguns saem depois de alguns dias. Outros ficam detidos por tempo indeterminado. Queimam as costas deles com tocos de cigarro, despejam cera quente dentro dos ouvidos. Enfiam varas de metal pelo ânus. Quem mora perto das prisões de Calcutá não consegue dormir.

Um dia, em poucas horas, quatro estudantes são baleados e mortos perto da College Street. Um deles não tinha nada a ver com o partido. Estava entrando pelo portão da universidade, para assistir a uma aula.

Udayan desliga o rádio. Você se arrepende?, pergunta.

Do quê?

De se casar?

Ela para de se pentear por um instante, olhando o reflexo dele no espelho, sem conseguir enxergar bem o rosto por causa do mosquiteiro. Não.

De se casar comigo?

Ela se levanta e suspende o mosquiteiro, sentando-se na beirada da cama. Estende-se ao lado dele.

Não, diz mais uma vez.

Prenderam Sinha.

Quando?

Poucos dias atrás.

Diz isso sem desalento. Como se não tivesse nada a ver com ele.

E o que isso significa?

Significa que ou vão fazê-lo falar ou vão matá-lo.

Ela volta a se sentar. Começa a trançar o cabelo para dormir. Mas ele afasta seus dedos. Desprende o sári, deixando o tecido escorregar dos seios, revelando a pele entre a blusa e a combinação. Espalha seus cabelos pelos ombros.

Deixe assim esta noite.

O cabelo se assenta entre as mãos dele. Então o peso desaparece, fica curto outra vez, de textura mais áspera, entremeado de fios brancos.

Mas no sonho Udayan continua um rapaz de vinte e poucos anos. Três décadas a menos do que a idade de Gauri agora, quase dez anos mais novo do que Bela. O cabelo ondulado penteado para trás, deixando a testa livre, a cintura estreita em comparação aos ombros. Mas ela tem 56 anos, que se fazem presentes, pois o tempo lhe tirou a flexibilidade.

Udayan não percebe esse descompasso. Puxa-a para si, abrindo a blusa, procurando o prazer em seu corpo adormecido, em seus seios descuidados. Ela tenta resistir, dizendo-lhe que não devia estar ali com ela. Conta-lhe que se casou com Subhash.

A notícia não faz nenhuma diferença. Ele acaba de despi-la, o toque do marido traz uma sensação de proibido. Pois está nua com um garoto que teria idade para ser seu filho.

Quando estava casada com Udayan, seu pesadelo constante era que não se tivessem conhecido, que ele não tivesse entrado em sua vida. Naqueles momentos voltava a convicção que tinha antes de conhecê-lo, a de que devia viver sua vida sozinha. Odiara aqueles primeiros momentos desconcertantes, depois de acordar na cama em Tollygunge, distante dele, ainda enclausurada em outro mundo onde não mantinham nenhum contato, mesmo quando ele a abraçava.

Conheceu-o por poucos anos. Apenas começando a descobrir quem ele era. Mas, em outro sentido, ela o conhecera praticamente a vida inteira. Depois que morreu, iniciou-se aquele conhecimento interior que nascia por recordá-lo, por tentar ainda entendê-lo. Por sentir saudade e ressentimento. Afora isso, não haveria nada a assombrá-la. Nenhum pesar.

Ela se pergunta como ele seria agora. Como envelheceria, que enfermidades teria, a que doença sucumbiria. Tenta imaginar o estômago liso, agora flácido. Fios grisalhos no peito.

Em toda a vida, exceto quando Subhash perguntou e no dia em que contou a Otto Weiss, ela nunca comentou a ninguém o que acontecera a ele. Ninguém mais sabe perguntar. O que acontecera em Calcutá nos últimos anos da vida dele. O que ela vira do terraço em Tollygunge. O que fizera por ele, a pedido seu.

***

Na Califórnia, no começo, eram os vivos que a assombravam, não os mortos. Temia que Bela ou Subhash se materializasse, sentando-se numa sala de aula ou entrando numa reunião. No estrado, ela perscrutava a sala no primeiro dia de cada curso que dava, meio na expectativa de ver um deles ali.

Temia que a encontrassem no campus ensolarado, numa das calçadas que levavam de um edifício a outro. Confrontando-a, desmascarando-a. Apreendendo-a, como a polícia tinha apreendido Udayan.

Mas em vinte anos ninguém aparecera. Não fora chamada de volta. Recebera o que pedira, ganhara exatamente a liberdade que buscara.

Quando Bela estava com dez anos, Gauri conseguia de alguma maneira imaginá-la aos vinte. Na época, Bela passava a maior parte do tempo na escola, às vezes passava o final de semana na casa de alguma amiga. Não se opôs a passar quinze dias num acampamento de bandeirantes no verão. Sentava-se entre Gauri e Subhash ao jantar, colocava o prato usado dentro da pia depois de terminar e subia para seu quarto.

Mesmo assim, Gauri esperou até que lhe oferecessem um emprego, até a ocasião em que Subhash foi a Calcutá. Ela sabia que não tinha como voltar no tempo e corrigir os erros que cometera durante os primeiros anos da vida de Bela. Suas tentativas continuavam a falhar, pois não havia o alicerce de uma base. Com o tempo, esse sentimento foi consumindo Gauri, expondo apenas seu interesse pessoal, sua inaptidão. Sua incapacidade de se conformar.

Convencera-se de que Subhash era seu rival e que estava numa competição com ele por causa de Bela, competição que parecia ofensiva, injusta. Mas claro que não houvera nenhuma competição, fora ela mesma a estragar as coisas. Ela e seu retraimento, encoberto, inelutável. Ela mesma se pusera num canto e depois abandonara toda a cena.

Naquele primeiro voo cruzando o país, havia tanta luz no avião que ela pôs seus óculos escuros. Durante boa parte da viagem, ela enxergava o solo, comprimindo a testa na janela oval. Abaixo, um rio sinuoso coruscava como um arame grosseiramente torcido. A terra marrom e dourada era sulcada de fendas. Precipícios se recortavam como ilhas, rompidos pelo calor do sol.

Havia montanhas negras que pareciam despidas de qualquer vegetação, sem árvores nem capins. Linhas finas que se curvavam de modo imprevisível, com afluentes que não levavam a lugar nenhum. Não rios, mas estradas.

Havia uma seção geométrica, como um tapete estampado em tons de rosa, verde e castanho-claro. Composto de formas circulares em tamanhos variados, juntas, algumas se sobrepondo levemente, algumas com um trecho claramente faltante. Soube pelo vizinho de assento que eram lavouras. Mas, aos olhos de Gauri, pareciam moedas sem rosto.

Cruzaram o deserto vazio, plano, sem atrativos, e finalmente chegaram ao extremo oposto dos Estados Unidos e ao lento espraiamento de Los Angeles, denso e contínuo. Um lugar que a receberia, um lugar onde se perderia convenientemente. Dentro de si sentia culpa e adrenalina gerada pelo que havia feito, uma exaustão pura e simples. Como se, para escapar a Rhode Island, tivesse feito todo o caminho a pé.

Entrou numa nova dimensão, num lugar onde lhe era oferecida uma vida nova. As três horas de fuso horário que a separavam de Bela e Subhash eram como uma barreira física, enorme como as montanhas que sobrevoara para chegar até ali. Tinha feito aquilo, tinha feito a pior coisa que podia pensar em fazer.

Depois do primeiro emprego, ela se mudou mais ao norte por algum tempo, dando aulas em Santa Cruz e então em São Francisco. Mas voltara ao sul da Califórnia para levar sua vida lá, numa pequena cidade universitária flanqueada por montanhas ocres do outro lado da via expressa. Um campus basicamente de graduação, numa escola pequena, mas bem organizada, construída depois da Segunda Guerra Mundial.

Numa instituição tão íntima, era impossível levar uma vida anônima. Seu trabalho não era apenas dar aulas, mas orientar, conhecer os alunos. Devia estar disponível em sua sala e manter um generoso horário de atendimento.

Na classe, ela coordenava grupos de dez ou dozes estudantes, apresentando-os às grandes obras de filosofia, às questões irrespondíveis, aos séculos de disputas e debates. Dava uma introdução à filosofia política, um curso de metafísica, um seminário avançado sobre a hermenêutica do tempo. Estabelecera suas áreas de especialização, o idealismo alemão e a filosofia da escola de Frankfurt.

Dividia as turmas maiores em grupos de discussão, às vezes convidando alguns estudantes a seu apartamento, preparando-lhes chá nos domingos à tarde. Nas horas de atendimento na faculdade, ela conversava com eles em sua sala com as paredes forradas de livros, à luz suave de uma lâmpada que levara de casa. Ouvia-os enquanto confessavam que não tinham conseguido entregar um trabalho devido a uma crise pessoal que os assoberbava. Quando necessário, ela lhes estendia um lenço de papel de uma caixa que guardava na gaveta, dizendo para não se preocuparem, para entregarem incompleto, dizendo que entendia.

A obrigação de ser aberta aos outros, de criar essas alianças, fora de início uma tensão inesperada. Queria que a Califórnia a engolisse, queria desaparecer. Mas, com o tempo, essas relações temporárias vieram a preencher um certo espaço. Os colegas a acolheram bem.

Seus alunos a admiravam, eram leais. Durante três ou quatro meses, dependiam dela, acompanhavam-na, afeiçoavam-se e então iam embora. Ela passou a sentir falta daquele contato restrito, quando terminava o curso. Tornou-se uma espécie de guardiã de alguns.

Devido a suas origens, ficou com a responsabilidade específica de supervisionar os estudantes que vinham da Índia. Uma vez por ano, convidava-os para jantar, servindo *biriyani* e *kebabs*. Os estudantes costumavam ser ricos, satisfeitos em estar nos Estados Unidos, sem se sentirem intimidados. Tinham sido criados numa outra Índia. Ao que parecia, estariam à vontade em qualquer lugar do mundo.

Alguns ex-alunos enviavam cumprimentos nos feriados, convidavam-na para ir a seus casamentos. Ela tinha tempo para eles, pois viera a ter tempo, pois não atendia às necessidades de mais ninguém.

Além da docência, sua produção era contínua, respeitada por alguns pares. Publicara três livros: uma avaliação feminista de Hegel, uma análise dos métodos interpretativos em Horkheimer e o livro baseado em sua tese, que derivara do ensaio cheio de erros que escrevera para o professor Weiss: *A epistemologia da expectativa em Schopenhauer*.

Ela lembrava o lento nascimento da tese, a portas fechadas em Rhode Island. Ciente de que as exigências de seu trabalho mascaravam as exigências de ser mãe. Lembrava como se afligira, com o passar dos anos, enquanto o processo de redação da tese se aprofundava, pensando que nunca ficaria pronto, que talvez ela também falhasse nessa meta. Mas o professor Weiss telefonou depois de ler e disse que estava orgulhoso dela.

Agora poderia falar com o professor Weiss em alemão, tendo estudado a língua por tanto tempo e tendo passado um ano, aos quarenta, como professora visitante na Universidade de Heidelberg. Ele ainda vivia. Ela soubera que tinha se mudado para a Flórida na aposentadoria. Ajudara Gauri a entrar no curso de doutorado em Boston e, depois, a conseguir seu primeiro emprego como docente, na Califórnia. Foi ele que mencionou a possibilidade, querendo prestar-lhe um favor, sempre pensando nela, sem perceber que ela preferiria esse trabalho ao trabalho de criar a filha.

Não manteve contato com ele. Imaginava que a notícia correra e que as pessoas em Rhode Island, na universidade, ficaram sabendo o que ela havia feito. E ela sabia que Weiss, que a orientara, que acreditara nela, que sempre perguntava de Bela, deixaria de respeitá-la.

Sua ideologia era separada da prática, neutralizada pelo longo tempo na academia. Muito tempo atrás, quisera que seu trabalho fosse uma homenagem a Udayan, mas agora era uma traição de tudo em que ele tinha acreditado. Todos os aspectos como ele a influenciara e inspirara, astuciosamente cultivados para seu proveito intelectual próprio.

Algumas vezes por ano, ia a conferências em vários lugares do país ou no estrangeiro. Eram as únicas viagens longas que fazia. Às vezes gostava da breve mudança de ares, a alteração da rotina. Às vezes gostava de partilhar o infrequente fruto de seu trabalho solitário.

O xale turquesa bordado, que gostava de ter à mão durante os voos, ficava sempre dobrado em sua maleta de rodinhas. A única coisa que Subhash lhe dera que ela havia guardado. Voltara à Costa Leste, mas evitava Providence, mesmo Boston e New Haven. Era perto demais. Ilícito demais transpor aquela linha.

Não era muito prático, mas continuara como cidadã de sua terra natal. Ainda usava visto de permanência, renovando o passaporte indiano quando expirava. Mas nunca voltara à Índia. Isso significava ficar em filas separadas no aeroporto, significava perguntas adicionais nos tempos que corriam, impressões digitais ao voltar do estrangeiro para os Estados Unidos. Mas era sempre bem recebida, acolhida de volta.

Para a aposentadoria, para simplificar o final da vida, ela precisava se naturalizar americana. E logo Udayan também seria traído dessa maneira.

Em todo caso, a Califórnia era seu único lar. Adaptara-se prontamente ao clima, estranho e ao mesmo tempo reconfortante, quente, mas raramente sufocante. Árido em vez de úmido, exceto pelo denso mormaço de algumas tardes.

Agradava-lhe a ausência de inverno, a escassez de chuvas, os ventos causticantes do deserto.

Conhecera outros refugiados da Costa Leste que tinham vindo por suas razões pessoais, que haviam abandonado suas peles anteriores, sem saber o que iam encontrar, mas impelidos à jornada. Como Gauri, tinham-se prendido à Califórnia, sem voltar mais. Havia tanta gente nessas condições que seu lugar de origem ou a razão que a trouxera aqui deixava de ter importância. Pelo contrário, nas reuniões sociais, falando de amenidades, ela podia participar daquele sentimento coletivo de descoberta, de gratidão pelo lugar.

Algumas plantas lhe eram familiares. Bananeiras mirradas com folhas de pontas cor de ferrugem, com as flores roxas perfurantes que sua sogra em Tollygunge lhe ensinara a deixar de molho, a cortar e cozinhar. A casca esbranquiçada dos eucaliptos. Tamareiras rústicas, com o tronco de escamas pontudas.

Embora estivesse em outra costa, o imenso oceano deste lado do país era contido; nunca parecia invasivo, corrosivo como o mar bravo em Rhode Island que desnudava as coisas, que sempre lhe parecia tão turbulento e, ao mesmo tempo, carente de cor e de vida. O novo senso das dimensões, as distâncias enormes entre um lugar e outro também tinham sido uma revelação. As centenas de quilômetros de estrada que as pessoas percorriam de carro.

Ela explorara pouco, mas se sentia protegida por aquele espaço impessoal contínuo. A vegetação espinhosa, o ar quente, as pequenas casas de concreto armado com telhados vermelhos — tudo lhe dera boas-vindas. As pessoas com quem cruzava pareciam menos reservadas, menos críticas, oferecendo um sorriso, mas depois seguindo em frente. Dizendo-lhe, nessa terra de luz intensa e sombras fortes, para recomeçar.

E apesar de tudo, apesar das roupas ocidentais, dos interesses acadêmicos ocidentais, ela continuava a ser uma mulher que falava inglês com sotaque estrangeiro, cuja aparência física e a cor da pele eram inalteráveis e, tendo como pano de fundo a maior parte dos Estados Unidos, ainda pouco convencionais. Continuava a se apresentar com um nome incomum, o primeiro dado pelos pais, o último pelos dois irmãos que desposara.

Por causa da aparência e do sotaque, as pessoas continuavam a perguntar de onde ela era, e algumas faziam certas suposições. Uma vez, convidada a dar uma palestra em San Diego, a universidade enviou um motorista que a pegaria em casa, para não precisar dirigir. Quando ele tocou a campainha, ela o recebeu à porta. Mas o motorista não percebeu, ao ser cumprimentado, que era ela a passageira. Tomou-a como a pessoa contratada para abrir a porta da casa de outra pessoa. Avise-a quando ela estiver pronta, disse ele.

No começo, ela se recolhera de bom grado ao celibato puro e adequado da viuvez que, por causa de Bela e Subhash, fora-lhe inicialmente negado. Evitava situações em que pudesse ser apresentada a alguém, adotando o costume ocidental de usar aliança durante o dia.

Declinava convites para jantar, propostas para almoçar. Ficava sozinha nas conferências, sempre se recolhendo ao quarto, sem se importar se os outros a consideravam antipática. Em vista do que havia feito a Subhash e Bela, parecia errado procurar a companhia de qualquer outra pessoa.

O isolamento oferecia seu próprio tipo de companhia: o silêncio confiável dos aposentos, a tranquilidade constante das noites. A segurança de encontrar as coisas onde deixava, a promessa de não haver interrupções nem surpresas. O isolamento a acolhia ao final de cada dia e se deitava imóvel a seu lado à noite. Não tinha a menor vontade de vencê-lo. Pelo contrário, mantinha um relacionamento com ele, mais satisfatório e resistente do que os relacionamentos que tivera nos dois casamentos.

Quando o desejo por fim começou a pressionar, o padrão era arbitrário, casual. E em vista de sua vida, dos jantares na casa de colegas, das conferências, oportunidades não faltavam.

Em geral, eram acadêmicos também, mas nem sempre. Houve aquele homem cujo nome esqueceu, o qual tinha montado as prateleiras de livros em seu apartamento. Houve o marido desocupado de uma musicóloga da Academia Americana em Berlim.

Às vezes ela saltava de um para outro em sequência; às vezes, por longos períodos, não havia nenhum. Tinha criado apreço por alguns desses homens, mantendo a amizade com eles. Mas nunca se permitiu chegar àquele ponto onde poderiam complicar sua vida.

Apenas com Lorna se envolvera. Um dia, ela bateu à porta de Gauri durante o horário de atendimento, uma desconhecida se apresentando, apoiando a cabeça no batente da porta. Uma mulher alta, no final dos trinta, o cabelo repartido no meio, preso num pequeno coque. Bem vestida, em calças bem talhadas, uma camisa branca. A princípio, Gauri até pensou que era outra professora da faculdade, vindo de algum outro departamento para perguntar alguma coisa.

Mas não, era uma estudante de pós-graduação na UCLA, tinha pegado o carro para encontrar Gauri, tinha lido tudo o que ela escrevera. Havia trabalhado vários anos em publicidade, morando em Nova York, Londres, Tóquio, antes de deixar o emprego e voltar à universidade. Estava procurando um leitor externo para sua tese, um estudo sobre a autonomia relacional, tendo na mão o rascunho de uma parte. Dispunha-se a ajudar Gauri em qualquer pesquisa ou correção de provas em troca do privilégio.

Por favor, aceite.

Tinha uma beleza sóbria, em seu auge. Pescoço longo, olhos cinzentos claros, sobrancelhas depiladas. Lóbulos tão miúdos que pareciam quase inexistentes. Poros levemente visíveis no rosto.

Assisti à sua palestra no mês passado em Davis, disse Lorna. Fiz uma pergunta.

Não lembro.

Não lembra a pergunta?

Não lembro que você tenha perguntado.

Lorna procurou na sacola e tirou um PowerBar.

Era sobre Althusser. Desculpe, não almocei. Incomoda-se?

Gauri abanou a cabeça. Observou enquanto Lorna desembrulhava, partia um pedaço da barrinha e mastigava, explicando entre uma mordida e outra a gênese de seu projeto, o ângulo específico que queria explorar. As mãos pareciam pequenas para sua altura, os pulsos delicados. Disse a Gauri que fazia quase um ano que vinha tomando coragem para abordá-la.

Gauri se sentiu desorientada na salinha que lhe era tão familiar. Ao mesmo tempo lisonjeada e vítima de uma emboscada. Como teria se esquecido de um rosto daqueles?

O tema a interessou e elas montaram um cronograma, trocando e-mails, encontrando-se em restaurantes e lanchonetes. Lorna trabalhava aos surtos, passando dias distraída e então, de repente, desovando capítulos inteiros, todos coerentes. Ligava para Gauri quando se sentia travada, sempre que duvidava de si mesma, sempre que o trabalho empacava.

A atração motivava Gauri a atender o telefone, a permitir que as conversas se estendessem além do razoável. Imagens de Lorna, fragmentos de suas conversas começaram a distraí-la. Começou a se vestir com cuidado quando iam se encontrar ao vivo. Não guardava nenhuma lembrança de ter transposto uma linha que a levasse a desejar um corpo feminino. Com Lorna, já se encontrou do outro lado.

Algumas vezes, sentadas juntas à mesa, examinando uma página do manuscrito, suas mãos, cada qual segurando uma caneta para marcar o texto, se roçavam de lado. Vezes em que os rostos ficavam próximos. Vezes em que, Lorna falando e Gauri ouvindo, as duas sozinhas numa sala, talvez a um metro de distância, Gauri sentia lhe faltar o equilíbrio. Receava não conseguir vencer a tentação de se aproximar mais um passo, depois outro, até anular o espaço entre elas.

Não seguiu nenhum desses impulsos. O que quer que os despertasse, o que quer que continuasse a provocá-los, ela não sabia se Lorna sentia da mesma maneira.

Num dia, ao anoitecer, Lorna apareceu em sua sala sem avisar. Fazia isso com frequência. Acabara de terminar o último capítulo, as páginas enfiadas num envelope de papel pardo que aninhava num dos braços.

O andar do departamento estava em silêncio, os estudantes em seus alojamentos, apenas os bedéis e alguns professores dispersos estavam àquela hora no edifício.

Lorna estendeu o envelope a Gauri. Parecia exausta, exultante. Pela primeira vez estava com roupas informais, jeans e camiseta. Não se preocupara em prender o cabelo. Passara por uma mercearia. Na sacola que pôs em cima da mesa, havia queijo em pedaços, uvas, um pacote de bolachas. Dois copos de papel, uma garrafa de vinho.

O que é isso?

Achei que podíamos celebrar.

Aqui?

Gauri se levantou da mesa e fechou a porta, trancando com chave, sabendo que devia ficar aberta. Quando se virou, deu de frente com Lorna, olhando-a, perto até demais.

Pegou a mão de Gauri, pondo-a por baixo da camiseta, em cima de um dos seios, sob o tecido maleável do sutiã. Gauri sentiu o mamilo sob o sutiã engrossando, endurecendo, com os dela também.

A maciez dos beijos era nova. Seu cheiro, a simplicidade escultural do corpo quando as roupas foram despidas, quando os montes de papéis foram empurrados de lado, para abrir espaço no sofá-cama atrás da mesa. A lisura da pele, a distribuição concentrada dos pelos. A sensação dos lábios de Lorna entre suas pernas.

Gauri nunca tinha tido amante mais jovem do que ela. Estava com quarenta e cinco anos, o corpo começando a ceder em pequenos detalhes: molares que precisavam de coroa, um vaso sanguíneo definitivamente rompido que se bifurcava como um relâmpago rubro no canto do olho. Ciente de suas imperfeições cada vez maiores, estava preparada para recuar, não para se lançar de cabeça, como fez.

Tecnicamente, Lorna não era sua aluna — pelo menos não na instituição que a contratara —, mas ainda assim era uma quebra das regras de conduta. Seria um escândalo se alguém percebesse o que se estava passando. Não só naquela noite em sua sala, mas várias outras vezes, esporádicas, mas relativamente frequentes, na cama de Gauri ou na de Lorna, no quarto de um hotel para onde foram num final de semana, no litoral.

Quando a tese ficou pronta, Gauri esteve na banca de defesa, entre os outros examinadores, fazendo perguntas. Como se não tivessem passado juntas aquelas ocasiões, aquelas noites.

Então Lorna recebeu uma proposta de trabalho em Toronto e se mudou. Nunca tinham conversado em desenvolver seus encontros em algo mais profundo. O caso terminou, sem rancor, mas em caráter definitivo. No entanto, Gauri se sentiu humilhada, por não ser algo tão fácil para si.

De alguma maneira, ela e Lorna tinham se mantido em termos amistosos, tomando um café juntas se se encontrassem em alguma conferência. Gauri viu como a relação mudara: como de amante voltara a ser colega, mais nada.

Não era muito diferente de suas mudanças de papel em muitas outras ocasiões do passado. De esposa para viúva, de cunhada para esposa, de mãe para mulher sem filhos. Exceto na perda de Udayan, ela escolhera ativamente tomar tais rumos.

Casara-se com Subhash, abandonara Bela. Criara outras versões de si, insistira nessas conversões a um preço brutal. Sobrepondo camadas em sua vida apenas para removê-las, apenas para ficar sozinha no final.

Agora, mesmo Lorna se acabara dez anos atrás, tempo suficiente para se destacar do caule de sua existência. Recuando, apagando-se, junto com os outros elementos avulsos do passado.

Sua vida fora reduzida a seus componentes isolados, a seu código de independência. Sempre com seu uniforme de túnica e calça preta, os livros e o laptop necessários para o trabalho. O carro que usava para ir de um lugar a outro.

Ainda usava o cabelo curto, estilo pajem repartido no meio. Os óculos ovais ficavam presos numa correntinha no pescoço. Agora havia uma sombra azulada sob os olhos. A voz rascante de anos de aulas. A pele mais seca depois de absorver esse sol mais forte do sul.

Seus hábitos de trabalho deixaram de ser noturnos; por conta própria, ela seguia antigos hábitos e costumes, deitando às dez, levantando ao amanhecer. Permitia-se poucas frivolidades. Um conjunto de vasos de plantas que cultivava no pátio. Jasmins que se abriam ao anoitecer, hibiscos vermelhos como fogo, gardênias cor de creme com folhas reluzentes.

No pátio, com suas treliças de madeira no alto, lajotas no piso, ela gostava de se sentar após o longo dia no gabinete, para tomar uma xícara de chá e folhear as contas, para sentir a luz da tarde no rosto. Examinar um maço de páginas impressas em que estava trabalhando, às vezes jantar.

No carro, quando se cansava da estação de rádio, ouvia uma biografia ou algum outro livro publicado que pretendia ler, mas nunca tinha tempo. Mas mesmo estes ela tirava da biblioteca.

Além desses elementos, ela não cedia a outras indulgências consigo mesma. Sua vida durante todos esses anos, depois de Udayan, sem Bela nem Subhash, já era indulgência suficiente. A vida de Udayan fora tirada num átimo. Mas a dela continuara.

Seu corpo, apesar dos anos, continuava teimosamente intato como o bule de chá verde-musgo, num formato que fazia lembrar uma lâmpada de Aladim, uma cunha de cortiça na tampa, que comprara por um dólar num saldo de coisas usadas numa casa em Rhode Island. Continuava a lhe fazer companhia enquanto escrevia. Sobrevivera à viagem para a Califórnia, embrulhado num casaco, e ainda lhe servia.

Um dia, parando para folhear um dos catálogos que entupiam sua caixa de correspondência, viu a imagem de uma mesinha de madeira redonda própria para ambientes externos. Não era nada de essencial, mas mesmo assim ela pegou o telefone e fez o pedido, pois fazia muito tempo que queria trocar a mesa de vime encardida, com tampo de vidro, que estava no pátio fazia anos, coberta por uma sucessão de toalhas estampadas.

Cerca de uma semana depois de ter feito o pedido, um caminhão de entregas parou na frente de sua casa. Ela esperava uma caixa baixa e pesada, um dia inteiro consultando um manual de instruções, com um saquinho de porcas e parafusos que teria de montar sozinha. Em vez disso, a mesa foi entregue já montada, que dois homens descarregaram do caminhão e transportaram para dentro de casa.

Ela mostrou onde deviam colocá-la, assinou um papel acusando o recebimento, deu uma gorjeta a eles e se sentou. Estendeu as mãos sobre a mesa e sentiu o cheiro forte da madeira. Teca.

Apoiou uma das faces na superfície da mesa, inspirando fundo, sentindo as ripas. Era o cheiro da mobília de quarto que deixara em Tollygunge, o guarda-roupa e a penteadeira, a cama de colunas finas onde ela e Udayan haviam gerado Bela. Por encomenda num catálogo americano, entregue por um caminhão, ali lhe voltava ele.

O aroma da mesa não era tão vigoroso, tão constante quanto fora o dos outros móveis. Mas, quando ela se sentava no pátio, de vez em quando ele se evolava, realçado talvez pelo calor do sol ou impelido pelos ventos de Santa Ana. Um cheiro picante concentrado que reduzia todo o tempo, todo o espaço.

O que Subhash teria dito a Bela, para mantê-la distante? Provavelmente nada. Era o castigo justo por seu crime. Agora ela entendia que a intenção era se afastar da filha. Tinha sido seu gesto mortal. Uma ligação que cortara, resultando numa morte que se aplicava apenas a elas duas. Um crime pior do que qualquer coisa que Udayan tivesse feito.

Nunca escrevera a Bela. Nunca ousara contatá-la, tranquilizá-

-la. Que tranquilização poderia oferecer? O que havia feito nunca poderia ser desfeito. Em comparação, parecia mais decente manter o silêncio, a ausência.

Quanto a Subhash, não havia feito nada de errado. Deixara-a partir, sem incomodá-la, sem culpá-la em momento algum, pelo menos diante dela. Esperava que ele tivesse encontrado um pouco de felicidade. Ele merecia, não ela.

Embora o casamento deles não tivesse sido uma solução, tirara-a de Tollygunge. Ele a trouxera para os Estados Unidos e então, como um animal após breve observação, após breve detenção, libertara-a. Ele a protegera, tentara amá-la. Toda vez que ia abrir um pote novo de geleia, ela recorria ao truque que ele lhe ensinara, bater umas três ou quatro vezes com a colher na beirada da tampa, para romper o lacre.

2.

No novo milênio, foi concluída uma trilha de corrida, um aplainamento de um ramal ferroviário que antigamente transportava os passageiros da estação Kingston até o píer de Narragansett.

O curso da trilha era moderado, passando por um bosque, contornando um rio, alguns riachos menores. Aqui e ali havia bancos para descansar e, a intervalos mais espaçados, uma placa, indicando a posição na trilha, talvez indicando também a espécie de uma árvore nativa.

Nos domingos de manhã, depois do desjejum, ele pegava o carro e ia até a estação de trem, feita de madeira, aonde chegara como estudante pela primeira vez, aonde ia de vez em quando receber Bela na plataforma, quando vinha em visita. Muitos anos atrás, ocorrera um incêndio, mas com o tempo a estação foi reformada para trens de alta velocidade. Estacionava o carro e começava a andar, sozinho, entre os recessos protegidos da cidade. Às vezes, ainda agora, Subhash não conseguia sondar os extremos de sua vida: vindo de uma cidade tão apinhada de gente, chegando a um lugar onde ainda havia tanto espaço livre.

Continuava andando pelo menos durante uma hora, às vezes um pouco mais, pois era possível percorrer dez quilômetros de ida e volta. Era a cidade onde tinha morado por mais da metade da vida, à qual fora serenamente fiel, mas agora a nova trilha alterava sua relação com ela, convertendo-a de novo numa desconhecida. Passava pelo fundo de alguns bairros, ao lado de quadras de esportes onde alunos jogavam, por uma ponte de madeira para pedestres. Por um brejo cheio de taboas, por uma antiga fábrica têxtil.

Nesses dias até a costa, ele preferia a sombra. Nascido e criado em Calcutá, mesmo assim o sol de Rhode Island, passando pela camada de ozônio depauperada, agora parecia mais forte do que o sol de sua infância. Batendo implacável na pele, atingindo-o de um jeito que, principalmente no verão, não conseguia mais suportar. Sua pele morena nunca ardia, mas a sensação dos raios de sol o esmagava. Às vezes tomava o fulgor permanente daquela estrela distante como uma questão pessoal.

Passava por um pântano no começo das caminhadas, onde animais se reproduziam e aves nidificavam, onde tuias e bordos vermelhos cresciam entre torrões musgosos. Era a maior área de floresta úmida no sul da Nova Inglaterra. Antigamente era uma depressão glacial e ainda rodeada por uma morena.

De acordo com as placas que ele parava para ler, lá também tinha ocorrido uma batalha. Curioso, um dia ele ligou o computador em casa e começou a se informar, pela internet, dos detalhes de uma atrocidade.

Numa ilhota que ficava no meio do pântano, a tribo Narragansett local construíra um forte. Tinham se abrigado num acampamento de tendas, por trás de uma paliçada de galhos, crendo que o refúgio era inexpugnável. Mas no inverno de 1675, estando o solo pantanoso congelado e tendo as árvores perdido as folhas, uma milícia colonial atacou o forte. Trezentas pessoas foram queimadas vivas. Muitos dos que escaparam morreram de fome e doença.

Em algum lugar, leu ele, havia uma indicação e um fuste de granito comemorando a batalha. Mas Subhash se perdeu no dia em que entrou no pântano para procurar. Quando era mais jovem, a coisa que mais lhe agradava era passear assim, com Bela. Naquela época, era obrigado a seguir indicações muito vagas, trilhas não identificadas nas matas, apenas os dois, descobrindo moitas de mirtilos, lagoas isoladas onde podiam nadar. Mas perdera aquela confiança, aquele intrépido senso de direção. Agora sentia apenas que estava sozinho, com mais de sessenta anos, e que não sabia onde estava.

Num domingo, perdido em seus pensamentos, ficou surpreso ao ver um homem de capacete, com um rosto conhecido, aproximando-se em sua bicicleta, do outro lado da trilha, encostando e parando.

Jesus, Subhash! Não te ensinei a ficar sempre de olho na estrada?

Sentado numa bicicleta de dez marchas, de armação leve, estava Richard, seu colega de apartamento de décadas atrás, abanando a cabeça, sorrindo para ele. Que raios você ainda anda fazendo por aqui?

Nunca saí.

Pensei que você tinha voltado para a Índia depois de acabar o curso. Nem me passou pela cabeça te procurar.

Havia um banco ali perto, e lá se sentaram para conversar. O cabelo de Richard sob o capacete não era mais escuro, uma parte dele sumira, mas o que restava ele ainda prendia num rabo de cavalo. Tinha engordado um tanto, mas Subhash lembrava o rapaz esguio e bonito que conhecera no doutorado e que, em alguns aspectos, recordava-lhe Udayan. Da época antes de se casarem, quando tinham morado juntos, ido juntos ao supermercado, partilhado as refeições.

Richard estava casado, era avô. Depois de sair de Rhode Island, sentia saudades, sempre na intenção de voltar algum dia, na aposentadoria. Um ano atrás, ele e a esposa, Claire, tinham vendido a casa deles em East Lansing e compraram um chalé em Saunderstown, não muito longe de Subhash.

Ele criara um centro de estudos sobre a não violência numa universidade no Centro-Oeste e ainda era integrante da diretoria, mas conseguira nunca mais usar uma gravata na vida. Estava cheio dos mais variados projetos — escrevendo outro livro, já na metade, tentando reformar sozinho a cozinha, mantendo um blogue político. Planejando uma viagem com Claire ao Sudeste Asiático, até Phnom Penh e a cidade Ho Chi Minh.

Acredita numa coisa dessas?, perguntou ele. Depois de tudo aquilo, finalmente vou ao Vietnã.

A seu lado, Subhash contava os parcos detalhes de sua vida. Uma esposa de quem estava afastado, uma filha que crescera e se mudara. Um emprego no mesmo laboratório de pesquisas costeiras onde estava fazia quase trinta anos. De vez em quando, alguns trabalhos de consultoria sobre derramamentos de petróleo ou para o Departamento de Obras Públicas do município. Estava sem família, tal como quando conhecera Richard. Mas sua solidão era diferente.

Ainda trabalhando em período integral?

Pelo tempo que me deixarem.

Ainda usando meu carro?

Não, desde que Nixon renunciou e a caixa de transmissão pifou.

Sempre comento com Claire aquele caril que você fazia. E que batia as cebolas no liquidificador.

Richard tinha ido à Índia, a Nova Délhi e ao local de nascimento de Gandhi em Gujarat. Quis incluir Calcutá no roteiro, mas não conseguiu. Talvez na volta do Vietnã, disse ele.

A pergunta seguinte veio na inocência. E aquele seu irmão, o naxalista, o que aconteceu com ele?

Ele e Richard trocaram números de telefone e endereços de e-mail. Encontravam-se para uma caminhada pelas trilhas ou para uma cerveja na cidade. Tinham ido pescar duas vezes, lançando a linha nos rochedos de Point Judith, fisgando cabrinhas, devolvendo ao mar o que apanhavam.

Quando se despediam, Subhash sempre prometia que da próxima vez o encontro seria em sua casa, que Claire devia ir e que ele ia preparar um caril. Pensava em programar durante uma das visitas de Bela, e assim Richard poderia conhecê-la. Mas ainda não surgira ocasião. A amizade entre eles era meio vaga, mas tranquila, como sempre tinha sido.

Agora Subhash tinha se acostumado aos e-mails em massa de Richard, anunciando palestras e reuniões, citando estatísticas sobre os custos da guerra no Iraque, dando um link para seu blogue. Habituara-se a ver o número e o sobrenome de Richard, Grifalconi, saudando-o de vez em quando no visor do telefone.

Viu-os num final de semana, de manhã, enquanto assistia a um programa na CNN. Abaixou o volume com o controle remoto. Não esperava ouvir a voz da esposa de Richard, Claire, que ainda não conhecia e com quem nunca havia falado, dizendo-lhe que Richard tinha morrido alguns dias antes. Um coágulo na perna subira até os pulmões, no dia seguinte ao passeio de bicicleta que Richard e Claire tinham feito juntos, até Rome Point.

Subhash pousou o telefone. Desligou a televisão. Seus olhos foram atraídos por um movimento que viu pela janela da sala. Eram passarinhos em rebuliço, volteando.

Foi até a janela para ver melhor. No alto da árvore no jardim, um bando deles, miúdos, escuros, barulhentos, estava no maior alvoroço, indo e vindo. Pegando no inverno tudo o que a árvore ainda podia fornecer de alimento. Havia um resoluto frenesi nos movimentos deles. Uma atividade de sobrevivência que agora o ofendia.

Pela primeira vez na vida, Subhash entrou num velório, ajoelhou-se e fitou o corpo estendido no caixão, vestido com apuro. Observou a ausência de vida no rosto de Richard, ali patente, como se um especialista tivesse feito uma efígie em cera. Subhash lembrou a última imagem da mãe, coberta por uma mortalha.

Depois do ofício fúnebre, ele foi à recepção na casa de Richard, não muito diferente de outras recepções americanas a que comparecera ao longo da vida. Havia uma mesa comprida, com travessas de queijos e saladas. Usando trajes escuros, as pessoas estavam tomando vinho, fatiando pedaços de um pernil de presunto.

Claire estava num dos extremos da sala, ladeada pelos filhos, pelos netos, agradecendo às pessoas por terem vindo, trocando apertos de mão. Dizendo que não houvera nenhum sinal de problema até o momento em que Richard reclamou que estava sem fôlego. Na manhã seguinte, sacudiu Claire para acordá-la, apontando o telefone, sem conseguir falar. Morreu na ambulância, Claire seguindo atrás, no carro deles.

Os convidados se distribuíam em círculos, conversando. Parentes distantes, para os quais a ocasião era não só um funeral, mas também uma reunião, tiraram algumas fotos. Para os que tinham vindo de longe, era uma oportunidade de explorar Rhode Island, de ir até Newport no dia seguinte.

Elise Silva era uma vizinha.

Ela se aproximou da janela com vidro de correr, à qual estava Subhash, olhando a vista do terreno em declive, cheio de bétulas, atrás da casa de Richard. Quando se virou para olhá-la, ela se apresentou.

Vi Richard e Claire poucas semanas atrás, de mãos dadas como se tivessem acabado de se conhecer, comentou ela. Disse-lhe que havia um laguinho além das árvores. Quando congelava, disse Elise, Richard e Claire iam patinar de braços dados.

Tinha tez azeitonada, quase tão morena quanto a dele. O cabelo era branco, mas as sobrancelhas ainda eram escuras. Usava-o preso, como às vezes fazia Bela, com uma fivela na nuca, de modo que não interferia no rosto. Estava com um vestido preto de mangas compridas, meias cinzentas, uma corrente de prata no pescoço.

Comentaram há quanto tempo conheciam Richard. Mas havia outra conexão entre Elise e Subhash. Ela aflorou quando ele deu seu nome, e então Elise perguntou se por algum acaso era parente de uma estudante chamada Bela Mitra, que, muitos anos atrás, tinha feito seu curso de história americana no colégio local.

Sou o pai dela.

Ele ainda se sentia nervoso ao afirmá-lo.

Olhou aquela mulher que dera aulas a ela. Elise Silva era uma das inúmeras coisas que ele desconhecia na vida da filha, desde que atingira certa idade. Ainda lembrava os nomes de seus professores na escola fundamental. Mas no ensino médio era só o relatório, o boletim de notas que ele examinava.

Você não me conhece, mas me deixou levar sua filha a Hancock Shaker Village, disse ela. Levara Bela com um pequeno grupo de outros estudantes numa excursão até lá.

Minha ignorância é vergonhosa. Nem sei onde fica Hancock Shaker Village.

Ela riu. Vergonhosa mesmo.

O que há para visitar lá?

Ela explicou. No século XVIII nasceu uma seita religiosa, dedicada ao celibato e à vida simples. Uma população utopista que definhou justamente por causa de seu credo. Ela perguntou onde Bela morava agora.

Em lugar nenhum. É nômade.

Deixe-me adivinhar: ela anda por aí de mochila, fazendo coisas para melhorar o mundo?

Como você sabia?

Algumas crianças se formam cedo. Sabem o que querem. Bela era assim.

Subhash tomou um pouco de vinho. Ela não tinha escolha, disse ele.

Elise o fitou, assentindo. Indicando que sabia o que acontecera, que Gauri tinha ido embora.

Ela falou sobre isso?

Não. Mas os professores foram avisados.

Você ainda dá aulas?

Depois dos 55, eu não dava mais conta. Precisava de alguma mudança.

Agora trabalhava em meio período na sociedade histórica local, disse ela. Estava transferindo os arquivos para a rede on-line, editando o boletim.

Ele contou que andara lendo sobre o Massacre do Grande Pântano. Perguntou se restava algum registro.

Ah, claro. Você até encontra balas de mosquete se procurar em volta do obelisco.

Tentei uma vez. Me perdi.

Não é fácil. Costumava-se pagar um agricultor que cuidava da estrada.

Sentiu-se cansado de ficar em pé. Lembrou que não tinha comido nada. Vou pegar algo para comer. Quer vir comigo?

Foram até a mesa do bufê. A viúva de Richard estava num dos extremos. Chorava, abraçada a um dos presentes.

Passei por isso, anos atrás, disse Elise. Vira o marido morrer de leucemia aos quarenta e seis 46 anos. Ele a deixou com três filhos, dois meninos e uma menina. O caçula com quatro anos. Depois da morte do marido, ela se mudara com os filhos para a casa dos pais.

Lamento.

Eu tinha minha família. Parece que com Bela era só você.

A filha se casara com um engenheiro português e morava em Lisboa. Seus antepassados vinham de lá, mas Elise nunca fora à Europa antes do casamento da filha. Os rapazes moravam em Denver e Austin. Durante algum tempo, depois de se aposentar, ela dividira o tempo entre as duas cidades, ajudando com os netos, indo a Lisboa uma vez por ano. Mas voltara a Rhode Island fazia uns dez anos, depois que o pai morreu, para ficar mais perto da mãe.

Comentou que haveria uma excursão na semana seguinte, a uma casa no povoado que fora restaurada pela sociedade histórica. Deu-lhe um folheto que tinha na bolsa, com os detalhes.

Ele aceitou, agradecendo. Dobrou o folheto para caber no bolso do paletó.

Mande lembranças a Bela, disse deixando-o sozinho, sem ninguém para conversar, dirigindo-se a outra pessoa na sala.

Depois do funeral, por várias noites, às vezes até as três da manhã, ele ficava acordado, sem conseguir se abandonar ao sono por muito tempo seguido. A casa estava em silêncio, o mundo ao redor em silêncio, sem nenhum carro na estrada àquela hora. Nada além do som da respiração ou do som da garganta quando engolia em seco.

A casa, para seu constante pesar, ficava longe demais da baía para ouvir as ondas. Mas o vento vindo do mar às vezes soprava com força suficiente para trazer o marulho estrondeante. Um poder violento, imaterial, enraizado em nada. Ameaçando, enquanto ele ficava imóvel na cama, para arrancar a casa de seus alicerces, para derrubar as árvores que estremeciam, para demolir a estrutura de sua vida.

Um colega, notando seu cansaço no trabalho, sugeriu que fizesse mais exercícios ou tomasse um copo de vinho ao jantar. Uma xícara de chá de camomila. Podia tomar comprimidos, mas resistia a essa opção. Já havia o comprimido para abaixar o colesterol, outro para aumentar o potássio, uma aspirina por dia para facilitar a circulação sanguínea. Guardava todos eles numa caixinha de plástico com sete compartimentos, cada qual com uma etiqueta do dia da semana, tomando-os de manhã, junto com o desjejum.

Era mais uma vez a ansiedade que o mantinha acordado, mas não a mesma que costumava despertá-lo depois que Gauri foi embora e ele ficou sozinho com Bela, dormindo no quarto ao lado. Ciente de que ela sofria, ciente de que ele era a única pessoa no mundo responsável em criá-la.

Relembrava Bela quando era bebê, quando a distinção entre dia e noite não existia para ela: dorme, acorda, dorme, acorda, fases superficiais de uma ou duas horas que se alternavam. Ele tinha lido em algum lugar que, no início da vida, esses conceitos eram invertidos; que o tempo dentro do útero era o inverso do tempo fora dele. Lembrava como, na primeira vez que esteve no mar, aprendera que as baleias e golfinhos nadavam logo abaixo da superfície e que emergiam para respirar, sendo cada respiração um ato consciente.

Ele inspirou o ar pelas narinas, na esperança de que essa função essencial, tão constante quanto as batidas do coração, pudesse relaxá-lo por algumas horas. Estava de olhos fechados, mas a mente totalmente desperta.

Isso vinha acontecendo desde a notícia da morte de Richard: uma consciência desproporcional de estar vivo. O que mais queria era o sonho profundo e contínuo que se recusava a vir. Uma libertação do tormento noturno que ocupava a cama.

Quando era mais jovem, a insônia não o incomodava; aproveitava as horas adicionais para ler um artigo ou sair para olhar as estrelas. Às vezes, o corpo até se sentia repleto de energia, e tinha vontade de que já fosse dia, para poder levantar e andar pela ciclovia. Andava até o banco onde topara com Richard dois anos antes, para sentar e pensar.

Mas, na cama, ele se via voltando ao passado mais distante, revirando os detritos da infância. Revisitava os anos antes de deixar a família. O pai voltando toda manhã do mercado, o peixe que a mãe fatiava, salgava e fritava para o desjejum, postas prateadas que saíam de uma sacola de pano de aniagem.

Via a mãe curvada sobre a máquina de costura preta que ela operava com os pés, pisando no pedal, sem conseguir falar por causa dos alfinetes que segurava entre os lábios. Sentava-se à máquina de noite, costurando saias para as clientes, cortinas para a casa. Udayan passava óleo na máquina, de vez em quando arrumava o motor. Um passarinho em seu jardim em Rhode Island, de piado curto e rápido, chamando e parando, reproduzia o som da máquina.

Via o pai ensinando xadrez a ele e Udayan, desenhando as casas numa folha de papel. Via o irmão curvado, sentado no chão de pernas cruzadas, passando o dedo indicador no prato para aproveitar o finalzinho do molho, ao terminar a refeição.

Udayan estava por toda parte. Indo com Subhash para a escola de manhã, voltando para casa de tarde. Estudando à noite na cama que dividiam. Livros espalhados entre os dois, decorando as matérias. Escrevendo num caderno, concentrado, o rosto a poucos centímetros da página. Deitado de noite ao seu lado, ouvindo os chacais que uivavam no Tolly Club. Rápido, seguro, controlando a bola no campo atrás da baixada.

Essas pequenas impressões tinham moldado sua vida. Haviam desaparecido muito tempo atrás, para reaparecer agora, reconstituídas. Continuavam a distraí-lo, como trechos de uma paisagem vista pelo trem. A paisagem era familiar, mas algumas coisas sempre o surpreendiam, como se as visse pela primeira vez.

Antes de deixar Calcutá, a vida de Subhash mal deixara qualquer traço. Todos os seus pertences caberiam num saco de supermercado. Ao crescer, quando estava na casa dos pais, o que tinha de seu? A escova de dentes, os cigarros que fumava escondido com Udayan, a sacola de pano onde levava os livros de escola. Algumas roupas. Antes de ir para os Estados Unidos, não tinha um quarto seu. Pertencia aos pais e a Udayan, e eles a ele. E só.

Aqui se saíra bem, discretamente, instruindo-se, conseguindo um trabalho interessante, enviando Bela para a faculdade. Fora suficiente, em termos materiais.

Mas ainda estava fraco demais para contar a Bela o que ela merecia saber. Ainda fingindo ser seu pai, ainda retendo o que não era seu. Udayan tinha razão quando disse que ele era um aproveitador.

A necessidade de contar a ela pendia sobre ele, causava-lhe terror. Era o principal assunto inacabado de sua vida. Bela já tinha idade e força suficiente para lidar com o fato, mas mesmo assim, como ela era tudo o que ele amava, não conseguia reunir coragem.

Nesses dias, vinha percebendo cada vez mais o quanto devia, quanto esforço a vida lhe exigia. Os milhares de vezes que fora à mercearia, todas as montanhas de alimentos, primeiro em sacos de papel e depois de plástico, e agora em sacolas de pano que levava de casa, tirados do bagageiro do carro, desempacotados, guardados no armário da cozinha, tudo para dar sustento a um corpo só. Os comprimidos que tomava todos os dias de manhã. Os pauzinhos de canela que tirava de uma lata para temperar o molho de uma panela de caril ou *dal*.

Um dia ele ia morrer, como Richard, e suas coisas ficariam para os outros resolverem, escolherem, jogarem fora. Seu cérebro já deixara de guardar os endereços que nunca mais iria visitar, os nomes de pessoas com quem só falara uma vez. Grande parte do que lhe ocupava a mente era insignificante. Havia apenas uma coisa, a história de Udayan, que ele queria revelar.

Reconheceu imediatamente a casa. Era o alojamento onde tinha morado com Richard tempos atrás, passando o poço e a bomba manual do povoado. Uma casa de madeira pintada de branco com venezianas pretas. Como os endereços das casas tinham mudado, como não havia nenhuma foto no folheto que Elise lhe dera, ele não se dera conta.

Elise sorriu ao vê-lo, entregando-lhe o tíquete que tirou de um bloco grosso, dando-lhe o troco. Hoje parecia diferente, com uma blusa solta de linho verde, o cabelo prateado emoldurando o rosto, os óculos escuros no alto da cabeça.

Obrigada por vir. Como tem passado?

Conheço esta casa. Morei aqui. Com Richard.

Sério?

É, logo que cheguei. Não sabia?

A expressão dela mudou, o sorriso desapareceu, e agora havia um ar de preocupação nos olhos. Não fazia ideia.

Ela não comentou o fato com o resto do grupo, quando começou a visitação. A planta da casa tinha mudado, com menor número de aposentos. Havia poucos móveis, feitos de madeira escura, linguetas de ferro nas portas. As mesas tinham se descamado, com o folheado descascado ocultando parcialmente os pés, como a saia de uma mulher recatada. Daria para retirar e guardar a superfície da escrivaninha. A cornija da lareira era de carvalho.

Ele não se lembrava de nada. E no entanto tinha morado aqui, tinha olhado por essas janelas pequenas enquanto estudava. Muito tempo atrás, recém-chegado a Rhode Island, Udayan ainda vivo. Aqui lera as cartas de Udayan. Aqui olhara uma foto de Gauri, indagando-se sobre ela, sem saber que iria desposá-la.

Elise mostrava os diversos estilos de cadeiras que então se usavam: de espaldar reto, de traves entre as pernas, de costas arqueadas. Contou ao grupo que a rua antigamente fazia parte da zona comercial da cidade. Ao lado havia uma chapelaria e, adiante, uma barbearia onde os homens da localidade iam se barbear.

A casa tinha sido inicialmente residência e oficina de um alfaiate, depois um escritório de advocacia e mais tarde um lar de família por quatro gerações. Foi subdividida em vários quartos para alugar nos anos 1960. Quando o último proprietário morreu, deixou-a para a sociedade histórica, e aos poucos tinham levantado fundos para restaurá-la, em colaboração com uma galeria de arte local, que montava exposições nas salas do térreo.

Ele estava impressionado com o empenho em preservar esses lugares. No guarda-louças de canto havia travessas e tigelas que as pessoas tinham usado para comer, castiçais onde tinham acendido velas para ter luz. Nas paredes da cozinha estavam expostas as conchas e as chapas com que as pessoas tinham cozinhado. Os assoalhos de pinho eram da mesma cor que tinham sido quando aquelas pessoas andavam pelos cômodos.

O efeito era inquietante. Ele sentia negada sua presença na terra, mesmo estando ali parado. O acesso lhe era proibido; o passado não aceitava seu ingresso. Lembrava-lhe apenas que esse local arbitrário, aonde chegara e onde fizera sua vida, não lhe pertencia. Como Bela, o local o aceitara, ao mesmo tempo mantendo distância. Entre seu povo, suas árvores, sua geografia específica, que estudara e viera a amar, ele continuava a ser um visitante. Talvez a pior forma de visitante: aquele que se recusara a ir embora.

Pensou nos dois lares que tivera. A casa em Tollygunge, à qual não voltara desde a morte da mãe, e a casa em Rhode Island onde Gauri o abandonara, que imaginava que seria a última. Um parente cuidava da casa em Tollygunge em seu nome, recebendo o aluguel e depositando numa conta bancária de lá, utilizando a renda para providenciar eventuais consertos.

Nunca voltaria a morar lá, mas não conseguia se decidir a vender a propriedade; aquele terreno pequeno e a casa prosaica ali construída ainda estavam em nome da família, como seus pais teriam desejado.

Agora ali morava um médico com sua família, o andar térreo servindo de consultório. Talvez ignorando a história da casa, talvez tendo ouvido alguma versão dos vizinhos. Nenhum grupo iria lá admirá-la daqui a duzentos anos.

No final da visita, ele pôs seu nome, telefone e e-mail numa lista da sociedade histórica. Aceitou mais um folheto de Elise, anunciando uma venda de plantas no mês seguinte.

Depois da breve conversa, ela não lhe prestara nenhuma atenção em especial naquela tarde, sempre se dirigindo ao grupo. Não se aproximara, conforme Subhash esperava, quando se demorou sozinho no corredor do segundo andar, na parte da casa que tinha sido mais familiar a ele.

Concluiu que fora convidado por causa da sociedade histórica, e mais nada. Porém, alguns dias depois, ela telefonou.

Tudo bem com você?

Por que pergunta?

No outro dia, você parecia abalado. Eu não quis me intrometer.

Queria convidá-lo para outra coisa. Não uma peça ou um concerto, que ele poderia declinar. Disse que se lembrava que ele comentara, no funeral de Richard, que gostava de andar pela ciclovia. Ela fazia parte de um clube de caminhada que se reunia uma vez por mês, para explorar trilhas e locais meio escondidos.

Vamos nos encontrar no Grande Pântano na próxima vez; então pensei em você, disse ela, antes de perguntar se queria ir também.

3.

As folhas da nogueira-do-japão, amarelas poucos dias atrás, agora estão de um verde brilhante. São as únicas coisas que reluzem esta manhã. A chuva de ontem à noite derrubou mais uma leva de folhas nas lajotas de arenito da calçada. As lajotas estão desniveladas, aqui e ali soerguidas pelas raízes das árvores. Não dá para ver a copa das árvores pelas janelas do quarto de Bela, dois andares acima do térreo. Apenas quando sai da república, abrindo um portão de ferro batido, para ingressar no dia.

O quarteirão tem filas de casas, dos dois lados da rua. Na maioria desocupadas, algumas lacradas com tábuas. Está aqui no bairro faz alguns meses, pois surgiu a oportunidade. Estava morando no interior, a leste de Albany. Indo todos os sábados à feira dos produtores na cidade, descarregando o caminhão, armando as barracas. Alguém falou de um quarto numa casa.

Era uma oportunidade de viver barato no Brooklyn por algum tempo. Tinha um emprego ao qual podia ir a pé, limpando um parque infantil dilapidado, convertendo-o numa horta com vários canteiros. Ela ensina o trabalho a adolescentes que vão até lá depois da escola, mostrando como carpir o mato, como plantar girassóis ao longo do alambrado. Ensina a diferença entre plantio em linha e plantio de cobertura. Supervisiona os moradores mais velhos que se oferecem como voluntários.

Mora com mais dez pessoas numa casa dimensionada para uma família só. É gente que escreve romances e roteiros, que desenha joias, que faliu em alguma nova empresa de computação. Gente que acabou de se formar na faculdade e gente de mais idade com um passado que nem comentam. Cada um fica na sua, mantendo horários diferentes, mas, em rodízio, todos preparam a comida de todos. As despesas são coletivas, há uma cozinha só, uma televisão só, uma escala de distribuição das tarefas. De manhã, dividem o horário para usar os banheiros. Uma vez por semana, aos domingos, os que podem se reúnem para comer juntos.

O pessoal ainda comenta o tiroteio de alguns anos atrás, em pleno dia, na frente da drogaria na esquina. Falam de um garoto de catorze anos, cujos pais moram atravessando a rua, que foi morto. As pessoas em geral fazem as compras em bodegas ou mercadinhos decadentes. Mas agora há uma cafeteria com máquina de café expresso, espremida entre as outras lojas. Há pais de terno, crianças indo a pé para a escola.

Uma das casas no final da quadra está coberta por uma rede de tapume. Estão raspando a pintura já um tanto descascada, revelando a camada por baixo, uma massa rústica de cor cinzenta. As roseiras de trepadeira, uma combinação de laranja e vermelho, florescem no pequeno jardinzinho dentro do portão. O nome do empreiteiro, segundo a placa afixada na frente, é italiano, mas os pedreiros vêm de Bangladesh. Fala na língua que os pais de Bela usavam entre eles. Língua que na infância ela entendia, mas não falava muito. Língua que deixou de ouvir desde que a mãe foi embora.

A ausência da mãe era como outra língua que ela teve de aprender, cuja complexidade e sutileza só vieram a se mostrar plenamente depois de anos de estudo e, mesmo então, sendo uma língua estrangeira, nunca chegou a absorvê-la por completo.

Ela não entende o que aqueles homens estão dizendo. Apenas uma ou outra palavra. A pronúncia é diferente. Apesar disso, ela diminui o passo ao cruzar por eles. Não sente saudades da infância, mas este aspecto, ao mesmo tempo familiar e estranho, lhe traz uma pausa. Uma parte de si se indaga se algum dia o conhecimento adormecido em sua mente voltará a despertar. Se algum dia lembrará como se diz tal ou tal coisa.

Em alguns dias, ela vê os operários sentados em cima do alpendre, num intervalo, brincando, fumando. Um deles tem mais idade, uma barba branca arrepiada que dá quase pelo peito. Ela se pergunta há quanto tempo vivem nos Estados Unidos, se há e qual seria o parentesco entre eles. Pergunta-se se gostam daqui. Se voltarão a Bangladesh ou ficarão por aqui em caráter permanente. Imagina-os morando numa república, como ela. Vê-os sentados, jantando juntos ao final da longa jornada, comendo arroz com a mão. Rezando numa mesquita em Queens.

O que pensam dela? Do jeans cinzento desbotado, das botas desamarradas? Cabelo comprido que depois vai prender, agora enfiado na camiseta com capuz. Rosto sem pintura, mochila presa no peito. Ancestrais de um país outrora unido, uma terra comum.

Tirando o vocabulário e a cor, nenhum deles se parece com seu pai. Mas de alguma maneira trazem-no à sua lembrança. Fazem-na pensar no pai em Rhode Island, em pensar como vai ele.

Noel também lhe faz lembrar o pai, mas de outra maneira. Ele mora na casa com a namorada, Ursula, e a filha deles, Violet, em dois quartos no último andar que Bela nunca viu. Noel passa seus dias com Violet; Ursula, cozinheira num restaurante, bonita, cabelinho curto, é quem trabalha.

Bela vê Noel levando Violet ao jardim de infância de manhã e, algumas horas depois, trazendo-a para casa. Vê levando-a ao parque, ensinando-a a andar de bicicleta. Vê-o correndo atrás da filha enquanto ela tenta ganhar equilíbrio, segurando um cachecol de lã que ele amarrou no peito da menina. Vê-o preparando o jantar de Violet, grelhando um hambúrguer para ela na churrasqueira no fundo da casa.

Violet não reclama da ausência de Ursula. Nem Noel. Despedem-se dela de manhã, com um beijo, dão-lhe um grande abraço quando volta, às vezes com alguma sobremesa do restaurante. Como ela é a exceção, e não a regra, Violet mantém com Ursula outro relacionamento. Contato menos frequente, mas mais intenso. Adapta suas expectativas, como Bela fazia antigamente.

Às vezes Noel e Ursula batem à porta de Bela enquanto preparam o jantar, mais à noite, depois que Violet já foi se deitar. Tem bastante comida, é sempre bem-vinda, dizem eles. Pão e queijo, uma grande salada que Ursula mistura com os dedos. Ursula está sempre um pouco elétrica quando volta de seu expediente no restaurante. Gosta de enrolar um baseado para os três, ouvir música, contar como foi o dia.

Bela gosta de ficar com eles e tenta retribuir a generosidade. Cuida de Violet quando Ursula e Noel querem ir ao cinema. Leva Ursula à horta comunitária, dando-lhe ervas aromáticas e girassóis para o restaurante. Mas não quer depender deles. Declina o convite quando Noel e Ursula resolvem fazer um piquenique em Fire Island no aniversário de Ursula. Já teve muitas amizades com outros casais como Noel e Ursula. Casais que se dão à gentileza de incluí-la, de lhe oferecer a companhia que ela não tem, o que apenas lhe lembra que ainda continua sozinha.

Costuma fazer amigos em todos os lugares a que vai, depois se mudando e nunca mais tornando a vê-los. Não se consegue imaginar como parte de um casal ou de qualquer outra família. Nunca teve nenhum relacionamento amoroso que durasse muito.

Não sente amargura ao ver Noel, Violet e Ursula juntos. A intimidade deles lhe parece fascinante, e também reconfortante. Mesmo antes que a mãe fosse embora, nunca foram realmente uma família. A mãe nunca quis estar ali. Agora Bela sabe disso.

Ao visitar o pai no último verão, soube que ele estava com alguém. Não um alguém qualquer, mas alguém que ela conhecia. A sra. Silva tinha sido sua professora de história. Mas pediu a Bela, no dia em que os três saíram para tomar o desjejum, que a chamasse de Elise.

Ela ficou assombrada ao saber da relação entre os dois; a figura mais importante de sua formação, junto com uma figura secundária. No começo se sentiu secretamente irritada. Mas sabia que era injusto de sua parte, já que mal via o pai, já que continuava a restringir o contato com ele, fosse para negar a si mesma ou para negar a ele, não sabia bem.

Notou que ele ficava nervoso ao lhe contar. Notou que ele receava que ela levasse a mal, que talvez usasse o fato como razão adicional para se manter afastada. Percebendo a hesitação dele, não querendo intimidá-lo, ela o tranquilizou, dizendo que ficava feliz por ter encontrado companheira e que, claro, desejava-lhe tudo de bom.

A verdade é que Bela sempre gostou de Elise Silva. Tinha-se esquecido dela, mas lembrou como ansiava por suas aulas. No verão passado, vira o afeto entre Elise e seu pai. O jeito como examinavam juntos o cardápio ao desjejum, o pai olhando por cima do ombro de Elise, enquanto podia ter pegado seu próprio cardápio. O jeito como Elise o incentivava a deixar de lado o mingau de aveia e se permitir alguns *waffles* com geleia. Notou a tranquilidade no rosto de ambos. Viu como, timidamente, em contraste com seu pai e sua mãe, os dois já estavam unidos.

Pergunta-se se o pai e Elise acabarão se casando. Mas isso significaria que antes ele teria de se divorciar de sua mãe. Bela nunca vai se casar, isso ela sabe. A infelicidade dos pais: este foi o fato mais fundamental de sua vida.

Quando era mais nova, sentira raiva do pai, mais do que da mãe. Culpava-o por ter feito a mãe ir embora e não imaginar alguma maneira de trazê-la de volta. Talvez seja por algum resto dessa raiva que nem se dá ao trabalho de lhe contar que agora está morando a apenas três horas de distância de Nova York. Mas tem sido esta sua linha de ação: vê-lo quando quer, nunca dizendo onde está no momento.

A essa altura, já viveu quase metade de sua existência longe dele. Dezoito anos em Rhode Island, quinze anos sozinha. Vai fazer 34 anos. Às vezes sonha com outro ritmo, com outra vida, diferente desta. Mas não sabe o que mais poderia fazer.

Gostaria que fosse mais fácil, o tempo que passa com o pai. Gostaria que Rhode Island, que adorava quando criança, não lhe recordasse a mãe, que detestava o lugar. Quando Bela está em Rhode Island, percebe que é indesejada, que a mãe nunca vai voltar para ela. Sente que tudo o que há de sólido dentro de si se desfaz. E assim, embora continue a ir até lá, embora em certa medida tenha feito as pazes com o pai, embora ele seja a única família que tem, ela nunca consegue ficar lá por muito tempo.

Anos atrás, a dra. Grant a ajudara a expressar em palavras o que sentia por dentro. Disse a Bela que o sentimento diminuiria, mas nunca desapareceria completamente. Faria parte de sua paisagem pessoal, onde quer que estivesse. Falou que a ausência da mãe teria presença constante em seus pensamentos. Disse-lhe que nunca saberia por que ela tinha ido embora.

A dra. Grant tinha razão, o sentimento não a devora mais. Bela vive a suas margens, observa-o à distância. Tal como a avó, sentada num terraço em Tollygunge, passava os dias olhando uma baixada, olhando dois lagos.

Aproxima-se dos operários. Mais uma vez absorve a conversa deles, estranha e ao mesmo tempo familiar. Eles não fazem ideia que a conversa a afeta. Continua a andar, cumprimentando-os, indagando-se para onde irá depois do Brooklyn. Eles a veem e acenam.

Na próxima vez que for visitar o pai, vai falar com ele em inglês. Se algum dia a mãe reaparecesse diante dela, e mesmo que Bela pudesse escolher qualquer língua do mundo para falar, não teria nada a dizer.

Mas não, não é verdade. Continua em comunicação constante com ela. Tudo na vida de Bela tem sido uma reação. Sou como sou, ela diria, vivo como vivo por sua causa.

4.

O mês de junho trouxe nuvens que ocultavam o sol, temporais que deixavam o céu cinzento. O frio ainda era suficiente para Subhash continuar a usar pantufas em vez de chinelos de dedo, para continuar a preaquecer a cama com o cobertor elétrico. A chuva caía à noite, batendo pesada no telhado, virando garoa de manhã, parando um pouco, mas nunca cessando. Aumentava e diminuía, e então aumentava de novo.

Na lateral da casa, ele limpou as tábuas removendo as placas de fungo. O porão cheirava a mofo, os olhos ardendo quando punha a roupa para lavar. A terra estava molhada demais para lidar na horta, as mudinhas que plantara com as raízes expostas. As azáleas perdiam as pétalas roxas cedo demais, as peônias mal se abriam e os talos já se dobravam, as flores se aplastrando no solo encharcado. Era carnal aquele cheiro de tanta umidade. Cheiro de decomposição da terra.

À noite, acordava com a chuva. Ouvia-a batendo nas vidraças, lavando o concreto da entrada de carros. Perguntava-se se seria o prenúncio de algo. De outro momento marcante em sua vida. Lembrava a chuva caindo na primeira noite que passou com Holly, no chalé dela. A chuva forte na noite em que Bela nasceu.

Logo se viu aguardando que ela vazasse pelos tijolos em torno da lareira, que pingasse do teto, que se infiltrasse por baixo das portas. Pensou nas monções que chegavam todos os anos a Tollygunge. Os dois lagos transbordando, o aterro entre eles desaparecendo.

Em julho, a horta começou a se encher de ervas daninhas. O entardecer se demorava, o céu da manhã clareava às cinco. Bela ligou para avisar que estava chegando. Às vezes vinha de trem, às vezes tomava um avião até Boston ou Providence. Uma vez, ela apareceu num carro emprestado, depois de dirigir centenas e centenas de quilômetros sozinha.

Ele passou o aspirador de pó no carpete do quarto dela, lavou os lençóis da cama, embora ninguém os tivesse usado desde a última vinda de Bela a Rhode Island. Trouxe do porão outro ventilador de parede, agora que o tempo andava quente e ensolarado, até um pouco úmido, desparafusando a grade de plástico e limpando as pás antes de instalá-lo na janela.

Nas prateleiras dela havia algumas coisas que tinham descoberto juntos, nas matas ou à beira-mar. Um ninhozinho de gravetos trançados. O crânio de uma cobra rajada, a coluna vertebral de um boto que parecia uma hélice. Ele lembrou a empolgação de encontrarem juntos, e como ela preferia essas coisas em vez de brinquedos e bonecas. Lembrou como ela colocava pinhas e pedras no capuz do casaco, quando era inverno, quando era pequena, quando os bolsos já estavam abarrotados.

Ela sacudia a atmosfera plácida de sua vida. Espalhava as coisas pela casa, largava as roupas no chão; por causa do cabelo comprido, dos fios que caíam, a água demorava mais para descer pelo ralo do chuveiro. As coisas que ela gostava de comer, que ia comprar na loja de produtos naturais, durante algum tempo se destacavam na bancada da cozinha: amaranto em flocos, pedaços de alfarroba, chás de ervas. Manteiga de amêndoa, leite de arroz. E então ia embora.

Ele foi a Boston para recebê-la. Lembrou a vez em que fora encontrar Gauri no aeroporto, em 1972, crendo que passaria a vida com ela. Lembrou a vez em que voltou do mesmo aeroporto com Bela, doze anos depois, para descobrir que Gauri tinha ido embora.

Ela chegou com um saco de viagem, uma mochila. O avião tinha vindo de Minnesota. Destacava-se entre os outros com seus ternos e impermeáveis, verificando as mensagens nos celulares, puxando a bagagem atrás de si, tensos. Ela era morena, vigorosa, despojada. Atenta. Aproximou-se dele, a pele radiante, abraçando-o com os braços fortes.

Como vai, Bela?

Bem. Muito bem.

Está com fome. Quer ir comer em algum lugar em Boston?

Quero ir para casa. Vamos à praia amanhã. E você, como está?

Ele disse que estava bem de saúde, que andava ocupado com suas pesquisas, com um artigo para o qual estava contribuindo. Disse que os tomates na horta não iam bem; as folhas estavam com manchinhas pretas.

Não se preocupe com elas. Foi chuva demais nessa primavera. Elise, como vai?

Ele respondeu que Elise ia bem. Mas parecia haver algum desequilíbrio nessas amenidades, pois Bela nunca trouxera nenhum namorado.

Quando era adolescente e ainda morava com ele, nunca lhe pediu licença para namorar. Sob esse aspecto, nunca lhe deu nenhum problema. E era isso que agora lhe parecia um problema.

Até hoje, uma parte dele ainda tinha esperanças de que ela o surpreendesse e aparecesse acompanhada no aeroporto. Com alguém que olhasse por ela, que compartilhasse a vida pouco convencional que levava. Não vou estar aqui para sempre, chegou ele a dizer quando lhe contou da morte de Richard pelo telefone. Mas Bela o criticou por ser melodramático.

    Ele aprendera a abdicar da responsabilidade que antes julgara que era sua: cumprir sua parte em assegurar o futuro da filha acoplando-o ao de outra pessoa. Se a tivesse criado em Calcutá, seria razoável levantar o assunto de seu casamento. Aqui isso era considerado uma intromissão, um abuso descabido. Ele a criara num lugar livre de tais estigmas. Uma noite, quando expôs suas preocupações a Elise, ela o aconselhou a não dizer nada, lembrando-lhe que, hoje em dia, muita gente espera chegar aos trinta, e mesmo aos quarenta, para se casar.

    Além disso, como poderia esperar que Bela se interessasse pelo casamento, em vista do exemplo que ele e Gauri haviam dado? Eram uma família de solitários. Tinham colidido e se dispersado. Esta era a herança dela. Pelo menos esse impulso ela herdara deles.

    Sentia saudades da Nova Inglaterra. Ela sempre dizia isso quando estavam indo para casa. Tinha no rosto, enquanto olhava pela janela do carro, uma expressão de reconhecimento indisfarçado. Pediu-lhe que parasse quando viu uma daquelas caminhonetes que apareciam de vez em quando no verão, vendendo copos de limonada gelada.

    Em casa, ela desfez a bagagem, removendo os lenços de papel que protegiam as nectarinas e ameixas perfumadas, colocando-as em travessas.

    Quanto tempo você vai ficar?, ele perguntou enquanto jantavam, enquanto comiam o arroz com carneiro que havia preparado. Quinze dias, desta vez?

Ela repetira o prato. Pousou o garfo.
Depende.
De quê? O que há?
Ela cravou os olhos nele. Subhash viu nervosismo em seu olhar, junto com ansiedade e determinação. Lembrou como ela apertava as mãozinhas quando criança, erguendo-se e se afundando na água pela cintura, quando estava aprendendo a nadar. Parando, pensando, preparando-se para o esforço, para o salto de fé que aquilo exigia.
Preciso te contar uma coisa, Baba. Uma novidade.
O coração dele parou e então disparou. Agora entendia. A razão do sorriso que havia em seu rosto quando ele a viu no aeroporto, a alegria que sentira a noite toda, cantarolando dentro dela.
Mas não, não tinha encontrado ninguém. Não havia nenhum amigo especial que ela quisesse lhe apresentar, quisesse convidar para a casa.
Respirou fundo e soltou o ar.
Estou grávida, disse ela.

Estava com mais de quatro meses. O pai não fazia parte de sua vida, não sabia da gravidez. Era apenas alguém que Bela conhecera, com quem se envolvera, talvez durante um ano, talvez por uma simples noite. Ela não disse.
Queria ficar com a criança. Queria ser mãe. Disse-lhe que tinha pensado muito e estava pronta.
Disse que era melhor que o pai não soubesse. Ficava menos complicado.
Por quê?
Porque não é o tipo de pai que quero para meu filho. Depois de um instante, acrescentou: É totalmente diferente de você.

Entendo.

Mas não entendia. Quem era esse homem que transformara sua filha em mãe? Que ignorava, que não merecia a paternidade?

Ele foi aos poucos. Não é fácil criar um filho sozinha, Bela.

Você criou. Montes de gente criam.

Teoricamente, uma criança tem os dois genitores na sua vida, prosseguiu ele. O pai, além da mãe.

Isso te incomoda?

Isso o quê?

Eu não ser casada?

Você não tem fonte de renda, Bela. Não tem um lar estável.

Tenho este.

E você é sempre bem-vinda. Mas você fica comigo quinze dias por ano. O resto do tempo fica em outro lugar.

A menos...

A menos?

Ela queria voltar para casa. Queria ficar com ele, ter o filho em Rhode Island. Queria dar ao filho o mesmo lar que ele lhe dera. Queria não precisar trabalhar por algum tempo.

Por você tudo bem?

A coincidência o percorreu de cima a baixo, entorpecendo-o, desconcertando-o. Uma mulher grávida, uma criança sem pai. Chegando a Rhode Island, precisando dele. Era uma reprodução das origens de Bela. Uma nova versão daquilo que trouxera Gauri a ele, anos atrás.

Depois do jantar, depois de tirar a mesa e lavar os pratos, Bela falou que queria dar uma volta.

Onde?

Quero ver o pôr do sol em Point Judith.

Não precisa descansar?

Me sinto cheia da energia. Você vem comigo?

Mas ele respondeu que estava cansado da ida e volta de Boston, preferia não sair outra vez.

Então eu vou.

Sozinha?

Mesmo sem querer, a ideia de Bela dirigindo, coisa que fazia muito bem desde os dezesseis anos de idade, agora o preocupou. Sentia um impulso irracional de não a perder de vista.

Ela abanou a cabeça enquanto ele lhe estendia as chaves. Vou ter cuidado. Volto daqui a pouco.

E embora não se vissem fazia um ano, embora ela lhe tivesse pedido para vir junto, ele sentiu, tal como ela devia ter sentido, a necessidade de ficar sozinho, de pensar sobre o que acabava de saber.

Acendeu as luzes externas. Mas dentro de casa, onde se sentou depois que ela saiu, não se deu ao trabalho. Ficou observando o céu enquanto empalidecia e depois escurecia, as silhuetas das árvores enegrecendo, o contraste agudo. Pareciam bidimensionais, sem textura. Depois de alguns minutos, não se distinguia mais o contorno delas no céu da noite.

Gauri a abandonara. Mas Subhash sabia que ele falhara mais. As ações de Gauri pelo menos tinham sido honestas, definitivas. Sem covardia, sem enrolar, sem trair dissimuladamente a confiança de Bela, como ele havia feito.

E no entanto essa filha, a filha deles, agora decidira ser mãe. Subhash já sabia que ela, como mãe, seria diferente de Gauri. Percebia o orgulho, a tranquilidade com que carregava o filho dentro de si.

A recusa em revelar quem era o pai, a insistência em criar um filho sozinha: ele não conseguia deixar essa preocupação de lado.

Mas o que o transtornava não era a perspectiva de Bela como mãe solteira. Era porque ele constituía o modelo que ela estava seguindo, ele era sua inspiração.

Voltou-lhe à memória uma conversa entre eles, de muito tempo atrás.

Por que você não está em dois?, ela perguntou sentada à frente dele.

Ele ficara aturdido. No começo não entendeu.

Tenho dois olhos, insistiu ela. Por que só vejo um você?

Pergunta inocente, inteligente. Ela tinha uns seis ou sete anos. Ele explicou que, de fato, cada olho pegava uma imagem diferente, de um ângulo levemente diferente. Tampou um dos olhos dela, e depois o outro, para que visse por si mesma. Assim ele aparecia dobrado, avançando e recuando.

Explicou que o cérebro juntava as duas imagens separadas. Reunindo o que era igual, acrescentando o que era diferente. Pegando o melhor das duas.

Então é meu cérebro que enxerga, não meus olhos?

Agora teria de enxergar com a mente. Teria de processar de alguma maneira o que ele ia dizer.

Ainda estava sentado no escuro quando, cerca de uma hora depois, ouviu o carro chegando. O guincho agudo do freio de mão, a batida leve da porta.

Foi até a entrada, abrindo a porta antes que ela tocasse a campainha. Viu-a do outro lado da tela que estava coberta de mariposas. Durante anos ele se preocupara com a reação que ela teria à notícia, mas agora a preocupação era dobrada, por causa do filho que carregava. Tinha voltado a ele, procurando estabilidade. Agora seria o pior momento. Mas ele não podia aguardar outro momento.

A presença de outra geração dentro dela obrigava a um novo início, também exigindo um fim. Ele ocupara o lugar de Udayan e se convertera no pai dela. Mas não podia se tornar avô do mesmo modo sub-reptício.

Temia que agora Bela o odiasse, assim como odiava Gauri. Como ela não se casara, ele não a entregara a outro homem, fosse simbolicamente ou de qualquer outra maneira. Mas sentia que era isso que ia fazer agora. Preparava-se para devolvê-la a Udayan. Repeli-la no exato momento em que ela queria voltar para ele. Arriscar que fosse embora.

O que você está fazendo, Baba?, ela perguntou, dispersando os insetos, entrando em casa. Está ficando tarde. Por que as luzes estão apagadas? Por que você está parado aí assim?

No vestíbulo escuro, ela não viu as lágrimas que se formavam nos olhos dele.

Ficaram a noite inteira acordados. Até raiar o dia, ele tentou explicar.

Não sou seu pai.

Então é o quê?

Padrasto. Tio. As duas coisas.

Ela não quis acreditar. Achou que tinha acontecido alguma coisa com ele, que estava meio de parafuso solto, que talvez tivesse sofrido um derrame. Ajoelhou-se na frente dele no sofá, agarrando-o pelos ombros, a alguns centímetros de seu rosto.

Pare com isso, disse ela. Continuou sentado, parado, entre as mãos dela, mas se sentia desferindo um golpe. Sabia da força brutal da verdade, pior do que qualquer impacto físico. Ao mesmo tempo nunca se sentira tão patético, tão frágil.

Ela gritou, perguntando por que nunca lhe contara, empurrando-o com raiva contra o sofá. Então começou a chorar. Agia exatamente como ele se sentia — como se tivesse morrido de repente à sua frente.

Ela começou a sacudi-lo, querendo trazê-lo de volta à vida, como se agora fosse uma concha vazia, como se a pessoa que conhecera tivesse desaparecido.

Enquanto a noite avançava e a notícia se sedimentava, ela fez uma ou outra pergunta sobre a morte de Udayan. Perguntou um pouco sobre o movimento, que não conhecia e agora estava curiosa, e foi só.

Ele cometeu alguma coisa?

Algumas. Sua mãe nunca me contou a história inteira.

Bom, o que ela contou?

Ele lhe contou a verdade, que Udayan planejara ações de violência, que montara explosivos. Mas acrescentou que, mesmo depois de todos esses anos, não se sabia com certeza a extensão do que ele havia feito.

Ele sabia de mim? Sabia que eu ia nascer?

Não.

Sentou-se diante dele, ouvindo. Em algum lugar na casa, disse ele, havia algumas cartas que guardara, das que Udayan lhe enviara. Cartas que mencionavam Gauri como sua esposa.

Prontificou-se a lê-las para Bela, mas ela não quis. Tinha no rosto uma expressão implacável. Agora que ele voltara à vida, era um estranho para ela.

Subhash não sentia que a conversa estivesse chegando a alguma conclusão, sentia apenas uma exaustão cada vez maior. Cobriu um dos olhos com a mão por causa do cansaço, da impossibilidade de mantê-lo aberto. Sentia-se esmagado pelo peso de todas as noites insones, desde a morte de Richard, e se desculpou, incapaz de continuar acordado, e subiu para seu quarto.

Quando acordou, ela já tinha ido embora. Uma parte dele sabia que ela faria isso, que, depois do que lhe contara, só conseguiria segurá-la dentro de casa se a amarrasse. Mesmo assim, foi correndo a seu quarto e viu que, embora a cama tivesse sido usada e depois arrumada, a bagagem não estava mais lá.

No andar de baixo, na bancada da cozinha, entre as travessas cheias de frutas, a lista telefônica ainda estava aberta, na página com a relação das empresas de táxi que atendiam na cidade.

A questão da paternidade tinha mudado. Dois em vez de um. Assim como agora estava grávida, fundida com um ser que não podia ver nem conhecer.

Essa criatura desconhecida crescendo dentro dela era o único ser com quem Bela sentia alguma ligação, enquanto se afastava de Rhode Island para se acalmar, para absorver o que soubera. A única parte de si que parecia real, familiar. Ao contemplar pela janela de um ônibus da viação Peter Pan a paisagem de sua infância, não reconhecia nada.

Haviam mentido para ela durante toda a sua vida. Mas a mentira se recusava a aceitar a verdade. Seu pai continuava a ser seu pai, mesmo tendo lhe contado que não era. Tendo contado que Udayan é que era.

Não podia recriminar o pai por não ter contado antes. Seu próprio filho, algum dia, poderia recriminá-la pela mesma razão.

Isso explicava por que a mãe tinha ido embora. Por que, olhando as lembranças do passado, ficava ora com a mãe, ora com o pai, mas raramente com os dois ao mesmo tempo.

Era esta a origem da compunção que sempre sentira dentro de si, de não conseguir proporcionar alegria à mãe. De se sentir uma exceção entre as crianças, sendo uma criança incapaz disso.

Sua mãe nunca fingira diante dela. Transmitia uma infelicidade constante, uma aura em torno que era imutável. Transmitia sem palavras. E Bela percebia, tal como se percebe uma montanha. Irremovível, intransponível.

Agora havia um terceiro genitor, que lhe fora apontado como uma nova estrela que seu pai lhe ensinaria a identificar no firmamento noturno. Algo que estivera ali o tempo todo, contribuindo com um ponto luminoso próprio. Que estava morto, mas agora vivo para ela. Que a fizera e, ao mesmo tempo, não fizera nenhuma diferença.

Lembrou vagamente o retrato em Tollygunge, na parede por cima de uma pilha de recibos. Um rosto sorridente, uma moldura encardida de madeira clara. Um rapaz que a avó dizia que era seu pai, até que o pai lhe disse que era um retrato de Udayan. Não lembrava mais os detalhes do rosto. Depois que lhe disseram que não era seu pai, deixara de prestar atenção nele.

Agora entendia por que a mãe não fora com eles a Calcutá naquele verão. Por que não voltara em nenhuma outra ocasião e por que, quando Bela perguntava, nunca falava de sua vida lá.

Quando a mãe deixou Rhode Island, levara junto sua infelicidade, parando de reparti-la com Bela, tirando-lhe o acesso àquela aura. O que antes parecia impossível acontecera. A montanha se fora.

No lugar havia agora uma pedra pesada, como algumas pedras profundamente enterradas quando cavava a areia na praia. Grande demais para remover, a superfície parcialmente visível, mas de contornos desconhecidos.

Ela aprendeu a ignorá-la, a seguir em frente. E no entanto a cavidade continuava a ser o ponto oco de sua origem, o retículo gelado de sua existência.

Agora voltava àquela pedra. Finalmente a areia cedeu e ela conseguiu arrancá-la, retirá-la dali. Sentiu por um instante as dimensões, o peso nas mãos. Sentiu a tensão que lhe percorreu o corpo, antes de jogá-la definitivamente ao mar.

Por alguns dias, Subhash não teve nenhuma notícia. Tentou o celular, não se surpreendendo quando ela não atendeu. Não fazia ideia de para onde Bela tinha ido. Não havia ninguém a quem pudesse perguntar. Imaginou se teria ido à Califórnia, para procurar Gauri, para ouvir seu lado da história. Começou a se convencer de que era isso que ela teria feito.

Na vez seguinte em que conversou com Elise, ele disse que os planos da visita de Bela tinham mudado. Várias vezes tinha sentido vontade de contar a Elise que não era o verdadeiro pai de Bela — que esta era uma das razões pelas quais Gauri tinha ido embora. Sentia que ela entenderia. Mas não comentara nada por lealdade a Bela. Era Bela quem merecia ser a primeira a saber.

Dormia, dormia, acordava por pouco tempo, sem se sentir descansado. Quando não conseguia mais dormir, ficava na cama. Lembrava o isolamento no alto-mar, o silêncio quando o capitão desligava o motor. Embora tivesse desabafado, tirado aquela carga de si, a cabeça pesava, havia um desconforto que não desaparecia. Durante alguns dias, ligou para o laboratório avisando que estava doente e não ia trabalhar.

Perguntou-se se devia se aposentar. Se vendia a casa e se mudava dali. Queria telefonar para Gauri, recriminá-la, dizer-lhe que ela o derrotara totalmente. Que revelara a verdade, que a partir de agora Bela passaria a vê-lo como ele era. Mas na verdade só queria que, de alguma maneira, Bela o perdoasse.

À noite, apesar dos dias encalorados, o vento soprava em lufadas, o ar frio entrando pelas janelas abertas e gelando Subhash, a estação ameaçando terminar mal tendo começado.

Aproximando-se o final da semana, o telefone tocou. Sentia o estômago vazio, não comera quase nada. Só chá de vez em quando, e as frutas tenras que Bela havia trazido. A barba crescida era áspera ao tato. Estava na cama, pensando que talvez fosse Elise, para ver se estava tudo bem.

Pensou em deixar tocar, mas atendeu no último instante, querendo ouvir sua voz, agora precisando contar o que acontecera, pedir seu conselho.

Mas era Bela.

Por que você não está no trabalho?, perguntou ela.

Soergueu-se depressa. Era como se ela tivesse entrado no quarto e o encontrasse daquele jeito, desgrenhado, desesperado.

Estou... resolvi tirar o dia de folga.

Vi algumas baleias-piloto. Estavam tão perto da orla que daria para nadar até elas. Isso é normal nessa época do ano?

Ele não conseguia pensar direito e entender bem o que ela estava dizendo, menos ainda responder. Aliviado como estava em ouvir sua voz, ficou com medo de dizer algo errado e que ela desligasse.

Onde você está? Aonde você foi?

Tinha tomado um táxi até Providence, um ônibus até Cape Cod. Tinha uma amiga em Truro com quem podia se hospedar, amiga do colégio, agora casada, que passava a temporada de verão lá e alguns anos atrás se mudara definitivamente para Truro. As praias eram lindas, disse ela. Desde a adolescência não se mostrava tão animada.

Ele lembrou quando foram a Cape Cod, ela ainda menina. No final da primavera, no primeiro ano em que Gauri foi embora. Quando estavam caminhando juntos pela baía, ela saíra em disparada na frente dele, empolgada em ir ver alguma coisa.

Ele a alcançou e viu que era um golfinho encalhado na praia, as órbitas vazias, ainda parecendo sorrir. Pegara a máquina para tirar uma foto. Abaixando a câmera, percebeu que Bela chorava. De início em silêncio, depois soluçando, quando ele a abraçou.

Quanto tempo você vai ficar?, perguntou-lhe agora.

Estou pegando uma carona até Hyannis. Lá tem um ônibus que chega às oito da noite.

Chega aonde?

Em Providence.

Ficou calado por um instante, como ela. Estava ligando do celular; ele não sabia se ainda estava ali ou se a linha tinha caído.

Baba?

Ele ouviu. Ouviu que ela ainda o chamava assim.

Você pode ir me pegar, ouviu-a dizer, ou tomo um táxi?

Nos dias subsequentes, ela o agradeceu por lhe contar sobre Udayan — chamava-o pelo nome —, dizendo que isso ajudava a explicar certas coisas. Já sabia do necessário; não precisava que ele lhe contasse mais nada.

Em certo sentido, disse ela, ajudou a se sentir mais próxima do bebê que ia ter. Era um detalhe, um elemento da vida que partilhavam, embora por razões diferentes.

A filha nasceu no outono. Depois de se tornar mãe, disse a Subhash que o amava ainda mais, sabendo o que ele havia feito.

VII

VII

1.

No pátio de sua casa na Califórnia, Gauri está tomando chá, comendo frutas e torradas. Liga o laptop, põe os óculos. Lê as manchetes do dia. Mas podiam ser de qualquer dia. Um clique, e ela vai das notícias do momento a artigos arquivados há anos. O passado está ali o tempo todo, anexo ao presente. É uma versão da definição de Bela, na infância, para o ontem.

De vez em quando, Gauri vê alguma menção nos jornais americanos a atividades naxalistas em várias partes da Índia ou no Nepal. Artigos curtos sobre subversivos maoístas explodindo trens e caminhões. Incendiando acampamentos da polícia. Combatendo as grandes empresas na Índia. Conspirando a derrubada do governo mais uma vez.

Só às vezes ela passa os olhos por esses artigos, sem querer saber muito. Alguns mencionam Naxalbari, dando o contexto para quem nunca ouviu falar a respeito. Dão links para a cronologia do movimento, que resume os acontecimentos daquela meia dúzia de anos como uma crítica da Bengala pós-colonial, fadada ao insucesso. Mesmo assim, o fracasso se mantém como exemplo, as cinzas adormecidas conseguindo incendiar uma nova geração.

Quem são eles? Esse novo movimento estaria arrebanhando jovens como Udayan e seus amigos? Seria tão desorientado, tão doloroso quanto o outro? Calcutá iria reviver aquele terror? Algo lhe diz que não.

Agora há tanta coisa a seu alcance. Primeiro, nos computadores que podia acessar na biblioteca, depois substituídos pela rede wireless que tem em casa. Telas brilhantes, cada vez mais dobráveis, mais portáteis, mais amigáveis, antecipando qualquer pergunta imaginável que o cérebro humano possa conceber. Contendo mais informação do que alguém jamais precisaria.

Grande parte disso, observa ela, se destina a eliminar o mistério, a diminuir a surpresa. Há mapas indicando o caminho, imagens de quartos de hotel para se hospedar. O atraso de algum voo para a pessoa não precisar sair correndo para o embarque. Links para pessoas, famosas ou anônimas — para reencontrá-las, para se apaixonar, para contratar para algum serviço. Um conceito revolucionário, agora tido como a coisa mais normal do mundo. Cidadãos da internet vivendo sem hierarquias. Há espaço para todos, já que não há restrições espaciais. Udayan iria gostar.

Alguns de seus alunos não vão mais à biblioteca. Não abrem um dicionário de folhas gastas para procurar uma palavra. Em certo sentido, não precisam assistir a suas aulas. Seu laptop contém uma vida inteira de aprendizado, junto com o que não viverá para aprender. Resumos de temas filosóficos em enciclopédias on-line, exposições de sistemas de pensamento que ela levou anos para compreender. Links para capítulos de livros que, antes, ela tinha de rastrear e fotocopiar ou solicitar a outras bibliotecas. Longos artigos, resenhas, apresentações, refutações, está tudo lá.

Ela lembra quando ficava numa sacada na zona norte de Calcutá, conversando com Udayan. A biblioteca na Presidency onde às vezes ele ia encontrá-la, sentada a uma mesa com uma montanha de livros, um ventilador gigante farfalhando os papéis. Ficava atrás dela, sem dizer nada, esperando até se virar, até perceber que ele estava ali.

Lembra quando lia livros contrabandeados em Calcutá, a banca específica à esquerda da faculdade de sânscrito que o atendia, que trazia o que ele queria. Encomendando livros estrangeiros nas editoras. Lembra o caminho gradual de sua formação, horas folheando as fichas dos catálogos na Presidency, depois em Rhode Island, e até nos primeiros anos na Califórnia. Anotando os números de chamada com um lápis curto, procurando entre as filas das prateleiras que escureciam quando os temporizadores das lâmpadas desligavam a luz. Lembra, visualmente, algumas passagens de livros que lera. Em qual lado do livro, em que altura da página. Lembra a tira da sacola se afundando no ombro quando voltava para casa.

Não tem como evitar; é membro do mundo virtual, uma faceta sua visível no novo oceano que veio a dominar a superfície do planeta. Há um perfil seu no website da faculdade, uma foto relativamente recente. Uma relação dos cursos que ministra, uma listagem com sua produção. Títulos, publicações, conferências, bolsas. Seu e-mail e o endereço postal de seu departamento, caso alguém queira entrar em contato ou lhe enviar alguma coisa.

Consultando um pouco mais, aparecia um vídeo com um pequeno grupo de outros acadêmicos, historiadores e sociólogos, participando de uma mesa-redonda em Berkeley. Ela entra na sala, ocupa seu lugar à mesa, na frente uma plaqueta com seu nome. Ouvindo paciente, revendo suas fichas, enquanto cada participante pigarreia, limpa a garganta, inclina-se e faz lentamente sua apresentação.

Informação demais e ainda assim, em seu caso, insuficiente. Num mundo em que o mistério diminui, o desconhecido persiste.

Encontra Subhash, ainda trabalhando no mesmo laboratório em Rhode Island. Descobre artigos de coautoria dele em arquivos em PDF, seu nome citado como participante de um simpósio de oceanografia.

Apenas uma vez, não conseguindo se conter, ela procurou Udayan na rede. Mas, como era previsível, apesar de todas as informações e opiniões, não havia nenhum vestígio de suas atividades, nenhuma menção às coisas que havia feito. Naquela época, havia centenas de outros como ele em Calcutá, militantes de base que haviam se dedicado anonimamente, que haviam sido anonimamente executados. Sua contribuição não fora notada, sua punição era habitual na época.

Como Udayan, tampouco há traços de Bela. O mecanismo de busca não traz nenhum resultado para seu nome. Nenhum site de universidade, empresa ou rede social fornece qualquer informação. Gauri não encontra nenhuma imagem, nenhum vestígio de Bela.

Isso não significa nada, obrigatoriamente. Apenas que Bela não existe na dimensão onde Gauri poderia ter alguma notícia a seu respeito. Apenas que ela recusa esse acesso a Gauri. Gauri se pergunta se a recusa é intencional. Se é uma escolha deliberada de Bela para garantir que não haja nenhum contato.

Somente seu irmão Manash a procurou, retomando contato por e-mail. Perguntando dela, perguntando se iria algum dia a Calcutá para visitá-lo. Ela contou que se separou de Subhash. Mas inventou um destino vago e previsível para Bela, dizendo que crescera e se casara.

Volta e meia Gauri continua a procurar por ela, continua a falhar. Sabe que depende de si, que de outra maneira Bela não virá até ela. E não se atreve a perguntar a Subhash. O afã se agita dentro dela como um peixe recém-fisgado. Um breve clarão de possibilidade quando o nome aparece digitado no monitor, quando ela clica para ativar a busca. A esperança se debatendo enquanto se desfaz.

***

Dipankar Biswas era um nome novo em sua caixa de entrada, mas estava armazenado na memória. Um aluno bengali de muito tempo atrás. Era nascido no mesmo ano de Bela, criado num subúrbio de Houston. Sentira-se receptiva a ele. Trocavam algumas palavras em bengali. Durante os anos em que foi seu aluno, ela o via como um indicador de como seria Bela.

Ele passava as férias de verão em Calcutá, ficando na casa dos avós na Jamir Lane. Ela pensava que ele fora para a faculdade de direito, mas não, tinha mudado de ideia, explicando no e-mail que era professor visitante de ciência política numa das outras faculdades da liga, com especialização no Sul Asiático. Comentando a influência que ela exercera.

Estava escrevendo para cumprimentar, para dizer que estava nas redondezas. Chegaria à faculdade de Gauri na semana seguinte, para assistir a uma mesa-redonda. Convidava-a para almoçar. Estava montando um livro, esperava que ela pudesse colaborar. Podiam conversar sobre isso?

Ela pensou em recusar. Mas, curiosa em revê-lo, sugeriu um restaurante sossegado que conhecia bem, aonde ia de vez em quando.

Dipankar já estava à mesa. Não mais de calção e sandália que usava em suas aulas, não mais o colarzinho de conchas no pescoço. Fora para Nebraska fazer a pós-graduação, e seu primeiro emprego foi em Buffalo. Estava contente em vir de novo para a Califórnia. Pegou seu iPhone, mostrando-lhe os retratos de seu casal de gêmeos nos braços de sua esposa americana.

Ela lhe deu parabéns. Perguntou-se se Bela estaria casada a essa altura. Se também teria filhos.

Pediram os pratos. Ela dispunha de uma hora, disse a Dipankar, e depois precisava voltar ao campus. Me diga, sobre o que é seu livro?

Você estava na Presidency no final dos anos 1960, não?

Ele fora contratado por uma editora universitária para escrever uma história dos estudantes da faculdade no auge do movimento naxalista. A ideia era compará-lo ao Students for a Democratic Society (SDS) nos Estados Unidos. Pretendia escrevê-lo como uma história oral. Queria entrevistá-la.

Sua pálpebra se contraiu. Era um tique nervoso que adquirira em algum momento. Perguntou-se se daria para perceber. Perguntou-se se Dipankar notaria o nervo repuxando.

Eu não estava envolvida, disse ela. Tinha a boca seca.

Levou o copo aos lábios. Tomou um pouco de água. Sentiu pedrinhas minúsculas de gelo, descendo pela garganta antes que conseguisse retê-las.

Não faz mal, disse Dipankar. Quero saber como era o clima. O que os estudantes pensavam e faziam. O que você viu.

Desculpe. Não quero ser entrevistada.

Mesmo que sua identidade fique protegida?

De repente ela ficou com medo de que ele soubesse de alguma coisa. Que talvez o nome dela constasse em alguma lista. Que um velho arquivo tivesse sido reaberto, que estivesse em andamento uma investigação de uma velha ocorrência. Pôs os dedos sobre a pálpebra, para estabilizá-la.

Mas não, ela viu que ele simplesmente contara com ela. Que era apenas uma fonte conveniente. Houve uma pausa quando trouxeram a comida à mesa.

Ouça, posso lhe contar o que sei. Mas não quero aparecer no livro.

Sem problemas, professora.

Ele pediu permissão e ligou um pequeno gravador. Mas foi Gauri quem fez a primeira pergunta.

Por que você se interessou pelo assunto?

Ele contou que o irmão de seu pai tinha participado. Um estudante universitário que se envolvera a fundo, fora preso. Os avós de Dipankar tinham conseguido soltá-lo. Enviaram-no para Londres.

O que ele faz hoje em dia?

É engenheiro. É o tema do primeiro capítulo do livro. Sob pseudônimo, claro.

Ela assentiu, perguntando-se qual teria sido o destino de tantos outros. Se teriam tido a mesma sorte. Havia tantas coisas que poderia dizer.

Ele me falou sobre o comício no dia em que anunciaram o partido, continuou Dipankar.

Ela lembrou que estava lá no meio em Primeiro de Maio, sob o Monumento. Vendo Kanu Sanyal na tribuna, libertado.

Ela e Udayan estavam entre os milhares de pessoas no Maidan, ouvindo seu discurso. Lembrou o mar de gente, a coluna branca estriada com as duas sacadas no alto, erguendo-se ao céu. A tribuna, decorada com um retrato de Mao em tamanho natural.

Lembrou a voz de Kanu Sanyal, transmitida pelo alto-falante. Um jovem de óculos, de aparência comum, mas carismático. *Camaradas e amigos!*, ela ainda ouvia a saudação. Lembrou a emoção única de se sentir parte daquilo. Lembrou o entusiasmo pelas coisas que ele dizia.

Suas impressões eram imprecisas, de tanto tempo atrás. Mas eram vívidas para Dipankar. Tinha na ponta da língua todos os nomes, todos os acontecimentos daqueles anos. Citava de cor os textos de Charu Majumdar. Sabia da cisão, no final, entre Majumdar e Sanyal, Sanyal contrário à linha de aniquilação.

Dipankar estudara as táticas autodestrutivas do movimento, a falta de coordenação, a ideologia irrealista. Entendera muito melhor do que Gauri, sem sequer ter participado, por que o movimento surgira e por que falhara.

Meu tio ainda estava lá quando prenderam Sanyal outra vez, em 1970. Foi enviado para Londres logo depois.

Isso ela lembrava também. Os seguidores de Sanyal tinham começado os tumultos. Foi depois da prisão dele, um ano depois da proclamação do partido, que se iniciou a fase de maior violência em Calcutá.

Me casei naquele ano.

E seu marido? Foi afetado?

Ele estava aqui nos Estados Unidos, estudando, disse ela. Não tinha nenhuma ligação. Ela se sentiu satisfeita que a segunda realidade pudesse encobrir a primeira.

Estou pensando em fazer pesquisa de campo em Calcutá, disse ele. Você ainda conhece alguém por lá, alguém com quem eu possa falar?

Acho que não. Pena.

Queria ir até Naxalbari, se conseguir. Queria ver o vilarejo onde Sanyal morou depois de sair da prisão.

Ela assentiu. Vá, sim.

Me fascina, a guinada da vida dele.

Como assim?

Depois de cumprir a sentença, continuou um herói. Ainda percorrendo de bicicleta os vilarejos em Naxalbari, anos depois, mobilizando apoios. Bem que gostaria de ter falado com ele.

E por que não fala?

Ele morreu. Você não soube?

Tinha sido quase um ano antes. Estava com problemas de saúde. Os rins falhando, perdendo a vista. Sofrendo de depressão. Ficou parcialmente paralisado por causa de um derrame em 2008.

Não quis ser tratado num hospital do governo. Não quis recorrer ao Estado que ainda combatia.

Morreu de falência renal?

Dipankar abanou a cabeça. Não, ele se matou.

Ela foi para casa, para a mesa, ligou o computador. Digitou o nome de Kanu Sanyal na linha de busca. Surgiram os resultados, um após o outro, numa série de sites indianos que nunca tinha visitado antes.

Começou a clicar para abri-los, lendo os dados de sua biografia. Um dos fundadores do movimento, junto com Majumdar. Um movimento que ainda ameaçava o Estado indiano.

Nascido em 1932. Contratado jovem como escrivão num tribunal de Siliguri.

Trabalhara como organizador do PCI(M) em Darjeeling, e depois rompeu com o partido após a revolta de Naxalbari. Fora à China para se encontrar com Mao. Passara quase dez anos na cadeia. Fora o presidente do PCI(ML). Depois de sair da prisão, renunciara à violência revolucionária.

Continuou como comunista, dedicando a vida aos problemas dos trabalhadores nas plantações de chá, dos condutores de riquixás. Nunca se casou. Concluíra que a Índia não era uma nação. Apoiou a independência de Caxemira, de Nagaland.

Seus pertences consistiam em alguns livros, roupas e utensílios de cozinha. Quadros de Marx e Lênin. Morreu como indigente. *Outrora fui popular, perdi minha popularidade*, disse numa de suas últimas entrevistas. *Estou doente.*

Muitos dos textos enalteciam sua vida, sua dedicação aos pobres da Índia, sua morte trágica. Referiam-se a ele como um herói, uma lenda. Seus críticos o condenavam, dizendo que um terrorista morrera.

Era o mesmo leque de informações, repetidas de maneiras variadas. Mesmo assim, ela continuou a abrir os links, sem conseguir parar.

Um deles levava a um vídeo. Um trecho de um noticiário na tevê, de 23 de março de 2010. A locutora resumia os detalhes. Havia algumas imagens em branco e preto das ruas de Calcutá no final dos anos 1960, bandeiras e pichações, alguns segundos mostrando uma passeata de protesto.

Cortava para a filmagem de aldeões chorando, as mãos no rosto. Gente à entrada de uma casa, a choça de sapé que fora o lar de Sanyal, o escritório do partido. Entrevistavam a cozinheira dele. Estava agitada, nervosa na frente da câmera. Falando com o sotaque próprio da região.

Viera ver como ele estava depois do almoço, disse ao repórter. Olhou pela janela, mas não o viu descansando na cama. A porta não estava trancada. Ela verificou outra vez. Então o viu em outra parte do quarto.

Gauri viu também. Na tela do computador, à sua mesa, em seu escritório sombreado na Califórnia, ela viu o que a cozinheira tinha visto.

Um homem de 78 anos, de camiseta e pijama de algodão, pendendo de uma corda de nylon. A cadeira que usara para prender a corda ainda estava ali à sua frente. Não caíra. Nenhum espasmo, nenhuma reação final a derrubara.

A cabeça dele estava torcida para a direita, a nuca aparecendo acima da camiseta. As laterais dos pés encostavam no chão. Como se a gravidade da terra ainda lhe desse apoio. Como se bastasse endireitar os ombros e sair andando.

Durante alguns dias ela não conseguiu afastar a imagem da mente. Não conseguia parar de pensar na passividade final de um homem que, até o final da vida, recusara abaixar a cabeça.

Não conseguia se livrar da emoção que despertara dentro de si. Sentia um peso terrível, e ao mesmo tempo um enorme vazio.

Na semana seguinte, descendo uma escada num edifício do campus, distraída, ela escorregou e caiu. Estendeu o braço para atenuar a queda. A mão perdeu o contato com o chão. Ela olhou e viu que gotejava sangue, realçando as linhas da palma da mão.

Alguém veio socorrer, perguntando se estava bem. Ela conseguiu ficar de pé, dar alguns passos. A dor mais forte se concentrava no pulso. A cabeça girava e um dos lados latejava.

Uma ambulância da universidade a levou ao hospital. A torção do pulso era séria e, como não diminuíra a dor de cabeça, como se espraiara também para o outro lado, precisaria fazer alguns exames, algumas tomografias.

Deram-lhe formulários para preencher e pediram para dar o nome do parente mais próximo. Durante toda a vida, nesses formulários, não tendo outra escolha, ela colocara o nome de Subhash. Mas nunca ocorrera uma emergência, nunca houvera necessidade de contatá-lo.

Traçou as letras com a mão esquerda, fracamente. O endereço em Rhode Island e o número de telefone que ainda lembrava. Às vezes discava o número sem tirar o telefone do gancho, quando pensava em Bela. Quando se sentia horrorizada por sua transgressão, dominada pelo arrependimento.

Não dava entrada num hospital desde o nascimento de Bela. Ainda hoje a lembrança era clara. Um anoitecer chuvoso de verão. Vinte e quatro anos de idade. Uma pulseira de identificação no braço. Todos parabenizando Subhash ao final do parto, flores chegando de seu departamento na universidade.

Recebeu outra vez uma pulseira de identificação, foi registrada no sistema do hospital. Forneceu as informações necessárias sobre seu histórico médico, sobre o cartão do seguro de saúde. Desta vez não havia ninguém para ajudá-la. Dependia das enfermeiras, dos médicos, quando apareciam.

Tiraram algumas radiografias, fizeram uma tomografia. A mão direita estava enfaixada, como a de Udayan após o acidente. Disseram-lhe que estava com uma leve desidratação. Injetaram soro na veia.

Ficou até o anoitecer. Os exames não revelaram nenhuma hemorragia no cérebro. Foi para casa com uma mera receita de analgésicos e a indicação de um fisioterapeuta. Teve de ligar para um colega, pois avisaram que não poderia dirigir durante algumas semanas, não poderia percorrer a cidadezinha com seus quarteirões com grama nas calçadas, onde morava fazia tantos anos.

O colega, Edwin, levou-a à farmácia para pegar os remédios. Ofereceu a casa, para que passasse alguns dias com ele e a esposa, ficasse no quarto de hóspedes, dizendo que não seria trabalho nenhum. Mas Gauri falou que não precisava. Voltou para casa, sentou à mesa do escritório, pegou uma tesoura e conseguiu cortar a pulseira de identificação do hospital.

Ligou o computador e acendeu o fogão para fazer chá. Foi um esforço tirar o saquinho de chá da embalagem, erguer a chaleira e pôr a água fervendo na xícara. Tudo feito devagar, tudo parecendo desajeitado na mão que não estava acostumada a usar.

A geladeira estava vazia, o leite quase no fim. Só então lembrou que estava indo comprar comida ao se dirigir para o carro, quando caiu. Teria de telefonar para Edwin mais tarde e pedir se poderia comprar algumas coisas para ela.

Eram onze da manhã de uma sexta-feira. Sem aulas para dar, sem planos para a noite. Serviu-se de um copo de água, derramando um pouco na bancada. Conseguiu de alguma maneira abrir o frasco de comprimidos. Deixou destampado, para não precisar abri-lo outra vez.

Não querendo ser um peso para ninguém, mas incapaz de ficar sozinha, ela saiu, uma pequena viagem de final de semana que não tinha nada a ver com o trabalho. Com uma mão só, arrumou uma maleta. Deixou o laptop em casa. Ligou para uma locadora de automóveis e se registrou num hotel de que alguns colegas gostavam, numa cidadezinha deserta. Um lugar onde podia andar pelas montanhas e tomar banho de cachoeira, onde não precisaria cozinhar por alguns dias.

Na cobertura do hotel, junto à piscina rodeada por morros íngremes, ela viu um casal indiano de idade, de aparência abastada, cuidando de um menino pequeno. Tentavam ensiná-lo a perder o medo da água, mostrando os brinquedos de plástico que boiavam, o avô dando algumas braçadas para demonstrar. Marido e mulher discutiam ligeiramente, em hindi, sobre a quantidade de protetor solar que deviam pôr no garoto, se deviam ou não proteger a cabeça dele com um chapéu.

O marido era quase careca, mas ainda vigoroso. O pouco cabelo restante rodeava a parte de baixo da cabeça. A esposa parecia mais nova, o cabelo tingido com hena, as unhas dos pés pintadas, calçando belas sandálias. Gauri ficou a observá-los no desjejum, dando colheradas de iogurte e cereal ao menino.

Perguntaram a Gauri, em inglês, de onde ela era, dizendo que vinham aos Estados Unidos em todas as temporadas de verão, que era aqui que os dois filhos moravam e que gostavam muito do país. Um deles morava em Sacramento, o outro em Atlanta.

Desde que se tornaram avós, saíam de férias com os netos, um por vez, para conhecê-los por si mesmos e para proporcionar aos filhos e às noras algum tempo para si mesmos.

Em nossa idade, que outra razão há para viver?, o homem perguntou a Gauri, com o garoto aninhado num dos braços. Mas preferiam a Índia e não queriam se mudar para cá.

Você vai para lá com frequência?, perguntou a esposa.

Faz tempo que não.

Tem netos?

Gauri abanou a cabeça e acrescentou, de repente querendo se aliar ao casal, ainda estou esperando.

Quantos filhos você tem?

Uma, uma filha.

Normalmente ela dizia às pessoas que não tinha filhos. E as pessoas se retraíam polidamente a essa revelação, não querendo pressionar.

Mas hoje Gauri não pôde negar a existência de Bela. E a mulher apenas riu, assentindo, dizendo que hoje em dia os filhos eram muito independentes.

Com o tempo, o pulso se recuperou. Nas sessões de fisioterapia, envolviam-no com cera quente. Conseguiu de novo segurar a escova de dentes, assinar um cheque ou girar a maçaneta de uma porta. Depois conseguiu dirigir outra vez, mudar a marcha e fazer uma curva, revisar rascunhos e corrigir trabalhos dos alunos com a mão direita.

O semestre continuou, ela deu suas últimas aulas, entregou as notas. Tiraria licença no próximo outono. Uma tarde, depois de terminar o que fazia à escrivaninha, atravessou o estacionamento do conjunto residencial e abriu sua caixa de correio. Virou a chave com algum esforço.

Voltou ao apartamento e abriu a porta de vidro de correr que dava da sala para o pátio. Pôs a correspondência na mesa de teca e sentou para verificá-la.

Entre as contas e os folhetos que haviam chegado naquele dia, havia uma carta pessoal. O envelope trazia a letra de Subhash, o endereço do remetente na casa de Rhode Island, perto da baía.

Além da caligrafia, a prova suprema de que fora ele mesmo a postar a carta era a saliva seca no verso do selo.

Enviara a carta aos cuidados do departamento. A secretaria fizera a gentileza de encaminhá-la à casa de Gauri.

Dentro havia uma breve mensagem escrita em bengali, ocupando a frente e o verso de uma folha de papel-ofício. Fazia décadas que ela não lia a escrita bengali; sua comunicação com Manash era por e-mail, em inglês.

> *Gauri*
> *A internet me informa que este é seu endereço, mas, por favor, confirme o recebimento. Como você vê, continuo no mesmo lugar. A saúde está razoável. Espero que a sua também. Mas logo farei setenta anos e estamos entrando numa fase da vida em que pode acontecer qualquer coisa. Seja o futuro qual for, gostaria de começar a simplificar as coisas, visto que, legalmente, continuamos unidos. Se você não tiver objeções, vou vender a casa em Tollygunge, da qual você ainda tem uma parte. Também creio que é hora de retirar seu nome como coproprietária da casa em Rhode Island. Vou deixá-la para Bela, claro.*

Ela parou, aquecendo a mão na superfície da mesa antes de prosseguir. A mão ficara sensível durante o enfaixamento. Agora as veias eram salientes e pareciam um pedaço de coral enraizado no pulso.

Ele dizia que não queria arrastá-la de volta a Rhode Island no caso de alguma emergência, não queria sobrecarregá-la caso fosse o primeiro a falecer.

> *Não quero apressá-la, mas gostaria de resolver as coisas até o final do ano. Não sei se temos algo mais a nos dizer. Embora não possa perdoá-la pelo que você fez a Bela, fui e continuo a ser beneficiado por suas*

ações, por mais erradas que tenham sido. Ela continua a ser parte de minha vida, mas sei que não é parte da sua. Se for mais fácil, estou disposto a nos encontrarmos pessoalmente e concluir as coisas frente a frente. Não lhe desejo mal. Repetindo, é apenas uma questão de algumas assinaturas e naturalmente bastaria o correio.

Ela teve de reler a carta para entender do que se tratava. Para entender que, depois de todo aquele tempo, ele estava pedindo o divórcio.

2.

Sem contar a ninguém da família, nem mesmo a Manash, os dois se casaram. Foi em janeiro de 1970. O escrivão de um cartório foi a uma casa em Chetla. Era de um dos camaradas de Udayan, um alto membro do partido que também era professor de literatura. Homem gentil, de maneiras suaves, um poeta. Chamavam-no Tarun-da.

Havia alguns camaradas presentes. Fizeram-lhe perguntas e disseram-lhe como devia se conduzir dali para a frente. Udayan pôs a mão sobre um exemplar do Livro Vermelho antes de assinarem os papéis. As mangas enroladas como sempre, mostrando os antebraços. Barba e bigode, na época. Quando terminaram e os dois estavam empoleirados na beirada de um sofá, inclinados sobre a mesinha baixa onde tinham espalhado os papéis, ele se virou para olhá-la, abrindo um grande sorriso, aproveitando um instante para mostrar a ela, apenas a ela, como se sentia feliz.

Ela não se importava com o que pensariam os tios, as tias e as irmãs sobre sua atitude. Serviria para se afastar deles. O único da família com quem se importava era Manash.

Trouxeram e distribuíram alguns pedaços de carne e peixe fritos, algumas caixas de doces. Foi essa a comemoração. Passaram a primeira semana como marido e mulher na casa em Chetla, num quarto que o professor tinha de reserva.

Foi lá, à noite, depois de tantas conversas que tinham mantido, que começaram a se comunicar de outra maneira. Foi lá que ela sentiu pela primeira vez a mão dele explorando a superfície de seu corpo. Foi lá, enquanto ele dormia junto a si, que ela sentiu o frescor de seu ombro nu aninhado na curva de sua axila. O calor dos joelhos dele atrás de suas pernas.

A entrada da casa ficava na lateral, num beco comprido, escondido da rua. A escada virava duas vezes em ângulo agudo, levando a aposentos dispostos em linha cerrada, em torno da sacada. O assoalho castanho-avermelhado tinha rachaduras aqui e ali.

Os livros de Tarun-da enchiam os quartos, amontoados em pilhas da altura de uma criança. Guardados em armários e prateleiras. A sala de estar, na parte da frente, tinha uma sacada estreita que dava para a rua. Receberam instruções de não ficar ali, de não chamar a atenção para si mesmos.

Alguns dias depois, ela escreveu a Manash, dizendo que, afinal, não fora numa excursão a Santiniketan com as amigas. Contou que tinha se casado com Udayan e que não ia voltar para casa.

Então Udayan foi para Tollygunge, para contar aos pais o que haviam feito. Disse-lhes que estavam dispostos a morar em outro lugar. Ficaram perplexos. Mas o irmão dele estava nos Estados Unidos e queriam que o filho restante ficasse em casa. Gauri tinha a esperança secreta de que os pais de Udayan não recebessem o casal. Naquela casa alegre e bagunçada em Chetla, escondida com Udayan, ela se sentia ao mesmo tempo ousada e protegida. Livre.

Udayan falava que algum dia teriam uma casa só para eles. Não acreditava no costume de morar junto com a família. Mesmo assim, por enquanto, visto que não podiam ficar indeterminadamente na casa do professor, visto que a casa era um esconderijo e precisavam do quarto que lhes haviam cedido para abrigar alguém, visto que ele não ganhava o suficiente para alugarem um apartamento em outro lugar, ele a levou para Tollygunge.

Ficava a poucos quilômetros de distância. Apesar disso, indo para lá, passando a Hazra Road, Gauri notou a diferença. A cidade que conhecia ficou para trás. A luz era mais brilhante, as árvores mais viçosas, lançando uma sombra variegada.

Os pais dele estavam no pátio, à espera de recebê-la. A casa era espaçosa, mas simples, utilitária. Ela entendeu imediatamente as condições da vida de Udayan, as convenções que rejeitara.

A ponta de seu sári estava dobrada sobre a cabeça em gesto de decoro. A cabeça da mãe de Udayan também estava coberta com o sári. Essa mulher agora era sua sogra. Usava um sári de algodão frisado cor de creme, bordado com fios dourados. O sogro era alto e magro, como Udayan, de bigode, expressão plácida, cabelo grisalho penteado para trás.

A sogra perguntou a Udayan se ele tinha objeções a fazerem alguns rápidos rituais. Ele objetou, mas ela o ignorou, soprando sua concha e então colocando guirlandas de tuberosas no pescoço de ambos. Ergueu uma bandeja trançada até a cabeça, o peito e o ventre de Gauri. Uma bandeja de bons auspícios, de frutas.

Ganhou uma caixa; dentro dela, o colar. Na bandeja havia um pote de vermelhão em pó. A sogra recomendou a Udayan que o passasse no repartido do cabelo da esposa. Pegando a mão esquerda de Gauri, ela fechou seus dedos para dar passagem a um bracelete de ferro até o pulso.

Alguns estranhos, agora seus vizinhos, tinham se reunido para assistir, olhando por cima do muro do pátio.

Agora você é nossa filha, disseram os sogros, aceitando-a embora preferissem que não tivesse sido assim, pousando as mãos em sua cabeça como bênção. Gauri se curvou para tomar o pó de seus pés.

O pátio fora decorado com desenhos em sua homenagem, pintados à mão. Na entrada da casa, havia uma panela de leite em lento aquecimento num fogão a lenha, que ferveu à sua aproximação. Havia duas bananeiras mirradas, uma em cada lado da porta. Dentro havia outra panela de leite, tingida de vermelho. Disseram-lhe que mergulhasse os pés no líquido vermelho e então subisse a escada. A escada ainda estava em construção, sem corrimão para se segurar.

Sobre os degraus estendia-se frouxamente um sári branco, como um tapete fino e escorregadio. De poucos em poucos degraus, havia uma xícara de barro virada para baixo que ela tinha de quebrar, pisando por cima com todo o seu peso. Foi a primeira coisa que lhe pediram, para marcar sua entrada na casa de Udayan.

Como a ruela era muito estreita, raramente ouvia-se o barulho de um carro ou mesmo de um riquixá a bicicleta. Udayan lhe disse que, voltando ao enclave, era mais fácil descer na esquina da mesquita e fazer o resto a pé. Muitas das casas tinham muros, mas ela podia ouvir o que se passava na vida dos outros. Refeições sendo preparadas e servidas, água sendo vertida para os banhos. Crianças sendo repreendidas e chorando, recitando as lições. Pratos esfregados e enxaguados. Corvos arranhando com as garras os telhados, batendo asas, disputando cascas.

Ela acordava todos os dias às cinco da manhã, subindo as escadas para outra parte da casa e aceitando a xícara de chá que lhe servia a sogra, um biscoito guardado na lata de bolachas. Ainda não havia gás encanado, e assim o dia começava com o trabalhoso processo de acender o forno de barro com carvão, bolinhas de esterco seco, querosene e fósforo.

A fumaça espessa ardia nos olhos, borrando a vista enquanto ela abanava a chama. A sogra, na primeira manhã, havia-lhe dito que deixasse de lado o livro que trouxera junto e se concentrasse na tarefa que estava fazendo.

Os operários chegavam logo depois. Descalços, com trapos sujos enrolados na cabeça. Gritavam e martelavam o dia inteiro, de forma que era impossível estudar na casa. O pó recobria tudo, a massa e os tijolos entrando de carriola na casa, os quartos adicionais ficando prontos um por vez.

Depois que o sogro voltava com um peixe do mercado, era tarefa sua cortá-lo em pedaços, cobri-los de sal e açafrão-da-índia e fritá-los no óleo. Ela se sentava na frente do fogão apoiada nas plantas dos pés. Preparava o molho onde o peixe ficaria até o anoitecer, temperado conforme as instruções da sogra. Ajudava a cortar a couve, a descascar as ervilhas. A lavar o espinafre para retirar a areia.

Se a empregada se atrasava ou estava de folga, ela tinha de esmagar as pimentas vermelhas e a raiz do açafrão-da-índia numa tábua de pedra, de moer as sementes de mostarda ou papoula se a sogra quisesse usá-las para cozinhar naquele dia. Quando triturava as pimentas, pareciam esfolar a palma das mãos. Ao entornar a panela de arroz numa travessa, deixava a água do cozimento escorrer, cuidando para que os grãos não saíssem junto. O peso da panela inclinada forçava seus pulsos, o vapor lhe escaldaria o rosto caso se esquecesse de afastá-lo de lado.

Duas vezes por semana, fazia tudo isso antes de tomar banho, pegar seus livros e tomar o bonde até Calcutá do Norte, para ir à biblioteca e assistir a palestras. Não reclamara com Udayan. Mas ele sabia e lhe dizia para ter paciência.

Disse-lhe que um dia, quando seu irmão, Subhash, voltasse dos Estados Unidos e se casasse, haveria outra nora para dividir as tarefas. E de vez em quando Gauri imaginava quem seria essa mulher.

Ao entardecer, ela esperava Udayan voltar da escola, olhando do terraço da casa dos sogros. E, quando ele empurrava as portas de madeira de vaivém, sempre parava e erguia os olhos para vê-la, como costumava fazer no cruzamento embaixo do apartamento dos avós de Gauri, ela na esperança de que ele viesse à casa, ele na esperança de que ela estivesse em casa. Mas agora era diferente: a chegada dele era esperada, e o fato de ficar à sua espera não era surpresa, pois estavam casados e esta era a casa onde ambos moravam.

Ele se lavava e comia alguma coisa, e então ela trocava de sári e saíam para uma caminhada. De início agindo como qualquer outro casal recém-casado. Gostava de sair com ele, mas ficava desconcertada com a calmaria de Tollygunge, com a simplicidade rústica que percebia ali.

O bairro tinha sua identidade. Era mais bengali do que Calcutá do Norte, onde havia muitos punjabis e marwaris morando no prédio de seus avós, onde a loja de rádios na frente do Chacha's Hotel tocava músicas de filmes hindis que se sobrepunham ao barulho do trânsito, onde havia no ar a densa energia de estudantes e professores.

Aqui havia poucas coisas para distraí-la, tal como se distraía com a vista da sacada na casa dos avós, que podia ocupar sua atenção de dia e de noite. Da casa dos sogros pouco havia para ver. Apenas outras casas, roupa estendida nos varais da cobertura, palmeiras e coqueiros. Vielas fazendo curvas. O aguapé que proliferava, mais verde do que grama, na baixada e nos lagos.

Ele começou a lhe pedir que fizesse algumas coisas. E assim, para ajudá-lo, para se sentir participante, ela concordou. No começo, eram tarefas simples. Ele desenhava os mapas e lhe dizia para ir aqui ou ali quando fosse fazer algo na rua, para observar se havia uma lambreta ou uma bicicleta parada lá fora.

Dava-lhe bilhetes, primeiro para deixar numa caixa de correspondência em algum lugar de Tollygunge, depois para entregar pessoalmente. Dizia-lhe para pôr a mensagem sob as rúpias com que pagava o homem da papelaria, quando precisava comprar alguma tinta. O bilhete geralmente continha alguma informação. Um local ou um horário. Um aviso que para ela não fazia sentido, mas era essencial para outra pessoa.

Uma série de bilhetes ia para uma mulher que trabalhava numa alfaiataria. Gauri devia pedir para falar especificamente com uma mulher chamada Chandra e tirar as medidas para uma blusa. Na primeira vez, Chandra a recebeu como se fossem velhas amigas, perguntando como estava. Gorducha, com o cabelo em coque.

Levou Gauri para trás de uma cortina, falando em voz alta vários números sem sequer encostar a fita métrica em seu corpo, mas anotando no bloco. Era Chandra que abria a própria blusa, aproveitando a cortina fechada, pegando o bilhete da mão de Gauri, lendo e dobrando-o de novo. Enfiava-o dentro da blusa, no sutiã, antes de reabrir a cortina.

Essas missões eram pequenas engrenagens numa estrutura maior. Nenhum detalhe desatendido. Fora incluída numa corrente que não podia enxergar. Era como fazer uma pequena ponta numa peça curta, com outros atores que nunca se identificavam, falas e ações simples que estavam no roteiro, estavam sob controle. Ela se perguntava qual estaria sendo sua contribuição, quem a estaria observando. Perguntou a Udayan, mas ele não disse, falando que era assim que podia ser mais útil. Falando que era melhor que não soubesse.

Em fevereiro seguinte, logo depois do primeiro aniversário de casamento, ele lhe conseguiu algumas aulas particulares. Havia efígies de Saraswati nas esquinas, com livros escolares a seus pés que os estudantes lhe deixavam de oferenda. Os cucos começavam a cantar, um canto dorido e anelante. Um casal de irmãos em Jadavpur precisava de sua ajuda para passarem nos exames de sânscrito.

Ela ia diariamente até a casa deles, pegando um riquixá a bicicleta, apresentando-se com um nome inventado. Antes de ir pela primeira vez, Udayan lhe descreveu a casa, como se já a conhecesse. Descreveu a sala onde ficaria, a disposição dos móveis, a cor das paredes, a mesa de estudos sob a janela.

Disse em qual cadeira devia se sentar. Que, caso a cortina estivesse fechada, devia puxá-la de leve para um dos lados, dizendo que queria deixar entrar um pouco de luz.

A certa altura durante a aula de uma hora, disse-lhe ele, um policial passaria na frente da casa, cruzando a janela da esquerda para a direita. Ela devia anotar o horário em que ele passava e observar se estava de uniforme ou à paisana.

Por quê?

Desta vez, ele explicou. A rota do policial passava por um esconderijo, disse. Precisavam saber seu horário, seus dias de folga. Havia camaradas precisando de abrigo. Precisavam que ele não estivesse lá.

Sentada com os alunos, ajudando-os na gramática, o relógio de pulso sobre a mesa, o diário aberto, ela o viu. Um homem na casa dos trinta, rosto barbeado, de uniforme cáqui, saindo para o trabalho. De uma janela no segundo andar, ela viu o bigode negro, o topo da cabeça. Descreveu-o a Udayan.

Com o casal de irmãos, ela lia versos dos Upanishades, do Rig Veda. As doutrinas antigas, os textos sagrados que estudara antigamente com o avô. *Atma devanam, bhuvanasya garbho*. Espírito dos deuses, origem de todos os mundos. Uma aranha alcança a liberdade do espaço com o fio que tece.

Um dia, uma quinta-feira, o policial estava à paisana. Em vez de ir da esquerda para a direita, veio da direção contrária, com roupas civis. Acompanhava um menino voltando da escola para casa. Tal hora e vinte minutos. Caminhava de maneira mais informal.

Quando contou a Udayan, ele disse: Continue a observá-lo. Na próxima semana, quando estiver outra vez de folga, me diga o dia. Lembre-se de anotar a hora.

Na quinta-feira seguinte, passando vinte minutos, ela viu outra vez o policial à paisana, de mãos dadas com o menino, vindo pelo outro lado. Naqueles dias, era o menino que usava uniforme. Camisa e calções brancos, um cantil de água num dos ombros, uma sacola na mão. O cabelo úmido bem penteado. Viu o menino saltitando, dois ou três passos rápidos para cada passada mais lenta do pai.

Ouviu a voz do menino, contando ao pai o que tinha aprendido aquele dia na escola, e ouviu o pai rindo às coisas que o filho dizia. Viu as mãos dadas, os braços balançando de leve.

Passaram-se quatro semanas. Era sempre nas quintas-feiras, disse ela a Udayan. Era o dia que ia buscar o filho na escola.

Tem certeza, quintas-feiras? Nenhum outro dia?

Não, nunca.

Ele parecia satisfeito. Mas então perguntou: Tem certeza que é filho dele?

Tenho.

Que idade ele tem?

Não sei. Uns seis ou sete anos.

Ele desviou o rosto. Não lhe perguntou mais nada.

Na semana anterior à sua viagem para os Estados Unidos, para ficar com Subhash, ela voltou a Jadavpur, o bairro do casal de irmãos aos quais tinha dado aulas particulares. Tomou um riquixá. Estava com um sári estampado, agora que se casara outra vez, tal como se vestia quando era esposa de Udayan.

Estava no quinto mês de gravidez, carregando uma criança que não conheceria o pai. Estava com sandálias de couro, pulseiras nos braços, uma bolsa colorida no colo. Estava de óculos escuros, não querendo ser observada. Logo o calor estaria insuportável, mas então já estaria longe dali.

Aproximou-se da rua do casal de irmãos e disse ao condutor que parasse. Continuando a pé, olhava as caixas de correspondência de cada casa.

A última trazia o nome que estava procurando. O nome que o investigador mencionara no dia em que ela e Subhash foram interrogados. Era uma casa térrea, uma grade simples fechando a varanda. Cuidadosamente pintado na madeira da caixa, em letras maiúsculas brancas, estava o nome de um morto. Nirmal Dey. O policial que precisavam tirar do caminho.

Os moradores da casa estavam à vista, na varanda, de frente para a rua, olhando embora não houvesse nada para ver. Era como se estivessem esperando por ela. Ali estava o menino que Gauri via saltitando pela rua enquanto segurava a mão do pai. Em todas aquelas vezes ela vira o garoto apenas de costas, pois estava sempre indo na outra direção. Mas, só de ver seu corpo, ela soube que era ele.

Pela primeira vez viu o rosto dele. Viu a perda que jamais seria substituída, uma perda compartilhada pela criança que crescia em seu ventre.

Já voltara da escola, não mais com o uniforme branco refulgente, mas com camisa e calções desbotados. Estava de pé, imóvel, os dedos agarrados à grade. Olhou rapidamente para ela e então desviou o olhar.

Ela imaginou a tarde na escola, enquanto ele aguardava que o pai viesse buscá-lo. Então alguém lhe dizendo que o pai não viria.

Ao lado dele estava uma mulher, a mãe do menino. Talvez com poucos anos a mais que Gauri. Agora era a mãe que vestia branco, como Gauri até poucas semanas atrás. O tecido sem cor estava enrolado na cintura da mulher, dobrado por cima do ombro, por sobre a cabeça. Sua vida virada de ponta-cabeça, a tez pálida como se lhe tivessem esfregado a pele.

Ao ver Gauri, a mãe não desviou o olhar. Quem você está procurando?, perguntou.

Gauri respondeu a única coisa razoável em que conseguiu pensar, o sobrenome do casal de irmãos a quem dera aulas particulares.

Eles moram daquele lado lá, disse a mulher, apontando a direção contrária. Você avançou demais.

Ela se afastou, sabendo que a mulher e o menino já a tinham esquecido. Era como uma mariposa que entrara por engano num quarto e então saíra voando. Ao contrário de Gauri, nunca voltariam a relembrar esse momento. Embora ela tivesse contribuído para algo que iriam prantear pelo resto da vida, já saíra dos pensamentos deles.

3.

Meghna estava com quatro anos. Idade suficiente para passar algum tempo longe de Bela. Estava frequentando um programa de verão na escola onde começaria o jardim de infância no outono. Ficava além da estação ferroviária, num acampamento perto de um lago.

Algumas vezes por semana, passava a manhã na companhia de outras crianças, aprendendo a brincar com elas num bosque, a se sentar junto com elas a uma mesa de piquenique, a dividir a comida. Assavam pãezinhos integrais que trazia para casa, cada um embrulhado num pacotinho. Quando chovia, ficava dentro de uma tenda, descansando em tapetes de pele de carneiro. Moldando figurinhas com cera de abelha, assistindo a um teatrinho de fantoches que encenava alguma história lida em voz alta.

Como Bela tinha de sair muito cedo de casa, era Subhash quem levava Meghna nessas manhãs. Bela ia pegá-la quando terminava seu turno. Era bom estar trabalhando outra vez. Acordar antes de nascer o sol, suar debaixo do sol quando já se erguera no céu, sentir pernas e braços rijos ao final do dia.

Ela conhecera aquele sítio quando criança, em excursões da escola, para assistir à tosquia dos carneiros. Tinha ido lá com o pai para colher abóboras em outubro, para semear plantas na primavera.

Agora plantava as sementes no solo ácido e pedregoso, usando uma enxada para tirar os matos.

Cavava canteiros fundos e compridos para as batatas. Abria passagens estreitas entre as leiras para que os micro-organismos se multiplicassem. Começava o plantio em torrões e sementeiras e depois transferia as mudas a terreno aberto.

Uma tarde, aproveitando o sol depois de uma manhã nublada, precisando refrescar o corpo, foi com Meghna até a enseada em Jamestown aonde o pai costumava levá-la, onde tinha aprendido a nadar. Voltando da praia, ela viu milho à venda e parou o carro.

Na banca havia uma lata de café com uma fenda na tampa de plástico, pedindo um dólar por três espigas. Havia uma lista de preços para alguns outros produtos. Maços de rabanete e manjericão. Uma caixa de isopor com folhas de carvalho. Pés de alface americana, sem queimadura nas bordas.

Ela pegou a lata, ouviu o barulho de algumas moedas. Comprou algumas espigas, alguns rabanetes, enfiando as notas pela fenda. Voltou na semana seguinte, pegando o atalho pela ponte que vinha da casa paterna. Também desta vez não havia ninguém. Começou a se perguntar quem plantaria essas coisas, quem seria tão confiante. Quem deixava os produtos ali, sem ficar de guarda, para uma gaivota pegar e levar, para um estranho comprar ou roubar.

Então, no sábado, havia alguém ali. Tinha mais verduras e legumes na traseira de uma picape, cebolas e cenouras em cestos, mostardas de folha redonda. Dois carneirinhos pretos estavam num gradeado, num monte de palha, com coleirinhas vermelhas iguais. Quando Meghna se aproximou, ele lhe mostrou como dar de comer na mão e deixou que passasse a mão na pelagem deles.

Você planta essas coisas na ilha?, perguntou Bela.

Não, aqui eu venho pescar. Um amigo me deixa montar a banca na área dele, pois há muitos turistas passando por aqui nessa época do ano.

Ela pegou um pepino-limão. Cheirou a casca.

Tentamos plantar nessa temporada.

Onde?

No sítio dos Keenans, no 138.

Conheço os Keenans. Você é nova aqui em Rhode Island?

Ela abanou a cabeça. Ambos haviam nascido lá. Haviam frequentado escolas diferentes, não muito distantes.

Ele tinha olhos verdes, algumas rugas, cabelo grisalho que a brisa agitava. Era gentil, mas não se abstinha de observá-la.

Da próxima vez, eu trago os coelhos. Sou Drew.

Ele se agachou e estendeu a mão, não para Bela, mas para Meghna. Como você se chama?

Mas Meghna não respondeu e Bela precisou responder por ela.

Bonito. O que significa?

Era um dos rios que desaguavam na baía de Bengala, disse-lhe Bela. Nome escolhido, dado por Subhash.

Alguém te chama de Meg?

Não.

Posso te chamar assim? Da próxima vez que a mamãe passar por aqui?

Ele começou a trazer outros animais, frangos, filhotes de cães e gatos, de modo que Meghna começou a falar de Drew durante a semana, perguntando quando iriam visitá-lo outra vez. Dava produtos de presente a Bela, enfiando-os na sacola e recusando pagamento. Vagens roxas que ficavam verdes ao cozinhar. Cabeças de alho roxo, ervilhas ainda na casca.

A chácara era de sua família. Toda a vida morou lá. Agora tinha apenas uns dois hectares, que dava para abarcar numa vista de olhos. Antes era maior, terra usada para a subsistência de várias gerações. Mas seus pais precisaram vender uma grande parte a imobiliárias. Ele teve o apoio de alguns acionistas da comunidade para tocar o negócio.

Um dia, ele se propôs a lhes mostrar a propriedade. Ficava do outro lado da baía, perto da divisa de Massachusetts. Era onde ficavam os outros animais — um pavão, galinhas-d'angola, carneiros pastando numa várzea salobra que margeava a propriedade.

A gente te segue?

Poupe a gasolina. Venham comigo.

Mas aí você vai ter de nos trazer de volta.

Vou precisar mesmo passar por aqui.

E assim Bela entrou na cabine espaçosa e ensolarada da picape de Drew, pondo Meghna no meio, fechando a porta.

Começou a vê-los nos finais de semana. Nunca se permitira ser cortejada. Ele era atencioso, nunca agressivo. Começou a aparecer quando ela estava trabalhando em alguma leira, perguntando que horas parava, sugerindo irem nadar.

Começou a lhe fazer companhia em alguns sábados, de pé a seu lado sob um toldo branco numa feira ao ar livre em Bristol, fatiando tomates para os fregueses provarem. Ia com ele fazer entregas em restaurantes, descarregando caixas de produtos para sua carteira de clientes. Caminhava pela praia com ele, ajudando a colher as algas que Drew usava como cobertura do plantio. Mesmo quando parava e se sentava, continuava ocupado, trabalhando com madeira. Começou a fazer coisas para Meghna. Móveis para a casinha de bonecas, um jogo de peças de montar.

Ela estivera em muitos lugares; ele vivera sempre aqui. Tinha alguns empregados que saíam no final do dia. Morava sozinho. Os pais tinham morrido. Fora casado com uma garota que conhecera no colegial. Nunca tiveram filhos e estavam divorciados fazia muito tempo.

Depois de um mês, Bela o apresentou ao pai e a Elise. Ele apareceu no dia do aniversário dela, de manhã, para que todos pudessem se encontrar. Tirou as botas na picape e descalço atravessou o gramado e entrou na casa. Levou uma melancia que dividiram e admirou as abobrinhas que o pai dela plantava no quintal, prometendo que voltaria outra vez para experimentar as flores de abobrinha maceradas e fritas que o pai fazia. O pai gostou dele, o suficiente para incentivar Bela a passar mais tempo com ele, cuidando de Meghna quando ela saía.

Bela disse a Drew que a mãe morrera. Era o que ela sempre dizia quando as pessoas perguntavam. Em sua imaginação, devolvia Gauri à Índia, dizendo que ela fora até lá em visita e contraíra uma doença. Com o passar dos anos, a própria Bela veio a acreditar nisso. Imaginava o corpo ardendo numa pira, as cinzas esvoaçando.

Drew começou a querer que ela passasse as noites com ele. Que acordassem juntos nas manhãs de domingo e comessem o desjejum no celeiro que reformara. Onde, num leito macio, às vezes faziam amor de tarde. Do último degrau de uma escada que ia até a cúpula do celeiro, dava para enxergar um pequeno trecho de mar.

Ela disse que era cedo demais. No começo falou que era por causa de Meghna — não queria dar esse passo levianamente, queria ter certeza.

Drew disse que havia um quarto para Meghna; que queria que ela também ficasse lá. Construiria uma cama alta, com espaço embaixo para brincar, uma casinha de árvore lá fora. No final do verão, disse a Bela que estava apaixonado. Disse que não precisava de mais tempo, que tinha idade suficiente para saber o que sentia. Queria ajudar a criar Meghna. E ser um pai para ela, se Bela permitisse.

Foi nesse dia que ela contou a Drew a verdade sobre sua mãe. Que tinha ido embora e nunca mais voltou.

Falou que era por isso que sempre evitara estar com uma pessoa só ou ficar num lugar só. Era por isso que quis ter Meghna sozinha. Era por isso, embora gostasse de Drew, embora estivesse com quase quarenta anos, que não sabia se podia lhe dar as coisas que ele queria.

Contou que costumava ficar dentro do armário onde a mãe guardava suas coisas. Atrás dos casacos que não levara, dos cintos e bolsas nos ganchos que o pai ainda não dera. Tampava a boca com um travesseiro, caso o pai chegasse cedo em casa e a ouvisse chorar. Lembrava ter chorado tanto que as pálpebras de baixo incharam, dando-lhe por algum tempo dois sorrisos tumefatos que eram mais pálidos do que o resto do rosto.

Por fim contou sobre Udayan. Que, embora tivesse sido gerada por duas pessoas que se amavam, fora criada por duas pessoas que nunca se amaram.

Ele a abraçava enquanto ouvia. Não vou a lugar nenhum, disse.

4.

Era uma hora de carro até Providence, afinal nem isso. Ela registrou o código postal no GPS do carro, mas logo viu que não precisaria do itinerário. Os nomes das saídas para os vários subúrbios e povoados lhe voltaram à lembrança: Foxborough, Attleboro, Pawtucket. Casas de madeira, revestidas de placas de madeira ou de PVC, um relance da cúpula do palácio do governo. Lembrou, depois de atravessar Providence e Cranston, que a saída para a cidade ficava à esquerda — se não saísse, a interestadual levava a Nova York.

Tinha pegado um avião até Boston e alugou um carro no aeroporto para fazer o restante do trajeto. Foi como Subhash a trouxera para cá pela primeira vez, pela mesma parte da estrada. Como costumava ir duas vezes por semana para seu curso de doutorado. Era outono na Nova Inglaterra, o ar revigorante, as folhas começando a mudar de cor.

Logo depois da saída, outra à esquerda no conjunto de semáforos a levaria até ele. Lá estava a torre de madeira entre os pinheiros altos que dava vista para a baía. Uma foto na gaveta de Gauri na Califórnia mostrava Bela de pé no alto da torre, apertando os olhos no frio refulgente, usando um casaco acolchoado amarelo com capuz de borda forrada de pele. Antes de ir embora, Gauri tirara depressa a foto de um álbum de retratos.

De início, tentara escrever para Subhash. Para conceder o que ele pedira, para enviar uma carta de resposta. Trabalhou na carta durante alguns dias, insatisfeita com os resultados.

Sabia que o divórcio não fazia nenhuma diferença; o casamento deles acabara muito tempo atrás. No entanto, ao pedido dele, sensato, racional, ela se reaprumou. Sentiu necessidade de vê-lo.

Mesmo longe, mesmo agora, sentia-se presa a ele, em tácito conluio com ele. Subhash a tirara de Tollygunge. Continuava a ser a única ligação com Udayan. Seu amor constante por Bela, sua estabilidade afetiva tinham compensado seus extravios.

O momento da carta parecia um sinal. Pois imaginava que ele poderia querer o divórcio dez anos antes ou dois anos depois, tanto fazia. Ela já havia programado ir até a Costa Leste e a Londres, para assistir a uma conferência. Conseguiu uma conexão, parando uma noite em Rhode Island. Ela lhe daria o que ele pedia. Queria apenas se postar diante dele e romper a ligação frente a frente. Na carta, ele dissera que estava disposto a isso.

Mas não tinha sido um convite. E sem o consultar, sem o avisar, mesmo agora incapaz de agir com decoro, ela viera.

As folhas ainda não haviam caído, não dava para ver a baía. Ela virou na longa estrada ondulante de duas pistas que fora aberta entre as matas, levando ao campus principal da universidade. Casas no fundo dos terrenos, azáleas gigantescas, muros de pedra lisa.

Encostou numa faixa cascalhada. Terrenos cobertos de hera. Dois ganchos sustentavam uma placa de madeira pintada, balançando à aragem, com o nome da pousada, o ano em que foi construída. Era aqui que ela reservara um quarto.

Levou a maleta até a porta da frente e bateu a aldraba. Ninguém atendeu e então ela girou a maçaneta e viu que a porta estava destrancada. Depois de se adaptar à penumbra do interior, viu uma sala de estar logo após a entrada, uma mesa com uma campainha e um aviso pedindo aos visitantes para tocar.

Uma mulher mais ou menos de sua idade veio recebê-la. Cabelo prateado, solto, repartido no lado. Rosto corado. Estava de jeans e jaqueta de pelo de carneiro, um avental de lona manchado de tinta. Usando tamancos.

É a sra. Mitra?

Eu mesma.

Eu estava no ateliê, disse a mulher, enxugando a mão num trapo antes de estendê-la. Chamava-se Nan.

A sala de estar estava repleta de coisas, jarras esmaltadas em travessas combinando, armários com portas envidraçadas cheios de livros e porcelanas. Numa mesa à parte havia trabalhos de cerâmica, travessas e canecos, vasilhas fundas vitrificadas em cores foscas.

Estão todos à venda, disse Nan. Do ateliê lá fora nos fundos. Mais coisas lá, se estiver interessada. Feliz em me desfazer.

Gauri lhe estendeu o cartão de crédito, o cartão da universidade. Observou enquanto Nan anotava as informações num livro de registros.

Talvez chova à noite. Mas talvez não. Primeira vez aqui?

Eu morava em Rhode Island?

Em que parte?

Alguns quilômetros adiante.

Ah, então você conhece.

Nan não perguntou por que estava voltando. Guiou-a pela escada, até um corredor com várias portas. Gauri recebeu uma chave do quarto, outra da entrada, caso voltasse depois das onze da noite.

A cama era alta, a cabeceira baixa, o colchão de casal coberto com uma colcha branca de algodão. Uma tevê pequena no aparador, cortinas de renda na janela, filtrando uma luz serena. Olhou a estante ao lado da cama. Tirou um volume de Montaigne e o colocou na mesinha de cabeceira.

Eram os livros de meu pai. Ele dava aulas na universidade. Morou nesta casa até morrer, aos 95 anos. Recusava-se a sair. Precisei arranjar uma cadeira de rodas de tamanho infantil no final, porque a passagem das portas é muito estreita.

Quando Gauri perguntou o nome do professor, pareceu-lhe conhecido, mas apenas vagamente. Talvez tivesse feito algum curso com ele, não lembrava.

Ela se trocou, vestindo o suéter que levara. No quarto passava um vento encanado, a lareira era apenas decorativa. No térreo ardia o fogo numa lareira de verdade, e um casal de jovens estava lá, de costas para ela. Na mesa de café havia uma bandeja com um bule de chá e xícaras, biscoitos e uvas. O casal estava olhando as peças de cerâmica de Nan, decidindo qual travessa queriam comprar. Gauri ouviu a conversa, notou como avaliavam cuidadosamente a escolha.

O casal se virou e se apresentou. Vinham de Montreal. Ela se inclinou para lhes apertar a mão, os nomes entrando por um ouvido e logo saindo pelo outro. Não eram alunos seus, não tinha importância. E não eram quem tinha vindo ver.

Acomodaram-se num sofá cor de champanhe. O marido serviu mais chá.

Quer vir conosco?

Não, obrigada. Aproveitem bem.

Você também.

Ela saiu e foi até o carro. A tarde caía, o céu já empalidecia. Pegou o celular, desceu até o número de Subhash. Fora catapultada de volta por alguma coisa, por um impulso tão irresistível e também tão grandioso quanto aquele que motivara sua partida.

Estava transgredindo, quebrando a regra a que obedeciam fazia muito tempo. Ele podia estar ocupado nesse final de semana.

Podia ter ido a algum lugar. A carta tinha sido amistosa, mas era evidente que não queria vê-la de maneira nenhuma.

Então se sentiu perpassada pelo absurdo, pela enorme imprudência do que havia feito. Sempre se sentira como uma imposição, uma invasão na vida dele.

Disse a si mesma que não precisava fazer nada agora, que havia tempo. O avião para Londres só saía no dia seguinte, à noite. Iria vê-lo amanhã, à luz do dia, e então iria direto para o aeroporto. Agora ao anoitecer apenas confirmaria que ele estava lá.

Dirigiu até o campus, passando pelos edifícios onde assistira às aulas, pelas trilhas por onde andara com Bela no carrinho. Passou pelas construções de pedra misturadas com prédios de arquitetura dos anos 1960, construções que tinham surgido desde aquela época. Passou pelo conjunto residencial onde haviam morado no começo, para onde haviam trazido Bela da maternidade. Contornou o pequeno anexo onde aprendera a usar a máquina de lavar. Então seguiu para a cidade.

O supermercado onde Subhash gostava de fazer as compras agora era uma ampla agência de correio. Havia mais locais para comprar mais coisas com mais frequência: uma farmácia que ficava aberta 24 horas, uma variedade maior de lugares para comer.

Escolheu um restaurante de que se lembrava, uma sorveteria onde Bela gostava de pegar uma casquinha pela janela de atendimento. Seu doce predileto eram as bengalinhas de açúcar, com jujubas verdes e vermelhas. No interior havia um balcão e algumas banquetas, alguns quiosques no fundo. Era sábado, e ela se sentou entre os grupos de colegiais passeando sem os pais, tomando milk-shakes, brincando entre eles. Algumas pessoas mais velhas estavam sentadas sozinhas, comendo frango frito e purê de batata.

De novo o desconforto que sempre sentira em Rhode Island, sempre que saía da área da universidade. Onde se sentia ignorada e, ao mesmo tempo, dando na vista, catalogada, intrusa. Comeu depressa, queimando a língua ao tomar o ensopado, engolindo rápido uma porçãozinha de sorvete. Imaginou-se topando com Subhash. Teria se tornado alguém que vai a restaurantes?

Depois do jantar foi até a baía, passando por uma aleia onde havia gente correndo e caminhando ao anoitecer. Atravessou uma arcada de pedras, ladeada por duas torres, como o portão de entrada de um castelo junto ao mar. Continuou até chegar à casa.

As luzes estavam acesas. Reduziu a marcha, nervosa demais para parar. Havia dois carros na entrada; não estava preparada para isso. Haveria um terceiro na garagem? Quem estava lá? Quem eram seus amigos agora? Suas amantes? Era final de semana; estava recebendo visitas?

Voltou para a hospedaria, exausta, embora ainda fosse cedo para ela, mal começando a anoitecer na Costa Oeste. O casal de Montreal tinha saído, Nan estava enfurnada em alguma parte da casa que ocupava, fora de vista.

Subiu ao quarto e viu que havia dois biscoitinhos de gengibre num prato ao lado da cama e uma caneca com um saquinho de chá de ervas no pires junto à chaleira elétrica.

A hospitalidade de Nan era calculada, mas mesmo assim Gauri se sentiu agradecida pela gentileza, por impessoal que fosse. Uma desconhecida a recebera, a acolhera. Gauri não tinha como saber se, amanhã, Subhash faria a mesma coisa.

Na manhã seguinte, depois do desjejum, ela refez a mala e pagou a conta. Já findara, estava indo embora e, no entanto, o objetivo da viagem permanecia. Eliminou seus vestígios temporários no quarto, afofando as marcas que deixara no travesseiro, ajeitando a toalhinha rendada na mesa de cabeceira.

Ao entregar a chave, sentiu-se ansiosa em ir, mas também relutante, sabendo que a única coisa a seu dispor era o carro alugado. Nada para fazer, a não ser cumprir o que viera fazer.

Retornou à estrada. O semáforo era sua última chance de virar e voltar para Boston. Sentiu um breve pânico e ligou o pisca-pisca. O motorista de trás ficou irritado quando mudou de ideia outra vez e continuou reto.

Hoje havia apenas um carro na entrada. Um carro pequeno, de porta-malas traseiro, que devia ser dele, embora ela tenha ficado surpresa ao ver como era velho, e que nessa altura da vida ele ainda tivesse o mesmo tipo de carro que usava quando fazia o doutorado. Placa de Rhode Island, adesivo de Obama no para-choque. E outro que dizia *Seja um herói local, compre produtos locais*.

Ela viu o bordo japonês, um graveto tão tenro que facilmente se partiria em dois quando Subhash o plantou; agora tinha três vezes a altura dela, os ramos copados quase perto do chão, o tronco de casca cinzenta lisa como cerâmica vitrificada. Havia mais flores, margaridas-amarelas e lírios-de-um-dia, desafiando a aproximação do inverno, crescendo em tufos densos na frente da casa. Vasos de crisântemos enfeitavam os degraus.

Devia ter trazido alguma coisa? Algum presente da Califórnia, um saco de limões ou de pistaches, que testemunhasse sua existência lá?

Já assinara os papéis do divórcio, dera seu consentimento. Ia lhe entregar pessoalmente os documentos. Ia dizer que estava passando ali por acaso.

Concordaria que deviam formalizar o fim do casamento, que, claro, a casa de Tollygunge e a de Rhode Island eram dele e podia vendê-las à vontade. Imaginava uma conversa forçada na sala, uma troca superficial de notícias, uma xícara de chá que ele talvez se prontificasse a preparar.

Era essa a cena que ela desenhara no avião, que repassara na cama, na noite anterior, e outra vez no carro, agora de manhã.

Ficou sentada no carro, olhando a casa, sabendo que ele estava lá dentro, sabendo como certamente ia ficar contrariado ao vê-la aparecer sem ser convidada. Sabendo que não estava em condições de esperar que ele lhe abrisse a porta.

Lembrou quando procurava a caixa de correspondência do policial em Jadavpur. Apavorada com o que estava procurando, uma parte sua já sabendo o que ia encontrar.

Sentiu vontade de não o incomodar. De deixar os papéis na caixa de correio e ir embora. Mesmo assim, desprendeu o cinto de segurança e tirou a chave da ignição. Não esperava que ele a perdoasse, mas queria lhe agradecer por ser um pai para Bela. Por trazer Gauri para os Estados Unidos, por deixá-la ir embora.

A vergonha que percorria suas veias era permanente. Nunca se libertaria disso.

No fundo, viera em busca de Bela. Viera perguntar sobre a vida de Bela, perguntar a Subhash se agora podia contatá-la. Perguntar se havia um número de telefone, um endereço para o qual pudesse escrever. Perguntar se Bela poderia estar aberta a isso, antes que fosse tarde demais.

O ar frio lhe picou o rosto ao sair do carro, o vento do mar mais forte do que no continente. Procurou dentro da bolsa e vestiu um par de luvas.

Não era muito cedo, dez e meia. Subhash devia estar lendo o jornal, o *Providence Journal*, que, como via, já fora recolhido da caixa de correio ao pé da calçada.

Além de Subhash, ela estaria vendo uma versão idosa de Udayan. Ouvindo outra vez sua voz. Subhash continuava a ser seu substituto, ao mesmo tempo próximo e distante. Foi à porta e tocou a campainha.

5.

Era domingo de manhã, o céu sereno depois das tempestades de final do verão. Logo seria época de colher os *kale*, as couves-de-bruxelas. Um pouco de geada melhorava o sabor. Na noite anterior, com a queda brusca da temperatura, tinham voltado a usar acolchoado para dormir. Logo o tempo mudaria.

Meghna estava desenhando à mesa do café. Subhash e Elise tinham saído para o desjejum, para a caminhada.

Bela estava lavando os pratos quando Meghna se aproximou, puxando-a pela ponta do suéter.

Tem alguém na porta.

Ela pensou que talvez fosse Drew dando uma passada sem avisar, como fazia de vez em quando. Fechou a torneira e enxugou as mãos. Afastou-se da bancada e olhou pela janela da sala.

Mas na entrada não era a picape de Drew que estava parada. Era um carrinho branco que parecia novinho em folha, estacionado atrás do de Bela. Espiou pelo olho mágico, mas a visita estava no lado.

Abriu a porta, imaginando o que lhe pediriam, uma assinatura ou contribuição para qual causa. O vidro da porta de proteção fora trocado pouco tempo antes, para o frio que se aproximava.

Ali estava uma mulher, com a mão enluvada na boca.

Agora eram da mesma altura. O cabelo entremeado de fios brancos, cortado curto. De físico mais miúdo. A pele mais flácida em volta dos olhos, atenuando a intensidade deles. Parecia frágil, fácil de empurrar da frente.

Havia dedicado alguma atenção à aparência. Um pouco de batom, brincos, echarpe ajeitada dentro do casaco.

Bela estava descalça. Com a calça de malha com que dormira, um pulôver velho de Drew. Testou a maçaneta da porta de proteção. Girou e trancou por dentro.

Bela, ouviu a mãe dizer. Viu as lágrimas no rosto da mãe. Alívio, oblívio. Da voz ela se lembrava, abafada pelo vidro.

Meghna se aproximou. Mamãe, chamou ela. Quem é essa senhora?

Ela não respondeu.

Por que você não abre a porta?

Ela destrancou e abriu a porta. Olhou a mãe entrar na casa, os movimentos comedidos, mas sabendo instintivamente o lugar das coisas. Descendo o curto lance de degraus até a sala de estar.

Ali, onde recebiam as visitas, elas se sentaram. Bela e Meghna no sofá, a mãe numa poltrona em frente. A mãe notou as unhas sujas de terra de Bela, a pele áspera das mãos.

Alguns móveis, Bela sabia, eram os mesmos. O jogo de lâmpadas de pé nos dois lados do sofá, com as cúpulas cor de creme e pequenos suportes rodeando a haste, para apoiar uma xícara ou um copo. Uma cadeira de balanço de vime. A estampa de *batik* com um barco de pesca indiano numa armação de tela na parede.

Mas também havia ali as provas da vida de Bela. O cesto de tricô. Os vasinhos de mudas no parapeito da janela. Os recipientes de favas e cereais, os livros de receitas nas prateleiras.

Agora sua mãe estava olhando Meghna, e então olhou de novo para ela.

É sua?

É, dá para ver, prosseguiu, respondendo a si mesma depois de alguns momentos. Bela não disse nada. Bela estava sem palavras.

Quando ela nasceu? Quando você se casou?

Eram perguntas simples, que Bela não se importava em responder quando eram estranhos que lhe perguntavam. Mas, vindas da mãe, cada uma delas era ofensiva. Cada uma delas era uma afronta. Não estava disposta a partilhar com a mãe, de maneira tão casual, os fatos e as escolhas de sua vida. Recusava-se a dizer qualquer coisa.

A mãe se virou para Meghna. Quantos anos você tem?

Ela ergueu a mão, mostrando quatro dedos, dizendo: Quase cinco.

Em que mês você faz aniversário?

Novembro.

Bela fremia. Não conseguia se controlar. Como isso tinha acontecido? Por que tinha cedido? Por que abriu a porta?

Você é igualzinha à sua mãe quando ela era pequena, disse a mãe. Como você se chama?

Meghna apontou para um desenho que tinha feito, onde estava escrito seu nome. Girou o papel, para ficar mais fácil de ler.

Meghna, você mora aqui? Ou está de visita?

Meghna achou graça. Claro que moramos aqui.

Com seu pai?

Não tenho pai, disse Meghna. E você, quem é?

Sou sua...

Tia, disse Bela, falando pela primeira vez.

Agora Bela olhava Gauri, fulminando-a. Abanando apenas uma vez a cabeça, silenciando Gauri, a advertência a perpassá-la, a lembrar qual era seu lugar.

Gauri sentiu a mesma suspensão da certeza, a mesma ameaça inesperada, mas iminente, como quando as paredes na Califórnia estremeciam durante um pequeno abalo sísmico. Sem nunca saber enquanto não terminasse, enquanto uma xícara chacoalhava na mesa, enquanto a terra vibrava e se reassentava, se seria poupada ou não.

Essa senhora era amiga de sua avó, disse Bela a Meghna. Assim, ela é sua tia-avó. Eu não a via desde que sua avó morreu.

Oh, disse Meghna. Voltou ao desenho. Estava ajoelhada à mesa de café, a cabeça inclinada para um lado. Uma pilha de folhas em branco, uma caixa de madeira com uma fila de creions. Concentrou-se no que fazia, olhando de um ângulo de concentração e também de repouso.

Gauri estava sentada, acomodada numa poltrona, numa sala onde as vistas eram as mesmas. Mas tudo tinha mudado, as décadas passando, mas também se afirmando. O resultado era um abismo intransponível.

Viera em busca de Bela, e ali estava ela. A um metro de distância, inalcançável. Mulher feita, com quase quarenta anos de idade. Mais do que tinha Gauri quando a abandonou. As proporções do rosto se haviam modificado. Mais largas nas têmporas, mais longas, mais esculturais. Sem cuidar da aparência, sem tirar as sobrancelhas, o cabelo retorcido e preso na nuca.

Vamos brincar de jogo da velha?, perguntou Meghna a Bela.

Agora não, Meglet.

Meghna olhou para Gauri. Tinha o rosto moreno como o de Bela, os olhos castanhos igualmente observadores. E você?

Gauri achou que Bela se oporia, mas ela não disse nada.

Debruçou-se, pegando o creiom da mão da menina, marcando o papel.

Você e a mamãe moram aqui com seu avô?, perguntou Gauri.

Meghna assentiu com a cabeça. E Elise vem todos os dias.

Não conseguiu refrear a pergunta, não conseguiu impedi-la.

Elise?

Quando Dadu se casar com ela, vou ter uma avó, disse Meghna. Vou ser a daminha de honra.

Sentiu o sangue lhe fugir da cabeça. Agarrou o braço da poltrona, esperando a sensação passar.

Observou enquanto Meghna traçava uma linha no papel. Gauri ouviu sua voz: Olhe, ganhei.

Tirou da bolsa o envelope com os documentos assinados. Pôs o envelope em cima da mesa e o empurrou para Bela.

É para seu pai, disse ela.

Bela a observava como se observa uma criança começando a andar, como se de repente fosse cair e causar algum tipo de estrago, mas Gauri estava sentada totalmente imóvel.

Ele vai bem? A saúde está boa?

Mais uma vez não quis lhe responder, não quis lhe falar diretamente. Seu rosto não mostrava nenhuma indulgência. Nenhuma alteração, desde que Gauri chegara.

Então está bem.

Estava ardendo de raiva com o fracasso. O esforço da viagem, a presunção de sua iniciativa, a expectativa tola do retorno. O divórcio não era para simplificar e sim para enriquecer a vida dele. Embora ela não ocupasse nenhum espaço em sua vida, ele ainda estava em condições de erradicá-la.

Pensou no quarto que, antigamente, tinha sido seu escritório. Perguntou-se se agora seria o quarto de Meghna. Naquela época, a única coisa que queria era fechar a porta, ficar separada de Subhash e Bela. Fora incapaz de alimentar o que tinha.

Pôs-se de pé, ajeitou a alça da bolsa no ombro. Estou indo.

Espere, disse Bela.

Foi até um armário e vestiu um casaco em Meghna, um par de sapatos. Abriu a porta corrediça de vidro da cozinha. Não quer ir pegar algumas flores frescas para a mesa?, disse a ela. Pegue um maço bem grande, está bem? E aí vá dar uma olhada nos comedouros dos passarinhos. Veja se precisamos pôr mais comida.

A porta de correr se fechou. Agora ela e Bela estavam a sós.

Bela se aproximou de Gauri. Chegou perto, tão perto que Gauri deu um pequeno passo para trás. Bela ergueu as mãos, como se fosse empurrá-la ainda mais, mas não encostou nela.

Como se atreve, disse Bela. A voz era pouco mais do que um murmúrio. Como se atreve a pisar nesta casa?

Nunca ninguém a fitara com tanto ódio.

Por que veio?

Gauri sentiu a parede atrás de si. Encostou-se nela para se apoiar.

Vim entregar os papéis a seu pai. E também...

Também o quê?

Queria perguntar a ele sobre você. Encontrá-la. Ele disse que podíamos nos encontrar.

E você se aproveitou disso. Tal como se aproveitou dele desde o começo.

Foi errado de minha parte, Bela. Vim para dizer...

Saia. Volte lá para aquilo que era tão importante. Bela fechou os olhos, tampou os ouvidos com as mãos.

Não suporto ver você, prosseguiu ela. Não aguento ouvir nada do que você tem a dizer.

Gauri se dirigiu para a porta de entrada. A garganta ardia de dor. Precisava de água, mas não se atreveu a pedir. Pôs a mão na maçaneta.

Desculpe, Bela. Não vou mais incomodá-la.

Eu sei por que você nos deixou, disse Bela às costas de Gauri.

Faz anos que sei de Udayan, continuou ela. Sei quem eu sou.

Agora foi Gauri que ficou sem ação, sem palavras. Sem conseguir acreditar no nome de Udayan, vindo de Bela.

E não tem importância. Nada justifica o que você fez, disse Bela.

As palavras dela eram como projéteis. Dando fim a Udayan, silenciando Gauri.

Nada jamais justificará. Você não é minha mãe. Você não é nada. Está me ouvindo? Quero que mostre que está me ouvindo.

Não havia nada dentro dela. Teria sido isso o que sentiu Udayan, na baixada, quando parou para fitá-los, enquanto toda a vizinhança olhava? Agora não havia ninguém para presenciar o que estava acontecendo. De alguma maneira, assentiu com a cabeça.

Para mim, você está morta como ele. A única diferença é que você escolheu me deixar.

Ela tinha razão; nada havia a esclarecer, nada mais a dizer.

Soou uma batida na porta de correr e Bela foi abrir. Meghna queria entrar.

Ela viu Meghna junto à mesa de jantar com Bela, esperando a aprovação pelas flores que escolhera. Bela estava recomposta, atenta à filha, agindo como se Gauri já tivesse saído. Juntas, tiravam as flores velhas de um pote de vidro e substituíam pelas frescas.

Gauri não conseguiu se conter; antes de sair, atravessou a sala, foi até a mesa e pôs a mão na cabeça da menina e, depois, no frescor de uma das faces.

Adeus, Meghna. Gostei de conhecê-la.

A menina, educadamente, ergueu os olhos para ela. Fitando-a e esquecendo-a logo a seguir.

Não se disse mais nada. Gauri se dirigiu à porta da frente, desta vez rapidamente. Bela, sem se interromper, não fez nada para detê-la.

Abriu o envelope logo que a mãe saiu da casa, antes mesmo que ligasse o motor de partida. Conferiu que ela tivesse assinado e concordado com o que o pai pedira. O que ele dissera a Bela, poucos meses antes, estava pronto para fazer.

Ali estavam as assinaturas, todas no devido lugar. Ficou satisfeita com isso. Por desconcertante que tivesse sido, estava satisfeita que tivesse sido ela, não o pai, a confrontar Gauri. Estava satisfeita por tê-lo protegido daquilo.

Bela se sentira chocada com a breve presença da mãe como se fosse um cadáver. Mas já desaparecera outra vez. Ouviu o som do carro diminuindo até sumir e foi como se a mãe nunca tivesse voltado e aqueles breves momentos nunca tivessem ocorrido. E no entanto voltara, ficara à sua frente, falara com ela, falara com Meghna. Quantas vezes Bela sonhara com isso...

Nessa manhã, ao ver a mãe, fora esmagada pelo peso de sua raiva. Nunca tinha sentido antes uma emoção tão violenta.

A raiva serpenteava entre o amor que sentia pelo pai, pela filha, entre a cautelosa afeição que sentia por Drew. Sua força destrutiva arrancava essas coisas, estilhaçando e arremessando longe, arrancando as folhas das árvores.

Por um instante foi arremessada de volta àquele dia em que tinham chegado de Calcutá. O calor intenso de agosto, a porta do escritório aberta, a escrivaninha praticamente vazia. O mato batendo nos ombros, estendendo-se como um mar à sua frente.

Mesmo agora Bela sentia vontade de bater na mãe. De se livrar dela, de matá-la outra vez.

6.

A VIP Road, a velha estrada até o aeroporto em Dum Dum, antigamente era um bom refúgio para bandoleiros, sendo evitada ao escurecer. Mas agora ela passou por prédios altos de apartamentos, por escritórios com fachada de vidro, por um estádio. Parques de diversões e *shopping centers* iluminados. Empresas estrangeiras e hotéis cinco estrelas.

Agora a cidade se chamava Kolkata, como diziam os bengalis. O táxi percorria uma marginal que contornava a parte norte da cidade, o centro congestionado. Anoitecia, o trânsito era intenso, mas fluía rápido. Havia árvores e flores plantadas nos dois lados da estrada. Novos elevados, novos setores substituindo o que antes eram pântanos e terras agrícolas. O táxi era um Ambassador. Mas a maioria dos outros carros eram sedãs menores, importados.

Após a marginal, virando depois de um hospital moderno, algumas coisas familiares. Os trilhos de trem em Ballygunge, o cruzamento congestionado em Gariahat. A vida transbordando de ruelas tortuosas, a vida sentada em degraus esfacelados. Camelôs vendendo roupas, vendendo chinelas e carteiras, enfileirados nas ruas.

Era Durga Pujo, os dias mais esperados na cidade. As lojas, as calçadas estavam abarrotadas de gente. No final de alguns becos ou no espaço livre entre alguns edifícios, ela viu os templos montados para os festejos. Durga portando suas armas, ladeada pelos quatro filhos, representada e cultuada em inúmeras versões. Feita de gesso, feita de barro. Resplandecente, imponente. Um leão ajudava a vencer o demônio a seus pés. Era uma filha visitando a família, visitando a cidade, transformando-a por algum tempo.

A hospedaria ficava na Southern Avenue. O apartamento ficava no sétimo andar. Dando para o lago. Uma academia de ginástica feminina embaixo. O elevador era pouco maior do que uma cabine telefônica. Mas de alguma maneira ela e o zelador conseguiram caber, junto com sua bagagem.

Veio para o Pujo?, perguntou o zelador.

Ela estava a caminho de Londres, não daqui. Em algum momento sobrevoando o Atlântico, o destino ficou claro.

Em Londres, nem saiu do aeroporto. A palestra que supostamente apresentaria, as páginas impressas numa pasta dentro da valise, ficaria por fazer.

Não se deu ao trabalho de enviar um e-mail aos organizadores da conferência para avisar que não iria. Pouco lhe importava. Nada lhe importava, depois das coisas que Bela havia dito.

Foi à agência de reservas em Heathrow, informando-se sobre os voos para a Índia. Com o passaporte indiano que continuava a usar, a cidadania a que nunca renunciara, pôde tomar outro avião na manhã seguinte.

O destino era Mumbai. Era um voo direto, não havia mais necessidade de reabastecer no Oriente Médio. Outra noite em outro hotel de aeroporto, lençóis brancos e frios, programas indianos na televisão. Filmes em branco e preto dos anos 1960, a CNN International. Sem conseguir dormir, ligando o laptop, procurou hospedarias em Kolkata, reservou um lugar para ficar.

A cozinha seria abastecida de manhã. A *durwan* podia mandar alguém buscar o jantar agora à noite, disse o zelador.

Não precisa.

Reservo um motorista?

Ela pagaria um valor fixo pelo dia, disse o zelador. Chegaria à hora que ela quisesse. Iria levá-la a qualquer lugar que quisesse, dentro do perímetro urbano.

Estarei pronta às oito, disse ela.

Acordou no escuro, abriu os olhos às cinco. Às seis tomou um banho quente de chuveiro. Colocou as roupas num canto do banheiro, escovou os dentes numa pia cor-de-rosa. No armarinho da cozinha encontrou uma caixa de Lipton, acendeu o fogo e preparou uma xícara de chá. Tomou e comeu um pacote de bolachas que tinha sobrado no avião.

Às sete, a campainha da porta tocou. Uma empregada com um saco de frutas, pão e manteiga, biscoitos, jornal. O zelador tinha comentado algo a respeito.

Ela se chamava Abha. Estava na casa dos trinta, muito falante, mãe de quatro filhos. O mais velho, disse a Gauri, estava com dezesseis anos. À tarde ela fazia faxina num dos hospitais modernos. Preparou mais chá, serviu um prato de biscoitos.

O chá de Abha era melhor, mais forte, com açúcar e leite quente. Alguns minutos depois, trouxe outro prato.

O que é isso?

Ela tinha preparado uma omelete e fatias de torrada com manteiga. A manteiga era salgada, a omelete temperada com rodelinhas de pimenta. Gauri comeu tudo. Tomou mais chá.

Às oito, olhando pela sacadinha do quarto, Gauri viu um carro estacionado lá fora. O motorista era um rapaz de cabelo crespo, barrigudo, de calças e chinelas de couro. Estava apoiado no capô, fumando um cigarro.

Ela foi para o norte, subindo a College Street, passando a Presidency, para visitar seu antigo bairro e ver Manash. Mas Manash estava em Shillong, onde morava um de seus filhos; todos os anos ia para lá nessa época. A esposa dele a recebeu no velho apartamento dos avós, onde a escada escura ainda era irregular, onde a porta se abria para ela, onde Manash e sua família continuavam a morar.

Sentou-se com eles num dos quartos de dormir. Conheceu o outro filho, os netos daquela família. Estavam incrédulos com sua presença, acolhedores, gentis. Ofereceram-lhe *sandesh*, rolinhos de carneiro, chá. Atrás de si, atrás da porta de veneziana, ela ouviu o apito de um guarda, o barulho do bonde.

Ficou com vontade de perguntar se podia sair um instante, ir até a sacada que cercava os aposentos do apartamento, mas mudou de ideia. Quantas horas passara olhando o trânsito, o cruzamento, levemente debruçada com os cotovelos na grade, o queixo apoiado na concha da mão? De repente se viu incapaz de se visualizar parada ali.

Usando um celular, ligaram para Manash em Shillong. Ouviu sua voz no telefone. Manash, com quem viera para essa cidade, que fora sua ligação com Udayan; Manash, o primeiro companheiro de sua vida.

Gauri, disse ele. A voz estava mais grave e também mais fraca. A voz de um velho. Densa da mesma emoção que ela sentia.

É você de verdade?

Eu mesma.

O que te traz aqui, até que enfim?

Precisava rever a cidade.

Ele ainda lhe dava o tratamento afetivo, o diminutivo reservado para os laços criados na infância, nunca questionado, nunca sujeito a mudanças. Era como os pais falavam com os filhos, como

Udayan e Subhash tinham falado entre si. Transmitia a intimidade de irmãos, mas não de amantes. Não como Udayan ou Subhash haviam falado com ela.

Venha passar uns dias em Shillong. Ou então espere eu voltar a Kolkata.

Vou tentar. Não sei bem quanto tempo posso ficar.

Ele falou que era a única irmã ainda viva. Que a família se reduzira a eles dois.

Como vai minha sobrinha, minha Bela? Vou vê-la? Algum dia vou conhecê-la?

Ela garantiu que sim, sabendo que isso nunca aconteceria. Despediu-se. O motorista tomou a direção sul. Para Chowringhee, Esplanade. O Metro Cinema, o Grand Hotel.

Ela estava no carro, no trânsito ruidoso, a atmosfera carregada de poluição. Viu uma versão de si mesma, de pé num ônibus lotado, segurando-se numa alça, com um dos sáris de algodão que usava para ir à faculdade. Indo encontrar Udayan em algum lugar sugerido por ele, algum restaurantezinho escondido onde ninguém os reconheceria, onde ele estaria esperando por ela, onde podiam ficar sentados um diante do outro pelo tempo que quisessem.

Quer que a leve ao Mercado Novo?, perguntou o motorista. Ou a algum *shopping*?

Não.

Quando o motorista se aproximava da Southern Avenue, ela disse para seguir em frente.

Para Kalighat?

Para Tollygunge. Logo depois do terminal do bonde, bem no começo.

Passaram a réplica da mesquita do sultão Tipu, passaram o cemitério. Agora havia uma estação de metrô do outro lado do terminal, cortando a cidade por baixo. Fazia todo o percurso até

Dum Dum, disse o motorista. Ela viu gente subindo apressada os degraus rasos, gente já com idade para trabalhar, mas de uma geração que convivia desde sempre com o metrô.

Viu os muros altos de tijolo, nos dois lados da estrada, protegendo os estúdios de cinema e o Tolly Club. Passados quarenta anos, a pequena mesquita da esquina continuava ali, com seus minaretes brancos e vermelhos.

Pediu ao motorista que parasse, dando-lhe dinheiro para o chá, dizendo-lhe para esperar ali. Era uma visita rápida, disse ela.

Agora, saindo do carro, as pessoas ficavam olhando para ela. Reparando nos óculos escuros, nas roupas e sapatos americanos. Sem saber que, antigamente, ela também morava aqui. Havia celulares tocando, mas as buzinas de borracha dos riquixás a bicicleta ainda grasnavam nas ruas principais.

Atrás da mesquita, havia um agrupamento de choças feitas de bambu trançado, abrigando quem ainda morava ali.

Ela avançou pela ruela, passando ao lado dos vira-latas. Algumas casas agora eram mais altas, tampando um trecho maior de céu. Tinham vidros nas janelas, guarnições de madeira pintadas de branco. Telhados juncados de antenas. Pátios com pavimentos em terraço. As casas mais velhas eram mais desleixadas, feitas de tijolos estreitos, pedaços de grade faltando.

Era tudo muito apertado. Nenhum lote vazio, nenhum espaço para as crianças jogarem críquete ou futebol. A ruela continuava tão estreita que um carro mal conseguiria passar.

Ela chegou à casa onde, imaginava-se outrora, iria envelhecer com Udayan. O lar onde havia concebido Bela, onde Bela poderia ter crescido.

Esperava encontrar a casa envelhecida, mas ainda de pé, tal como ela mesma. Na verdade, parecia renovada, as arestas mais lisas, a fachada pintada de alaranjado vivo. As portas duplas de madeira, de vaivém, tinham sido trocadas por um portão de um verde alegre, para combinar com a grade do terraço.

O pátio não existia mais. A casa tinha sido ampliada e agora a fachada dava praticamente na rua. Aquela área talvez fosse agora uma sala de estar ou uma sala de jantar, não sabia. Num dos aposentos havia uma televisão ligada. A vala aberta na entrada, que tantas vezes transpusera ao entrar e sair, fora tampada.

Passou pela casa, atravessou a ruela, avançou para os dois lagos. Não esquecera nenhum detalhe. O tom e o formato dos lagos, claros na memória. Mas os detalhes não estavam mais lá. Os dois lagos tinham sumido. Casas novas ocupavam uma área que antes era aberta e coberta de água.

Andando um pouco mais adiante, viu que a baixada também desaparecera. Aquele trecho quase despovoado agora não se distinguia mais do restante do bairro, com novas casas construídas ali. Havia *scooters* estacionadas na frente das casas, roupa pendurada nos varais.

Perguntou-se se, entre as pessoas que estavam por ali, alguém também se lembraria dessas coisas. Sentiu vontade de interpelar um homem mais ou menos de sua idade, que parecia vagamente familiar, que podia ter sido um dos colegas de Udayan. Ele estava indo ao mercado, de camiseta e *lungi*, levando uma sacola de compras. Passou por ela, sem a reconhecer.

Em algum lugar perto de onde estava, Udayan se escondera na água. Tinham-no levado a um campo vazio. Em algum lugar, havia uma tabuleta com o nome dele, em memória à sua breve existência. Ou talvez também tivesse sido removida.

Não estava preparada para tantas mudanças na paisagem. Para a ausência de qualquer vestígio daquele anoitecer, quarenta outonos atrás.

Mal somavam dois anos de vida de casada, encerrando-se em viuvez e gravidez. Cúmplice de um crime.

Parecera razoável o que Udayan lhe pedira. O que lhe dissera: que queriam tirar um policial do caminho. Dependendo da interpretação, nem era mentira.

Ela aceitara a versão benigna. A ponta de dúvida, aquela parte silenciosa de si que suspeitava de algo pior, quando se sentava à janela com o casal de irmãos, espreitando pela janela, ela sufocara.

Ninguém a associou ao ocorrido. Ninguém sabia ainda o que ela havia feito.

Era a única acusadora, a única guardiã de sua culpa. Protegida por Udayan, dispensada pelo investigador, removida dali por Subhash. Condenada ao esquecimento, punida com a soltura.

Relembrou mais uma vez o que Bela lhe dissera. Que seu reaparecimento não significava nada. Que estava morta, como Udayan.

Parada ali, sem conseguir encontrá-lo, sentiu uma nova solidariedade com ele. O vínculo de não existirem.

Na noite da véspera em que vieram buscá-lo, ele adormeceu, como não conseguia fazer por muitos dias. Mas, durante o sono, começou a gritar, acordando-a.

No começo, ela não conseguiu acordá-lo, mesmo sacudindo-o pelos ombros. Então ele despertou, aturdido, trêmulo. Ardia de febre. Reclamou do frio no quarto, de um vento encanado, embora o ar estivesse úmido e parado. Pediu-lhe que desligasse o ventilador e fechasse as venezianas.

Ela o cobriu com um cobertor, tirando-o de um baú de metal que ficava embaixo da cama. Estendeu-o até os ombros, até o queixo.

Durma, disse ela.

Como na Independência, disse ele.

O quê?

Eu e Subhash. Nós dois ficamos com febre. Meus pais contam que nossos dentes batiam na noite em que Nehru fez o discurso, na noite em que chegou a liberdade. Nunca te contei?

Não.

Dois tontos na cama, como agora.

Ela lhe ofereceu água, ele recusou, afastando o copo que então se derramou no cobertor. Ela umedeceu um lenço e lhe passou pelo rosto. Temia que a febre fosse por causa de uma infecção, de algo a ver com a mão machucada. Mas ele não se queixou que a dor estivesse aumentando. E então a febre começou a ceder e o cansaço o ganhou novamente.

Dormiu fundo até a manhã seguinte. Ela ficou acordada, sentada no quarto abafado, sem desgrudar dele. Fitando-o, embora não conseguisse vê-lo no escuro.

Aos poucos seu perfil se desenhou. A testa, o nariz, os lábios, cercados pela luz cinzenta. Era a primeira luz que entrava pelas aberturas acima das janelas, a massa ali perfurada numa série de linhas onduladas.

A barba por fazer cobria as faces, o bigode ocultava o detalhe do rosto — o sulco sombreado entre a boca e o nariz — que ela mais amava. A imagem dele tão imóvel, de olhos fechados, deixou-a desconcertada. Pôs a mão em seu peito, sentindo enquanto subia e descia.

Ele abriu os olhos, parecendo lúcido, recomposto.

Andei pensando, disse ele.

Em quê?

Em ter filhos. Se nunca tivermos filhos, estaria bem para você?

Por que você está pensando nisso agora?

Não posso ser pai, Gauri.

A seguir, acrescentou: Não depois do que fiz.

E o que você fez?

Ele não disse. Falou que, acontecesse o que acontecesse, só lamentava uma coisa: não a ter conhecido antes, não a ter conhecido desde sempre.

Fechou novamente os olhos, procurou a mão dela, ficaram de dedos entrelaçados. Continuou a segurá-la enquanto a manhã avançava.

Na hospedaria, num forno de micro-ondas, ela aqueceu a refeição que Abha lhe deixara, comendo arroz e ensopado de peixe a uma mesa oval para seis. A mesa estava coberta com uma toalha florida, uma proteção de plástico por cima. Assistiu um pouco à televisão, então afastou o resto de comida.

A cama estava feita, a colcha bem esticada, o mosquiteiro de nylon dobrado e preso em ganchos. Ela o abaixou, prendendo as laterais. Havia apenas a luz da lâmpada no teto. Impossível ler na cama. Deitou no escuro. Por fim adormeceu, durante algumas horas.

Foi acordada pelos corvos. Saiu da cama e foi à sacada no lado de fora do quarto. A aurora leitosa era opaca, como se estivesse no alto da montanha e não na foz de um delta espraiado, o maior delta do mundo, no nível do mar.

A sacada era pequena, com espaço apenas para uma banqueta de plástico e uma cuba para deixar a roupa suja de molho. Nenhum lugar para passar o tempo.

A rua estava vazia. Os comerciantes ainda não tinham chegado para abrir os cadeados e erguer as portas de enrolar.

Estavam despejando baldes de água, varrendo as calçadas. Um ou outro se dirigia à área do lago para a caminhada matinal, deliberadamente sozinhos ou aos pares. Viu uma banca do outro lado da avenida, vendendo jornais e frutas, garrafas de água e chá.

O gari seguiu para a quadra seguinte. Não havia ninguém ali. Ela ouviu o barulho do trânsito, aumentando. Logo ficaria ininterrupto. Logo não se escutaria mais nada.

Comprimiu-se à grade da sacada. A altura era suficiente. Sentiu o desespero subindo dentro de si. E também uma clareza. Uma necessidade.

Este era o lugar. Esta era a razão de sua vinda. A finalidade de seu retorno era se despedir.

Imaginou-se impulsionando uma perna, depois a outra. A sensação de nenhum apoio, de nenhuma resistência. Levaria poucos segundos. Seu tempo chegaria ao fim, só isso.

Quarenta anos antes, não tivera essa coragem. Tinha Bela dentro de si. Não era a vacuidade, não era a casca vazia da existência que sentia agora.

Pensou em Kanu Sanyal e na mulher que o encontrara. Uma mulher como Abha que atendia a suas necessidades, que ia e voltava todos os dias.

Quem, voltando de uma caminhada matinal em torno do lago, sentindo-se revigorado, veria sua queda? Quem, percebendo que era tarde demais para salvá-la, se protegeria da visão e viraria o rosto?

Fechou os olhos. A mente estava vazia. Continha apenas o momento presente, nada mais. O momento que, até agora, nunca conseguira ver. Pensava que seria como fitar diretamente o sol. Mas isso não a demoveu.

Então, uma a uma, ela desprendeu as coisas que a agrilhoavam. Fazendo-se mais leve, tal como removera as pulseiras depois do assassinato de Udayan. O que vira do terraço em Tollygunge. O que fizera a Bela. A imagem de um policial passando por uma janela, com o filho pela mão.

Uma imagem final: Udayan de pé a seu lado, na sacada em Calcutá do Norte. Olhando juntos a rua abaixo, vindo a conhecê-la. Debruçados, poucos centímetros entre ambos, o futuro se estendia à frente deles. O momento em que sua vida começara pela segunda vez.
Inclinou-se para a frente. Viu o local onde cairia. Lembrou a emoção de encontrá-lo, de ser adorada por ele. O momento em que o perdeu. A fúria de saber como ele a envolvera. A dor de trazer Bela ao mundo, depois que ele se foi.
Abriu os olhos. Ele não estava lá.

Iniciara-se a manhã, mais um dia. Mães levando os filhos de uniforme para a escola, homens e mulheres indo apressados para o trabalho. O grupo de homens que passava o dia jogando baralho tinha se acomodado numa cama de vento na esquina. O homem que consertava *sarods* estendeu um lençol na calçada, pondo por cima os instrumentos quebrados que ia arrumar naquele dia, trocando as cordas e afinando.
Bem embaixo de Gauri, tinham montado uma banquinha vendendo tomates e berinjelas que ficavam dentro de cestas rasas. Cenouras mais vermelhas do que alaranjadas, feijão-de-corda de um palmo e meio de comprimento. O dono estava sentado de pernas cruzadas à sombra de um encerado encardido, atendendo a freguesia que já começava a aparecer.
Ele pôs os pesos na balança. Era para aferir os pratos. Um dos fregueses se afastou.
Era Abha, que vinha fazer o desjejum, preparar o chá. Olhou para cima, para Gauri, erguendo um cacho de bananas, um pacotinho de detergente, um pão. Na outra mão estava o jornal.
Ela gritou. O que mais para hoje?

Só isso, mais nada.

No final da semana deixaria Kolkata e retomaria sua vida. Quando Abha tocou a campainha, Gauri saiu da sacada e abriu a porta.

Vários meses depois, na Califórnia, chegou uma segunda carta de Rhode Island.

Desta vez estava em inglês. Tinta azul não muito carregada, o endereço num rabisco desleixado — como o carteiro conseguiu decifrar aquilo? Não era mais a caligrafia bem feita que Bela aprendera na escola. Mas ali estava, legível o suficiente para chegar até ela, a coisa que mais se aproximava de uma visita naquele tempo todo.

Gauri examinou o envelope, o selo com a figura de um veleiro. Sentou-se à mesa no pátio de casa e desdobrou a folha. Dentro dela havia outra folha dobrada, um desenho feito e assinado por Meghna: uma faixa sólida de céu azul, outra faixa de chão verde, um gato colorido flutuando no espaço branco entre elas.

A carta não trazia nenhuma saudação.

Meghna pergunta de você. Talvez perceba alguma coisa. Não sei. Ainda é muito cedo para contar a história a ela. Mas um dia vou explicar quem você é e o que você fez. Minha filha vai saber a verdade sobre você. Nem mais, nem menos. Se, então, ela ainda quiser conhecer e se relacionar com você, estou disposta a facilitar. Isso é com ela, não comigo. Você já me ensinou a não precisar de você e não preciso saber mais nada sobre Udayan. Mas, quando Meghna crescer, quando ela e eu estivermos prontas, talvez possamos tentar nos reencontrar.

VIII

1.

Na costa ocidental da Irlanda, na península de Beara, vem um casal passar uma semana. Estão vindo de Cork, atravessando o interior modorrento, chegando no final da tarde a uma região árida e montanhosa. Os vales ocultam os sinais de uma agricultura pré-histórica. O traçado dos campos, o sistema das divisas de pedras, sepultados sob camadas de turfa.

Eles alugaram uma casa num dos poucos vilarejos dali. De estuque branco, porta e janelas pintadas de azul. O povoado inteiro não parece muito maior do que o enclave de casas onde, muito tempo atrás, o homem cresceu.

A rua é íngreme e estreita, ladeada por fúcsias em flor, carros estacionados. Estão a duas portas de um bar, a poucos metros de uma igreja amarela que atende aos moradores locais. Na agência de correio, que também funciona como armazém, compram os mantimentos: leite e ovos, sardinha e feijão em lata, um pote de geleia de amora preta. Pode-se ficar sentado na frente do correio, a uma mesa para dois na calçada, e pedir um bule de chá, manteiga e creme fresco, um prato de bolinhos.

À noite, depois da longa viagem e de um caneco de cerveja no bar, o homem está com um sono leve. Acorda na cama onde está com a nova esposa. Ela dorme um sono pacífico, a cabeça virada de lado, as mãos cruzadas no peito.

Ele desce a escada e abre a porta dos fundos. Sai descalço para o alpendre de madeira que dá para o jardim, os pastos mais além, descendo até a Baía de Kenmare. Tem cabelo basto e branco como neve. A esposa gosta de passar os dedos por ele. O homem vê a vasta faixa de luar batendo nas águas. Fica assombrado com a claridade do céu, com a quantidade de estrelas.

Sopra um vento forte na terra, imitando o som das ondas. Ele olha para o alto, esquecendo os nomes das constelações que um dia ensinou à filha. Gases incandescentes, vistos na terra como frescos pontos luminosos.

Ele volta para a cama, ainda olhando o céu, as estrelas pela janela. Fica novamente assombrado que, mesmo durante o dia, tenham tal beleza. Sente-se tomado pela gratidão da idade, pelos esplendores da terra, pela oportunidade de contemplá-los.

Na manhã seguinte, depois do desjejum, saem para sua primeira caminhada por trilhas contornando o mar. Atravessam pastos rústicos onde vacas e carneiros pastam em silêncio tendo o horizonte ao fundo, campos de dedaleiras e samambaias. O dia está encoberto, mas luminoso, as nuvens paradas. O oceano invade as enseadas de pedras, estende-se calmo entre penhascos abruptos.

O casal absorve a imensidão do espaço. A quietude do lugar. Nesse afloramento de terra, depois de andar por horas, galgando e descendo as escadinhas que separam as propriedades, não estão nem na metade do caminho aonde achavam que chegariam, segundo o mapa da região que param para estudar.

A viagem é de lua de mel, a primeira do homem, embora já se tivesse casado antes. Alguns dias atrás, do outro lado do mesmo oceano, nos Estados Unidos, o casal trocou seus votos no recinto de uma igrejinha vermelha e branca em Rhode Island que o homem admirava fazia muitos anos, o pináculo erguendo-se sobre a baía de Narragansett.

A união do casal foi presenciada por um grupo de amigos e parentes. O homem ganhou dois filhos, uma segunda filha além da sua. São sete netos. Espalhados por vários lugares, de vez em quando se reunindo, irão se conhecer de modo limitado. Ainda assim, é um ponto de partida, uma nova perspectiva tardia na vida.

Os anos que o casal tem pela frente são o desfecho conjunto de vidas que foram construídas em separado, vividas em separado. É inútil imaginar o que teria acontecido se o homem a tivesse conhecido na casa dos quarenta ou dos vinte. Não teria se casado com ela.

No dia seguinte, quando saem da casa, deparam-se com um grupo na última despedida de um morador desconhecido, os enlutados espalhados descendo a ladeira. Por um instante, é como se eles também fizessem parte do cortejo fúnebre. Não há indicação onde começa, onde termina, quem é o pranteado. Então o casal se afasta respeitosamente de sua sombra.

Se os netos estivessem ali, tomariam o teleférico para ver os golfinhos e baleias que nadam perto da ilha de Dursey. Em vez disso, dedicam os dias a caminhadas. De mãos dadas, com suéteres grossos que compraram para se proteger do leve frio de outono.

Param quando se cansam, para admirar a paisagem, para sentar e comer biscoitos, pedaços de queijo. Nas poças da maré com pedras que formam grutas e cavernas, descobrem montes de seixos lisos e cinzentos, conchas perfuradas que se desgastaram até virar anéis brancos e duros. O homem cata um punhado, pensando que podem dar um belo colar para a neta em Rhode Island, passando por um barbante. Imagina-se colocando-o na cabeça da menina, adornando-a como coroa.

Chegam a algumas pedras que são de interesse, seguem as placas para visitá-las. Pilares rústicos enfurnados em estradas secundárias. Uma pedra de Ogham, com nomes inscritos, no campo de um agricultor. Um matacão solitário, que dizem ser a encarnação de uma mulher com poderes mágicos, inclinado num ângulo oblíquo num penhasco.

Num dia de tarde, percorrem uma charneca para chegar a um conjunto de pedras situadas num vale, que parecem aleatórias, mas estão dispostas numa ordem deliberada, uma de frente para a outra na área varrida pelos ventos. Algumas são mais altas, outras mais baixas do que o casal. Mais largas embaixo, desbastadas em cima. Sem elegância, mas sagradas, com pontos esbranquiçados por causa da idade. Parece inconcebível movê-las, mas estão em posições cuidadosamente avaliadas, cada pedra laboriosamente transportada, agrupada por mãos humanas.

A esposa explica que são da Idade do Bronze, que tinham finalidade religiosa, talvez fúnebre ou comemorativa. Que algumas podem ter sido colocadas seguindo o movimento da terra em torno do sol. Faz séculos que as pessoas percorrem enormes distâncias para vir tocá-las, para ficar diante delas e receber suas bênçãos. Há quem deixe seus traços.

Ele vê fitas de cabelo, correntinhas frágeis, medalhões, amontoados na base de algumas das pedras. Gravetos amarrados, pedaços de fio. Oferendas pessoais, pequenos penhores de fé. Desconhece totalmente essa arqueologia antiga, essas crenças duradouras. São tantas as coisas que ainda desconhece no mundo...

Nota alguns chumaços mais altos despontando por todo o campo verde, como uma vegetação pantanosa na maré baixa. Vê as faces rochosas castanhas dos montes em torno, a superfície serena da baía mais abaixo.

O homem pensa em outra pedra num lugar distante e nítido em sua lembrança. Uma tabuleta simples, como um marco de estrada, com o nome de seu irmão. As cercanias lentamente conspurcadas, a baixada onde antes estava agora indiferente às estações, destinada a coisas mais práticas. Durante anos, sua mãe foi uma peregrina fiel àquele santuário, ofertando flores ao filho, até se tornar incapaz de visitá-lo, até ser negado a ele esse tributo.

Em terreno antigo que para ele é novo, no amplo abraço de uma ruína isolada, seus sapatos estão cobertos de lama. Olha para o alto e vê o céu cinzento e pesado estendendo-se sobre a terra. O movimento incessante da atmosfera, nuvens baixas seguindo por quilômetros.

Entre o cinzento, uma incongruente faixa de azul diurno. A oeste, um sol rosado já começa a se pôr. Três aspectos isolados, três fases distintas do dia. Todas elas, semeadas ao longo do horizonte, são abarcadas por seu olhar.

Udayan está a seu lado. Estão andando juntos em Tollygunge, atravessando a baixada, por sobre as folhas dos aguapés. Levam um taco de golfe, algumas bolas na mão.

Na Irlanda também o solo é encharcado, desnivelado. Contempla a paisagem pela última vez, sabendo que nunca mais voltará aqui. Anda até outra pedra e tropeça, tentando alcançá-la, procurando se firmar. Um marco, no final da viagem, do que foi dado, do que foi tirado.

2.

Ele não ouviu o furgão entrando no enclave. Viu apenas quando chegou. Estava no telhado. A casa agora era de altura suficiente. Enquanto ficasse no fundo, ninguém o enxergaria.

Era como ficar longe do parapeito. Desde a explosão, o mundo exterior perdera a estabilidade. As plantas dos pés não lhe davam mais apoio. Se olhasse para baixo, o chão ora o atraía, ora o ameaçava.

Viu que eram muito, que só no pátio havia três policiais militares. Deu uma olhada nos telhados vizinhos. Em algumas partes de Calcutá do Norte, daria para saltar, para transpor o espaço entre as construções. Mas a vertigem impedia; não conseguia mais calcular uma distância simples. De todo modo, as casas em Tollygunge eram bastante afastadas umas das outras.

Antes que o pai fosse abrir o portão para deixá-los entrar, desceu correndo a escada. Agachando-se na virada dos degraus, tomando cuidado para que não o vissem pela grade do terraço. Atravessando a parte nova da casa, indo para a antiga. Havia uma porta no fundo do quarto que antigamente ele dividia com Subhash, de folha dupla estreita, dando para o jardim.

Trepou pelo muro traseiro do pátio, como fazia quando era menino para escapar de casa sem que a mãe visse.

Andava rápido, cortando os lagos, indo até a baixada. Entrou na parte onde os aguapés eram mais densos, um passo por vez, a água acolhendo seu corpo até ocultá-lo.

Tomou fôlego, fechou a boca, afundou-se na água. Tentou ficar imóvel. Tampou o nariz com os dedos da mão sadia.

Depois de alguns segundos, a pressão aumentou e ardeu nos pulmões, como se o peso de todo o corpo se concentrasse neles. A respiração presa estava ficando sólida, enchendo o peito. Era normal, não por falta de oxigênio, mas pelo gás carbônico aumentando no sangue.

Se a pessoa combatesse o instinto de respirar naquele instante, o corpo podia subsistir por até seis minutos. O sangue diminuiria sua circulação no fígado e nos intestinos e iria para o coração e o cérebro. Foi o médico que tratou de sua mão, a quem perguntou a respeito, que lhe explicou isso.

Verificou o pulso, checando por si mesmo. Teria sido melhor se não tivesse corrido. Se o pulso estivesse mais lento quando entrou na água. Começou a contar. Contou dez segundos. Combatendo a vontade de vir à superfície, obrigando-se a aguentar mais alguns segundos.

Debaixo d'água havia a liberdade de não precisar lutar para ouvir qualquer coisa. Poupava-lhe a frustração de não entender direito, de pedir que repetissem as coisas. O médico falou que a audição podia melhorar, que a distorção e o zunido nos ouvidos podiam diminuir com o tempo. Precisava esperar para ver.

O silêncio debaixo d'água não era completo. Havia uma exalação sem sonoridade que penetrava o crânio. Era diferente da surdez parcial que sentia desde a explosão. Água, condutor sonoro melhor do que o ar.

Perguntou-se se essa surdez seria como visitar um país de língua desconhecida. Não absorver nada do que se dizia. Nunca tinha estado em outro país. Nunca estivera na China nem em Cuba.

Lembrava algo que lera pouco tempo antes, as últimas palavras que Che escrevera aos filhos: *Lembrem-se de que a Revolução é o importante e cada um de nós, sozinho, não vale nada.*

Mas, neste caso, não se corrigira nada, não se ajudara ninguém. Neste caso, não haveria revolução nenhuma. Agora sabia.

Se ele não valia nada, então por que tanto desespero em se salvar? Por que, afinal, o corpo não obedecia ao cérebro?

De repente o corpo prevaleceu e ele subiu à superfície, expondo cabeça e peito, narinas queimando, pulmões lutando por ar.

Dois policiais militares estavam ali a encará-lo, com os fuzis erguidos. Um deles gritava num megafone e assim Udayan não teve dificuldade em ouvir o que dizia.

Tinham cercado a baixada. Viu que atrás de si havia um soldado a alguma distância, e dois de cada lado. Tinham capturado sua família. Iam começar a atirar neles caso não se rendesse, anunciou a voz. Ameaça feita a uma altura para que não só ele, mas todos os vizinhos ouvissem.

Aprumou-se cuidadosamente na água densa de vegetação que batia pela cintura. Estava cuspindo o que engolira, tossindo com tanta força que até engasgava. Estavam dizendo para se aproximar, para erguer as mãos.

De novo a instabilidade, a tontura. A superfície da água inclinada, o céu mais baixo do que deveria, o horizonte frouxo. Queria um xale nos ombros. O castanho macio que Gauri sempre deixava pendurado numa vareta no quarto deles, que o envolvia no perfume dela quando, em algumas manhãs, punha-o nas costas para ir fumar o primeiro cigarro do dia na laje da cobertura.

Sua esperança era que ela e a mãe ainda estivessem fora, nas compras. Mas, quando saiu da água, viu que tinham voltado em tempo para ver aquilo.

A coisa começou na faculdade, no bairro de Gauri, no campus logo adiante na rua do apartamento onde ela morava. Eram constantes as conversas durante as aulas, durante as refeições na cantina, sobre o país e tudo o que havia de errado nele. A economia estagnada, a deterioração dos padrões de vida. A última escassez de arroz, levando dezenas de milhares quase a morrer de fome. O arremedo de uma independência, metade da Índia ainda agrilhoada. Só que agora eram os próprios indianos que se agrilhoavam.

Então conheceu alguns membros do movimento estudantil da ala marxista. Falavam do exemplo do Vietnã. Começou a faltar às aulas, a andar com eles por Calcutá. A visitar fábricas, a visitar favelas.

Em 1966, organizaram uma greve na Presidency, por causa da má administração dos alojamentos. Exigiram a renúncia do superintendente. Arriscaram-se a ser expulsos. Fecharam a Universidade de Calcutá inteira durante sessenta e nove dias.

Foi para o campo para se doutrinar melhor. Recebeu instruções de ir de um lugar a outro, de andar diariamente vinte e cinco quilômetros antes de anoitecer. Conheceu a vida desesperada dos rendeiros. Gente que precisava comer a ração dos animais. Crianças que comiam uma vez só por dia.

Os mais despossuídos às vezes matavam a família antes de tirar a própria vida, pelo que lhe disseram.

A sobrevivência deles dependia dos latifundiários, dos agiotas. De gente que se aproveitava deles. De forças que escapavam a seu controle. Viu como o sistema os oprimia, como os humilhava. Como lhes tirava a dignidade.

Comia o que lhe davam. Arroz rústico, lentilha mirrada. Água que nunca saciava sua sede. Em alguns vilarejos não havia chá. Raramente tomava banho, tinha de defecar no campo. Nenhum lugar onde pudesse sofrer reservadamente as câimbras violentas que lhe rasgavam os intestinos, que lhe rasgavam a abertura ardida da pele.

Para ele, a privação era temporária. Mas muitos, muitíssimos, não conheciam outra coisa.

À noite, ele e os companheiros se escondiam em camas de palha trançada, em sacos de cereais. Eram torturados por mosquitos, por enxames vagarosos que os sugavam até o osso. Alguns dos rapazes eram de famílias ricas. Um ou dois desistiram em poucos dias. À noite, naquele silêncio coletivo, transtornado pelas coisas que vira e ouvira, Udayan se permitia pensar num único consolo: Gauri. Revia-a na imaginação, conversava com ela. Perguntava-se se ela aceitaria se casar com ele.

Um dia, visitando uma clínica, deparou-se com o cadáver de uma moça. Tinha mais ou menos a idade de Gauri, já mãe de muitos filhos. A causa da morte não era aparente. Ninguém do grupo deu a resposta certa quando o médico pediu que tentassem adivinhar. Tentando conseguir um pouco de arroz barato para a família, fora pisoteada num tropel de gente em correria. Os pulmões foram esmagados.

Ironicamente, tinha o rosto cheio, o ventre frouxo. Ele visualizou os outros vindo por trás, empurrando, decididos a derrubá-la. Talvez os conhecesse, talvez fossem do mesmo povoado, talvez os chamasse de vizinhos e amigos. Mais uma prova de que o sistema estava falido, de que tal pobreza era um crime.

Disseram-lhe que havia uma alternativa. Ainda assim, no começo, fora basicamente uma questão de opinião. De ir a reuniões e comícios, continuar a se instruir. De colar cartazes, pichar slogans no meio da noite. De ler os panfletos de Charu Majumdar, confiar em Kanu Sanyal. De acreditar que havia uma solução à mão.

Em Calcutá, logo após a formação do partido, Subhash partiu, indo para os Estados Unidos. Criticava os objetivos do partido, na verdade desaprovava. A desaprovação de Subhash tinha enfurecido Udayan, mas a separação lhe trouxera o pressentimento, embora tentasse afastá-lo, de que nunca mais voltariam a se ver. Poucos meses depois, casou-se com Gauri.

Com a partida de Subhash, os únicos amigos de Udayan eram os camaradas do partido. Aos poucos, as missões se tornaram mais premeditadas. Gasolina espalhada no escritório de arquivos de uma universidade pública. Estudo das instruções para fabricar bombas, roubo de ingredientes nos laboratórios. Entre os membros do bairro, uma discussão sobre os possíveis alvos. O Tolly Club, pelo que representava. Um policial, pela autoridade que encarnava e também por sua arma.

Depois que o partido entrou na clandestinidade, ele começou a levar duas vidas diferentes. Ocupando duas dimensões, seguindo dois conjuntos de leis. Num mundo, ele era casado com Gauri, morando com os pais, indo e vindo de maneira que não despertasse suspeitas, dando aulas, ensinando os alunos a fazer experiências simples na escola. Escrevendo cartas animadas a Subhash nos Estados Unidos, fingindo que deixara o movimento, fingindo que seu engajamento esfriara. Mentindo para o irmão, esperando que assim se reaproximassem. Mentindo para os pais, por não querer lhes dar preocupações.

Mas, no mundo do partido, também se esperava dele que ajudasse a matar um policial. Eram símbolos da brutalidade, treinados por estrangeiros. *Não são indianos, não pertencem à Índia*, dizia Charu Majumdar. Cada eliminação difundia a revolução. Cada liquidação era um avanço.

Ele aparecera na hora marcada, vigiando a viela onde ocorreria a ação. O ataque se deu no começo da tarde, quando o policial estava indo buscar o filho na escola. Um dia em que estava de folga. Um dia em que, graças a Gauri, sabiam que não estava armado.

Nas reuniões, Udayan e os companheiros de célula tinham avaliado em que lugar do abdômen deviam cravar a lâmina, em que ponto abaixo das costelas. Lembravam o que Sinha lhes dissera antes de ser preso: que a violência revolucionária ia contra a opressão. Que era uma força humana, libertadora.

Na viela, sentira-se calmo e confiante. Vira a roupa do policial se tingir de escuro, o ar de perplexidade, os olhos saltados, o esgar de dor no rosto. E então o inimigo deixou de ser um policial. Deixou de ser um marido ou um pai. Deixou de ser a versão de alguém que espancara Subhash com um taco quebrado na frente do Tolly Club. Deixou de existir.

Uma simples faca foi suficiente para matá-lo. Um instrumento próprio para cortar frutas. Não a arma carregada que agora estava apontada para a nuca de Udayan.

Não fora ele a empunhar a lâmina, ficou apenas de vigia. Mas sua participação foi essencial. Aproximou-se o quanto pôde, mergulhou a mão no sangue fresco daquele inimigo, escrevendo as iniciais do partido no muro enquanto o sangue lhe escorria pelo pulso, até a dobra do cotovelo, antes de sair correndo do local.

Agora estava na beira de uma baixada, no enclave onde morara durante toda a sua vida. Era um final de tarde em outubro, Tollygunge no lusco-fusco, na semana antes de Durga Pujo.

Os pais rogavam aos policiais, insistindo que ele era inocente. Mas eles é que eram inocentes das coisas que havia feito.

Estava com as mãos amarradas às costas, a corda esfolando a pele. O incômodo lhe ocupava o espírito. Disseram-lhe para se virar.

Era tarde demais para fugir ou lutar. Por isso ficou parado e aguardou de costas, visualizando a família sem a ver.

A última coisa que viu dos pais foram os pés, quando se curvara para lhes pedir perdão. Os chinelos de borracha macia que o pai usava em casa. A barra marrom-escura do sári da mãe, a ponta cobrindo o rosto e dando a volta no ombro, com seus dedos segurando o tecido junto à garganta.

Foi apenas o rosto de Gauri que ele conseguiu olhar, no momento em que lhe amarravam as mãos. Não conseguiria se virar se não o fizesse.

Sabia que não era um herói para ela. Mentira-lhe, usara-a. Mas a amara. Uma mocinha que gostava de livros, desatenta à própria beleza, inconsciente da impressão que produzia. Estava preparada para viver sozinha, mas, desde o instante em que a conheceu, ele precisou dela. E agora estava prestes a abandoná-la.

Ou era ela que o abandonava? Pois olhava-o como nunca o olhara antes. Era um olhar de desilusão. Uma revisão de tudo o que tinham vivido juntos.

Empurraram-no para a traseira do furgão e ligaram o motor. Ele sentiu a vibração da porta bruscamente fechada. Iam levá-lo para algum lugar, fora da cidade, para interrogá-lo e depois liquidá-lo. Ou isso ou a prisão. Mas não, já haviam desligado o motor, o furgão tinha parado. A porta se abriu. Puxaram-no para fora.

Estavam no campo aonde viera tantas vezes com Subhash.

Não disseram nada. Desamarraram suas mãos e então apontaram, indicando que agora devia andar em certa direção, com as mãos outra vez erguidas.

Ouviu dizerem lentamente. Dê uma pausa depois de cada passo.

Fez como mandaram. Passo a passo, foi se afastando deles. Volte para sua família, disseram. Mas ele sabia que estavam apenas esperando que chegasse à distância ideal.

Um passo, depois outro. Começou a contar. Quantos mais?

Desde o começo, ele conhecia os riscos do que estava fazendo. Mas somente o sangue do policial o preparara para aquilo. Aquele sangue não pertencia apenas ao policial, tornara-se parte dele também. E assim Udayan sentiu que sua própria vida começava a se esvair, irreversivelmente, como o policial agonizando na viela. Desde então, esperava seu próprio sangue se derramar.

Por uma fração de segundo, ouviu a explosão dilacerando os pulmões. Um som como jorro ou ventania. Um som que fazia parte das forças elementares do mundo que então o levou deste mundo. Agora o silêncio era absoluto. Nenhuma interferência.

Não estava sozinho. Gauri estava diante dele com um sári cor de pêssego. Ofegava um pouco, o suor das axilas atravessando o tecido. Era a tarde luminosa do lado de fora do cinema, durante o intervalo. Tinham perdido a primeira parte do filme.

Ela viera encontrá-lo em pleno dia, ainda não esposa, ainda quase estranha, prestes a se sentar com ele no escuro do cinema.

Seus cabelos cintilavam. Ele queria erguê-los da nuca, sentir entre os dedos o peso dos cabelos soltos. A luz reverberava, transformando-os em espelho, lançando um espectro que era frágil, mas completo.

Esforçou-se em ouvir o que ela dizia. Avançou outro passo em sua direção, deixando o cigarro cair dos dedos.

Alinhou o corpo ao dela. Abaixou a cabeça, a mão formando um dossel entre ambos para lhe proteger o rosto contra o sol. Foi um gesto inútil. Silêncio, apenas. O sol nos cabelos dela.

AGRADECIMENTOS

Quero agradecer à Frederick Lewis Allen Memorial Room na Biblioteca Pública de Nova York, ao Centro de Belas Artes em Provincetown, Massachusetts, e à Academia Americana em Roma pelo generoso apoio.

As seguintes fontes foram fundamentais para eu entender o movimento naxalista: *India's Simmering Revolution: The Naxalite Uprising*, de Sumanta Banerjee; *The Naxalite Movement*, de Biplab Dasgupta; "India's Third Communist Party" (in *Asian Survey*, vol. 9, n. 11), de Marcus F. Franda; *The Crimson Agenda: Maoist Protest and Terror*, de Ranjit Gupta; *Maoist "Spring Thunder": The Naxalite Movement (1967-1972)*, de Arun Prosad Mukherjee; *The Naxalites Through the Eyes of the Police*, org. de Ashoke Kumar Mukhopadhyay; *The Naxalites and Their Ideology*, de Rabindra Ray; *The Naxalite Movement in India*, de Prakash Singh, e o site <sanhati.com>.

Também agradeço às seguintes pessoas: Gautam Bhadra, Mihir Chakraborty, Robin Desser, Amitava Ganguli, Avijit Gangopahyay, Dan Kaufman, Aniruddha Lahiri, Cressida Leyshon, Subrata Mozumder, Rudrangshu Muherjee, Eric Simonoff, Arunava Sinha e Charles Wilson.

ESTE LIVRO, COMPOSTO NA FONTE FAIRFIELD,
FOI IMPRESSO EM PÓLEN SOFT 80G NA IMPRENSA DA FÉ.
SÃO PAULO, BRASIL, MARÇO DE 2014.